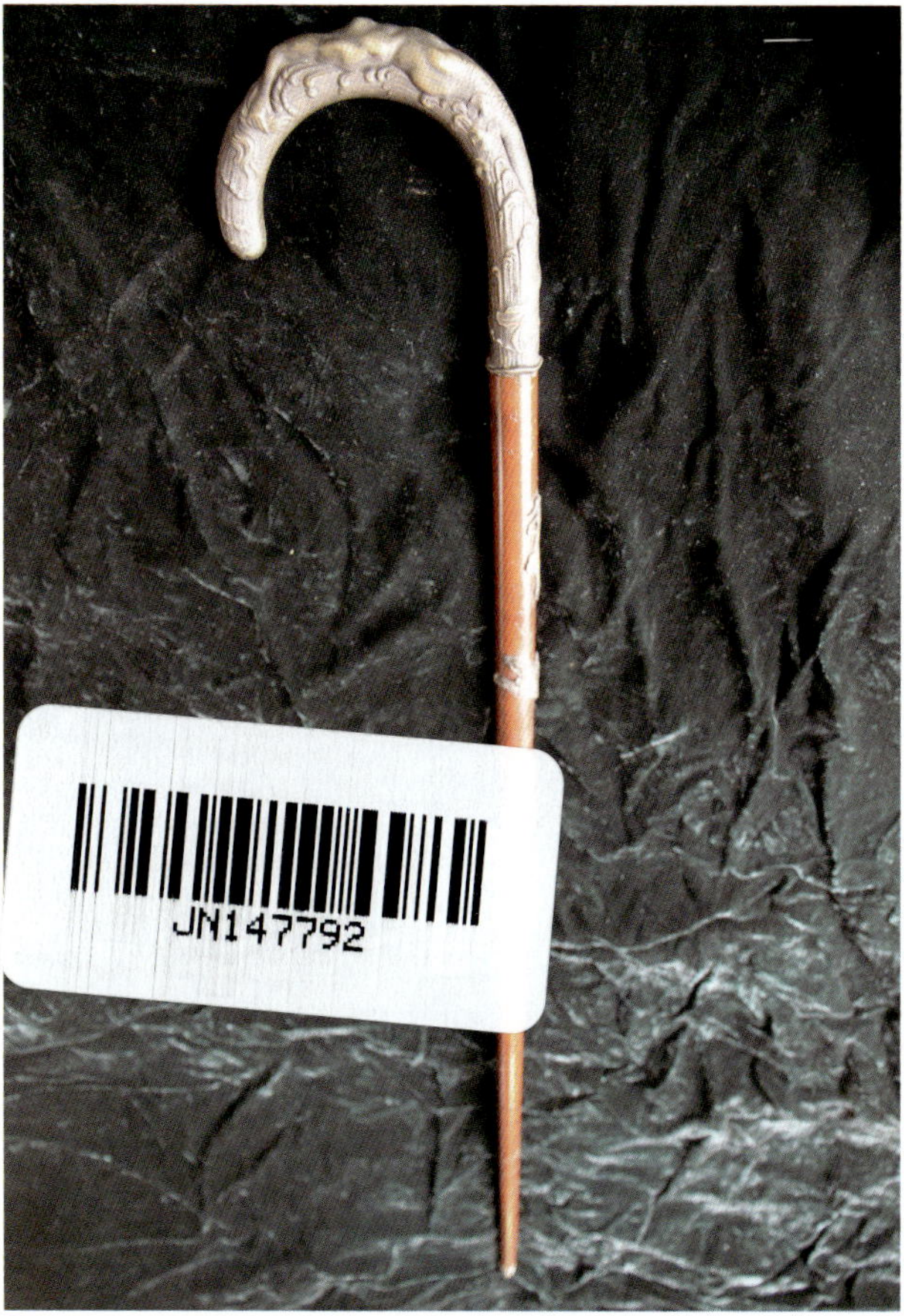

ムーヒンから著者に渡されたクラスノシチョウコフのステッキ
（本文273頁参照／石光家所蔵／撮影＝悠人堂）

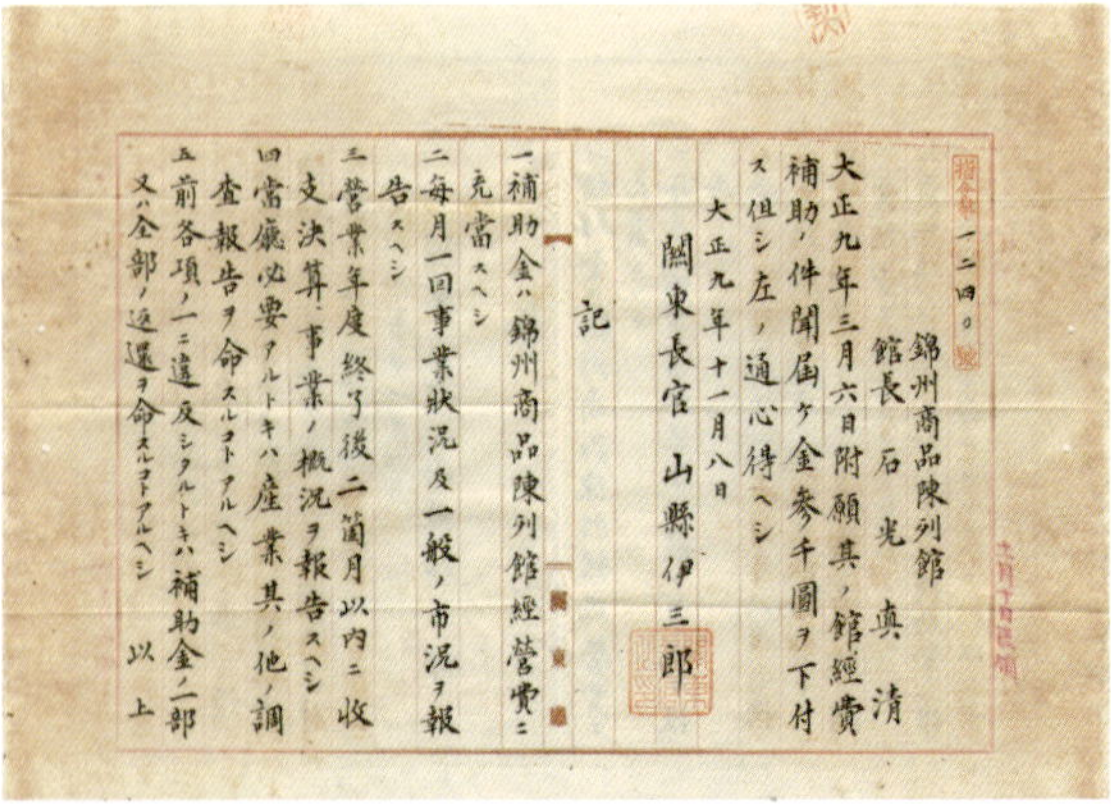

錦州商品陳列館
館長 石光真清
大正九年三月六日附願其ノ館經費補助ノ件聞屆ケ金參千圓ヲ下付ス但シ左ノ通心得ヘシ
大正九年十一月八日
關東長官 山縣伊三郎

記

一 補助金ハ錦州商品陳列館經營費ニ充當スヘシ
二 毎月一回事業狀況及一般ノ市況ヲ報告スヘシ
三 營業年度終了後二箇月以內ニ收支決算、事業ノ概況ヲ報告スヘシ
四 當廳必要アルトキハ產業其ノ他ノ調査報告ヲ命スルコトアルヘシ
五 前各項ノ一ニ違反シタルトキハ補助金ノ一部又ハ全部ノ返還ヲ命スルコトアルヘシ
以上

関東庁から著者に送られた「錦州商品陳列館への経費補助」に関する大正９年３月６日付書簡（本文23頁参照／熊本市所蔵）

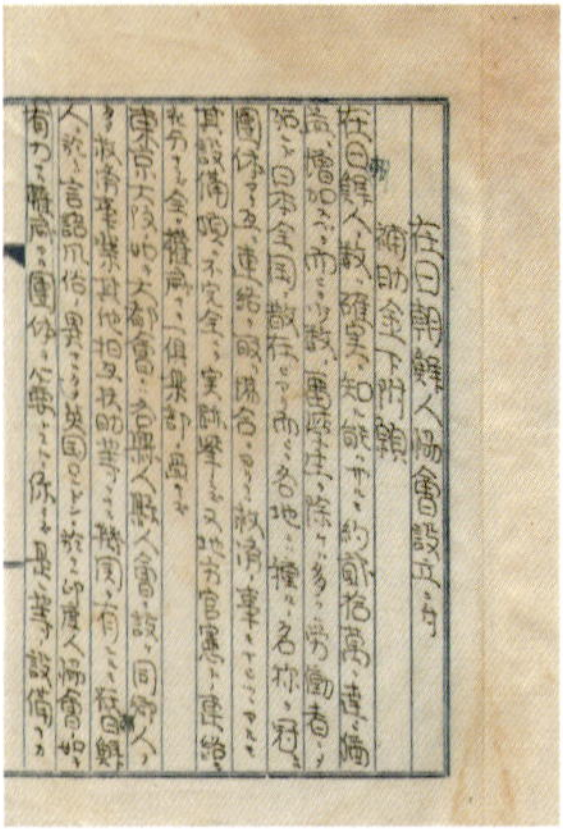

在日朝鮮人協會設立ニ付
補助金下附願

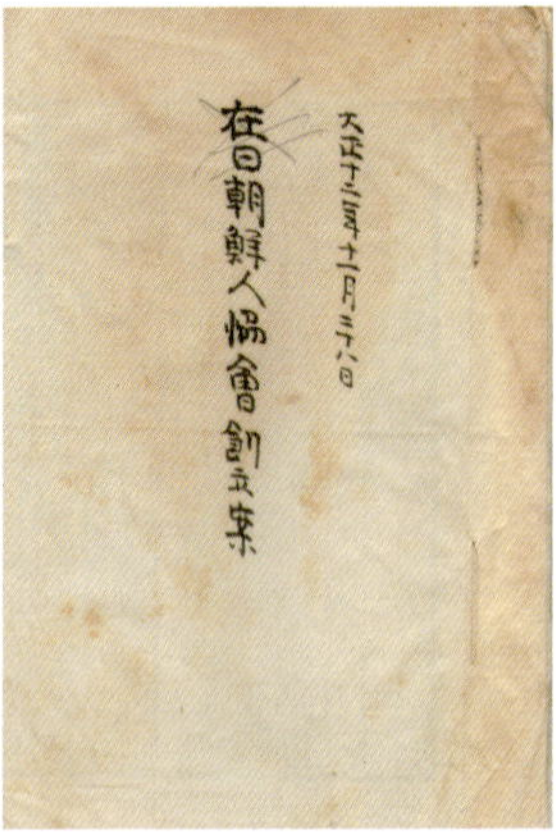

大正十二年十一月二十八日
在日朝鮮人協會創立案

「在日朝鮮人協会創立案」（大正12年11月28日。本文396頁参照／熊本市所蔵）

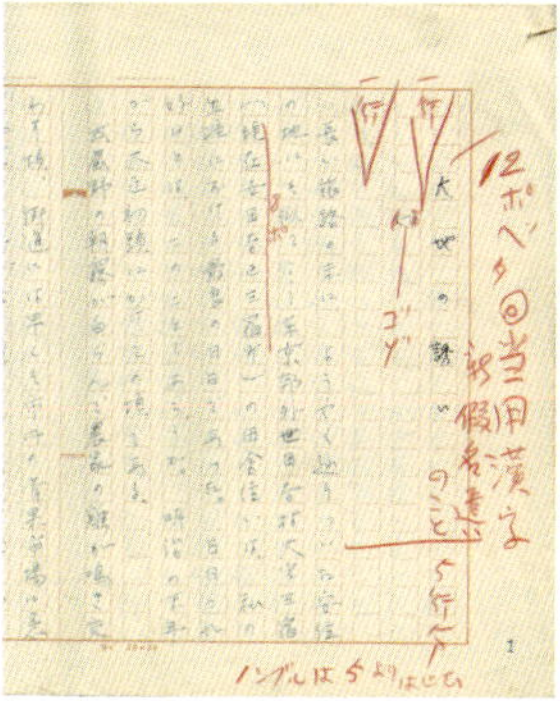

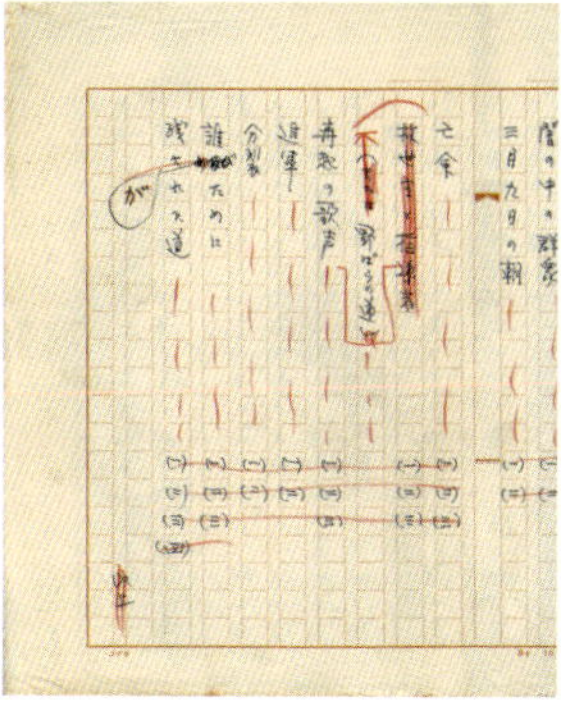

『誰のために』石光真人筆の原稿（左は冒頭部分、右は目次／熊本市所蔵）

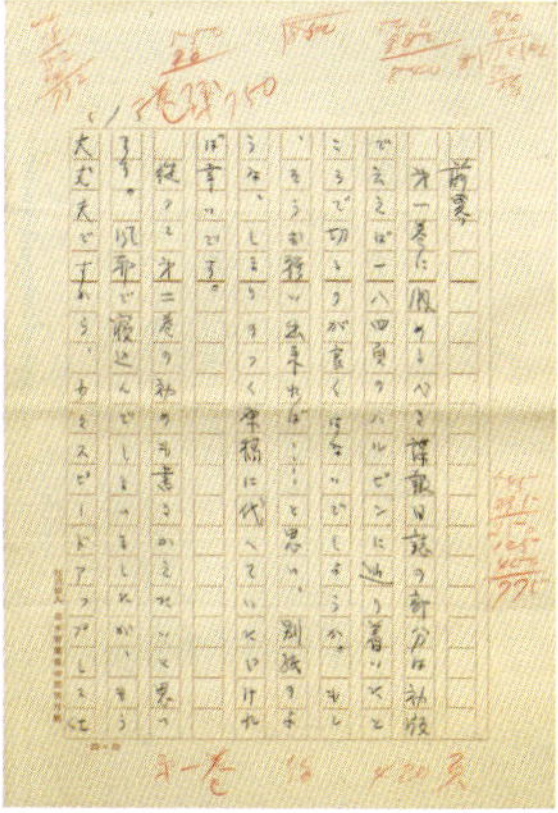

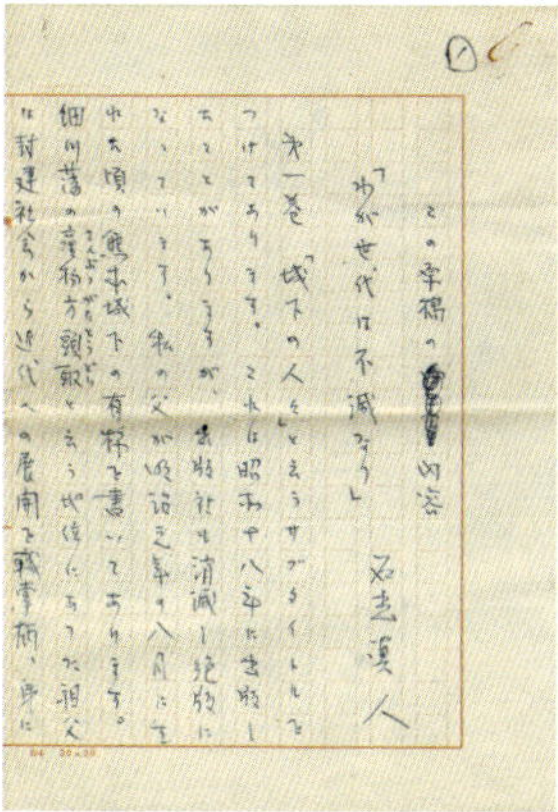

石光真人が龍星閣に宛てた書簡（附録456〜460頁参照／熊本市所蔵）

石光真清。右は大正７年、黒河にて撮影。左は晩年（撮影日不明）

石光真清の遺書（昭和14年１月１日記。この頁、石光家所蔵／撮影＝悠人堂）

中公文庫

誰のために

新編・石光真清の手記（四）ロシア革命

石光真清
石光真人 編

中央公論新社

目次

アムール河渡船上にて。左から安倍道瞑、太田覚民、著者

満蒙貿易公司錦州商品陳列館。旗竿の左下が著者（本文22頁）

ブラゴヴェヒチェンスクの日本義勇軍とロシア市民自警団

ブラゴヴェヒチェンスクの石光機関事務所（大正８年１月撮影）

黒河避難事務所にて。前列右からランドウィシェフ夫人、ランドウィシェフ、島井肇三、千葉久三郎。第２列中央カーチャを抱く著者

連行されるムーヒン（左から２人目）。この直後逃走を試み射殺される

ソビエト政府極東代表者
クラスノシチョウコフ

中山蕃騎兵大尉

誰のために

新編・石光真清の手記㈣　ロシア革命

まえがき

石光真人

一、故石光真清が秘かに綴り遺した手記は、明治元年に始まり、大正、昭和の三代に亘る広汎な実録である。これを公刊するに当って年代順に整理編集し、『城下の人』『曠野の花』『望郷の歌』『誰のために』の四著に分類した。

二、この四著は著者が自ら体験した事件と生活記録で、人生の機微にふれて余すところがないが、同時に著者が生きて来た「日本」自らの生活史であり、また東亜諸民族の歴史の歩みでもある。従ってこの四著はあわせて一巻として読まるべき意義と内容を持っているが、いわゆる小説における「続きもの」ではない。

三、『城下の人』は昭和十八年刊のものがその一部をなし、その他の大部分は未発表のものである。

四、『曠野の花』の大半は昭和十七年刊の『諜報記』が根幹になっているが、当時の社会情勢から発表を憚られた部分と脱落していた部分を新たに追補して、全面的に再整理したものである。これによって手記本来の姿に立還ったので敢えて改題した。

五、『望郷の歌』は全篇未発表のもので、これをもってひとまず手記の明治時代を終る。

六、『誰のために』は「石光真清の手記」の最終篇である。なお他に尨大な諜報記録がある。

七、四著それぞれの書名、章題、区分はすべて手記によらず、また文体、会話、地名などは出来るかぎり現代風に改めた。

八、四著をなす手記とそれに関する資料は尨大複雑であり、もともと発表する意思で書かれたものではなく、死期に臨んで著者自ら焼却を図ったものである。その中には自分を他人の如く架空名の三人称で表わしたものさえ多く、その照合と考証に多くの年月と慎重な努力を要した。従って焼却された部分や脱落箇所の補綴や、全篇に亘っての考証は、編者（嗣子石光真人）が生前の著者から直接聞き正し、また当時の関係者から口述を得たものによって行ったほか、生前の著者を知る多くの人々の協力によって、全容の完成を見るに至った。しかし事実を述べるに、なんらの作為を弄せず、私見もさし挿んでいない。

大地の夢

一

長い旅路の末にようやく辿《たど》りついた安住の地にも似て……東京郊外世田谷村大字三宿《みしゅく》（後の世田谷区三宿町）の田舎住いは、私の生涯における最良の日々であった。日々これ好日とは、このことであろうか。明治の末年から大正初頭にかけての頃である。

武蔵野の朝霧が白んで農家の鶏が鳴き交わす頃、街道には早くも市内の青果市場に急ぐ野菜の手車が長い列をつくり、始発の玉川電車（後の東急玉川線）が多摩川の砂利を積んだ無蓋車《トロッコ》を曳いて通る。私の家の裏庭から土手続きの近衛野砲兵連隊の起床ラッパが朝日を迎えるのも、それから間もなくである。

雀の群れ騒ぐ竹藪と梟《ふくろう》の住む欅《けやき》の並木に囲まれて、ささやかな三等郵便局を電車通りに構えていた私は、早起きの顔を洗い歯ブラシをくわえ、門前に立って爽《さわ》やかな生活の始まりを眺めるのが日課であった。郵便事務の合間に、鍬を握り鶏を飼って百姓の真似事を楽しみ、一男四女に囲まれて家族愛に浸っていたのである。大陸の夢に破れて背負いこんだ借財も、どうやら小刻みに返済しながら、村の衆から「郵便局の旦那」として遇され、その頃発足した在郷軍人会支部の式典には、カーキー色の陸軍歩兵少佐の古軍服を着て出席もした。紺の揃いのハッピ姿で鳶口《とびぐち》を構えた火消し連中に訓示したこともある。

ありがたい国である。静かな時代でもあった。ここには天を掩《おお》う黄塵《こうじん》も捲《ま》きあがらず、緑の原野を食い尽す蝗《いなご》軍の来襲もない。良民を大量虐殺する異民族の来寇《らいこう》もなく、農奴を鞭《むち》打つ貴族もいない。このようなありがたい国土をあとにして、思えば長い旅路であった。帝政ロシアの侵略の前に立たされ、軍留学生の身分を抛《なげう》って以来、二十余年の青春を大陸に捧げた。ある時は北満の高粱《コウリャン》の蔭を縫って馬賊と起居を共にし、またある年にはロシア軍の御用写真師になりおわせて、尋常《ただ》ならぬ生活を歩み続けた。諜報の任務などは私が好んで求めた道ではなかったが、時のめぐりあわせというか、宿命というものか、あるいはまた私の愚直の故に招いた不幸でもあったろうか、気付いた時には歴史の裂け目に深く落ちこんでいて、人並の世間に這い戻ることもならず、妻子をいたわる力も失せて、早や五十の坂に近づこうとしていた。

この辛酸の旅路の末、この静かな東京郊外に小さいとは言いながら、珠玉のような平和を楽しんでいたのである。私の過去を知る人々は不思議に思いもし、また他目《よそめ》には悟りすませている私の姿を疑いもしたろうと思う。けれども私自身不思議にも思わず、疑いもせずに日々を過していた。幸福だったのである。凡俗というものは、このようなものであろうか。痴人の悟りとはそのように浅くはかないものであろうか。自分の心底に潜むものさえ悟ることが出来ず、霞んだ眼には鼻の先に立ち塞がる運命の姿も見えぬまま、私はまたも生涯の転機に立たされていた。

大正四年八月の夕刻である。激しい雷雨に濡れて庭木の緑がひときわ照り映え、農家の炊事の煙が低く雨足に叩かれていた頃である。湯上りの裸のまま縁にあぐらをかき、団扇《うちわ》を使いながら、私の魂は一つの想念に魅入られていた。

「いい機会ではないでしょうか。兄さんもご苦労ばかりされて、このままお過しになるつもりはないでしょう」

今しがた別れた弟真臣《まおみ》の陸軍砲兵大佐の軍服姿が、瞼《まぶた》の裏に映っていた。

「さあねえ、大陸では性懲《しょうこ》りもなく失敗ばかり繰り返してさ、お前にも随分迷惑をかけた。忘れてはいないよ。母上にも、妻子にも、まだ償いが済んでおらん。だがこうしているのが一番よい償いじゃないかと思うてね……下手に動けば、また迷惑をかけやせんかと、近頃はすっかり臆病者になったよ」

「ですが兄さん、あの頃とは情勢が、すっかり変りました……」

弟真臣は、前年の八月日本も同盟国の一員として参戦した世界大戦（第一次）のさ中にも相変らず内部抗争を続ける満支の情勢と、大陸における日本の地位がようやく米英仏に対抗出来るまでになりつつあること、またこの大戦中に地位の強化を計らなければならないことなどを説いて、私の再起を促したのである。再起の資金は、弟真臣の妻鶴子の実兄橋本信治郎が出すとのことであった。

当時の大陸の情勢について、私は知らないわけではなかった。新聞の僅《わず》かな記事からでも筋書は大体読めたのである。清朝没落の前後、各地に革命軍が蜂起して大動乱の兆があり、ようやく孫文《そんぶん》を大総統に推戴する臨時政府が南京に樹立されて、国号を中華民国と改め、黄竜旗を廃して五色旗を掲げたが、間もなく旧軍閥を背景とする袁世凱《えんせいがい》が共和政体を宣言するに至ったので、孫文は事態を円滑に収拾するため、彼に地位を譲った。これによって南北支那の統一は辛うじて保たれたが、政党の簇生《そうせい》と軍閥の割拠が前途多難を思わせた。この間に各国の政治的介入があり、政客の暗躍があり、袁政権は財政と軍備の強化を急いで、矢継早《やつぎば》やに各国から借款を仰いだ。まず英国、ベルギイから、次いで日本を加えた六カ国から、引続いて再び英国から、またアメリカを除く五カ国からというように、各国の勢力が複雑に大陸に滲透《しんとう》して行った。このようにして成立した袁世凱政権は、やがて民主革命派に弾圧を加え始め、第二次革命が起ったが、敗れた孫文が日本に逃れ中華革命党を組織したのが大正三年七月であった。その月に世界大戦が起り八月に日本も参戦、そして九月に日本軍は山東に上陸、英国軍と協力して青島《チンタオ》のドイツ要塞を包囲し、海軍は南下してドイツ領南洋諸島を占領したのである。

世界大戦は日本に永年の夢を実現する機会を与えた。というのは、ドイツは山東省、英国は長江流域、ロシアは東三省、フランスは広東、広西、雲南を中心に、いずれも一八九七年（明治三十年）から翌年の一八九八年にかけて独占的な特殊権益を獲得し、これを根拠に触手を拡げつつあった。当時日本は、僅か福建省沿岸の第三国への割譲禁止の条約に成功しただけであった。わが国としてはこれら欧米諸国による永年の支那大陸植民地化の歴史に、自らも進んで太い杭を打つべき機会が来たのである。あわせて大ロシア帝国の脅威に対して満蒙に防衛地帯を設け、躍進的発展を遂げようとする日本産業の原料市場と消費市場を安定させようと策して、翌大正四年一月、旧ドイツ権益の譲渡、ロシアから譲渡された旅順、大連の租借権、南満鉄道利権の延長、中国沿岸港湾諸島の第三国への割譲禁止、政府機関への日本人顧問の採用、要地警察権の共同管理など二十一カ条の要求を袁世凱大総統に提出したのである。各国勢力の均衡の上に立つ袁政府がこれに易々と応ずるはずもなかったし、欧米諸国が大戦に忙しく東洋に手が廻らない隙《すき》を狙《ねら》っての政策であったから、ひどく関係各国を刺戟したのである。過去三百年にわたって欧州諸国が東洋で強行した植民地化の手段に比べれば、それほど暴戻《ぼうれい》なものではなかったが、従来外交政策において極めて消極的であり潔癖であった日本が、遅ればせに欧州諸国の帝国主義的侵略の下手な模倣をしたわけである。東洋に有色人種による有力な指導国家が現われることを欧米諸国が歓迎するはずがないのだし、また、このように中国の面子《メンツ》を丸潰れにするような露骨な方法は避けるべきであったろう。

「郵便局の旦那」として狭い農村に暮していた私に、当時の上層の考え方がわかろうはずもないが、袁世凱政府は予想されたように各国勢力均衡の破綻を防ぐために英米仏に働きかけ、国内に対しては排日救国を叫んで、反袁的民族革命の鉾先をこれにすりかえようとした。この政策は成功するかに見えた。まずアメリカ政府は大陸における自国利権の保全と門戸開放、機会均等主義を主張して日本に抗議し、英国もまた日本政府に説明を求めて牽制に出た。排日救国運動は各地に起り、日本商品ボイコットの波紋がひろがった。こうして五月、ついに最後通牒を発して新日華条約が妥結したのであった。これを機会に袁世凱は共和制を棄てて自ら帝位に就き、地方軍閥を押えようとしていた。このような情勢にあるとき、弟真臣は私に再起を促したのである。

「手まわしが良すぎて気を悪くされるかも知れませんが、実は会社設立の趣意書や関東都督府への資金援助願は準備出来ているのです。都督府関係の意向も打診済みです。日露戦役後は、まだ万事整わずで、本当にお気の毒でしたが、今度は大丈夫です。ご安心下さい」

「さあねえ。大陸での御用はもう納めたものと思っていたんだよ。連絡船に乗ることは再び無いと決意して戻って来たし、こうして足かけ六年も百姓風情の暮しをしたら、どうも、この方が性に合っているらしいと悟ったよ」

弟真臣は当惑して笑った。笑いながら、複写紙に書いた関東都督男爵中村覚大将宛の「錦州《きんしゅう》商品陳列館創立許可陳情之件」をテーブルの上に置いた。

「兵隊が書いたので、良い出来ではないが、橋本信治郎も賛成だった」

と言った。陳情書にはこう書いてあった。

「拙者儀曩《のう》日遼西及《および》東蒙各地ヲ視察候処《そうろうところ》、南満各地ニ比シ邦人ノ施設甚《はなは》ダ振ハザルヲ実見シ転《うた》タ感慨ニ堪へザルモノ有之《これあり》候。折柄《おりがら》過般日支新条約ノ締結ハ同地方ニ発展セシムル開鍵《かいけん》ニ外ナラズト信ジ此際非才ヲ顧ミズ錦州ニ商品陳列館設立ヲ思立《おもいたち》候。然レドモ本業ノ如キハ当初徒ラニ費エ多ク収益之レニ伴フ能《あた》ハズ。素《もと》ヨリ多少ノ損失ハ忍バザルベカラズトスルモ聊カ国家ノ体面ニモ関スル経営ニ候へバ一私人ノ能《よ》クスル所ニ無之《これなく》、殊《こと》ニ陳列品ノ蒐集ニ就《つい》テハ官憲ノ援助ヲ借ルニ非ラザレバ頗《すこぶ》ル困難ニ候間之《こ》レヲ貴府ノ保護若《あ》クハ出資事業トシ創立ニ対シ拙者ノ出資金壱万円ニ差継ギ初度金弐万円及爾後《じご》五ケ年、年金五千円ノ御補助相仰度何卒特別ノ御詮議ヲ以テ御聴許被成下度《くだされたく》別紙創立主意書並《ならび》ニ経営綱領、陳列館定則案相添へ此段奉願候也。

追テ本件ニ関シ説明ヲ要スル向モ有之候ハバ何時ニ係ラズ出府可仕申添候」

この陳情書には詳細な趣意書と目論見書がついていた。ざっと眼を通してみたところ、すでに専門家の手を経たものらしく、形式の整ったものであった。満蒙貿易公司の本社を東京に置いて社長を橋本信治郎名義とし、錦州に商品陳列館を設けて私を駐在させ、専務取締役として経営を委任するというのであった。当時の私には自活の能力はあっても、事業に投資する余裕などなかったし、辛酸を嘗めた大陸に再び渡るのがなんともおっくうに感じられて、すぐ応諾する気にはなれなかったのである。

「考えてみよう。御親切はありがたいが、辰子（妻）にも母にも相談する必要があるし、これまで夢にも思わなかったことだからね」

「一日を争うことではありませんが、競願者が現われるといけませんので……」

「僕は百姓だから、軍人とは違ってね、はいっと言って応ずる気にはなれないよ」

私も弟も一緒に苦笑し、再考を約して別れた。軍服姿で汗だくの弟を送り出してから、風呂を浴びて風鈴の鳴る縁側に、湯上りの裸であぐらをかき、夕立の庭を眺めながら雨の音に聴き入った。松の梢《こずえ》を掃く雨、八ツ手《やつで》の葉を叩く雨、竹林をゆさぶる雨風……その頃の私はそれらの趣きを聴き分ける心境になっていた。このように悟り澄ましたつもりでいたが、この日弟から誘いを受けると、胸の底でこだわるものがあった。

賑やかに妻と子供たちが湯殿から出て来て、濡れ光る髪をそのままに縁に集まって来た。蚊遣《かや》りを焚き、切られた赤い西瓜《すいか》がお盆の上に並んだ。かいこが桑の葉を食べるように、子供たちが赤い果肉に小さな口をつけて忽ち平らげてしまう姿を眺めながら、子供たちの将来をあらためて考えてもみた。あと十年したら、一人息子は二十一歳……この歳ではまだ社会に出ていない、十五年したら二十六歳、無事に成長していれば何かの職業に就いていよう、娘たちは皆嫁いで、四人の婿たちは、良い相談相手になるだろう。その頃私は還暦を過ぎるが、どうやらそれまでは生きていられそうな気もする。孫も幾人かになっているに違いない……子供たちを社会に送り、そして子供たちの厄介にならずに暮すことが出来れば、まずこの世では最上の晩年ではなかろうか……と、心の隅から一つの声が私に自重をすすめた。このまま静かな生活に終始することが結局は妻子にとって最上の幸福であり、お前に残された義務でもあると教える。だが一つの声は、それとは著しく調子のちがった囁《ささや》きであった。

「世間は変りつつある。日本はお前が青雲の志を抱いた頃の弱小国から、一等国の列に加わろうとしている。植民地化された東洋諸国の指導者になるには程遠いかもしれないが、いずれはその道へ進むことは明らかだ。お前は人生五十の限界に近づいたと言うが、働き盛りではないか。そう思わないか？　お前の弟は近く少将、中将の出世コースを急ぐだろう。お前の妹たちの主人も、それぞれの職業で花道を歩んでいる。現在すでに生活程度に差が出来ており、お前の妻は口には出さないだろうが、親戚付合いにも苦労している。物心両面の苦労である。お前はそれを知りながら知らん顔をしている。悟りすましたつもりでいても、そんな悟りは偽物だ。悟りどころか迷いの一種だよ……さあ、後悔しないうちに目を醒ませ。この機会をとり逃がすな。お前に残された人生は短い。母や妻子に償いをする時が来たのだよ」

その夜、寝床についても、さまざまな声と幻影が交錯して頭が冴えた。

私の寝ている蚊帳《かや》の中には、妻子が静かな寝息をたてていた。柱時計が午前一時を打ち、迷いこんだ甲虫が羽音をたてて天井や襖にぶつかり、畳に落ちてはまた飛び立つのを聞きながら、

「ご無沙汰しているが……参謀本部の田中義一《たなかぎいち》少将（後の陸軍大将、総理大臣）に相談してみよう」

と考え……眠りの闇に落ちこんだ。

二

満蒙貿易公司の錦州商品陳列館が開店したのは、それから一年二カ月後の大正五年十月であった。先輩からも、母、弟妹からも、このように激励されて大陸に渡ったのは初めてである。心から妻も喜んで送ってくれた。

その頃の錦州は未解放区で、外国人の居住、営業は禁止されていたから、大変な手数がかかった。この都市は昔からの遼西の首府で、海陸両方面の交通の要点であり、蒙古の各市場の門戸であって、蒙古市場の中心地である赤峰《せきほう》の物資は殆《ほと》んど錦州を経て取引されていた。

主な物資は毛皮類と薬草で、錦州で取引される数量は、春羊毛二百万斤、秋羊毛八十万斤、羊絨五十万斤、雑毛二十万斤、羊皮二十万枚、山羊皮五万枚、牛皮六万枚、犬皮二十万枚、雑皮十五万枚、甘草二十五万斤で、赤峰以南の生産量はこれに倍するものがあり、中国商人と欧米商人が直接現地で買取っていたから、錦州で取引されているものはその一部に過ぎなかった。このように重要な地点であったから、支那大陸における最大の利権国である英国が見逃す筈はなく、錦州から赤峰に至る錦赤鉄道の敷設を計画し、その第一歩として錦州から朝陽に至る錦朝鉄道の敷設権を秘かに獲得していた。たまたま世界大戦にあって着工が遅れていたのである。錦州には日本人は売薬業者が十数名いるだけで、ここを足溜りに貧しい行商をしていたが、この売薬業者に対してさえ官憲の圧迫が厳しく、しばしば立退きを要求され暴力沙汰が繰返されていた。関東都督府では彼等の訴えによって参謀少佐吉村綱英を派遣したが、官憲は吉村少佐の駐在を認めず、一旅行者として扱い、護衛の名目で警吏に監視させ、しかも県知事をはじめ警察長は面会を謝絶していた。このような日本人圧迫の背後に英国の策動があるように観察された。こんな情勢であったから、この日本人の名義による貿易会社設立などは考えられないことであった。

この計画に関東都督府が創立資金一万四千五百円を支出し、創立後十カ年の間、毎年三千円ずつの補助金を交付するという好意を示したのは、田中義一中将の口添えや、当時都督府参謀長で私の同期生西川虎次郎《にしかわとらじろう》少将、民政長官白仁武《しらにたけし》などの尽力もさることながら、英国の利権侵略に対抗しようとする日本の基本政策に合致した計画だったからであろう。

私のように権力を背景にしないで、市井の一商人として十年もシベリア、満蒙に暮し、上流から下流まで各階層の人々の心理に通じたつもりでいても、錦州に入りこんでは身動きが出来なかった。土地も売ってくれず、家も貸してくれず、朝から晩まで警吏がつき纏《まと》っていた。それでも私は諦めなかった。支那旅館に泊りこんで毎日歩き廻り、交渉を続けた。二カ月たち三カ月たち、やがて六カ月にもなろうという日のこと、馬車を雇って狭い街路を行くと、向うからも馬車が来て、向いあったまま動けなくなった。ちょうどその場所が狭くてすれ違えないのである。乗っていた私は、じっと様子を見ていた。馬と馬が鼻を突き合せたまま、馬夫も馭者台に腰かけたまま知らん顔で向い合っていた。おそらく親方を異にする競争相手であったろう。それにしても少々我慢が出来なくなってきた頃、相手の馬夫が手綱を持ったまま煙草を喫いだした。すると私の方の馬夫も同じように煙草を喫いはじめた。路行く人も、商店の連中も、別に気を留める模様もなく、馬車の傍らをすり抜けて行ってしまう。煙草を喫い終えた私の方の馬夫が、突然ぴしりと鞭を入れて馬車がぐらりと揺れた。すると相手の馬が驚いて一歩退いた。つづけて二つ三つ鞭を入れ、そのたびに二、三歩退くと、相手の馬夫は、ようやく馭者台を降りて、ゆっくりと轡《くつわ》をとり、すれ違える場所まで静かに退いて行った。私の馬車は何ごともなかったかのように通り過ぎた。

私は腹の中で失笑したが、私自身のやっていることもおよそこれに近いものであったろう。日本人がひどく苦労して、それほど効果をあげられずに、英国人たちに利権をさらわれて行くのは、すぐ短気を起こしたり、官憲や軍の力をかりて、相手の面子《メンツ》をかまわず強行しようとするからである。中国は古来面子の国である。その思想は下層の人々にまで滲透している。その頃のことである。ある店先でお神さんが麺類を買い、主人の眼を盗んでこっそり一握りを自分の買分に加えたのを見たことがある。どうなることかと足をとどめて、それとなく見ていると、主人は横目でそれに気付きながら文句をつけない。何かとお世辞や雑談を交えながら、他の人に気付かれぬよう手を延ばして取戻すのである。取戻された客もそれを知りながら愛想良く帰って行った。これが当時の中国式であった。

私は生れつき気の長い方ではないが、努めてこの要領で愛想良くねばり通し、ようやく東街路の目抜き通りの馬具屋を三十カ年借りる契約に成功した。成功したからには放っておいて文句がついてはいけないから、直ぐ改築にかかり、城内では目につく洋風の建物が出来上った。大正五年七月二十一日、中華民国の五色旗と日章旗を玄関に交叉し、土地の代表者を丁重に招いて開業披露をした。歩いて一分もかからない距離に住む人々も、盛装して馬車で乗りつけた。この日から私は愛想の良い紳商として、私の生涯における第四番目か第五番目かの出直しをしたのである。調査や取引契約などに日時を要して実際に業務を開始したのは、それから三カ月後の十月であった。

　商売は意外にも順調に滑り出した。順調すぎるくらい順調に繁昌した。満蒙間の取引は勿論のこと、日蒙間の取引にも信用を得たので、関東都督府の助成金などは必要なかったほどである。これは殆んど外交上の交際費に惜しみなく使った。お蔭で土地の人々の感情も融和し、官憲も好意を持ちはじめて、いつとはなしに日本人の在住を黙認するようになった。翌年の大正六年四月になると、十数名にすぎなかった在留邦人が急増して二百余名になった。草分けの私が日本人会の会長に推薦されたのは当然の成行きであった。

　在留邦人が出稼ぎ根性を棄てて、中国人と共存して永住する気になってくれるように、私はまず日本人小学校を建設した。その責任者には、当時奉天にいた本願寺派布教僧安倍道暝師を据えた。同師とは長くしかも不思議な縁に結ばれた間柄である。元来、大分県宇佐郡豊川拝田の願成寺の住職であるが、ある任務を帯びて大陸に渡って以来、生涯を蔭の仕事に捧げた人である。私がロシア留学生として明治三十二年ウラジオストックに渡り、同地の本願寺出張所住職清水松月師（陸軍歩兵少佐花田仲之助《はなだちゅうのすけ》）から紹介されて、ハバロフスクで初対面以来十九年になる。その後私がハルビンで菊地写真館を経営し、全満洲に調査機関を張りめぐらした時に、同師は奉天にあって、一役を買ってくれた。その頃撫《ぶ》順《じゅん》炭鉱を発見したのも同師であって、当時ロシア経営の満鉄に使用を申入れたが、薪を焚いて走っていた鉄道では使いこなせなかったために、そのまま世に出なかった挿話もある。柳行李一つが全財産、破れ服に色のあせた袈裟《けさ》をかけ、水と塩と黒パンが常食であったが、興がのれば酒を汲み夜を徹して談ずることもあった。私の請を入れて同師は例の柳行李の代りに、今回は数個のトランクとともに現われた。しかも意外なことに、最近結婚したという夫人をつれて来た。夫人が小学校正教員の資格と経験を持っていたので、私の誘いに喜んで応諾したのだそうである。

「飛び立つ思いで……」

と同師は微笑した。私は涙を湛えて感激した。ハバロフスクの破れ出張所の板の間で、奉天の写真屋の待合所で、また日露戦争の際には黄塵の舞う戦場で、偶然顔を合せた思い出が幻影のように瞼に映った。私は同師を迎えて心の支えが出来たように嬉しかった。同師には布教と小学校の管理を、同師夫人には教鞭をとってもらうことにした。

事業はその後も順調であった。千円、二千円とまとめて妻に仕送ることも出来るようになり、私の生涯のうちで経済的に最も恵まれた時代である。三カ月に一回、少くとも六カ月に一回は家庭に帰る計画で、帰るたびに支那くるみや甘栗はそれぞれ米俵ほどの袋に入れ、菓子や仏像や宝石、書画、陶器類などと一緒に持ち帰り、親族に頒《わ》けて今日までの恩義に報いることも出来た。一人息子には五万円、娘たちには一万円ずつの遺産を残す長期計画を、夜更けまで算盤片手に妻と語らったこともある。

明けて大正六年、その年も無事に暮れようとする十二月九日、家庭に帰って正月を迎えようと思っていた頃、関東都督府陸軍部参謀長高山公通《たかやまきみみち》少将（後に中将）から電報が来た。

「用談あり至急出頭されたし」

高山公通少将は私の同期生であったし、都督府からは出資金や助成金の支給を受けていたから、行かなくてはなるまいと考え出発の準備をした。招電について考えてみると、思い当る理由はいろいろあった。

第一は、錦州の駐在武官二人もが続いて奉天に転出した後始末についての相談。

第二は、会社の支店を未解放区の赤峰に設けたが、これをさらに拡充して調査に当らせる申入れをするのではないかという予測。

第三は、どんな理由か私にはわからないが牛荘《ニューチャン》領事代理三宅哲次郎が機会あるごとに私を非難していたので、軍当局に何か申し出たのではなかろうかという疑い。

第四には、袁世凱大総統が第三次革命を鎮圧後、君主制を宣言して帝位に就いて僅か八十日、地方軍閥の反対にあって退位し、その死後就任した黎元洪《れいげんこう》大総統と段祺瑞《だんきずい》総理が連合国から要請された世界大戦への参戦について意見を異にし、これが政争の道具に利用されて、段総理を罷免したことから地方軍閥は次々に離反したので、これを討伐するため徐州の長髪軍張勲《ちょうくん》を起用したところ、張勲は意外にも清朝の復活を企て、宣統《せんとう》廃帝を無理矢理に引張り出して再び黄竜旗を掲げた。このためまたも大動乱となったが、張勲敗れて後、第二次段祺瑞内閣が成立して対独墺宣戦布告をし、この政争中に広東独立に成功した孫文の広東政府もまた対独墺戦線に参加したのであった。この騒動のさ中、錦州にいた憑徳冏という第二十八師長が、張勲の清朝復活運動に参加して天津で捕われ、死罪に問われようとしたので、部下の汲金純《きゅうきんじゅん》という少将が秘かに私を訪ねて救済を懇請したことがある。錦州に来てからこの両人とは面識があり、友好的な関係にあったので、私は天津や北京まで出掛けて奔走し、漸《ようや》く身柄を貰い受けて亡命させ、その後任に汲金純を就任させることが出来た。この始末は奉天督軍の張作霖《ちょうさくりん》も同意したと聞いていたので、今更問題になる筈はなかった。

第五には、この年の三月にロシア革命が起りニコライ皇帝は退位し、七月にはウクライナとフィンランドがロシアから分離して独立を宣言し、ケレンスキイ臨時政府の成立をみたが、十一月に崩壊、レーニン政府の成立によって世界大戦の東部戦線は全く崩れ去って、連合国側に大打撃を与えたのである。だが、この事件は軍界から足を洗って二十年に近い私に直接の関係があろうとは思えなかった。ロシアは、私が良きにつけ悪しきにつけ青春を捧げた国であるが、私の知識はもう古くさいし、その後は懐かしくはあったが全く無縁の国となっていた。

「いずれにしても……行かなくてはなるまい」

と私はつぶやいた。この出発に際して不快な問題がひとつ身辺にくすぶっていた。それは例の牛荘領事代理の三宅哲次郎が私を毛嫌いし在留邦人を煽動して排斥運動をしたので、私はこの年の八月、日本人会長の辞表を出した。けれども会員たちは一向に後任者を定めようともせずに、ちょうど私が都督府の招電で出発しなければならない十二月十一日に総会を開いて選挙するから出席するようにとの要請があった。私にとっては都督府の招電の方が重要であるから、旅行のため出席出来ないと断った。すると幹部が大変な見幕で押しかけて来た。

「後任会長が決まらないうちは、あなたの会長としての責任は消えていません。責任を負わないと言うのですか」

「いや、辞表は八月に出してあります。ご存じのことでしょう。その後なんのお話もないので、もう私の責任は解けたものと思っていました」

「冗談じゃありません。あなたはまだ会長です。その会長が総会に出席しないという法はないでしょう」

「ですが、皆さん、総会の日取りさえ相談を受けない会長さんなんてあるでしょうか。もう私を会長として扱っていない証拠じゃありませんか」

と私も負けていなかった。

「では伺いますが、どんな重要な用件で旅行されるのですか」

「…………」

「旅順と聞きましたが、そうですか」

「…………」

「ご返事なさりたくない理由がおありですか」

「個人の生活にまで、そう立ち入っていただきたくありません」

「あなた個人の？」

「そうです、個人的理由です」

「では日本人総会に個人的な旅行のため出席出来ないと言われるのですね」

「……そうです」

「重要な総会でも……」

「やむを得ません。申しわけないことはよく承知しています」

「今ここで言われた通りを総会に報告してよろしいですか」

「やむを得ません。在任中、ろくなお手伝いも出来なかったことをお詫びします。そのことを併せてお伝え下さい」

「………」

幹部の人々は不満の表情のまま引揚げた。私としては彼等とこのような別れ方をしたくなかったが、私と軍との関係について臆測されたくなかったから、招電について説明するわけにいかなかった。留守を預かる支配人角谷鼎三にも厳密にするよう申し渡して、予定通り出発した。

三

十二月十二日の朝、旅順に着いて参謀長高山公通少将を訪ねると、同少将はしきりに私の労を犒《ねぎら》いながら、ロシア革命が軍事的にも政治的にも重大な影響を持つ世界的な大事件であることを説き、参謀本部次長田中義一中将が特に私を指名して至急ロシアに派遣し調査に当らしめるよう命令があったので、承諾して貰いたいと言った。

「さあ、それはどうかな、高山君、君も承知のように僕は軍界を退いてから、かれこれ二十年近くになる。最近の軍界については全く知識がないし、ロシア事情の研究もやっていない。第一ロシア語を忘れてしまっとるよ。もう五十の老骨だからな。こんな老骨を使わずとも、少壮有為の将校が沢山おるだろう。僕らの出る時代ではないさ。田中義一閣下は昔のことを思い出して言われたに違いないが、適任でないから礼を尽してご辞退出来るよう、取りなして戴きたい」

と答えたが、高山少将は承知しなかった。革命騒動のロシアの微妙な事情は、少壮将校の経験を以てしては、よくなし得るところではないし、国際関係も錯雑していて軽挙を避けなければならない、特に指名の依頼であるから……と言った。

私は沈黙した。田中義一中将には日露開戦前から知遇を得、戦後も私生活に至るまで世話になりっ放しであった。錦州に貿易公司を設立する際にも、同中将を通じて都督府の援助を得たのであった。指名されて、このまま通りすぎることは出来ない事情にあることを感じたので、どうせ受けるなら、恩をきせるような素振りはしたくないと思った。

「承知しました。やりましょう」

と答えた。高山少将は私が再考を約して翌日にでもまた来るつもりだろうぐらいに考えていたらしく、私の意外に早い承諾に驚いた様子であった。両眼を見開いたまま私を見詰めて、

「ほう、いいかな」

と言った。

「やりましょう」

と私は繰返した。

「済まんなあ、せっかく事業を始めたというのになあ」

と高山少将は独りごとのように言いながらも、準備されていた命令と訓示を私に渡した。

命　令　　　　　　　　陸軍部嘱託　石　光　真　清

一、貴官ハ成ル可ク速カニ黒竜州《アムール》アレキセーフスクニ至リ爾後同地付近ニ駐在シ諜報勤務ニ従事ス可シ

二、諜報勤務実施ニ関スル細件ハ関東都督府参謀長ヲシテ之ヲ指示セシム

大正六年十二月十一日

関東都督　男爵　中村雄次郎

訓　示

一、露国ノ政変ハ弥々《いよいよ》逆転シ今ヤ欧州諸情報ハ露独ノ単独講和ヲ云為《うんい》シ而《しか》モ独墺両政府ハ露国ノ休戦及ビ講和提議ヲ歓迎シ之《これ》ニ同意ヲ表シタリト伝フルモノアリ。又近ク哈爾賓《ハルビン》ハ殆ンド無政府ノ状態ニ陥イリ本月七日同地総領事ハ外務大臣ニ出兵準備ヲ請願シタル次第ナリ。

又支那政府ハ八日哈爾賓治安維持ノ為メ東三省ヨリ一師ヲ出動スルニ決シ已に実施中ナリ。

以上ノ如ク時局ハ逐次進展スルヲ以テ遂ニ或ハ露国トノ間ニ如何ナル関係ヲ生ズルニ至ルヤモ亦《また》計リ難シ。殊ニ九日黒沢中佐ヨリノ電報ニ依レバ過激派ノ外務大臣トロツキイハ労兵会ニテ、日本ハ露国ニ宣戦スルコトナカル可キモ自己ノ為メ如何ナル奇策ヲ行フヤモ計リ難シト述ベタリ。此ノ如ク彼等ハ大イニ其警戒心ヲ向上シアルヲ以テ貴官ノ行動ハ特ニ一層ノ注意ヲナシ、何人ニモ其身分ヲ感知セラレザルヲ要スルト同時ニ、如何ナルコトアルモ厳密ニ秘密ヲ確守スルコト緊要ナリ。

二、其任務左ノ如シ。
㈠　西比利亜《シベリア》内部ノ動静
㈡　各地ニ於ケル独墺俘虜ノ挙動
㈢　欧露方面ヨリ浦汐斯徳《ウラジオストック》ニ大砲其他ノ兵器及ビ潜水艇ノ輸送ノ有無
㈣　其他特ニ必要ト認ムル事項
特ニ㈢ニ就テハ厳密ナル偵知ヲ要ス
三、貴官ハ陸軍部ニ直属シ任務ノ実施ニ関シテハ在哈爾賓黒沢中佐ノ区処ヲ受クルモノトス
四、諸報告ハ黒沢中佐ヲ経由スルモノトス、故ニ其通信法等ニ関スル事項ハ同中佐ト打合セヲ要ス
五、今次時局諜報勤務ノ為メ配置セラルベキ各機関ノ人名位置及ビ相互ノ関係等ハ別紙要図ノ如シ
六、貴官ハ右諸機関ト密接ナル連絡ヲ保持スルハ勿論特ニ在ハバロフスク参謀本部部員砲兵大尉岡部直三郎及ビ在チタ歩兵大尉林大八ト連絡ヲ確保スルヲ要ス
七、黒竜《アムール》鉄道中駐在地付近ニ於ケル破壊点ヲ偵知シ置クヲ要ス
八、任務遂行ニ際シ万一ノ場合其血路ヲ得ルニ就テハ充分ノ研究ヲナシ違算ナキヲ期スルヲ要ス

九、経費ハ月額千円トス、但シ其内ヨリ少佐ノ俸給百二拾九円ヲ除去シ則チ一ケ月八百七拾壱円トス

このような文書を受けた私は東京の妻に宛てて、

「命を奉じシベリアに赴《おもむ》く、委細文《いさいふみ》」

と電文を打ち、その足で錦州に帰り、支配人角谷鼎三を私室に呼んで事態を説明し、留守中の会社の責任をとるように依頼した。彼は、秘密を厳守すること、会社の経営については絶対にご心配をかけないから安心して国家のため尽していただきたい、と涙を浮べて誓った。その夜、赤峰駐在の管野大尉のために、遼西方面の情勢について特に留意しなければならない事項十項目を整理して、都督府の浜田参謀に人を派遣してとどけた。この頃になっても、そのような義務を私は感じていたのである。次に安倍道瞑師を呼んで事情を説明し、後事を託した。すると同師は片手の数珠《じゅず》をまさぐりながら、

「拙僧もお供をいたします」

と言った。

「…………」

私は同師をつれて行くつもりは全くなかったが、こう言われてみると、それも任務遂行のために適任者であると思い当ったし、また言い出したからには容易に退く人柄でもなか

った。私は厚意を謝して同行を願い、月給は七拾五円とし、防寒用品の準備金として五拾円を渡した。

「安倍さん、お互いに歳をとりましたな、若い連中と一緒にこんな仕事をやるのは、どうかと思うが、まあ、これもお勤めというものですかな」

「さよう……」

「老後の思い出に最後の御奉公をやりますか」

「はい」

道瞑師はそう答えて、いそいそと自宅へ帰った。同師とは十二月二十五日の降誕祭《クリスマス》の朝、奉天駅前の大星旅館で落合うことにして、私は二十日再び打合せのため旅順に行き、二十三日、二十四日の両日、都督府陸軍部で、シベリアの近況に関する書類を閲覧した。二十五日旅順発、約束より一日遅れの二十六日奉天に到着した。道瞑師は奉天の大星旅館で私の来着を待っていた。総領事館を訪い、事情を説明して旅券を求めたところ、即日下付された。二十八日同地を発し長春（新京）に行き、吉林将軍孟氏が、ロシア革命に関していかなる考えを持っているか知りたかったので、吉林省軍事顧問斎藤稔中佐を訪問したが、「傍観する」というだけで纏まった意見はなかった。二十九日、同じようにシベリアに派遣される青年将校二名が道連れとなって、翌三十日にハルビンに到着、同地に駐在の黒沢中佐を訪ねて、露支関係をはじめ東部シベリア全般にわたる情況を詳細に知ることが出来た。

私のほかにシベリアに出張している任務者は、オムスクに三木大尉（偽名三毛）、トムスクに瀬野大尉（偽名山本）、イルクーツクに由上少佐（偽名南）、チタに林大尉（偽名原）、ハバロフスクに岡部大尉、ハルビンに黒沢中佐、満洲里《マンチュリー》に今野中尉の七名であった。

大正七年一月一日、お屠蘇を祝う暇もなくハルビンを出発し、十五年ぶりに懐かしい満洲里へ向った。

東清鉄道はこれを領有しているロシア帝国の革命のため、麻痺状態に陥っていた。それかといって従業員が遊んでいるわけでもなく、また規則通り運転されているわけでもない。上司は権威を失って命令は徹底しないが、従来の規則が漠然とした習慣になって、動いているだけである。車掌が旅客を整理しないので、車内は身動き出来ない混雑であった。私は一等車に乗込んで漸く座席を得たが、ここもすぐ満員鮨詰めとなった。このあんばいでは、途中事故が起っても誰も責任を負わないであろうし、また責任を問う者もいないであろう。心細いことであるが、こんな時世になると、一般市民の精神状態にも変調が来るものと見えて文句をいう者はない。

一月二日午前十時、酷寒の満洲里駅に降り立つと、市街の彼方、鉛色の空に濛々たる黒煙が上っていた。なにか騒動が起っているなと感じた。駅内には武装を解除されたロシア守備隊が、綿服を着ぶくれた支那兵に監視されて列車に乗込むところらしく、大きな荷物を担ぐ者、袋に腰かけた者などが雑然と屯《たむ》ろしていた。停車場の規則は無視され、旅客の乗降に秩序がなく、呼ぶ声、怒る声がホームに満ち、小泥棒どころか強盗が白昼堂々と旅客の荷物を掻っ払う騒ぎである。私はホームに降りて荷物を整理し、じっと騒擾の静まるのを待った。

ふと気がつくと、軍関係同行者二名の姿が見えなかった。傍らの道瞑師に尋ねたが、師も気がつかなかったという。私は現役関係とは別個の任務にあるので単独行動をとっても差支えないわけであるから、彼等も別個の行動をとったのであろうと気にとめないでいたら、二十分ほど後に彼等は顔色を変え息をはずませて戻って来た。話を聞くと、ホームが混雑して私たちの姿を見失い、多分先行したのであろうと思って駅前で馬車を雇って予定の旅館に向う途中、中国人の暴漢数名に襲われて荷物を強奪されたのだという。その中には軍関係の重要書類や現金やピストルなどが入っていたそうである。私は旅館に行ってから直ぐに同地の日本人会長安生順一を訪ねて探索してもらったが、手懸りのあろう筈もない。やむなく彼等は、その日のうちに旅順に帰って善後処置を講ずることになった。おそらく二名とも処罰を受けたであろうが、気の毒なことである。少尉、中尉に任官したばかりの未経験者を革命の巷に派遣することが間違っているのである。

当地では露国守備隊の一部と学校教師や鉄道従業員の一部が蜂起して、停車場、兵舎などを占領し、赤旗を翻《ひるがえ》してソビエト革命を宣言した。これは十二月十五日のハルビンにおける革命騒ぎと連絡のあるものであった。ハルビンにいた東清鉄道総督ホルワト将軍は、ハルビン駐在の連合国領事団に出兵を懇請したので、領事団（日本総領事は佐藤尚武《さとうなおたけ》）は協議の結果、中国に駐屯する連合国軍隊の派遣を北京の公使団に訴えたが、公使団は連合国軍隊を動かさず中国軍に出動を求め、ようやく騒動をおさめることが出来たのである。満洲里も同様で、十二月三十日、黒竜江暫編陸軍混成旅長江顕珍の率いる部隊が到着して革命騒動を鎮圧し、ロシア守備隊の武装を解除して、私が到着した日にチタへ送還したのであった。送還列車にロシア兵を送りこもうとしている停車場にちょうど降りあわせたわけである。ロシア兵は僅か五百名であったが、退去する時に兵舎に放火したため、濛々たる黒煙が市街を覆っていたのである。

明治三十三年の中国市民大虐殺につぐ侵略（北清事件）以来、大スラブ帝国の三色旗を翻し、君臨していたロシア軍が、綿服を着ぶくれた見すぼらしい中国軍に武装を解かれて、国境の彼方に追われ行く姿を眺めた時、私は歴史の変転の激しさと無情さを、眼と耳と胸にしみじみと感じた。

弔　鐘

一

一九一八年一月四日（大正七年）朝から陽の光が鉛色の雲にさえぎられ粉雪がぱらつく寒い日であった。この日、満洲里を出発、相変らず混雑している列車に乗りこんでチタに向った。国境の警戒は全くなかった。

午後二時頃のことである。列車がピッシャンカ駅に到着した時、前部の客車で何事か起った様子であった。誰も不安な瞳を見交わすだけで、飛出して様子を見に行く者がいない。災難が我が身に及ばぬことを祈っているのであろう。老人や女たちは秘かに胸に十字を切って眼をつむった。

私と安倍道瞑師は、凍りついた窓をあけて半身を外に乗り出した。小銃やピストルで武装した青年の一団五十名ほどが列車を包囲していた。そのうち十四、五名の者が車内に乗込んで、ピストルを片手に乗客の携帯品を調査したり、身体検査をして、現金と貴金属類を奪っていた。一団の中には十数名の若い女性も混っていて、服装はまちまちである。旗などは持っていないが、顔つきから判断すると無頼《ぶらい》の集団ではない。ボリシェビキ（社会民主労働党の多数派でソビエト共産党の前身）かアナキストの資金稼ぎであろう。闖入者《ちんにゅう》は私の乗っている車内にも入って来た。片端から乗客の荷物をあばいて内ポケットにまで手を入れた。奪った物は車外に立っている仲間の手に渡された。車外の者はピストルを片手にかざしたまま、それらを受取ってポケットにねじこんだ。車掌も駅長も駅員も遠くから眺めているだけである。粉雪がぱらぱらと窓から乗客の肩にぱらついた。

闖入者は私と道暝師の前に立って、じっと風体を眺め手を出そうとしない。私たち二人も沈黙して彼等を眺めた。近くから見ると意外に若い連中である。日本人だとわかったのであろうか、それとも得体の知れない外国人には手を出さない方が良いと判断したのであろうか、私たち二人を除いて次の乗客の胸にピストルをかまえた。頰髯《ほおひげ》に半顔を埋めた大男がハッと息をのんで両手を上げた。同乗していた長い外套のロシア将校二名は、両手を上げたまま車外に連れ出された。

冷たい嵐が車内を吹き抜けた頃、ホームに振鈴が鳴って汽笛が悲鳴のように聞えた。ガタンと動揺して列車が動き始めると、乗客は悪夢から醒めたように辺りを見廻し、膝に降りかかる粉雪に気がついて硝子窓を閉めにかかった。取り散らかされた荷物をまとめながら、乗客はまだ闖入者が乗っているかのように、小声でひそひそと恐怖を語り合った。

列車は重苦しい空気を乗せてチタに着いた。途中の事件が頭に残っていたので、何かしら不穏なものを予感していたが、着いて見たチタの街は灰色の空の下に淋し気に静まっていた。同市はザバイカル州の首府で戦争前には七万の人口を持っていたが、戦争が始まってからはシベリア鉄道事務所がアレキセーフスカヤに移されたばかりでなく、駐屯部隊が戦線へ送られたので、今は四万の人口を支えているに過ぎない。先頃はイルクーツクに起った革命軍が侵入して政権の譲渡を要求したが、イルクーツクの革命政権が崩壊すると同時にどこにか退散してしまった。その後は吹雪の去った朝のように平穏であるという。

物資は欠乏していたが、価格は大して騰貴していなかった。約一万の支那商人が日用品を商っていたが、ロシア官憲の監督が厳重で暴利をむさぼれなかったのである。それに小麦粉、肉類、綿布類の切符制度が手際よく実施され成功していた。

在留邦人は二百十三名であるが、この年の七月に女郎屋の閉鎖命令が出たことと、革命の不安のために引揚げる者が多く、残留者は百三十名であった。女郎屋の閉鎖は危険分子の集合所になるのを恐れ治安維持のためにやったことで、日本人に対する一般の感情はよく、食料品などは官辺から特別の便宜さえ与えられていた。

チタにはドイツ、オーストリアの俘虜が約三万ほど収容されていたが、アルタイ方面の鉄道工事に使役されていた。革命のため解放された兵士たちの乱行が、ここでも目立っていた。無切符でドヤドヤと列車に乗込み、一、二等の区別なく座席を占領し、阿片や酒や煙草の密輸入をやって税官吏を脅迫した。一般の市民には手を出さないが、将校と見れば帯剣やピストルをとり上げ外套を剝ぎ取って悪罵を浴びせた。

一月七日、ベッドの上に目を醒ますと、チタ市内の寺院の鐘が遠く近く、高く低く、静かな冬空に鳴り渡っていた。この日はロシア暦によるクリスマス祭に当る。

私は横たわったまま、晴れ渡った冬空を窓ごしに仰ぎながら鐘の音に聞き惚れた。空高く鐘楼に揺られている鐘のように、市民の心も揺られていることであろう。悩み多く過ちをおかし易い人間を救うために、神の御子が地上に遣わされた日である。市民は仕事を休み、商店は戸《とぎ》を閉して、静かに祈りを捧げているが、異教徒である私と安倍道瞑師は旅支度にかかった。私たちにとってはアレキセーフスカヤに出発の予定日であった。

鐘の音に送られて停車場に行くと、列車は一、二、三等とも戦線から引揚げの兵士たちが我が物顔に占領して酔い騒いでいた。私たち二人は車から車へと血眼で座席を探して、やっと三等車の片隅に道瞑師と一緒に腰かけることが出来た。まず奇跡に近い幸運であったろう。荷物を腰かけに結びつけてから、車内で騒いでいる兵士の一群を静かに観察した。服装は乱雑であって、一人として正規の軍装をしている者がいない。彼等は小銃と弾薬百乃至二百を携帯しているらしかった。一般の乗客は廊下や出入口の狭い場所に鮨詰めになって、兵士たちの騒ぎに威圧されていた。

革命のためにドイツと休戦になって東部戦線は崩れ去った。戦線を離れて一斉に郷里に帰る彼等である。革命という見通しのつかない不安な旅であろうが、彼等は死の戦線から解放され、階級の鎖から解き放された喜びに酔い痴れていた。トランプを遊ぶ組、手風琴《てふうきん》(アコーディオン)を鳴らして歌う一群、場所さえあれば踊り廻ることであろう。彼等の中には軍装した女が混っていた。正規の女兵士であるのか、いかがわしい素姓の女が潜んでいるのかわからないが、彼女らのはしゃぎ廻るかん高い嬌声が、ひときわ騒がしかった。

発車の振鈴が寺院の鐘の音とともに聞えて、騒々しい列車が動き始めた。ふと気がつくと、第三層の寝台に、それとわかる立派な服装をした将官が五人、遠慮がちに顔をかくして横になっていた。権威を失った将官の惨めさを、しみじみと感じさせる寝姿である。傍らの道瞑師は列車に乗りこんでから辺りの様子を静かに眺めるだけで、まだ一言も口をきかない。

正午頃、列車はモゴチヤ駅に停車した。兵士たちはどやどやと列車を降りて、構内の物売りのいる場所へ集まって行った。両手を拡げて柱や列車に摑まりながら千鳥足で行く者が沢山いる。彼等はパンや鶏の丸焼や腸詰を群がって買い、その場所で早くも口を動かし始めた。薬罐《やかん》に熱湯を補充して、白い湯気を引きながら車内に持込むのが賑やかである。

発車の時刻が近づいた。第一鈴が駅長の手によって鳴らされた時である。酒に酔った一兵士が第三層に横たわっていた将官の一人の腕をつかんで乱暴に引きずり降した。見れば白髪白髯の老将軍である。外套のボタンをかけながら兵士に問うた。

「何か用事かな」

兵士は真黒に汚れた薬罐を将軍に手渡して言った。

「時間がない。すぐ行って熱い湯を持って来い」

老将軍はびっくりした表情で、薬罐を片手に下げたまま言った。

「第一鈴が鳴ったではないか。そんな無理を言うものではない」

兵士は承知しなかった。薬罐を下げた老将軍を力ずくで車外に押し出した。老将軍は厳寒のホームに降り立ち、外套の襟《えり》を正して静かに湯沸し場へ歩いて行った。列車の窓から兵士たちが一斉に顔を出して歓声をあげた。これを見た駅長が片手に振鈴を持ったまま近づいた。

「閣下よ、発車の時刻が迫りました。次の駅で補充されてはいかがでしょう」

と丁重に注意したが、老将軍は何も言わずに背後の兵士たちの方を眼で知らせて歩み続けた。駅長はその後姿を見守ったが、静かに追い近づいて言った。

「閣下よ、湯を汲んでいらっしゃい。それが済むまで発車を待ちましょう。私がひと走りして汲んで来ればよいのですが、それでは兵士たちが承知しますまい。お待ちしておりますす」

老将軍は「ありがとう」と言って、湯沸し場で大きな汚ない薬罐に湯を一ぱい入れて、重そうに戻って来た。薬罐から立ちのぼる白い湯気が、硝子のように凍った空気に長く尾を引いていた。成行き如何にと列車の窓に鈴なりになっていた兵士たちが、一斉に喝采し嘲弄した。将軍は薬罐を列車の床に下して外套のボタンをゆるめ、寝台に戻ろうとしたが、そこにはすでに酔い潰れた兵士が転がっていた。私は自分の座席の片端をあけて着座をすすめた。

「貴下はヤポンスキー（日本人）ではありませんか」

「さようです」

「戦線ではたびたび日本の将校にお目にかかり、お世話になりました」

「どこに行かれるのですか」

「ブラゴベシチェンスクの自宅に帰る途中です」

それっきり将軍も私も沈黙した。帯剣の代りに持ったステッキの銀の握りに白髯の顔を支えている憂いの姿を見て、私の魂は凍った。これ以上なにも尋ねたくなかった。傍らの安倍道瞑師は何やら先程から口の中でひとりごとを言いながら瞑目していた。

それから間もなくである。酒気を帯びた兵士が将軍の前に立ち、薄笑いを浮べながら将軍の外套の襟をいじり廻し、裏をめくって毛皮を撫でた。

「おい大将、これは誰に貰ったんか」

と肩章を叩いた。将軍は瞑目したまま答えなかった。

「おい、目を醒ませ！　これは誰に貰ったんか」

兵士は握りこぶしで強く将軍の肩を叩いた。将軍は眼を開いて兵士を眺め、静かにうなずいただけであった。すると兵士は突然肩章をねじ切って剝ぎ取り、床に叩きつけて踏んだ。

「ニコライ（皇帝）から貰ったんだろう。なあ爺さん」

と嘲《あざけ》った。兵士はこれだけで許さなかった。とうとう老将軍に外套を脱がせて、自分の粗末な外套ととりかえ、兵士たちの歓声に迎えられて、ようやく引揚げて行った。他の将軍たちは上段の寝台に横たわったまま動かなかった。

「ヤポンスキーよ、革命というものは恐ろしいものだ」

と私の傍らにいた五十年輩の官吏らしいロシア人が、私の耳許でささやいた。

「王朝時代……と言ってもつい二、三カ月前までは金モールを身につけて威張っていた官吏や軍人をご覧なさい。気の毒なものです。ヤポンスキーよ。革命を見に来られたのか。この惨めな情況をよく見て、あなたの国の人々に伝えて下さい。決して、決して、このような革命を起してはなりませぬ」

と言った。背後で女兵士が嬌声をあげて歌い出した。一団の兵士が手風琴に合せて手拍子をとり、口笛を混えて歌い出した。私はこの騒然たる歌声とレールの響きの中に、チタを出発した朝の冬空に鳴り渡っていた寺院の鐘の音を聞いた。耳を離れない大ロシア帝国壊滅の弔鐘を聞いた。

二

一月十四日、雪晴れのアレキセーフスカヤに着いて、駅前広場で青空を仰いだ。赤旗はどこにも翻《ひるがえ》っていない。私は同行の安倍道瞑師と顔見合せて微笑した。

長い厚い冬外套に防寒靴を深々と履いた市民たちは、落着いた足どりで歩いているし、馬橇は鈴を鳴らして街路を滑り交わしていた。

正月一日にハルビンを出発してから、もう二週間になる。その間、酔い騒ぐ帰還兵の乱暴に悩まされ、得体の知れない武装青年の一団に襲われたりして、私の魂は凍ったが、今立っている駅前の静かな風景は、自然に私の唇をゆるませ眼を輝かせた。凍った魂も融け始めた。まだ革命の波濤はアムール州に波及していないのであろうと察した。

私と同じ思いにとらわれているのであろうか、片手に数珠を下げてボンヤリ立っている道瞑師を促して、駅前の小さなレストランに入った。まず熱いお茶を、そして次に軽食を持って来るように注文した。ペーチカは十分に焚かれて私たちを温かく迎え入れた。年老いて太った女主人が真白な前掛に両手をくるんで、身体をゆすりながら出て来て問うた。

「お二人とも旅のお方か」

「そうだよ、ハルビンから今着いたばかりだ。汽車が混雑してね、ゆっくりお茶も飲めなかった」

　女主人は三度も四度もうなずきながら、私たち二人の風体を眺めた。

「旅のお方はご存じないと見える。熱いお茶をあげたくても砂糖がないし、パンも小鳥が食べるほどしかない……それでもよろしければ」

と溜息をついた。私と道瞑師は顔を見合せた。砂糖のない紅茶などシベリアの生活では考えられなかったからである。すると、隣りの食卓を囲んでいた四人の男の一人が私に声をかけた。赤い頰髯を豊かに蓄えた大きな男である。

「ヤポンスキー（日本人）よ、革命のためにご覧の通りでお気の毒に思う」

と言って、ポケットから角砂糖を四個とり出して私の食卓に並べた。

「これは旅行者に対する特別の歓待だ、そのつもりで舐めてもらいたい」

と笑った。同席の他の三人も私たちに頷いて笑った。私のトランクの中には当座用の砂糖が入っていたが、こんな砂糖飢饉を知ると、かえって取出せなくなるものである。私と道瞑師は立って丁寧に礼を述べた。そして私たちが、この駅に降り立って感じた平和と幸福の感激は錯覚であったろうかと質問した。

「旅行者にはそのように見えるであろう。砂糖の入っていない紅茶でも、見ただけでは甘いように見えるものだ。飲んでみれば渋いことがわかろう。貴君はいかなる職業の方か」

「新聞記者です。満洲に出張していたら、貴国に革命が起ったため視察を命じられて来ました」

「それならば王朝時代の極端な階級制度を知っておられよう。それを知っていれば、この革命の起った理由もおわかりだろう。だが……新聞記者よ、王朝は亡びても数百年の生活感情は簡単に変るものではない。変らないが故に悲劇が起る。血を見なければ安定は得られないだろうと思う。フランス革命がそれを教えている。貴国は東洋の最強の軍国だ、この革命をいかに考えていられるか。トロツキーも新聞によると貴国の態度に重大な注意を払っているようだ」

「大戦の最中に、この革命に会った貴国民に心から同情しています。連合国の一員として……」

「だがロシアは連合国から脱落した。脱落して敵側のドイツと休戦した。いいかえれば貴国を裏切ったのだ。連合国も日本も黙って眺めているはずがない」

「貴方がいかなる身分の方か知らないが、日本は連合国からシベリアへの出兵を要請されながら動かないでいます。ロシアの内政問題に干渉する意志がないからです」

「満洲にはロシアの権益がある。日本がどうして黙っていよう……」

四人の男は笑って窓外を眺めた。白けた空気がひろがって言葉が続かなかった。その時まで気がつかずにいたが、四人の男の背後の汚れた白壁には、四挺の銃が立てかけてあった。

「あなた方はミリチオネール（民兵）か」

「そうだ、わしが民兵長だ」

と髯男が答えた。また、しばらく言葉が跡絶えた。しばらくして道暝師が話しかけた。

「民兵長よ、貴国はドイツと休戦したが、ドイツと結んで連合国と戦うためではない、革命のために中立が必要だったからだ。連合国は中立の保障が欲しいだけだ」

「その話はやめよう」

と髯男が笑顔をつくった。それから急に悲しい表情になって言った。

「日本人よ、われわれは国旗を失った。ケレンスキー政権は王朝時代の白青赤の三色旗を改めて、赤青白の順序に変えたが、民衆は気迷って誰も使おうとしなかった。それかと言って、なんでレーニンの赤旗なんか樹てられるものか！　国旗を失った悲しみを日本人はわかってくれるか」

「民兵長よ、一日も早く革命が治まることを望みます。ロシア民衆のために、また日本の民衆のためにも」

「ありがとう。だが、それは遠いことだ。不幸だが遠いことだ。革命が起ってから、中国商人たちは素早く食料品や衣料品を買占めて売り惜しみをしている。そのためにわれわれは、その日の暮しにも苦労している。先月には付近の農民が押しかけて市当局に日用品の配給を要求して、ひと騒ぎあったが、どうにもならないのだ。おまけに中国商人はロマノフ紙幣も受取らない。王朝時代の貨幣でなければ物を売らないのだ。貨幣が彼等の手に集まれば集まるほど、貨幣が不足して、その価値があがることは紙幣が安くなることだ。日本人よ。われわれは王朝時代に、どこの都市でも中国商人が食料品の商売をやり、これを下級の階級として待遇して来た。ある時代には彼等を満洲侵略の犠牲にした。アムール一帯の大虐殺事件を日本人は知っているか」

「知っている。当時の日本ではアムール河の流血という歌が広く唱われて、国難の近いことを国民に知らせた。そして、ついに日本とロシアは不幸な戦争に引きずりこまれてしまった」

「日本人よ。ロシアの神はロシア民衆に贖罪を求めている。東洋には復讐の神々がいるそうではないか」

民兵長は神の名を口にして、胸に十字を切った。

「日本人よ。気に障ったら許してもらいたい。神は公平だと言うが、歴史というものは、もっと公平なものだ。われわれが苦しむのは当然の裁きかもしれない」

その時、十数名の青少年の群が乱暴にドアを押し開いて入って来た。民兵長たちは急いで壁に立てかけてあった銃を執って、両膝の間に入れて握った。青少年のうちの約半数は女性で酒気を帯びており、煙草をくわえていた。どやどやと調理場に押しかけて、女主人と何やら押問答を始めた。民兵長が椅子を近づけて、私の耳許でささやいた。

「革命が始まってから生活が苦しくなると、親はその日その日の食料の入手に追われて子供の監督も出来なくなった。若い教師たちは革命に熱心で教育を棄ててしまった。ご覧のように青少年たちは身も心も荒れ果てて放浪している。情けないことだ。日本人よ。革命を起してはならぬ。いや革命が起るような政治をしてはならぬ。貴君が新聞記者ならば、よくこの実情を見て、世界に知らせてもらいたい。一つには将来、各国ともこんな悲惨な事態を起さないように、もう一つは、ロシアはこの不幸な事態の解決に精一杯で、大戦に再参加は出来ないのだから、同情心をもって干渉を控えてもらいたいことを」

そういって彼等は立ち上った。私も立って握手し、平和の近からんことを望んで別れた。青少年の一群は調理場で何をせしめたのかせしめなかったのか知らないが、どやどやと出て来て私たち二人をとり囲んで眺めた。一人の少女がつかつかと寄って来て何か言おうとしたが、後ろの男に引戻された。そして、乱暴な靴音をたてながら街路へ一斉に出て行った。

女主人は彼等の出ていった出入口をじっと睨んでから調理場に戻って、貧弱な黒パンの塊りと肉のスープを持って出て来た。

「なんということだ、罰当りの野良犬め！」

と口の中でつぶやきながら食卓を整えた。

「道瞑さん、二十年前を思い出して、自分の老いたことも勿論だが、大ロシア帝国がこんなにもろく崩れ去ったのを見て感慨無量だね。過去幾百年の間、アムール河を、ある時は匈奴が、またある時はコザック兵が、馬上から槍を構えて渡ったが、こんどは、どこの国の軍隊が渡るだろうね」

私は乏しいスープを啜《すす》り、小さい黒パンの塊りを噛みしめた。

「左様、日本かもしれませぬ。中国はそのような損な仕事はしません。さきほど民兵長が話していたように、彼等は既にどしどし実利を稼いでいるのですからな」

道瞑師は相変らず事もなげに言い放つ。そうかもしれぬ。そうなるかもしれない。私はこんな問答をしながら、この地に道瞑師を駐在させることが良いと気づいた。同師に計るとすぐ承諾した。アレキセーフスカヤはシベリア鉄道の重要沿線都市であって、各地の情報が集め易かったし、私の駐在するブラゴベシチェンスクの玄関口をなす重要地点でもあったからである。

自重を約し合って二人は別れた。私は単身、思い出深いブラゴベシチェンスクに向った。私の生涯を思いもよらぬ諜報の仕事に導き入れた運命の土地に、今はまたいかなる運命が私を待ち受けているであろうかと、遥かな地平線に冷たく光る空を見据えた。

三

シベリアの冬は暮れ易く、人の生涯は移ろいやすい。青年将校の軍服を脱いでブラゴベシチェンスクに初めて留学した日から二十年の歳月が流れている。二十年という歳月は人の生涯にとって、かけがえのない貴重なものである。この貴重な歳月の二十年をいつしか過して私は五十歳の身を久しぶりにこの地に運んだのである。大正七年一月十五日の夕刻であった。

街はすでに大部分戸を閉ざして、ペーチカの煙が夕空に静かに上がっていた。二十年前と少しも変らぬ風物である。あの街角、あの屋根までが私の遠い記憶を甦らせた。変ったのは私の初老の身だけであろうか。

コンドラショウフ・ホテルに当分の間滞在することにして玄関に入ると、ガランとして人の気配がなかった。私を送って来た馬車屋の呼声に応じて、黒い服を着けた白髪の老人が出て来て不思議そうに用向きを尋ねた。聞けばちょうど一カ月前の十二月十五日の夜、暴漢七、八十名が押しかけて金庫を破壊し、美術品を奪い、お客からも金は勿論のこと、小荷物まで強奪して、被害は百万ルーブルを越したということである。犯人は今日まで一人も逮捕されていない。その後も市内の各所に出没しているとのことであった。それにしては静か過ぎる街並であるが、警官さえ歩けない夕暮の街をなんで市民が出歩こう。革命というものは、このように静かに迫り来るものであろうか。

老支配人の説明を聞いて見渡すと、灯の消えているシャンデリアだけが冷たく天井から下がっていて、装飾品の欠けているロビーはさむざむとして空しかった。「こんなざまでよろしければ……」と老支配人は手を揉んで気の毒がった。部屋に案内されたが、電燈がつかない。

「さきほどから電気職人を呼んでおりますが、なかなか参りません。暫くお待ち下さい。ランプを点《っ》けて差上げたいのですが、石油がございません」

私は仕方なく薄闇の中で旅装を解いてソファーに身を沈めた。老支配人は紅茶を私にすすめて、手を揉みながら問うた。

「お客さまは、この土地はお初めてで」

「いや、二十年ぶりだ……」

「おお！　二十年も前に。私もその頃からこの街に住んでおります。お客さま、あの頃は楽しゅうございました。私もまだ壮年の頃で、冬は冬で、冬籠りの楽しみがございました。それが、なんということでしょう。このクリスマス祭には、どの家庭でも古い飾りを持ち出して部屋を飾りましたが、お砂糖も葡萄酒も手に入る家庭は少のうございました。教会では市民たちが救いを求め、神に平和を……」と語って支配人が言葉を切った。部屋の戸

口に大きな男の黒い影が立ったのに気付いたからである。片手にズックの小袋を提げたその男は、

「故障はこの部屋かね」

と問うた。電気職工であろう。支配人はうなずいて部屋の戸口に退いてながめた。職工は支配人には眼もくれないで、薄闇の中でジッと私の顔を見てから、ぐるりと部屋を見まわした。そして部屋の片隅から椅子を引きずって来て、背の高い身体の重心をとりながら静かに椅子の上に登って電燈をいじり始めた。

電燈がぱっと点いた。職工は二、三度パチパチと点滅してから、椅子を降りて私の顔をみた。意外にもその職工の顔は短い頬髯の中で微笑していた。

「ポルコーウニック（大佐）よ。視察に来たのですか」

「…………」

私は虚を突かれてハッとした。彼の顔を見直したが、私の記憶の中にはない顔であった。支配人もこの言葉を怪しんで立ちすくんだ。

「…………」

「大佐よ、貴方は私を知らないと思う。私も貴方に会うのは今夜が初めてだから……」

「…………」

「大佐よ、ロシア市民は苦しんでいます。帝政時代にわれわれが受けた境遇は崩れ去ろう

としています。今後もしばらくの間は、苦しまねばならないが、しかしわれわれには希望がある。大佐は帝政時代のわれわれの生活をよく知っていると思う。ロシア市民が今なにを求めているかもおわかりだろう。大佐は必ずわれわれを激励してくれるものと思う」

職工は微笑した。微笑しながら、私の言葉を待つでもなく、ゆっくりと道具を小袋に収めて部屋を去った。

私は戸口に立っている支配人に、彼が何者であるかを問うたが、支配人は首を傾けるだけで、私の与えたチップを丁寧に受取ってたち去った。

この職工がアムール州ボリシェビキの指導者フェオドル・ニカノロビチ・ムーヒン（一八七八―一九一九）であることを後に知った。彼は西シベリアのチューメン市に生れ、ザバイカル鉄道、東清鉄道に機関手として働いていた革命の闘士で、永らく投獄されていたが革命とともに解放され、当時はブラゴベシチェンスク市営電燈会社の職工であった。この日、私の来着の情報を得て自ら首実検に乗りこんできたのだそうである。革命の嵐の中で幾たびか彼の頑丈な大きな手を握る日が来ようとは思わなかった。

長い市民の列

一

食糧事情はアレキセーフスカヤよりも良かった。主要食糧品の割当切符制が早くから実施されたからで、商店の前には買物籠を提げた女子供たちが長い列をつくっていた。乏しい配給ではあるが、晴れた静かな日には賑やかにお喋《しゃべ》りをしながら、彼等は楽しんでいるかのようにさえ見えた。粉雪が斜めに舞う寒い日は、この列は短くなって、毛布で顔を被《おお》った灰色の影が黙りこくって辛抱強く並んだ。

善良な市民たちは、このような乏しい毎日の保障に縋《すが》って暮していた。市当局の日用品の統制策は一応手際よく実施されたが、中国商人の商才にはかなわなかった。アレキセーフスカヤと同様に、彼等は帝政時代のロマノフ紙幣か貨幣でなければ受取らなかった。そしてロマノフ紙幣で貨幣を買い集めた。このため小銭が払底したので、市当局では小額紙幣の欠乏を補うために、州内で通用する補助紙幣を発行したが、中国商人はこれをボイコットした。市当局は幾たびか布告を出して中国商人の協力を求めた末に、ようやく通用するようになったが、レートをうんと下げて安く扱った。こうするうちにブラゴベシチェンスクばかりでなく、東部シベリア一帯の通貨制度は混乱して、通貨の代りに郵便切手や公債の利札などが通用するようになり、中国人の懐中に集まった帝政時代の貨幣価値はあがる一方であった。市民たちは物を得る前に、まず通用する紙幣を手に入れなければならなかった。善良な市民ほど、このような準備がなかったし、不手際な取引をやった。彼等は思い出の籠った宝石を一つ一つ胸を痛めて売り、夜会服を二束三文で手離して、中国人からロマノフ紙幣を手に入れなければならなかった。

中国商人の金庫に集まったロマノフ銀貨や貴金属や宝石は、革命をおそれてアムール河を渡り黒河鎮《こくがちん》に流れた。かつてはゼーヤ金礦の砂金がアムール河を渡って黒河鎮の闇市を賑わせ、馬賊どもの財政源をなしていた時と同じコースを辿《たど》って、ロシア市民の財産は満洲の彼方に吸いとられて行った。

市民の中でも職業や階級によって困難の度合いがちがった。富裕階級は貯めこんだ貴金属を少しずつ売り、労働者はインフレの度合いに合わせて労賃の値上げを要求した。惨めなのは中産階級の中のインテリゲンチャで、官吏などの俸給生活者を初めとして、貯金を頼りに暮していた老人や寡婦たちの前途は暗かった。彼等は初めて経験するこの革命がどのような意味を持ったものであるのか、自分の生活にどんな影響があるのか知らなかった。

治安はコザックとミリチオネール（民警または民兵）によって保たれていた。コザックは屯田兵で貧しいながらも自作の中農であったから、ボリシェビキ政権によって農地を奪われるのを恐れていた。その立場から中産階級と利害を共にしていたし、一般の地主や商工鉱業主とも敵対関係がなかった。一般市民は彼等をただ一つの頼みとしていたが、革命以来、軍の旧制度が崩壊したので上官の命令が徹底しないで軍規は紊《みだ》れ、武器も不足していた。こんな状態になると、運よりほかに頼れるものは何一つなかったのである。

独墺軍の俘虜は将校四百七十名、兵約一千名がいたが、動揺はなかった。戦争前には在留ドイツ人のスパイ活動が盛んで、随分当局を悩ましたそうであるが、今は連合国に包囲されて苦悶する祖国の運命を憂えながらも帰国する手段がなく、静かに暮していた。腕に自信のある者は靴屋や洋服屋に雇われて日当三、四ルーブルを稼いでいた。彼等が暴動に参加する心配はまずなかった。

アムール州長兼ブラゴベシチェンスク市長のアレキセーフスキーとコザック民政長官カゼイウィニコフと事務官ペトロフの三名は、レーニンの招請に応じて露暦十二月二十七日ペトログラード（後のレニングラード）に開かれた第一回施政会議に出席したまま、まだ帰らなかった。市長代理には労兵会出身のチェルニヤークが就任し、民政長官の政務はアムール州会議長シシロフが当っていた。

私がこの地に来た頃から、暗い影がしのび寄るように、街の隅に人の心の端に、不安がしみこんで来た。知らぬ間にしのびよっていた暗い影に気がつき始めたといった方が本当かも知れない。気がつくと、暗い影はどこまでも人の後を追ってつきまとって来るように思われた。

コザック兵は三人、五人と武器を持ったまま脱走して郷里に帰り、治安維持の能力は日毎に減った。それでも一般市民はコザックを信頼したが、在留外国人が不満を表明した。当時の在留外国人は中国人七千名、日本人三百五十名、ギリシャ人百五十名、イタリア人二十名、フランス人十八名、トルコ人十五名、アメリカ人四名、ルーマニア人一名、ペルシャ人一名であった。このうちのイタリア、フランス、ギリシャの団体代表が日本人会に申し入れて、協力して外国人の生命財産保護に当りたいと言った。日本人会もすぐ賛成して、十八日に久原鉱業事務所に各国代表が集まった。日本側から、加藤慎太郎（日本人会長）、鳥居肇三（久原鉱業職員）、千葉久三郎の三名が参加し、意見書を作って各国一名ずつの代表を選んで、政庁にチェルニヤーク代理市長を訪問した。

「市長よ、閣下は将来いかなる手段をもってわれわれ外国人の生命財産を守るや」

「ご承知の通りの非常事態でありますが、あらゆる手段をもって優先的に保護いたします」

「コザックは毎日脱走兵が増加し、すでに治安の能力がないと思うが如何」

「近く戦線から有力な部隊が戻って来ますから強化されます」

「もしロシア側で責任をもって保護出来なければ、われわれ外国人は意見書を発表して適宜に自衛の策を講じますから、左様ご承知願いたい」

チェルニヤーク代理市長は大袈裟な表情で驚き、しきりに弁解をした。

「意見書を発表されると、治安維持力の劣弱を暴露して一般市民の不安をかき立てるばかりでなく、ボリシェビキにすきを見せることになり収拾出来ない事態になりますから、是非とも発表だけは差控えていただきたい」

と懇請した。代表団はこの申し出を諒解し、市長に善処を求めて引揚げた。

けれども事態は少しも改善されなかった。チェルニヤーク市長が「有力な部隊」と言った帰還部隊は帰って来たが、彼等は帰還の途中で赤軍のために武器を奪われた敗残の群に過ぎなかった。

一月二十五日、沿海州《プリモルスキー》・アムール両州連合政治会議が開かれ、急進派が勝って、最高政治機関をハバロフスクに置いてレーニン政府の指揮下に入ることを決議した。この決議はコザック連隊にも通達された。連隊では首脳会議を開いて協議したが、これに従うべしと主張する者は勿論なかったが、そうかといって反撃せよと説く者もなく、結論なしに解散してしまった。コザックの曖昧な態度を知ったボリシェビキは急に動きをみせて、ムーヒンを首領とし、商店の番頭であったシェフィール、兵卒のパスペールのほか学生一名、女闘士一名、その他数名の労働者がまず幹部になって組織にとりかかった。

すると数日を経た一月二十六日、チェルニヤーク市長は日本人会代表の鳥居肇三を招いて、十八日の在留外人団体の申入れに対する回答をした。

「アムールコザックは全員戦線から帰還しました。アタマン（頭統）はガーモフ、連隊長にはイワノフが新しく就任して陣容を強化したので、市当局は正式に治安の権限を連隊に委ねることにし、急進派に属する守備隊には解散命令を出しました。守備隊が静かに解散するかどうかは保証出来ません。彼等は約七百名で、監獄、武器庫、火薬庫その他重要工場を占拠しています。命令に従わなければコザック連隊が武力で掃討する方針です。戦闘が始まったら在留外人は各戸に国旗を掲げて静かに落着を待って下さい」

と言った。だが……守備隊はこの命令に従わなかった。

日本人会の鳥居肇三は急進派に属する守備隊の意向を直接聞くために本部を訪ねると、すでにボリシェビキの首領ムーヒンが落着いた態度で守備隊長と一緒の部屋にいて、丁寧に迎え入れた。

「われわれは武力で政権を争いたくないが、攻撃されればやむなく撃たねばならない。その場合はあらゆる手段を講じて日本人その他外人の生命財産は保護しますから安心して下さい」

といった。しかしその後もコザック連隊は動く様子もなく、赤軍もまた無回答のまま待機した。

一月二十八日、日露協会幹部六名が私の泊っているコンドラショウフ・ホテルに来着したという知らせを受けた。出て見ると、それは参謀本部の中島正武《なかじままさたけ》少将（後に中将）、阪《さか》部《べ》十寸穂《としお》少佐（後の中将）その他四武官の秘密の来着であった。私は久原鉱業の鳥居肇三を呼んで中島正武少将に情勢を報告させた。すると中島正武少将は、沿海州がボリシェビキの手に落ちたのでアムール州も危機にあるが、もしアムール・コザックが伝統の実力を奮って起てば、沿海州のコザックも再起して東部シベリアの治安は保てる見通しであると言った。鳥居肇三はこの会見後に早速、コザック頭統ガーモフその他の幹部を訪うて蹶起を促し、両州連合政治会議のソビエト革命宣言を否認するよう懇請した。その結果コザックは首脳会議を開催して、先の両州連合政治会議の宣言を否認し三十日にアムール・コザック会議を開催することを決議した。そして、このコザック会議では保守派が勝って、

一、ロシアの政治形体は中央憲法会議の決議に俟つこと。
二、中央の決定あるまでは民主主義的地方自治機関に従うこと。
三、国民の多数意思によらない暴力には何等の権利も認めないこと。

を決議した。出席していたボリシェビキは激越な調子でコザックを攻撃したが、保守派に圧倒されてしまったのである。

その夜のことであった。中島少将は私を彼の部屋に呼び入れて人払いをした。机の上にはコザック会議の決議文の写しが置かれていた。

「石光君には色々意見があろうと思うが、この機会を失いたくない。僕はこの決議文を持ってウラジオストックに帰り、沿海州のコザックと官僚派を説くつもりだ。君はアムール州のこの決議の維持に努力してくれないか」

「………」

「従来の任務とはちがうだろうが、それは僕が関東都督府に諒解を求める」

「さあ、この革命は従来の中国の内乱とは違いますぞ。ロシアの民衆が何を本当に求めているかを知ってからでないと、うかつには動けん」

「ロシア民衆の意向といっても彼等自身が迷うとるのだ。それはしばらく問うまい。君の言う通りさ、中国の軍閥の内乱なら東亜全局に波及しないが、ボリシェビキの根は深く広い。東部シベリアに波及しないようにしたい。英仏両国からも再三にわたって出兵を懇請されとる。いざ出兵となった場合、コザックの協力がなければ困るからな……」

「………」

私はこの話を意外にも思い、また少なからず疑問を持った。コザック会議は勝ったが、しかしそれは機会に乗じた口舌の勝利に過ぎない。ロシアの現実はすでに思想戦、宣伝戦の時代ではない。民衆は弁舌に飽きている。コザックも私の見るところでは往年の勇敢なるコザックではなさそうである。

私は沈黙して腕を組んだ。中島正武少将も私の心中を察してか、あるいは計りかねてか沈黙した。

その時、コザック軍務長官のウェルトプラフ大佐が中島正武少将に面会を求めて来た。私は席を外したかったので、立ち上ったが、同席するようにと引留められた。

革命騒ぎのためであろうか、夕刻の電燈は、電圧が下っているらしく、薄暗く赤っぽかった。中島正武少将はウェルトプラフ大佐を迎え入れて、私のほかに私服の阪部少佐、関通訳、久原鉱業所通訳ランドウィシエフに同席を命じた。

ウェルトプラフ大佐はコザックらしい雪焼けの赭顔《あからがお》に茶褐色の髪をきれいに分け、胸を高く張って入って来た。

「中島少将よ、われわれコザックに寄せられた好意に感謝します」

と大きな手を差し伸べた。中島少将には意外だったらしいが、同少将の身分はすでに知られていたのである。コザックも守備隊もまた急進派の連中も日本人の動向に注目し、あらゆる手段で情報を集めていた。私もこのホテルに投宿した日に、部屋の電燈を修繕に来た職工ムーヒンに「大佐よ」と呼びかけられて肝を冷やしたばかりである。

ウェルトプラフ大佐は、さきのアムール州沿海州連合政治会議のソビエト政権支持決議に対して、この日コザック大会が否認決議をしたからには、これを機会に東部シベリアの共和国建設に努力するつもりであるから有力な日本の援助を期待すると言った。中島正武少将は、

「ウェルトプラフ大佐よ、貴下の決意に心から敬意を表します。けれども私は日露協会幹部であって貴国の政状を視察に来ただけで、そのような重大な提案にお答えする資格がありません。帰国のうえ政府に報告しましょう」

と答えたが、ウェルトプラフ大佐は微笑して言った。

「失礼ですが、貴下が現役の陸軍少将であることを私は知っております。この旅行の目的が何であるかも、およそ推察出来ます。連合国は日本のシベリア出兵を強く要請しているではありませんか。それを知っていればこそ、コザックは赤軍（守備隊）と一戦を交える決意をして、ボリシェビキ政権否認の決議をしたのです。有力な援助が一日も早いことを望みます」

「…………」

「われわれのためばかりではありませぬ。この内戦に敗れたら、日本も中国も直接災いを受けるでしょう。今なら間に合います。まずわれわれに武器の援助をして下さい」

「…………」

「この革命がロシアだけの革命でないことを認識して下さい」

「わかりました。日本も将来後悔するようなことは、したくありません。軍当局にも貴下の意向を至急に伝えましょう」

中島正武少将は用心深く踏みとどまって、この初会見を終えた。同席の私も阪部少佐も握手しただけで、ものを言わなかった。

ウェルトプラフ大佐が去ると、中島少将は再び人払いして私を引留め、身を寄せて低い声で言った。

「石光君、僕はやはりこの機会を失うべきでないと思うがな……」

「………」

「東京で田中義一閣下（当時中将、参謀本部次長）にもお会いして、君の仕事について一応打合せずみだ。日露戦争前からの蔭の仕事で大変な苦労をされたことは知っとる。心から敬意を表するが、国家のため最後のご奉公をしてくれんかな」

「そう開きなおって大袈裟に言われると困りますなあ。一体、なにをしようと言うんですか」

「軍の方針はきまっとる。結局は出兵せにゃなるまいさ。形式は連合国との共同出兵だが、日本軍が主力にならにゃなるまい。崩壊した東部戦線（独露戦線）をウラル山脈に添って再編するのが連合国側の要請だが、日本としては、この際東部シベリアに緩衝国家を建設して、北方の脅威を除かにゃならんからな」

「それは大事業だ。対独戦争とロシアの革命と、この二つを同時に相手にする自信があるでしょうか。こんなことを私がお尋ねする必要はないかも知れないが……」

「躊躇《ちゅうちょ》しとる。軍首脳にも一部に強い反対がある。米国も日本の出兵に反対して、たびたび説明を求めて来よる。政界にもこれに便乗して軍攻撃をやったり、政府を牽制したりする奴等もおってな、決定出来んでおる。このままでも軍需景気で日本の経済界は結構伸長しよるからな。奴等は今日の美酒に酔うて、明日の苦汁を忘れとる。だが遠い将来のことを考えると、さきほどウェルトプラフ大佐も言ったように、ロシア革命はロシアだけの革命ではないからな」

「共和国建設が目標ですか」

「政体については色々と異論もあるようだ。ドンコザックは帝政の復活を希望しとるようだが……それは君の方が詳しかろう。アムール、ザバイカル、沿海のコザックは共和制を望んでいる」

「いや、日本側としての目標です」

「日本にも色々と意見があるようだ」

「…………」

「…………」

私は不安を感じたし、まだ着任したばかりで十分な動向調査も出来ていなかった。

「あらたまって尋ねるのもおかしいが、家庭の状況はどうかね、何か特別の事情はあるかな」

「僕の家庭か？　なにもない。東京郊外の世田谷村に妻子五人が平和に暮しとる。長女はもう嫁に行ったし、平凡な家庭さ」

「田中義一閣下もそれを心配されとった」

私は笑った。錦州の貿易公司を支配人に委せて、初老の身を革命の嵐の中に運んだ時に、それ相当の覚悟はして来たつもりである。今さらこんなことを言われると、ありがたいどころか、不快に近い感情が湧いて来た。私はもう青年将校ではない。

ながい沈黙が続いた。

「僕は、都督府陸軍部（関東軍司令部）からアレキセーフスカヤ付近に駐在して革命の趨移を見ておれという命令を受けただけで、深入りは避ける方針で来た。あなたから、そのような話を受けようとは思っていなかったし、ここでお会いしようとも思っていなかった。任務がちがうように思う」

「それは承知しとる」

「正式のご命令とあれば、どんな命令にも服しますがね。僕もここ二十年ばかり苦労したものだから、少々用心深くなっている。それに複雑な革命のさ中で政治的な動きをすることは、僕の能力を超えた仕事だからな」

「用心深いことが望ましいさ、若い将校に任せたら飛んでもないことになる」

「………」

中島少将は椅子に背を埋めて瞑目した。私はこの様子を見て事態が相当迫っていることをさとったが、私個人としては、これ以上深入りをしたくなかったし、また自信もなかった。

「…………」

「…………」

チョッキのポケットの中で懐中時計の時を刻む音が聞えるほど静かなひと時であった。心臓の鼓動さえ聞えるような静かな夜でもあった。市民もまた、迫り来る不安を全身に感じながら、この静かな夜に融けこんでいるのであろう。

中島正武少将はソファーの背に首を投げて瞑目したまま動かなかった。私の決心を待っているのであろう。私の乏しいロシア知識によっても、有力な国の武力干渉さえなければソビエト革命は成功すると信じていた。革命が成功すれば、スラブ伝統の軍国主義は官僚的共産主義と結びついて、世界の脅威になることは確実である。やがては二十年前に満洲を掌握したように、全満洲に赤旗の翻える時が来るかもしれない。その時、日本は再び極東の孤児になるかもしれない。私はこの歴史の運命を予知できないではないが、日本の政界、財界が、日露戦争前に示したように一本の力に纏まるとは思えなかった。けれども事態は迫りつつあるように見えたのである。

「田中義一閣下とも打合せずみだと言われたが、それは僕の任務の変更についてか？」

中島少将はうなずいた。

「それほどに期待されとるとは思わなかった。名誉には思うが少々買いかぶりのように思う。諜報の経験はあるが、謀略についてはまったく知識も経験もない。ロシア語も頼りにならぬほど忘れてしまったし……大してお役にも立つまいが、お引き受けしよう。士は己れを識るもののために死すということがあるからな……」

私がこう言うと、中島少将は身を起して眼を輝かした。

「そうか、やってくれるか、ありがとう。お礼とともに敬意を表する。はるばるここまで来た任務の半ばは果せたことになるよ」

と私の手を握った。それからすぐに事務上の打合せに入った。石光機関の設置、予算、コザックとの交渉事項、州ならびに市当局との関係などについて具体的な打合せが出来た。中島正武少将はこれを携えてウラジオストックに帰り、参謀本部、関東都督府と連絡することになった。

この打合せがすむと、金鉱業者組合の副会長アレーニンが資産階級を代表して面会を求めた。資本家代表だけに、コザックとは違って積極的な意見を述べた。

「是非とも貴国の武力援助がほしい。貴官は日露協会の幹部と称しておられるが、われわれが得ている情報によれば、陸軍代表である。至急お手配を願いたい」

と急迫した州内の情勢を説明した。

アレーニンの帰った後、私は中島少将の部屋を辞して自室に帰ってから、ソファーに寄ったまま思いに沈んだ。これから一カ月の間アムール州の現状を維持することが出来れば、沿海州コザックが呼応して起ち、建国への途が開かれると中島少将は言うが、その保証はなにもない。下手をすれば惨敗を喫するかもしれない。コザックの実勢力は二千名に足らず、このほかに市の義勇自衛団が一千余名あるが、武器を持つものは約半数に過ぎない。その他の者は、短銃、猟銃、刀剣の類を持つ市民団に過ぎないのである。

ベッドに身を伏せたが寝られなかった。私が寝つきのよいのは有名で、枕に頭をつけてものの二分とは待たず熟睡するのに、この夜に限って、私はベッドの上で暁を迎えた。

二

赤い朝焼けの光が斜めに部屋の壁を赤く染めたが、私の神経は弓の弦《つる》のように張り切ったままであった。私は思い切って起床し、顔を洗って窓外を眺めた。街は淡雪に被われ、薄桃色の朝霧に包まれて静まっていた。食物を求める大きな犬が一匹、鼻面を地につけて走り去っただけである。

寝不足の眼に雪明けの光が滲みる。酷寒期に入った東部シベリアの革命の行方は、この頃の空模様のように誰にも予測出来なかった。

私もまた思いもよらぬ新しい任務を要請され、とうとう引受けてしまったが、朝を迎えて思いめぐらし、心の隅々まで探しても成功の確信がなかった。

私の頭の中を中島正武少将の言葉が駆けめぐった。まだ醒めやらぬ心地で乱れたベッドに腰かけていると、日本人会の代表加藤慎五郎ら五名が面会を求めた。

「中島閣下のお指図で、ご指導を得るためにまいりました」

眺めれば眼に濁りのない善意の人々である。自己紹介によると、私が二十年前に若い留学生として、このブラゴベシチェンスクに来た当時からいた人々である。日露開戦のため一時日本に帰ったが、戦後再び戻って前の商売を続けているのだという。

「おお！　あの時の菊地正三さんですか」と当時の私の仮名を憶えていて、ロシア式に抱きついて頬摺りした老人もいた。

「ようこそ、おいで下さった。そうだ、あの時のお若い菊地正三さんだ！」

「そういえば……あの時の面影がある」

「ありがとう、ありがとう、私もどうやら皆さんを思い出しましたよ。ご健康で何よりです。またお世話になります。もう中島閣下から話をお聞きの通り、今日から公式の機関を置くことになりました。私が一切の責任を負いますから、協力をお願いします。如何でしょうか、日本人会としての意見をまとめて下さらないか」

「勿論《もちろん》賛成です」

と加藤会長が言った。

「ですが……三分の二が女たちですから、事情を説明するため、これから大会を開いて意見をまとめましょう」

　そう言って彼等は引揚げた。大会を開いたが異議のあろうはずはなく、機関設置は心強いことだと歓迎してくれた。私は万一の場合の避難のために中国側の情勢が知りたかったので、橇《そり》でアムール河を渡り対岸の黒河鎮に行き、まず黒河駐屯司令旅長の鄂雙全少将に面会を求めた。鄂旅長は噂の通り胆力のある武人らしく、一面識もない私を快く迎えたが、彼の左右と背後には武装した衛兵が立って警戒していた。

「ブラゴベシチェンスクには貴国人七千余名がいます。革命はいずれは血を見なければならぬ情勢ですが、貴軍はいかなる方策を以て彼等の生命財産を保護されますか」

「革命はロシアの内政問題です。中央政府の方針に従って一切不干渉主義であります」

「コザックと市民自衛団によって、ようやく治安が保たれていますが、いずれも武器不足に悩んでいます。治安維持のため武器を譲渡していただきたい」

「貴下は中国軍の事情に通じておられると思う。武器の余裕などありません。関東都督府から公式申入れがあれば、中央と連絡してみましょう」

「危険が迫った場合、在留日本人を黒河に避難させたいと思いますが、保護してもらえますか」

「喜んでお迎えします。収容所、事務所などについても斡旋の用意があります」

こんな素気ない問答をして第一回の会見を終え、次いで張道尹（知事）を訪ねたが、ここでも同じような問答を繰返したに過ぎなかった。

その日、久原鉱業事務所を借受け、これを石光機関事務所にしてホテルを引揚げた。引揚げる時に支配人から一通の封筒を受取った。中からロシア語でマサタケ・ナカジマと印刷した名刺が出て来た。それにはペンの走り書きで、

「蜀を守ることは一に老兄団の御奮闘に信頼す、生等正に漢中に鹿逐す」

と書いてあった。一行はウラジオストックに引揚げたのであろう。

私は直ちに機関の構成員を定め職務分担を決めた。一般情報の蒐集と渉外に鳥居肇三（外語出身、久原鉱業職員）、ポチカレーオに駐在しシベリア鉄道運輸状況と沿線の情報蒐集に安倍道瞑と山口藤太郎、新聞の翻訳と一般情報に田畑久次郎、ウラジオストック＝ハルビン＝ハバロフスク間の連絡に才尾栄と三原千代吉の六名で、安倍道瞑師のほかは在留邦人である。

陣容が整ったので、まず新事務所に市長代理で市民自衛団長であるチェルニヤークとコザック軍務長官ウェルトプラフ大佐を招待して懇談した。

「コザック大会で反ソビエト宣言をしたからには相当の決意があってのことと思いますが、その後なに一つ動きがないのは、どうしたことですか」

と問うと、ウェルトプラフ大佐は嘆息して言った。

「昔のコザックを知っている方には不思議でしょう。革命後は将校と兵士代表によって連隊内に運営委員会が出来て、用兵上のことまで決定するのです。私はもう事実上統帥権を失っています。こんなことでは防衛の責任は負えません」

チェルニヤーク代理市長は傍らからこの話をさえぎって言った。

「いや、その問題は……それはコザック頭統（アタマン）ガーモフと私が相談している最中です。そのうえで、またご相談にまいります」

私は彼等が事務所を去った後、鳥居肇三ら所員を集めて打合せをした。ベッドに就いたのは夜半を過ぎてからであった。

粉雪と銃声

一

前夜の不眠から、ぐっすり寝込んで、重大情報に叩き起されるまで前後不覚であった。二月一日の朝である。

「昨夜半、コザックはボリシェビキが保管する武器庫を破壊して小銃百挺を得た。この小銃はゼーヤ河港に冬籠り中の海兵団からボリシェビキが譲り受けたものである。ボリシェビキはコザックに返還を迫り、応じなければ武力に訴えると通告した。コザックは運営委員会を開いて協議しているが、海兵隊には武器弾薬が充実しており、ボリシェビキと合体して来襲したら、コザックに勝目はない。速かに黒河駐屯旅長鄂雙全少将に援助を乞うべしという意見が多い。しかし降伏すべしとの意見はない。一般市民は平静で、市民自衛団も特別の配置には就いていない」

私たちは集まって情報を検討した。両派とも無駄な犠牲を避けて、ここしばらくは自重するであろうし、鄂雙全少将が中国軍を進出させる可能性もまずないであろう。だが事態が日毎に進展しつつあることだけは事実である。万一の場合に備えて小銃を買漁ってみたが、農村に帰った帰還兵たちも、このような時世には武器だけが頼りと見えて、一千ルーブルを唱えてみても、ついに一挺も買えなかった。このような話をしているところへ、在留邦人の長老でロシア風の白い髭を生やした永井元吉翁が笑いながら入って来た。

「皆さんおはよう、ご苦労さんです。重大会議ですかな。このような時は、なあ石光さん、落着かにゃいけませんよ。どうです、街の情勢視察をかねて散歩しようじゃありませんか。朝から晩までやきもきしても、いい思案は浮びませんよ」

と私を誘った。私も笑って同意を表し、毛皮の外套をひっかけ、深々と帽子をかぶって外に出た。じいんと鼻頭に滲む寒さである。弱い風であるが屋根の粉雪が吹き流れ、澄みとおるような青空に硝子粉のように光って舞い上った。ヒュルヒュルと金属性の音を立てて馬橇が走っているが、この音から判断すると氷点下二十度を下廻っているらしい。市民の姿もちらほら街頭に見えて、険悪な模様は見えない。市民自衛団も、二人三人と組になって小銃や猟銃を肩にかけ、世間話をしながら長閑《のどか》に歩いている。

私と永井元吉翁はどこといって目当てもないので、百貨店クンストイ・アルベルス（ドイツ系の最古の百貨店）に入って更紗《さらさ》売場に来た時、永井元吉翁が私の腕をとって耳許で囁いた。

「そこに立っている背の高い男をご覧なさい。あれがボリシェビキの首領ムーヒンですよ」

その男を仰ぎ見て私はおやっと思った。見たことのある男だったからである。

「ほう、あの男が！　これは意外だ」

「もうご存じですか、あの男を」

私はブラゴベシチェンスクに着いてコンドラショウフ・ホテルに宿泊した夕刻、部屋の電燈を修繕に来て「大佐よ！　視察に来たのですか」と微笑を投げて行った職工であることを口早に語った。

「それは間違いなく彼ですよ。彼は最近出獄してから市の電燈会社の職工になっていますからな。中々の人物らしいですよ。極東労兵会長でレーニンと一緒に国外を放浪していたクラスノヒチョウコフという男がいましてね、これと結んで、極東三州のソビエト化に着手している。これを達成してから次第に西へ向う作戦らしいです」

ムーヒンであると名指された背の高い男は、私たちに気づいて振りかえった。頬骨の出た赤い顔に二つの眼が強く光って私たちを見すえた。一瞬間であった。私が立ちすくんだ足を一歩踏み出した時に、彼は皮の折鞄を小脇に挟んで、ゆっくりと歩み去った。

「お客さまは何を探していらっしゃる。更紗もこれでもう全部です。いまのうちにお買いになった方がお得でしょう」

と売場の女店員が声をかけた。永井元吉翁は笑って、

「ありがとう、私の探しているのは、今ここにいた背の高い男だよ。あなたは彼を知っているか」

と問うた。女は頭を振って微笑した。

「永井君」

私は急に思いついて言った。

「どうだろうか、僕はムーヒンに直接会ってみたくなったが」

「…………」

「僕が到着した時、首実検のためにホテルに来た男だ。お礼の挨拶をするのも面白いじゃないか」

「本気ですか」

「本気だ」

「…………」

「なに僕一人でよい。奴の住所を知っていますか」

「知っています。停車場近くの集団住宅のあばら家ですよ」

「それは何よりだ。案内して下さい。帰りは一人で帰ります」

私たちは百貨店を出て停車場の方角に向った。永井翁は、あんな奴には会いたくないが、

あなた一人を置きっ放しにするわけに行かないから同席しましょうと笑った。

ムーヒンの家は集団住宅の傾きかかった板小屋であった。立番が警戒しているわけでもなく、旗も揚っていなかった。私は静かにノックして、

「ガスパジン・ムーヒン」

と声をかけた。

最初からペンキなど塗っていない木目の荒れた厚いドアが、ギイッと音をたてて内側に引かれた。私と永井元吉翁を迎え入れた男は、この家に帰り着いたばかりのムーヒン自身であった。おそらく私たち二人であるとは知らずに戸を開けたのであろう。

「…………」

「ガスパジン・ムーヒン。あなたの跡をつけて来たのじゃありませんよ。クンストイ・アルベルス百貨店であなたの姿を見たら、急に会いたくなりましてね……別にこれといって用件もないんですが」

「……そう、私も憶えております。どうぞお入り下さい」

出獄したばかりの闘士とは思えないほど、丁寧な言葉であった。私と永井翁は微笑して薄暗い土間の部屋に入った。中央に長方形の粗末なテーブルが据えてあって、三人の労働者風の男、一人の学生、一人の若い美人が椅子についていて、私たちに警戒の眼をそそいだ。

「ここにいるのは私のタワリッシ（同志）です。ご遠慮はいりません。同志よ。こちらは日本から視察に来られた石光大佐だ。そちらはロシア市民の古き友ガスパジン・ナガイだ」

　ムーヒンは微笑して私たちの名前を明確に発音して彼等に紹介した。私は少々驚きながら彼等に一人一人握手した。男たちは恐い顔で、若い女性はニッコリ笑って握手しながら、いずれも気味悪そうな表情で席に戻った。

「さあ、おかけなさい、大佐よ、よい時にお出で下さった。私たちの意見を聞いて下さい」

「ありがとう。私は議論は嫌いです。実情を知るために来たのです。この土地に二十年前に訪ねたことがありますが、その頃に比べると現在は死の街にひとしい。永い戦争に続く革命のために市民は疲れ果てているように見える。一体あなたはアムール州の治安について、どのように考えていますか」

「平和を望みます、平和を。同胞の間で血を流すほど悲惨なことはない。戦争よりもっともっと悲惨です。それを避けたいために、こうして静かに時の到るのを待っています」

「守備隊（赤軍）やゼーヤ河港の海兵団は十分な武装をして、あなたの進撃命令を待っているようにみえる。武力による政権獲得を意図しているのではないか」

「それはわれわれの一方的な威嚇ではない。コザックや資産家や将校団は、外国の武力によって自分の利益を守ろうとしている。彼等は人民の敵だ。民族の裏切者だ。挑まれればわれわれは戦わざるを得ない」

「…………」

「シベリアはロシアの植民地に過ぎない。防備は手薄だし、長いアムール河の国境は冬期は凍りついて、外国の武力はどこからでも入って来られる。シベリアの大多数の市民は、この革命について知識も意欲も持っていない。治安が乱れれば外国の干渉を受け易い。私たちは市長兼州長アレキセーフスキーの帰りを静かに待っています。彼は今レーニンの招集を受けて第一回施政会議に出席していますが、直接レーニンから施政方針を聞き、中央の情勢を知れば、平和裡に私たちと話がつくと思います」

「アレキセーフスキーはボリシェビキではないが……」

「そうです、彼はボリシェビキではありません。しかし彼も革命の闘士です。日露戦争の最中に革命を企てて多くの同志が犠牲になったが、彼も危うく脱出して、あなたの国日本に亡命して、西園寺公爵をはじめ多くの有力者から手厚い保護を受けました。彼は民主主義者で共和制を望んでいます」

「あなたは共和制に反対でしょう」

「反対です、絶対に反対です」

彼は決然と言い放った。そして共和制には旧帝政勢力が便乗し易いこと、また帝政時代の政策によって民主主義の基礎が薄弱であること、このような国では強力な統制力を持った政治機構でなければならないことを、素朴な表現ではあったが筋道をたてて弁じた。その語勢には自信があり、眼の光には熱意があった。私はうなずいて彼の意見を聞いていた。

「ところで……」と彼は拳を固めてテーブルを叩いた。「大佐よ、いよいよ連合国がシベリア共同出兵に決定したという情報がある。これはお互いに不幸なことだ。しばらく待っていただきたい」

「ムーヒンよ、私はそのような情報に接していない。そんな不幸な事態を起さないように治安を維持しようではないか。昨日も中国商人が二人街頭で金を強奪され射殺された。外国人の生命財産が脅かされれば、関係各国はやむなく自衛手段をとらざるを得ないではないか」

「それだ！　コザックや市当局には力もなければ誠意もない。反革命分子はわれわれの敵だが、連合国は敵ではない。大佐よ、誤りなくわれらの意図を理解して貴国に伝えていただきたい」

私はこの辺が潮時とみて席を立ち、手を延べた。永井翁も席を立った。

「ガスパジン・ムーヒン、ありがとう。突然お訪ねしたのに、こんなに打解けて話が出来るとは思っていなかった。今後もお互いに出来る限り話し合って、誤解による無益な犠牲を避けようではないか」

と言うと、ムーヒンをはじめ同志たちは一斉に立ち上った。この時、戸外の近くで銃声が続けさまに三発聞えた。互いに顔を見合せたが、誰も何も言わなかった。私は大きなムーヒンの手を握り、そして振ってから戸外に出た。街路には走っていく人影もなく、自衛団員や民警の姿もなかった。吹きあげられた粉雪が煙のように舞いながら遠い街角に消えた。銃声はそれ以上続かなかった。私は黙って歩いた。永井翁もまた黙々と雪を踏んでついて来た。

二

この日、私はじっと部屋にあって情報を待った。午後六時、午後七時、なんの情報も入って来ない。武器庫を破壊された守備隊も動かず、コザックも静まりかえっていた。戦いが始まったら在留邦人を対岸の黒河に避難させなければならない。そのうえで今後の対策をたてる方針を胸のうちに定めて、じっとソファーに身を埋めていた。何も聞えない。馬橇の音も人声も絶えて、街全体が真空の中に沈んでいるような静けさである。

午後八時、階下に靴音が乱れ人声がして、私の部屋に入って来たのは、チェルニヤーク代理市長（兼市民自衛団長）とコザック軍務長官ウェルトプラフ大佐であった。

「イルクーツクはボリシェビキの手に落ちました。チタも時間の問題です。沿海州のボリシェビキも挟撃の態勢をとっています。われわれは戦わずしてすでに敗れたも同様です」

と代理市長が眉を曇らせた。ウェルトプラフ大佐も意気消沈の体で言った。

「コザックに対する日本の好意に感謝します。けれども大勢はすでに決しました。コザックは戦前のコザックではありません。兵士を交えた委員会で用兵上のことまで決定するのですから、臨機応変の措置はとれません。こんなことでボリシェビキを防げるものですか。彼等は命令一下、今夜にでもわれわれを全滅させることが出来るでしょう」

「市長よ、軍務長官よ」

と私は驚きの色を現わして言った。

「意外なお話を聞いて驚きます。ボリシェビキの武器庫を破壊したのは誰ですか。ソビエト政権反対の宣言をしたのは誰ですか。このように方針がぐらつくようでは、われわれは在留同胞の生命財産の保全をあなた方に託するわけにいきません」

「それでご相談にまいったのです」

と彼等はあらたまって提案した。在留同胞で自衛義勇軍を編成してもらいたいというのである。

「この危急を救う道はこれ一つにかかっています。ボリシェビキも赤軍も、連合軍の出兵を一番恐がっています。その中でも日本軍を最も恐れています。われわれが得ている情報によれば、彼らは外国軍に対しては一切無抵抗主義をとることにしていることは確かです。

そこで、もし日本人による自衛義勇軍が編成されて、市民自衛団に協力していただければ、彼らは国際紛争を恐れて手を出さないでしょう。そのうちアレキセーフスキーも戻って来るでしょうし、中島正武少将のいわれるように沿海州コザックも再建出来るでしょう。アムール・コザックも彼等と連絡して新国家建設のために決起します。われわれは方針を変えたのではありません。決意を固くしたればこそお願いに上ったのです」

「……………」

彼等の真意が何であるか私は疑いを持った。日本の名をかりて自己崩壊を防ごうとする意図は明らかであるが、みずからは戦う意思も力もなく、虎の威をかりて現状維持をはかろうというのではあるまいか。

「ガスパジン・イシミツ、これが出来なければ、われわれはすでに敗れたことになります。血を見ることなく、アムール州の平和維持に残された道はこれ一つだけです」

私は暫時の猶予を求めて別室に移った。機関要員の鳥居肇三、千葉久三郎のほかに日本人会長加藤慎太郎と稲原良景の四名を集めて相談した。鳥居、千葉は、情勢が緊迫しているので直ちに承諾して今夜のうちにも準備に着手すべきであると主張した。これに対して加藤、稲原は、武器をとって起つことはそれ自体重大な国際問題であるが、それが仮りに国家の命令であっても、命令一つで市民を動かすわけにいかない。十分に納得の上でなければならないと主張した。私は意見をさし控えて彼等の討論を聞いていたが、次第に荒くなっていく語気を感じて、協議を打切り、日本人会全体の意思にまかせることにした。

私は待たせていたチェルニヤーク代理市長とウェルトプラフ大佐に五日間の猶予を求めた。二人は繰返し日本人会の義俠的援助を懇請して、私の部屋を辞した頃は、すでに東の空に薄桃色の雲が静かに浮かんでいた。

寝不足の二夜を過して疲れた私は、薬のようにウオッカをあおり水を飲んで、ベッドに倒れるように横になった。夢うつつに激しく犬の吠える声を聞きながら無意識の淵に落ちこんだ。

私の待っていた靴音が階上にあがって来たのは、二月二日の午後十時を過ぎてからであった。日本人会長加藤慎太郎、稲原良景の二長老が、外套に雪を浴びて入って来た。私の知らぬ間に戸外は吹雪いていたらしい。二人は「やあ」と言って笑顔を見せたが、笑いはすぐに消えた。よい結末ではないことがわかった。

「ご意向に添うことが出来ずに申しわけありません……」

と彼等は真顔になった。日本義勇軍の結成と市民自衛団との提携問題を日本人会総会に諮《はか》ったら反対が多かったので、散会を宣して来たのだそうである。

「石光という人はいかなる資格で駐在している人か。それを公けに出来ないようでは、われわれは交渉に応ずるわけにいかない」

「市長や軍務長官は在留日本人を利用するだけで、われわれの生命財産については、なんの責任もとらないだろう」

「われわれ在留日本人は、帝政だろうが、レーニンの共産主義だろうが、生きる道はいくらでもある。銃を執って一方に荷担するなんて飛んでもない話だ」

「とにかく石光氏に来てもらって、直接話を聞こうじゃないか」

「賛成」「賛成」

このような発言が多かったので、加藤会長は私に迷惑のかかるのを恐れて散会を宣したのだという。

「いかがしたものでしょうか。命令したり強制したりは出来ませんが、石光さんのお立場もありましょうから……」

と暗い顔をした。私は機関要員の鳥居肇三、千葉久三郎の二人をその場に呼んで相談した。二人はこの報告を聞いて顔色を変えた。

「なんというざまだ！」

と鳥居肇三がまず卓を叩いた。

「こんなざまをコザックが知ったら、もうアムール州は総崩れだ。全シベリアに温和派の拠点はなくなってしまう。レーニンの天下になっても今までのように外国人が商売出来ると思っているのか、馬鹿馬鹿しい。ソビエト革命というものは、そんな甘いものじゃないんだ！」

「しかし鳥居さん、われわれは指揮刀一本で号令するわけにはいきませんので……石光さん、われわれがもし自衛団を組織しなかったら、どういうことになるでしょうかな。お考えをお聞かせ下さい」

「会長としてのお立場はよくわかります。ご努力を感謝します。ご覧の通り危機が迫って、孤立したアムール・コザックは支えなしには再起出来ないほど気力を失っているようです。日本人が援助しなかったら、彼等は黒河の中国軍に援助を求めるでしょう。中国軍が入って来たら、われわれは一時黒河に避難して形勢をみるほかないでしょう」

「それご覧なさい」

と鳥居肇三が再び卓を叩いた。

「そうなったら中国人に指導権を握られてしまう。今までだって、経済的に中国人に牛耳られ、ロシア市民もわれわれも、ひどい目に遭わされているじゃありませんか。日本人は総退却のほかないでしょう」

加藤会長は沈黙した。気まずい静けさが胸を噛んだ。私はこのまま別れてはまずいと感じたので、妥協案として、自衛団員は強制せず有志の自由応募にすること、応募者には月額百五十ルーブルの家族手当を支給すると提案した。

「日本人会に伝えましょう、出来るだけ御趣旨に添えるように努力はしますが……」

と加藤、稲原は言葉を濁して深夜の雪の中に去った。

二日たっても反応がなかった。私は血気の人々を抑えて督促がましい動きをしないように指示した。

二月四日、鳥居肇三が一通の情報を私に手渡して顔を見守った。

「コザックは日本の消極的な態度に失望し、この際やむを得ないから中国軍の進出を乞うことに決定した。ムーヒンの陣営は俄かに活気を呈して、守備隊と海兵団は戦闘体勢を整えつつある。沿海州赤軍の一部が来援に出発したとの情報もあるが確認されていない」

アムール州は全く孤立した。私はうなずいて彼の顔を見た。彼は眼に決意の色をたたえて、これもうなずいたまま何も語らずに去った。彼はおそらく在留邦人を一人一人訪問して決起を促すにちがいない。私は彼の眼の色と足音にその決意を感じとったが、もはや押しとどめる気にはなれなかった。

これと入れかわりに通訳のランドウィシェフが、厚い長い外套に毛皮の帽子を被ったまま、髭に氷柱《つらら》を垂らし、小銃を肩にかけて六尺を超える大きな身体を私の前に現わした。

「赤軍（守備隊）が布告を出しました」

と言って一片の紙片を卓上に置いた。

「市民に告ぐ。ウラジオストックより増援部隊一千五百名が十分なる武装を整えて近く到着する。これによってアムール州の政情は安定し、治安は保たれるであろう。市民は冷静に待たれたい」と印刷されていた。これは事実かもしれない。あるいはコザックと市民自衛団を離間する謀略かもしれない。いずれにしても事態は日毎に一歩ずつ進んでいた。ランドウィシェフはつっ立ったまま私の言葉を待った。彼は市民自衛団の幹部をかねていて、日本人の協力を求めていたのである。私が黙っているので彼は小銃を肩からおろしていった。

「きょう治安維持会議が開かれることになりました。コザックの新連隊長クズネツォーフ、チェルニヤーク市長のほか私も市民自衛団を代表して出席しますし、ムーヒンの女房役シュートキンがボリシェビキを代表して出席する予定です。日本人の曖昧な態度が悪い影響を与えなければよいがと思っています」

「ご苦労さま、一日でも長く、現状が維持されるように努力して下さい」

私はそれだけしか言えなかった。私の胸の中にも頭の隅々にも、色々の想念が歯車のように嚙み合っていた。参謀本部の中島正武少将からは、あれ以来一通の連絡もなく、関東都督府陸軍部（関東軍）からも、なんの指示もなかった。在留邦人が総会の席で私の身分を疑ったのは正しい。私自身でさえ、自分の身分も権限もわからなかったのである。

ランドウィシェフの出席した治安会議では、予想通りボリシェビキのシュートキンが発言を求めて、コザックが武器庫を破壊し小銃百挺を奪ったのは盗賊に類する行為であり、そのように軍紀乱れたコザックに治安の権限を与えておくことは危険である、と食ってかかった。これに対してコザックも市当局も発言を控えたので、ランドウィシェフが立って激越な調子で反論した。

「アムール州の治安は、州会ならびに市会の議決によって、正式にコザックとわれわれ市民自衛団に委託されている。これ以外のものが兵器を保管したり使用したりした場合は、当然これを没収すべきである。しからば問うが、貴君等の一団はいかなる権利のもとに兵器を私有しているのか」

シュートキンは卓を叩き足を踏み鳴らして怒り、他のものは拍手で賛意を表した。するとシュートキンは椅子を蹴倒して退場してしまった。彼が退場するとクズネツォーフ連隊長からボリシェビキ排撃の強硬演説があり、次いで沿海州コザックとの提携、ソビエト政権反対の決議をして散会した。

その夜のことである。黒河で女郎屋を営業しているという茂木、山田と名乗る壮漢が私を訪ねて来た。この両名は昔から黒河で名を知られた顔役で、どんな紛争が起きても二人が揃って顔を出せば解決するという評判であった。

「ちょっくらご免下すって……」

と腰をかがめて入って来たのには驚いた。さらに驚いたことには、外套を脱ぐと和服の着流しである。

「助太刀にまいりやした。この命、買手さえありゃあ、いつでも御用だていたしやす。以後お見知りおきを……」

と言って片腕をまくり、同じ恰好で角刈りの頭をさげた。手首まで立派な刺青《いれずみ》である。私は驚きながらも救われたような気持になって酒の相手をしながら、冗談まじりにアムール州の現状を説明し、ムーヒンという一人の職工にコザックも手が出せないのだよと言うと、

「わかりやした。わしら二人で立派に片付けてご覧にいれやしょう。露助《ろすけ》どもに大和魂を見せてやるにゃあ、うってつけの機会でさあ」

と大きくうなずいて、たちまちムーヒン暗殺計画が出来上った。

「細工はこちとらに委して下さいよ、期日がきまったらお知らせいたしやす」

と、外套を引っかけ毛帽子をかぶって引揚げた。

三日目、一人の使者が黒河から手紙を持って来た。

「あの夜よりわれわれ両名ともに発熱仕り、目下臥床中にこれあり、未だお約束を遂ぐる能わざるを恥入り申し候。悪しからず御寛恕下されたく候」

私は苦笑をこらえて使者にいった。

「大切にするようにな、よろしく伝えてくれ給え」

燃えている暖炉に手紙をほうりこんで額の汗を拭った。

三

戸外は氷点下二、三十度の酷寒だが、ありがたいことに私の事務所は終日六、七十度の高温に保たれていて、南洋産のゴムの木やフェニックスが温室の中のように天井まで伸び繁っていた。その葉蔭には大理石の少女の胸像が置かれていて、グランドピアノの向う側には大鏡が張られていた。私が事務所としてこの建物を借り受ける前に、所有主の久原鉱業がこの大広間をどのように使っていたか知らない。私にとっては贅沢すぎるし、弾く主のないピアノは喪服を着た寡婦のように淋しいものである。私は朝起きると、一晩のうちに乾いてしまった植木鉢に水をやるのが日課の一つになっていた。それから、ほこりの目立つピアノの上を布巾で拭って、可憐な少女の胸像を撫で、東京に残してきた三人の娘たちを思い出す。無事でありますようにと目を閉じて胸の中で祈るのである。

二月五日、朝の事務机の上には、届けられた各地からの報告書が重ねられていた。

一、ポチカレーウォ（安倍道暝師発）平穏無事なり。鉄道は遅延するも運転されあり、乗客は主として軍服着用の解除兵にして行商をなすものなり。集団的軍隊輸送はここ数日見られず。西より来たれる一兵士の言によれば、皇帝ニコライ一家は拘禁投獄され、ペトログラード、モスクワは非常な混乱状態にありという。

一、アレキセーフスカヤ（古荘友祐発）石油、砂糖、煙草、綿布など不足す。鉄道局には急進、保守両派あれども、鉄道の公共性を尊重して協議の結果、両派の間において平常通り執務の協定成立せり。

一、チタ（山口藤太郎発）鉄道各駅にボリシェビキか市民自衛団か判別し難き集団あり、二、三十名一団となりて列車の到着ごとに車内を物色し、兵器を押収す。応ぜざるものに対しては暴力をもって遂行す。各派とも武器の入手に狂奔しつつあり。

一、ゼーア（千葉久三郎発）ゼーア金鉱はいたる所、金鉱主を追放して勝手に砂金を採取しつつあり。これらの集団はボリシェビキにあらず一般市民なり。官憲に威力なく、すでに無政府状態に入れり。

このような報告書の間から思いがけずも東京の妻からの手紙が出て来た。正月の日付である。任務を帯びてブラゴベシチェンスクに来てから初めて接した私信である。それにはまず新年の挨拶が述べられ、一家一族無事によい正月を迎えたこと、私が出発する半年前に生れた長女清枝の長男――私の初孫――は無事に育ってよく笑うようになったこと、お祖母《ばあ》さまと呼ばれることは嬉しいような淋しいような気持であるが、これが女の身の定めであり、その中に幸福を見出さなければならないものであろうか、などと添書があった。また最近は物価が一般に騰《あが》りはじめ、特に米価急騰の模様であること、一方に船成金や戦争成金が派手な話題を撒いている反面、近所にある残飯屋（兵営の残飯を洗って干したものを売る）が繁昌しはじめたことなどが書かれていた。そして最後に私の老母が私の今回の任務を大変に心配し、「早う帰らんと、昔のようにまた帰れんようになるばってん……」と二十年前の私の行動を思い出しているが、色々ご事情もありお考えもあることと思われるので折角お身体をご大切に……と結んであった。

家族の一人一人の上に思いを馳せてぼんやり窓外を眺めていると、背後のドアが荒々しく開かれて田畑久次郎が入って来た。

「石光さん、いよいよ始まりました」

と気息をはずませた。

「ご苦労さん、ゼーア金鉱かね」

「はい。始まったんです」

彼の報告によると、ゼーア河畔に鉄工所を経営し、数百名の従業員を使って船舶修理や金鉱機械を製造しているチェプリン方で、従業員組合が賃金値上げと就業時間の短縮を要求したが、チェプリンは時勢の悪いことをさとって工場閉鎖を宣言した。すると組合はムーヒン宅で協議した結果、同工場を組合で管理する方針をきめて、チェプリン社長に全工場と住宅の引渡しを要求し、社長宅に侵入して病床にあった老夫人を担ぎ出して職工の宿直室に移し、チェプリン社長を追放してしまった。工場の屋根には大きな赤旗が空高く翻っているとのことである。アムール州に翻った最初の赤旗であった。

その夜、連絡員の才尾栄がハバロフスクから帰って来た。彼の報告によると、同市は全くボリシェビキの手に帰して、保守派や社会革命党の再起は絶望である。参謀本部の中島正武少将はウラジオストックに移り、阪部十寸穂少佐らの一行もすでに東京に引揚げたとのことであった。

私は筆をとった。

「ブラゴベシチェンスク在留民の自衛のため小銃百挺入用なり。黒河駐屯旅長鄂雙全に交渉せるところ都督府の申し出あらば便宜を図らんとのことなり。市当局ならびに中島正武少将も諒解済みなり。至急御手配を乞う」

これを連絡員三原千代吉に持たせてアムール河を渡らせ、黒河から暗号電報でハルビン駐在の黒沢中佐宛に打電した。するとすぐに返電が来た。

「在留民に兵器を分配し自衛を図るは、一歩誤らば国際問題惹起のおそれあるを懸念す。中島少将とは当方より打合わせをなすべし」

私はこの返電を受けてから、中島正武少将と関東都督府司令官高山公通少将に情勢緊迫の報告書を書き、自衛のため武器が必要である理由を説明し、才尾栄に持たせて急行させた。

その日の各地からの情報。

一、イルクーツクを占領せる赤軍はチタ攻略軍を編成中なり。

一、ザバイカル鉄道長官ブザノフはボリシェビキのため罷免さる。チタの食糧事情急迫し危機迫りつつあり。

一、沿海、黒竜軍参謀長たりしドマノフスキー少将はハルビンにて国際軍を編成し、赤軍撃破の準備中なり。

一、正体不明のアメリカ人アムール鉄道沿線に出没す。アメリカは連合軍の共同出兵に際し北樺太およびカムチャツカを占領して日本を牽制せんと意図するものの如し。

一、各地のコザックおよび将校団は日本軍の援助を熱望しあるも、教育家、宗教家は有色人種の後援を厭い英米仏の援助を願いつつあり。

このような情報を整理していると、労兵会に潜入している連絡員の情報が入って来た。

「ブラゴベシチェンスクに変装の日本将校多数潜入せる疑いあり。彼等はコザック、官僚と接近画策しつつあり、黒河の支那官憲や軍閥とも関係あり、黒河に有力なる日本軍人団あるものの如し。調査のため五名の委員を指名せり。ゼーアの海兵団は我等の味方なるも武装蜂起の決意明らかならず。自重を要す」

この情報が正しいとすれば、ボリシェビキもまた流言、臆測に悩まされて判断に迷っているのであろう。

二月九日、朝から雪になった。昼過ぎのことである、大勢の足音と話し声が階段を上って来た。何ごとであろうかと迎え入れると、鳥居肇三に引率された在留日本人五十名が頭から雪を被って入って来た。日本義勇軍に応募したいというのである。私は応募者があっても、せいぜい二十名足らずであると考え、一人月額百五十ルーブルの手当を出す予算をたてていたので少からず驚かされた。しかもこれは第一回の志願者で、やがて百名になるだろうとのことであった。私は彼等の誠意と義侠に感謝し、武器の整うまで冷静に待機されたいと望んで引きとらせた。ところが、ハルビンからも参謀本部からも、関東都督府からも全く連絡が絶えた。一体どうしたことであろうか。

翌日もその翌日も、雪の中を駆け巡って所員と在留邦人たちは武器を探し求めた。農民の往来するのを待ち伏せて持っている小銃の譲渡を迫ったが、一千ルーブル貰っても嫌だといって手離さなかった。彼等も騒動の近いことをさとっているのであろう。

二月十二日、武器の現地購入は絶望となって、私は気の進まない朝食のテーブルについていると、靴音高く駆けこんで来たものがある。通訳ランドウィシェフである。

「ガスパジン・イシミツ、大変です」

彼は片手に小銃を固く握って叫んだ。部屋の暖気のために眼鏡が曇ったのであろう、危なげに椅子に寄って眼鏡を外して言った。

「ムーヒンが、州、市の行政機関と銀行の引渡しを要求しました。吏員は二派に別れて議論沸騰し、市長も州会議長も裁断に迷って回答を保留しました。吏員は急進派も温和派も一緒にストライキを宣言して役所を引揚げてしまいました。帝国銀行、シベリア銀行は休業することになり市長の手で封印され、開業を継続することになったロシア・アジア銀行と共にコザックが警備しています。いよいよ来ました」

語るランドウィシェフの唇がふるえた。私は鳥居肇三、千葉久三郎等の所員を招集して各方面の情報集めに外出させた。私も部屋の中にじっとしていられなくなって、街路に飛び出した。雪はまだ止まなかった。銃剣を光らせたコザックが二騎、三騎と組になって雪を蹴散らして走っており、市民自衛団員がこれも二、三名ずつ組んで、ある者は小銃を、ある者は短銃を身につけて巡回していた。

ボリシェビキに入りこませた者からの情報によると、ムーヒンは日本と中国の動きをじっと静観して衝突を避けているとのことであった。コザック、官僚派、実業団はしきりに日本、中国両軍の来援が決定したと宣伝して、ムーヒンの攻勢を挫《くじ》くに努めていた。

緊張したまま夜に入り雪は止まなかった。私は再び情勢の緊迫をハルビンの黒沢中佐、関東都督府の高山公通司令官、参謀本部の中島正武少将に伝えたが、やはり返電がなかった。

その夜十時頃である。在留邦人の長老永井元吉翁が相変らずニコニコと白い髭に微笑をたたえて入って来た。

「やあ石光さん、遅くまでご勉強ですな」

「また散歩ですか、夜中だというのに」

「もしお望みなら……お伴をしますよ。ですがねえ、石光さん、もうムーヒン訪問はいやですよ」

と笑った。

「ほう、お望みなら、今からでもお伴をしましょうか」

と私も笑って酒を食卓に用意した。十二時を少し過ぎた頃、アムール州食糧供給局がボリシェビキの一団に襲撃され、三十五万ルーブル強奪されたという情報が入って、私も永井翁も立ち上った。私は短銃をポケットに入れて毛皮の外套を引っかけ、永井翁もまた毛皮の帽子に手を伸ばした。

四

屋根と露台に雪を積んだアムール政庁の前に来て、私と永井翁は足を停めた。市長室と思われる二階の窓に電燈がついていて、白い広場に光を投げていた。州会議長シシロフ、代理市長チェルニヤークなどが善後策を協議しているのであろう。私は窓を仰ぎながら永井翁に言った。

「ムーヒンのひと声で、ご覧の通りだ。気合いとか、弾みとかいうものは面白いものだな」

「革命というものは、こんなに他愛《たわい》ないものですかねえ。ボタン一つ押しただけで政庁は機能がとまっちまうし、銀行は閉鎖されてしまうし、まるでのぞき眼鏡のカラクリみたいですねえ」

「それにさ、永井君、驚いたことに、こうして眺めているのは異邦人の僕等二人だけじゃないか……一体、市民やコザックは何を考えているのかなあ」

私と永井翁は周囲を見廻した。誰もいない。風は落ちて、家々の屋根からペーチカの煙が、雪明りの空にまっすぐに静かに昇っているだけであった。立っていると、足の指先を嚙む寒さが背すじに登ってくる。

「帰ろうか、眺めていたって、どうなるわけじゃなしさ」

飛び出して来た時の気構えは消えて、調子ぬけした空しさが胸いっぱい広がっていた。踏みしめる靴の底に細かい雪がキリッキリッと鳴った。

「今晩はゆっくり寝るとしますかな。なあ石光さん。革命というものは、本舞台にかかるまでに、前口上じゃ、なんじゃと、ひどく手間どる芝居ですなあ。どうも、そういうものらしい」

永井翁はひとり言のように言った。私は外套のポケットに投げこんで来た短銃を指先で弄《もてあそ》びながら、革命の行方を頭の中で追っていた。

永井翁と事務所の前で別れて部屋に戻ると、所員一同が集まっていて、その中に安倍道瞑師が例の黒い僧服を着て、駐在地ポチカレーオから来ていた。赴任の途中アレキセーフスカヤで別れて以来、会う機会がなかった。数珠を巻いた手を合せて一別以来の挨拶をしてから、情勢が切迫したので橇《そり》で駆けつけてきたのだと言った。彼が深夜の危険を冒して来たとあれば、よほどのことにちがいない。

彼の報告によると、沿海州方面から一日平均三百名の赤軍兵士が輸送されて来るが、そのうち一割は小銃を持っている。またハバロフスクから小銃二百挺を持つ六百の兵士が出発したとの報もある。西からもチタ攻略の赤軍が進撃を開始したので、東西両面からアムールを攻略する作戦だと思われる。また連合国の動きも活発で、商人と称するアメリカ人が鉄道沿線一帯に出没しているが、特に東部において目立っている。カムチャツカ、サハレン、沿海州占領の準備だという観測がもっぱらである。英仏は申し合せたようにオムスクを中心にバイカル以西に活躍し、反革命派に多額の資金を投じている。反革命派や中立派は、次第に英米仏に頼ろうとする傾向が強まって来た、というのが彼の報告の骨子であった。ロシア全域にわたって国際的な動きが活発化しつつあった。しかるに私のたびたびの懇請や報告に対して、参謀本部からも関東都督府からも、ぱったりと指示が来なくなったのは一体どうしたことであろう。

二月十五日、アムール州の情勢はどん詰りに来た。シシロフ州会議長の招集で緊急州会が開かれた。ストライキで吏員のいないガラ空きの政庁に各界代表の議員が集まったが、その中でコザック代表十一名が略章をつけた軍服の胸を張って、ずらりと顔を揃え注目を浴びた。まず資産家代表アレーニンが緊急動議として「アムール州自治案」を提議して説明に立ったが、急進派に弥次り倒されて不徹底のまま降壇した。次にムーヒン派の労働組合代表が立った。

「諸君、わがアムール州には、まことに遺憾ながら外国武官が潜入し、官僚や保守派と結託して治安の攪乱を企てている」

と前置きし大演説に入ろうとしたが、コザック代表十一名が一斉に立ちあがって、

「無頼の徒よ立去れ！」

と怒号し、議場は混乱して自然流会になってしまった。州会は成功しなかったが、シシロフ議長とチェルニヤーク代理市長は、ムーヒンに対して政権譲渡拒否の通告をして直ちにコザックと市民自衛団で政庁の警備を固めた。また資産家団体の機関誌「エホー」も、ボリシェビキの襲撃を恐れて鳥居肇三の所有名義に書換え、これもコザックが警戒に当った。

このような報告を通訳ランドウィシェフから聴取しているところに、頭から毛布のショールを被った日本女性が案内されて来た。ショールを脱ぐと、この街の女郎衆であると知れた。辺りをきょろきょろ見廻してから、すすめられた椅子にかけて、私にぎこちない挨拶をした。トキ子というのだそうである。自分でも場違いの感じがするのであろうか、口籠りながら言った。

「イシミツさんでしょうか」

「そうです、私です」

「旦那さまはご存じでしょうか、狙《ねら》われていらっしゃることを。気になりましたのでお知らせに上りました」

「ほう、ありがとう、一体誰が私などを狙ってますね」

「さあ、私にもよくわかりませんのですが……急進派とか過激派とかいうものじゃないでしょうか。私が今街を歩いていますとロシアの若い婦人が近づいて来ましてね……」

と息をのみながら語ったところによると、そのロシア婦人が根掘り葉掘り私の身分や住所を尋ねたのだそうである。これは怪しいと思って、この事務所に飛びこんだのだという。

「それはありがとう。残念ながらロシア美人に知りあいがないからね、今度会ったら来るように伝えてくれ給え」

「………」

　女はまごついた表情で笑った。

「いや、それは冗談だ、ありがとう、でも遠慮なく来てもらっていいですよ。私は誰にでも会いますからね」

　傍らで聞いていたランドウィシェフが愛想よく女の相手になって、礼を言いながら小銃を片手に持って階下へ連れて行った。

その夜、十二時を過ぎた頃、政権引渡しを拒否されたムーヒンがシュートキンほか二名の同志を従えてチェルニヤーク代理市長を政庁に訪ねたという情報が入った。私は、安倍道暝、鳥居肇三等と一緒に夜食をとりながら待機した。ランドウィシェフが秘密会談の内容を聞いて帰って来たのは、午前一時を過ぎていた。

この会談でムーヒンはチェルニヤーク代理市長に言った。

「立場を異にする人々が、それぞれ共産制や共和制を主張して抗争するのは、いずれも人民の幸福を願ってのことであろう。だが、信念を異にして妥協出来ない場合は、血の闘争もまたやむを得ないと思う。だが市長よ、この闘争はわれわれ自国民の間でなさるべきで、外国の武力を借りてなすべき性質のものでない。外国の武力干渉を招いたら、戦争と革命のため疲弊したロシアは、将来これを排除出来なくなり、祖国分割の悲運にあうと思う。聴くところによれば、コザックは日本武官と提携して反乱の陰謀を企てつつあると聞く。この事実を放置しておくつもりか。治安維持は市長の責任ではないか。速かに彼等を国外に追放してもらいたい。今夜まいったのは、この要求をするためである」

これに対してチェルニヤーク代理市長が答えた。

「お説には全く同感である。この混乱の時代に外国勢力を導入する危険は十分に知っているので、在留外人の行動には注意を怠っていない。現在のところ、そのような積極的活動はみられないからご安心願いたい」

この答えを聞くと、ムーヒンは怒気を含んでテーブルを叩いた。

「市長よ、われわれが深夜貴下を訪ねたのは、ロシア人民のために真摯《しんし》に相談するつもりだった。しかるにその答えは何事であるかっ！　われわれはすでに日本武官に関する詳細な調査を完了し、その陰謀を確認している。市長よ、この事実をなんと心得るか」

「知らぬ、さような陰謀があれば市当局はすでに措置を講じているはずである」

「あくまで知らぬと言われるか。しからば近い将来、日本武官の生命に異変の生じた場合、その責任は貴下にあることを記憶せよ！」

ムーヒンは床を蹴り椅子を倒して政庁を立去ったということである。この報告を聞いて私は思わず会心の笑いが口辺に浮んだ。まことに天晴《あっぱ》れな大見得である。ランドウィシェフはしきりに心配して私の肩を抱いた。

「ガスパジン・イシミツ、用心して下さい。明朝から当分の間は外出しないで下さい。ムーヒンの咳呵と日本婦人の忠告が一致しているので、これはただの威嚇ではないと思います。警護の方法は、トリイ、チバ、アベの三氏と相談して決めますから、私たちに一任して下さい」

と優しい眼ざしで私の顔をのぞきこみながら頼むのであった。

「ありがとう、ありがどう」

と私はそれ以上語らずに彼を促して帰宅させたが、鳥居肇三、千葉久三郎、安倍道暝は彼と一緒に階下に降りて、明け方まで善後策を協議したらしかった。

翌日もその翌日も、安倍道瞑師の報告の通りボリシェビキの援軍が東から続々ブラゴベシチェンスクに入りこみ、ムーヒン一派の幹部は連日密議をこらして、活発に連絡員を守備隊とゼーア海兵団に飛ばした。いよいよ最後の日が近づいたのであろう。この情勢を見た州全議員中の保守派は集まって対策を協議したところ、一様に弱気になって、ムーヒン派と連合政権を組織しようという決議を発表した。これを知った資産家側と官僚派の右翼は、十九日に集合して、州会の弱気を非難し、州会不信任の決議を発表した。保守派は支離滅裂となった。

その夜、資産家代表アレーニンは秘かにアムール河を渡って黒河鎮の張道尹（知事）と鄂旅長（旅団長）を訪問し、中国軍のアムール州進出を懇請したが「中央政府の命令がなければ」と拒絶され、失望落胆の姿を私の部屋に現わした。全身に凍結した薄雪をかぶり、眉毛も髭も霜に被われて苦悶の顔は歪《ゆが》んでいた。

「とうとう最後の日が来ました。今夜が永遠のお別れになるか、救いの門出になるか。お願いです。日本の武士道に敬意を捧げて援助を懇請いたします」

両眼からはらはらと涙を流し、ふるえる手で私を抱いた。私は在留邦人による義勇軍が編成されつつあることを告げ、日本政府に有力な援助を強く要請する約束をして別れた。

これと入れ代りのようにウラジオストックから久しぶりに密書が届いた。参謀本部の中島正武少将からの書面である。

「高山関東都督府参謀長ならびに黒沢中佐に面会せり。老兄においては従来の方針通り御奮闘あるよう伝えられたしとのことなり。田中義一閣下にも老兄の奮闘を詳細報告せり。但し過度の深入りせざること、これがため一時不利となるも致し方なし。人事を尽して、なお且つ支え得ざれば大勢致し方なし。老兄の胸中御察し申し上げ、御一同の御苦心、御尽力を謝す。小生等も十分奮闘しあり」

と書いてあった。この書状が何を意味するか判じかねて読みかえしていると、鳥居肇三、千葉久三郎が靴音高く駆け上って来て、両脇から私の腕をとって引起した。

「………」

「逃げて下さい、大切な身体です。今すぐ黒河鎮に」

「どうしたんだ?」

「あとは私たちが引受けます。暗殺です。危険です。あすの朝、連絡に行きます」

私は毛皮の外套を着せられ、防寒長靴《カートンカ》を履かされて、裏口から闇夜のアムール河畔に引き出された。

日本義勇軍

一

　私は振返って街を見た。電燈が一斉に消えた。呼び交わす人声が遠くに聞こえ、蠟燭の火がちらほらと動いた。雪明りの下に街は凍りついたように静まっていた。

「あわてて逃げ出すことも、なさそうじゃないか」

と私は傍らの鳥居肇三に言った。

「いや、行って下さい。お願いです。大丈夫とわかったら今夜にもお迎えにまいります」

と鳥居肇三が言った。ランドウィシェフは私の肩を抱き、アムールの氷上に導きながら言った。

「お願いです。あなたに間違いが起ったら、もうアムール州は総崩れです。あなたの命は、あなただけのものではありません。さあ、ご一緒にまいりましょう」

　街の電燈が一斉について、また消えた。

「それほどにいうなら、いいよ、行くよ。一人で行くよ」

私は歩き出した。アムールの氷上は馴れている。凍結してから三カ月以上にもなった昨今は自然に出来た道があって、闇夜でも渡るに大した困難はない。けれども夜に入ってから渡河する者はなく、見渡したところ黒い影は私一人であるらしかった。一人で歩いた。風も落ち、雪も舞わず、何の音も聞えない。闇の空には星一つ見えず、私の頭の中もからっぽであった。何やらわけもわからず追い出されて来たような気持である。

前以って連絡の出来ている黒河の客桟《きゃくさん》（宿）に入って、オンドルの上に転がったが、身一つで出て来たので、手持無沙汰でどうにもならない。ハルビンの黒沢中佐に「ボリシェビキの刺客に追われ黒河に一時逃れたるも、すぐ帰還する予定」と電報を打った後は、客桟の番頭を相手に、世間話に時を過した。河一つ隔てて、こちらは全くの別天地である。殊に一般の市民たちは文字通りロシア革命を対岸の火災視していた。幾千年の間革命の歴史にもまれて来た彼等には、当然のことかも知れない。

午後七時、夕食をすませてただ一人、ぼんやり坐っていたが、どうにも退屈である。オンドルの上に仰向けに転がってみたが眠気も出ない。また坐り直してみたが、どうにもならない……これは到底我慢出来ることではないと気付いた。今夜のように情勢の緊迫したときに、責任者が一人で安全地帯のオンドルの上に惰眠をむさぼっていられるものでもない。私は立ち上った。再び外套をひっかけ、毛帽を深々とかぶった。

「大人よ、どこに行かれます」

いぶかる番頭に会釈して、再びアムールの氷上を歩いてブラゴベシチェンスクに急いだ。対岸の電燈はまだ消えていて、街は闇の底に沈んでいた。靴音もたてられないような気持で、そっと裏口から事務所に入って階上の広間に入ると、ランプを囲んでいた所員一同が驚きの声をあげて立上った。

「おお！　どうしたんです」

「乱暴ですよ、石光さん！」

「お戻りなさい、黒河へ！」

彼等は口々に叫んだ。

「まあいいじゃないか、はっきり危いとわかったら戻るよ、それまでは仲間に入れてくれよ」

私は椅子を引っぱって来て、彼等の間に割りこんで腰かけた。

「石光さん、困りましたねえ、誤解しないで下さいよ、何も仲間外れにしているわけじゃありませんからね。例えばですよ、ムーヒン一派の乱暴者がこの事務所に暴れこんだとしますす。いいですか、石光さんがいなければ彼等は拍子ぬけして戻るでしょうから、私たちは穏やかに彼等を迎えることも出来るし、送ることも出来ます。ところがですよ、あなたが此処にいてごらんなさい、私たちは彼等を撃たなければなりません。それは、今のところ避けた方が賢明だと思ったからです。慎重論の石光さんを黒河に追い出して、私たちだけで、抜きさしならぬように進めてしまおうなんてそんな謀略はやりませんよ。私たち若い者だって命は大切ですからね、徒らに戦うべしという意見ではありません。その辺のコツは十分承知しているつもりです」

と鳥居肇三が私をたしなめた。

「わかった。ありがとう、私も気をつけるよ。さあ、一応情勢を聴こうじゃないか、その上でないと私も責任上、任地を離れるわけにいかないからね」

こう言って私は集まった人々から報告を聴いた。この頃には各方面に入りこませている連絡員は次第に増加して二十五名になっていた。

午後八時になり九時になっても街は静かであった。報告によると、この日を期して一斉に蜂起しようとしたムーヒン一派は、急進各派の結合がまだ十分でなく、ゼーア河港の海兵団が果して戦闘に参加するかどうか疑問を残していたので、暫く自重することになったということであった。

「さあ、そのような情報は謀略かも知れないぞ。安心させておいて、どっと来るかも知れないからな」

と批評する者もいた。いずれにしてもボリシェビキは日本人の介入を極度に嫌っていて、暗殺計画があることは確認されているのだから、私はこの際一歩退いて黒河に待機し、様子をみる方がよい、というのが皆の意見だった。

「まあ……今夜一晩ぐらい許してくれよ。何か向うでやれる仕事を準備して明日は必ず行くからな。もう今夜はおそいしさ。闇夜にアムールを二度渡らせるなんて、少々不人情だよ」

私は笑って、一同に階下に下りて休息するよう望んだ。

鳥居肇三を一人残して、私は在留日本人の動向について検討した。彼の調査によると、私たちの動きについて神経過敏のものと無関心のものとがいるが、いずれもロシア革命は彼等の生活に大した影響はないと考えている。

「レーニン政府のもとでも女郎屋が営業出来ると思ってる奴がいるんですからね」

と鳥居肇三が笑った。国家の命令があれば別だが、出来る限り第二の故郷であるロシアの市民と事を構えたくない、というのが彼等の本心だろうということであった。十二時近くであった。玄関の辺りに靴音が激しく乱れて何か叫ぶ声が聞えた。私と鳥居肇三は顔を見合せた。鳥居は短銃をあらためてポケットにおさめてから、私に居残るように言い残して階下に急いだ。しばらくすると、ロシア語で何か言い争う声が聞えた。私も吸い寄せられるように階下に降りた。

私が階段をおりると、居合せた人々が手真似で「来るな！」と合図した。制せられながらも眼を据えて薄闇の玄関口を見通すと、群がる人々の向う側に、首領ムーヒンがずばぬけて高い背丈を伸ばして立っていて、その両脇には同志らしい労働者風の男が二人立っていた。私が人々を押し分けて近づくと、ムーヒンは目敏《めざと》く私を発見した。

「おお！　大佐よ」

顔を綻《ほころ》ばして叫び、人々を押し分けて私に手を伸ばした。

「ムーヒンさん、ようこそ」

私も手を伸ばすと、彼は私の手を引ったくるようにして握った。群がる人々は呆然として私たち二人を取巻いた。私は彼を促して階上の広間に案内した。彼自身は落着いて階段を登ったが、連れの同志二名は極度の緊張に顔をひきつらし、膝をかたかたと慄わせて登った。私は鳥居肇三、安倍道瞑、千葉久三郎だけに同席させ、緊張を解くように努めて笑顔をつくった。ムーヒンは勧められたソファーに長身を埋めて、ぐるりと部屋を見廻し、同志二人にも掛けるよう手招きした。一同が掛け終ると、ムーヒンは軽く上衣を整え、両手の指を胸の前に軽く組合せて言った。

「深夜お訪ねし、眠りを妨げて申しわけありません。ご存じの通り危機が迫りました。間違いを起したくないので突然お訪ねしました」

「ムーヒンよ、ご遠慮は無用。われわれ外国人も形勢を憂えて、まだ床に就かないでいました。ゆっくりお話を承りましょう」

「ご承知の通り、ロシアは秩序が乱れて殆んど無政府状態ですので、三百五十名の同胞を持っておられる貴下の御心痛は無理からぬことです。しかし砲火を交える日が来ても、外国人に対しては全力を挙げて生命財産の安全を計る決心でありますから、この点は是非安心して戴きたい。その日が来たならば、日本人は各戸に日本の国旗を掲揚して下さい。万一、同志の中に無頼の徒があって、貴国人に危害を加えたならば、このムーヒンが無限の責任を負います」

「ありがとうムーヒンさん。在留日本人を安心させるために、深夜わざわざ訪問された誠意をありがたく思います。さっそく貴下の誠意を同胞に伝えましょう」

そう答えながら私は、この男が機関手あがりの職工かと……あらためてムーヒンを見直した。彼は口辺に微笑さえ浮べていた。

「大佐よ、革命のために、連合国の対独戦争に大きな障害を与えたことは、私も十分承知しております。貴下は昔からロシアの事情に通じておられるのですから、われわれの行動についてはご理解があることと思います。しかしこの革命はわが国の内政に関することであって、失礼ながら、外国人の容喙《ようかい》すべきものではありません。もし外国の実力が入った場合、ロシアは四分五裂となって収拾することが出来ず、国民を更に永く永く苦しめねばなりません。シベリアはロシアの植民地であって、本国の革命に重大な影響があるとは思いませんが、私は断乎としてこの地を守ります。確か今月の十一日だったと思いますが、ペトログラードから電報で『東部シベリアの処分は日米間において協定締結せられたり』

と伝えられ、人心に動揺を来たしましたが、その後、そんな事態の起るはずもなく、今日は皆安心しております。大佐よ、この地は本国から遠く、東方の強大国に近い。私は心から絶えずこの点を心配しております。どうぞ自分が今夜貴下をお訪ねした真意を諒解して、われわれ同志の行動に同情していただきたい」

と結んで静かに立上って手を伸ばした。

　ムーヒンを玄関に送って後、私はひとり部屋に戻って無量の感にうたれた。ムーヒンに値する人物が、一人でも共和派や保守派にいるだろうかと。いや、日本においても彼のように、己れを棄て、身を張って、国家、民族のために闘える人物が幾人いるだろうかと。もし彼がシベリア共和国建設のために身を挺するなら、私は現在の地位を去って、彼に一肘の力をかしてもよい……と考えた。

「石光さん、もしもし、石光さん、日本人会の幹部の方が揃っておお見えです」

という声に呼びさまされて立上った。時計を見ると午前一時を過ぎていた。迎え入れると会長加藤慎太郎等幹部九名であった。彼等九名は眼を赤くして興奮していた。聞けば夕食後から今まで協議していたのだそうである。

「まことに申し上げにくいのですが……」

と加藤会長は口籠った。

「日本人会という立場において、ご趣旨に添うわけに参らなくなりました。ご承知の通り三分の二は女たちですし、男たちもロシアを第二の故郷として暮して来た者ばかりです。大きな利権を持っているわけでなし、はっきり申せば帝政だろうと共和制だろうと、大して関係がないのです。資産家に属する者もおりませんから、銃を執って決起するわけには参らないのです」

「………」

「おわかりいただけるでしょうか、いや、おわかりになって欲しいのです」

と加藤会長はうなだれた。確かに彼の言う通りであろう。宣戦布告をしたわけでなし、ボリシェビキから挑戦されているわけでもない。しかもレーニン・トロツキー政府が具体的にどんな政策をとるのか、確実にわかっていなかったのである。私は頷《うなず》いて彼等の労を謝した。

「わかりました。ありがとう。私は日本人会に責任を転嫁しようと思って協力を求めたのではありません。それはわかっていただけるでしょうね。在留民の保護については、私自身が責任をもって当局と折衝しましょう。わかりました」

そう答えたが、私の答えもぎこちなかったのであろうか、彼等は沈黙したまま、もじもじとして引揚げる機会を失ったように見えた。私は再会を約し彼等を促して帰宅させたが、なぜか、じんと眼がしらに涙がにじんだ。

徹夜する日が多くなった。黒河から深夜帰って来て、ムーヒンの訪問を受けたり、日本人会幹部を迎えたりしているうちに、二月二十日の朝が明けた。めずらしく晴れ渡っていたが風が強く、屋根や街路の雪を吹き流し、煙のように舞いあげて、視界がきかなかった。窓硝子を拭って街路を眺めたが、馬車も人影も見えない。パラパラと音たてて氷雪が窓を叩いた。この朝も、アムール州を除く全シベリアの各都市村落には、赤旗が風に引きちぎられるようにはためいていることであろう。

まだ午前八時だというのに、連絡員全員二十五名が飛雪をくぐって集まった。女も混じるロシア人、ギリシャ人、トルコ人などである。彼等は誠実に働き、機密を守った。用心深いが勇敢でもあった。彼等は革命派にも反革命派にも潜入し、赤衛軍の中、政庁の中、コザック連隊の中に勤めていた。彼等のもたらした情報を綜合すると、両派とも戦闘態勢に入り、武器の手入れに専念しているという。将校団と市民自衛団の士気はあがっているが、コザック連隊からは相変らず脱走兵が相継いでいる。反革命派はいずれも日本義勇軍が編成されて市の治安維持に協力してくれるものと信じ、またそれを熱望している。市の内外には殺人強盗事件が増加し、日毎に一歩一歩と無政府状態に近づきつつあり、両派の衝突はここ数日のうちと観測される――というのであった。昨夜ムーヒンが堂々と姿を現わして、戦闘近しと警告したのも芝居ではなさそうである。

日本人会幹部からの申し入れを無視したくはなかったが、私が経験した幾たびかの動乱において、いかに多くの罪なき無抵抗の市民が犠牲となったろうか、思い出すだけでも掌を合わせたい気持になる。最小限度の自衛は、注意を喚起するためにも必要であると考えた。そう考えて私は決心した。鳥居肇三と謀って、義勇軍志願者にこの日から事務所に籠城してもらうことにした。また通訳のランドウィシェフをチェルニヤーク代理市長のもとに遣って、小銃、弾丸の支給方を要請させた。

やがてドヤドヤと義勇軍志願者三十名が緊張して集まった。壮年から中年の分別盛りの年輩であり、ほとんどが家族持ちであったが、彼等はいつでも銃を執って飛び出せる身仕度をして集まって来たのである。彼等は日本人会の非協力の態度を気にしていなかった。思い思いの考え方で応募したのである。彼等の中には愛国の情熱を抱いた予備兵も多かったし、また革命騒ぎのために商売が出来ずに悩んでいたため応募した者も混っていた。私はこんなに多数の人々が参加するとは思っていなかった。また今日まで不可能と思われた武器、弾丸も、なんのこともなく市民自衛団から分与された。いよいよ危機が迫ったので、秘匿《ひとく》していたものを出したのであろう。全員に小銃一挺ずつと弾丸百発ずつを分けた上で、私が全責任を負うこと、最後のぎりぎりまで自重してもらいたいことなどを訓《さと》した。

「鳥居君、もう僕を黒河に追い出すとは言わんだろうね」

鳥居肇三は満足そうに笑ってうなずいた。

「こうなれば、もうご心配はかけませんよ、安心してゆっくりお寝《やす》み下さい。ですが、外出はまだ禁止ですよ」

と言って義勇軍を導き去った。

この時、参謀本部の中島正武少将から密書が届いた。

「……好機は容易に来たるものに非ず、急ぎて大事を誤るなかれ、老兄の練達必ず如才なからんことと存じ候。居留民保護に関しては臨機の処置によるほかなく、やむを得ざれば中国軍に頼むも致し方なきこととなり。なるべく騒動を起さず、一時雌伏して再起を講ずるを可と致し候。貴兄は露骨ならざるを要す。ロシア側より抗議あれば、自分は個人としてコザックに同情したるだけなりと、はね返せば可ならん。今は隠忍し内部で仕事をなすべき時なり。勇気を用うるは早し。鳥居君等にもお含ませを乞う。ハルビンに当分滞在の予定なり」

と書いてあった。私はこの密書を誰にも見せないで内ポケットにおさめた。もうすでにアムールの現状は傍観を許さないまでに緊迫していたからである。私は直ちに返書を書いた。

「急ぎて大事を誤るなかれのご訓戒胸にひびき、必ず遵奉仕るべく候。しかし好機は容易に来たるものに非ず。機会は得がたく去り易し。反革命派の一部は当初米英仏の援助を望みおりしも、今やことごとく日本を信頼するに至れり。名目、形式は問うところに非ず、祖国百年の安泰を図るは本日を措いてなかるべし。余が臨機の措置お許しを乞う」

と結んで使者に持たせ、ハルビンに急行させた。

この日、黒河の張道尹（知事）からチェルニヤーク代理市長に初あて警告文が送られた。

「ブラゴベシチェンスクの秩序、日一日と険悪に赴きつつありとの報に接す。中国人にして貴地に在留するもの約七千を算す。彼等の生命財産果して安全に保護せられつつありや。もし貴国行政機関において、これが責任を負う能《あた》わずんば、中国は自由の行動をとるのやむなきに至るべし」

これに対して代理市長は、

「当市は目下平穏なり。何等顧慮すべき事件を発見せず。もし何事か発生することあるも、貴国在留民の生命財産は責任を負うて保護の任に当るべし」

という返書を送った。それからすぐに政庁に革命派、反革命派、中立派の各団体代表を緊急招集して、外国人保護について注意を喚起した。

「……この際、外国人の生命財産に危険を及ぼすことがあれば、事態は重大化のおそれがある。願わくば主義主張の如何を問わず、外国人保護の方針を徹底されたい」

と希望した。するとムーヒン派の代表者が大きな声で叫んだ。

「市長よ！　日本人は外国人なりやロシア人なりや」

わあっとムーヒン派から拍手喝采が起った。すると市民自衛団代表が一斉に立ち上って靴を踏み鳴らした。

「無頼の徒よ、だまれっ！」

「治安を乱すもの去れっ！」

と怒号し、会場は忽ち混乱して総立ちになった。ムーヒン派は口々に、

「日本武官を逮捕せよ」

「お前らがやらぬなら俺たちがやるぞ！」

と叫びながら退場を始めた。こんなに怒鳴りながら撲りあい一つ起らずに、反革命派も革命派も一緒にぞろぞろと会場を出ていった。

この夜から義勇軍の連中が私の事務所に籠城することになったので賑やかになった。ささやかに結成祝いの杯をあげてから、私は昨夜からの不眠に堪えられなくなってベッドに倒れた。万歳の声を二度三度夢うつつに聞きながら……

二

翌二十一日、日没とともにムーヒン派の一団は、風のように銀行警備の市民自衛団を包囲して引渡しを要求し、他の一団は将校団所有の武器庫を襲って全部押収し、居合せた将校二十名を捕縛連行した。彼等将校は革命以来、各地の守備隊から追放されて職を失い、その日の暮しにも事欠く者が多かったが、帝国時代の軍人精神をそのまま胸に抱いて妥協を承服しなかった。特に若い将校たちは、毎日のように彼等の秘蔵する武器庫に集まって再起の機会を待ち、玉砕もあえて辞さない決意をしていたのである。午後九時になると武

装兵約五十名がバリショイ街に現われ、警備中のコザック将校二名を捕縛して消えた。

　窓から眺めていると、雪を背景に黒い影が続々と現われて街の角々に立ち始めた。市民自衛団が緊急警備に就いたのである。やがてコザックの一隊が騎馬の蹄の音高く走り去った。日本義勇軍も市民自衛団の懇請を容れて、鳥居肇三団長を先頭に日の丸を掲げて初警備についた。

　日本義勇軍出動す……の情報を受けたムーヒン派は静かに銀行包囲を解き、闇にまぎれて姿を消した。次いで市民自衛団二百名は、日本義勇軍五名を先頭に立てて労兵会事務所に押しかけ、ムーヒンに面会を求め、捕縛将校の即時釈放を要求し押し問答をしているうちに、コザックの一隊も現われてコザック将校二名の釈放と押収武器の返還を迫った。

　ムーヒンは奥の方の椅子に腰かけたまま、押しかけた反革命派の連中を睨みつけて一言も口をきかなかった。けれども捕縛した将校連は全部釈放されたし、押収した武器も返還された。この武器は元来将校団のものだったが、コザックが勝手に取りあげてしまった。将校団は気の毒にも一言も文句を言わずに引上げて行った。

　翌二十二日になると、反革命派はこの成功に勇気づけられ、思い思いの武装をこらした市民自衛団は隊伍を組んで街路を闊歩し、コザックもまた武装を整えて市中を示威行進するなど、今日まで見られなかった活気が街頭に満ち溢れた。

「おおヤポンスキーよ、ありがとう、神様の祝福がありますように……」

めずらしくこの日、ちらほらと外出をはじめた老婦人連から、日本義勇軍の人々は頰擦りされて感謝され、屯所屯所の市民自衛団から手をあげて呼びとめられ握手された。

この日モスクワから重大ニュースが突如流れて来た。

「独墺軍は停戦協定を無視してロシア領に進撃を開始した。赤軍は一斉に撤退しつつある」

このニュースは疾風のように市民の耳から耳へ伝えられた。この情報をいれて、ムーヒン派は暗い空気に包まれ、早速労兵会事務所に革命派の集会を開いて善後策を協議したが、このニュースを否定する情報も得られなかったので、暫く静観することにして散会した。

これに反して反革命派の顔は明るかった。特にコザックは気負いたち、野砲まで引っぱり出して市中をかけめぐった。街の人々は敏感に気配をさとって、久しぶりに店舗の戸を開き、女や子供も街路に出て笑顔で語り合い、河畔には腕を組んだ若い男女の姿さえ見られた。街角や広場では演説が行われ、市民の群が取巻いていた。

「レーニン、トロツキーは頼むに足りない。見よ独墺軍は本国に雪崩《なだ》れこみつつあるではないか。祖国を救うために決起せよ、祖国を売る犬どもを追放せよ」

このような演説を弥次ったり反論したりする者はなかった。街の角々に設けられた市民自衛団の屯所では、気をゆるめた団員たちがトランプをやったり、バクチを楽しんだりしていた。

夕暮、久しぶりに教会の鐘が鳴り渡って、窓に灯影が揺れ、祈禱の歌声が街路に流れた。

わずらわしき世を　しばし逃れ
たそがれ静かに　ひとり祈らん
うれいも悩みも　父の神に
ゆだねまつるこそ　よろこびなれ

忘れていた聖なる思いが人々の胸に湧き、市民は十字をきって祈った。私もまた異教徒であるが瞑目して安らかならんことを願った。

私は筆をとってハルビンの黒沢中佐に欧露から当地に流れた情報を伝えて、その真偽の問合せを打電すると、深夜に返電が来た。それによると独墺軍の露領侵入説は反革命派の謀略宣伝の疑いもあるが、露独間の講和が難行しているから事実かもしれないとのことであった。

この夜、私の神経を緊張させたのはこの情報よりも、むしろ連絡員によって黒河からもたらされた中国側の動きであった。対岸一帯にわたって中国軍が急速に増強されつつあったのである。

黒河駐屯軍は歩兵三百、騎兵二百、瑷琿《あいぐん》駐屯軍騎兵四百のほか、奇乾河上流から興東にかけて歩兵一千が待機し、鄂旅長の召電によって墨爾根《メルゲン》駐屯第六団長の呉士傑が騎兵百五十、歩兵百を従えて黒河に到着、近く機関銃隊、砲兵隊も到着の予定であるという。このほかにも各地の駐屯軍から一営乃至半営の部隊が北上しつつある模様で、沿岸警備とは考えられない大軍であった。

　私は早速、黒河駐屯軍旅長鄂雙全に文書で説明を求めると、折返し次のような返書が来た。

「我軍の行動はブ市に出兵せんとする趣旨に出でたるものに非ず。全く自領沿岸の防衛上の措置なるにつき誤解なきよう諒知ありたし」

　私は当時、この中国軍の行動が関東都督府（関東軍）と中国軍（張作霖軍）との協定によって行われていることを知らなかった。私も中国側もその情報を得ていなかったのである。そこで翌日から私は連絡員を黒河に常駐させて、黒河日本人会との連絡と中国軍の監視に当らせることにしてベッドに横になった。

　夜半も過ぎ午前二時十分頃だったと思う。日本人会幹部八名が再び面会を求めた。彼等は私に抗議を申し入れに来たのだといった。

「私に抗議を？」

「そうです！」

と稲原長景評議員が口をふるわせて答えた。

「私たちは半日がかりで慎重に協議をしました。前にも申し上げたとおり、日本人会としては、武力を伴う協力には応じかねます。応じかねるということは、日本人が革命に巻き

こまれることに反対だからです。しかるに貴下は武装した多数の在留民に取囲まれていま
す。一体なにをしようというのですか。貴下にはいかなる権限があるのですか。在留民を
煽動し犠牲にされては迷惑千万です」
「………」
「前にお会いした際、遠慮深く申し上げたために理解されなかったらしいので、失礼なが
ら再び申し入れにまいりました。われわれは、帝政派だろうと、共和派だろうと、レーニ
ン派だろうと、一方に荷担することには反対です。おわかりでしょうか」
私は頷いただけで言葉を控えた。
「市民自衛団の中にも日本人の行動を非難しているものがあります。一体、日本の武官は
……」といいかけると、加藤慎太郎会長が傍らからさえぎった。
「もう今晩はおそいし、用件は済んだのだから、失礼しようではないか。議論をしに来た
わけじゃないから……石光さん、どうも、お疲れのところを大変お邪魔しました。稲原君
が卒直に申しあげたので、あるいはお気持を悪くされたかも知れませんが、われわれの立
場はおわかりいただけたと思います……」
「わかりました、ご苦労さまでした」
私は丁寧に彼等を送り出した。静かに閉めたドアに背をもたせて眼を閉じた。
「私は間違っているのではないか」

三

二月二十四日の午前四時である。昨夜から背広服でソファーに横になったまま、またも自分の胸に問うた。

「私は間違っているのではないか」

ブラゴベシチェンスクに来てからの行動を頭の中に辿ってみた。青年将校ではなし、現役の身でもなし、ただ一介の市井の商人が、祖国と諸先輩に報恩のつもりで出かけて来たのである。戦術にこだわる必要もなければ、立身出世をあせる気もなく、出来る限り控え目に過して来たつもりだったが、日本人から協力を断られ、善良な同胞を危機に曝《さら》すものと非難された。けれども、すでに階下の広間には、三十余名の義勇軍が銃を抱いて寝こんでいたのである。

参謀本部の中島正武少将の要請に応えて、約束通りアムール政権はどうやら持ちこたえて来たが、すでにシベリア全土は赤い波濤に被《おお》われ、ただ一つブラゴベシチェンスクだけが孤島のようにとり残されて、赤軍の銃口が私たちを囲んでいた。しかも対岸には中国軍の大部隊が動き、米英仏の特別任務班が目立って活躍を開始していた。

このような情勢を三十名や五十名の小銃だけの義勇軍で支えられないことは、私も十分承知している。ただ時を稼いで新しい転機の生れるのを待つことは出来ると考えた。

「きりきり、いっぱいまで持ちこたえて見よう。最後の日が来ても、断じて撃ってはならぬ。撃たないで黒河に避難しよう」

そう考えて今日まで来たのだが、両陣営とも次第に殺気を帯びて来て、いつ血が流れるかわからなくなった。

この情勢と境遇の中に苦しんでいた時、参謀本部の中山蕃《なかやましげる》騎兵大尉（後の陸軍中将）が視察のため、チチハル、チタを経て私の事務所を訪ねた。私は飛びつく思いで早速ハルビンの中島正武少将に打電して、同大尉の駐在と協力を懇請すると、すぐ許可された。小利口に責任を回避するつもりはないが、私は自分に課せられた任務が、私の身分や権限を遥かに超えていることを知っていたからである。

当時も身分は関東都督府陸軍部嘱託であって、参謀本部とは公式の関係がなかった。しかるに、私は参謀本部次長田中義一中将、中島正武少将から直接指揮され、少なからぬ経費も受けていたのである。中山蕃大尉が留まって参加してくれれば参謀本部との関係は一応筋が通るし、同大尉はロシア専門家であるから、コザックとの交渉には最適任者だと考えた。

ところが中山蕃大尉は、鳥居肇三と同様に積極論者であった。中途半端な従来の態度を続ければ反革命派の信用を失い、その自壊を促すだけでなく、在留日本人の間にも分裂抗争を惹き起し、国際的に醜体を曝《さら》すだけだと主張した。そして日本義勇軍の拡大強化、ことに対岸黒河の在留日本人（約三百名）からも募集して中国軍を牽制し、シベリアに関する日本の発言権を保留しておかなければならぬと主張した。私は決しかねた。決しかねて思い悩み、一人で広間を歩き廻った。

新しい情報が次々に机の上に重ねられた。

「革命派に中央労兵会から指令が来た。独墺軍の侵入は反革命派の謀略宣伝なり、迷うなかれ、速かに政権を獲得せよ、手段の如何を問うなといっている。この指令に基づき、ムーヒンは二十五日再び州長兼市長代理に政権の譲渡を要求し、容れられざれば一斉に武装蜂起の模様なり。海兵団も守備隊もついに統一行動をとるに決したるものの如し」

「チタより野砲四門、ハバロフスクより小銃四百挺が守備隊（赤軍）に到着せり」

「市民自衛団は時局切迫に備えてコザックと協議の結果、次の三項目を決定した。

一、わが方より攻撃せず来襲を待つこと。

二、市民自衛団は命令とともにあらかじめ定められた位置につくこと。

三、今二十四日夜市民大会を開き、革命派の責任を追及すること」

私たちは集まってこれらの情報を検討した。もはや市街戦は避けられず、それも一週間以内であろうと結論してハルビンに急報した。決しかねていた私もついに日本義勇軍強化に同意して、黒河に千葉久三郎を派遣した。

午後七時、大通りの劇場で反革命派主催の市民大会が予定通り開かれた。私も市民の群れに混って参加した。武器の携帯は禁止されていたので、場内は男も女も、兵士も将校も、資産家も労働者も、混然として満ちあふれ、芝居見物のように賑やかに喋《しゃべ》り合っていた。ざっと見て二千名を超える聴衆である。私は周囲の人々の話に耳を澄ませた。革命派も反革命派も、それぞれ数人または十数人の小さなグループになって、混っているようであった。大声で政治を論じているもの、小声で世間話をしているものなど、思い思いの心境を抱いて来ている。

やがて開会が宣せられて次々に反革命派の弁士が熱弁をふるった。そのうちには兵卒や労働者もまじっていた。

「すでにロマノフ王朝は亡びた。一体なんのためにボリシェビキは善良なる市民の血を流さんとするや。独裁の野心か、悪魔的復讐か、ムーヒンよ武器を棄てて来たれ。われわれも共に腕を組み、新国家の建設に進もうではないか」

屈強な髭面の労働者が絶叫して拍手を浴びた。予想に反して急進派は弥次一つ飛ばさず妨害もしなかった。ひとわたり演説がすむと、用意されていたボリシェビキへの十カ条の詰問書が朗読され、大多数の拍手により決議として採択された。ムーヒンの女房役シュートキンが呼び出されて演台に立ったが、例の激しい演説もうたず反駁もせずに「いずれ書面でお答えしましょう」と一言いっただけで退場してしまった。すると一斉にボリシェビキと思われる聴衆が立ち上って、静かに退席を始めた。あらかじめ統一行動が指令されていたらしい。

その時である。聴衆全体に突如として動揺が起った。総立ちになった。

「ボリシェビキが場外を包囲してるぞ！」

「皆殺しだっ」

「出ろっ」

「速く出ろっ」

狭く薄暗い廊下と階段にどっと群衆が殺到し、ガラス窓は破壊され、腕ずくで我がちに逃れ去ろうとした。黒い群れが争い犇《ひしめ》いて名状出来ない叫びと悲鳴が満ちた。すると先に退場を始めたボリシェビキの連中は、自分たちが逮捕されるものと誤認して、これまた逃れようと力ずくで争い、急進も保守も男も女もごったになって押し合いへし合い、踏みつけ合って劇場前の広場に転がりながら雪崩《なだ》れ出た。雪あかりの闇の中では敵味方の識別が出来ない。荒い息を吐き帽子を飛ばし、ボタンのとれた外套の前をかき合せ、よろめきながら、やがてこの黒い群れは、ちりぢりに街角に路地に姿を消した。

私はひとり広場に取残され、劇場の入口の階段に腰かけて、堪えられない空しさにとらわれた。白い広場には帽子や手袋やステッキや、その他何やらわからぬものが黒く点々とちらばっていた。急進派も保守派も一様に姿のないものに脅え追われて消えた。武器を持たない人間というものは、このように善良で、はかないものである。最近のように国際情勢が複雑になってくると、急進派が果して勝つかどうかさえ疑わしい。いずれが勝つにせよ、敗けるにせよ、これらの人々は歴史の潮流の中にやがては消え失せるであろう。私自身もまた抜け落ちた片方だけの手袋のように、いずれはこの世から消える運命にある。

雪になった。

帽子と外套の肩を白くして立ち上った。事務所に帰れば、また急進派だ保守派だ、敵だ味方だと、神経をとがらせて徹夜しなければなるまい。

広場は忽ち新雪に被われて、散らばっていた遺留品もすべて見えなくなった。空しさが胸にひろがった。私は年をとり、疲れていたのであろうか、湧きあがってくる淋しさを噛みしめながら街を歩いた。街は昨夜にも増して暗く静かであった。

生きるもの・生きざるもの

一

二十八日の日没、二月の最後の日である。新しく編成された黒河在留日本人から成る義勇軍三十名が、秘かに闇のアムール河を渡って事務所に入った。推されて千葉久三郎が団長になった。私が感謝と自重の挨拶をし、中山蕃大尉が編成と行動を指示した。これで総員六十名となり、市当局から渡された小銃は六十挺、弾丸六千発に及んだ。

市民大会の混乱で気勢をそがれたムーヒン派は、再び沈黙して静観態度にかえった。けれどもその頃には、鉄道沿線都市はほとんど急進派に占領されていた。当初二派に別れていた鉄道職員も、ボリシェビキ一本にまとまって時の到るのを待っていた。

ゴンダッチ駅の機関庫職工長が急進派の首領となり、ドイツ俘虜四百五十名を使用し、村政も把握した。この頃になると、今まで中立態度をとっていたドイツ俘虜も各地でボリシェビキ陣営に参加した。ルフローでは反革命派が無力のため、下層労働者を主力とする急進派が駅前に革命宣言文を貼り、各戸に檄文を配布して事実上政権を握った。アレキセーフスカヤは警察署長逃亡し、急進派の管理下に入った。スレーチェンスクもネルチンスクも、いずれも急進派の手に帰し、コザックは戦わずして大部分その指揮下に入った。この報告によると、アムール州もすでにブラゴベシチェンスクを除いて、ほとんどがボリシェビキの手に帰したと考えてよい。

三月一日、コンドラショウフ・ホテルで資産家代表アレーニンと昼食をとった。資産家階級の中で戦闘的な人物は彼一人であって、他の人々は革命について認識不足であり、また無気力でもあった。彼はフォークの先をふるわせて言った。

「われわれは皇帝政治を復活しようとは思わない。だが宗教も家庭も私有財産も認めないレーニンとは共存出来ない。一部の資産家や官僚や将軍たちは、金と宝石を持って外国へ亡命しつつある。私も一生食えるだけの財産は持っている。だが……私はロシアを去りたくない」

彼の言う通り、国外逃亡は容易だった。国境のアムール河は凍結しており、渡河する者をとがめるものは、ロシア側にも中国側にもなかった。馬車に家財と家族を乗せてアムールを渡る姿は毎日のように見られたが、全体からみればごく僅かな数で、ほとんど問題にならなかった。大部分の人々は、革命が自分たちの既得権を根こそぎ奪い去るとは思っていなかったし、ボリシェビキ革命が成功するとも考えていなかったのである。

「人間というものは鳥や獣類と同じような本能を持ったものとみえて、嵐が迫りつつあることを感じても、やはり自分の巣から逃亡する気には、なかなか、なれないものですね。嵐よりも逃亡先の新しい世界と新しい境遇がおそろしくて……不安で、踏み出そうとする足を押えてしまう。僅かな資産を惜しむからじゃありません。むつかしい理屈なしにこれが郷土愛であり愛国心というものでしょうか……そんなことを考えることがあります」

彼はつぶやくように言った。食事を終えようとする頃、窓の下に言い争う声がするので立って行って見下すと、一台の黒い箱型の自動車を五人の労働者が取りかこんで争っていた。やがて自動車の運転手が引きずり出された。乗っているのは資産家夫婦と令嬢らしい。アレーニンはすぐそれとわかったのであろう、急いで外套を引っかけホテルの玄関に出たので、私も並んで立った。

労働者が言った。

「この自動車を貰いたい」

資産家は車の中から言った。

「これは私のものだ」

「それは知っている。だから貰いたいと言ってるんだ」

「これは私に必要なものだ。やるわけにはいかぬ」

「俺たちの方がお前より、もっと必要なんだ」

「必要だからといって勝手に奪ってよいと言うのか」

「奪うとは言わぬ、貰うんだ」

労働者が大声で笑い出した。

「資産家よ、お前は議論が好きらしい。俺たちは忙しくて議論する暇がないから、仲間を二人残して行く。気の済むまでゆっくりとやってくれ」

三人の労働者は二人の仲間を残して去った。道ゆく人々は足を停めて遠くから眺めていたが、誰ひとり近づく者がない。運転手もアレーニンも黙って眺めていた。しばらく睨みあいが続いた。残された二人の労働者は眼で合図して車内の資産家を引っぱり出し、次いで夫人と令嬢に出ろといった。三人がしぶしぶ雪の上に立つと、二人の労働者は運転台に乗り、赤い小旗を結びつけて、資産家一家に会釈した。

「ありがとうよ、貰ったよ」

労働者は片手をあげて走り去った。街頭に立ち留っていた人々も資産家一家もアレーニンも私も、自動車が走り去って街角に消えるのを、ただボンヤリと眺めていた。

三月一日、コザック民政長官カゼイビニコフがペトログラードから帰って来た。レーニンが招集した第一回施政会議にアムール・コザックを代表して、州長兼市長のアレキセーフスキーと一緒に出席し、市長より一足先に帰って来たのである。コザック連隊の幹部は停車場に彼を迎えて歓呼し、代理市長チェルニヤークは彼を擁するようにして橇馬車に導いた。

さっそく政庁で帰郷報告会が開かれた。レーニンが具体的にどんな政治を行い、自分たちの日常生活にどんな影響があるのか、本当に知っているものはなかった。資本家やコザックの大部分の人々は、永年にわたる虐政と陰謀の府ロマノフ王朝を転覆《てんぷく》し、それを支えていたものを追放する政治闘争だと考えているものが多かった。したがってムーヒンなどは、無政府状態に巣食った無頼の徒であると思っていた。

帰郷報告会は盛大だった。盛会であると共にひどく人々を驚かした。レーニン政府は、旧王朝時代に与えられた位階勲等を初め、土地、工場の私有など一切の既得権を認めないばかりか、業種によっては個人営業を認めず国営に切りかえ、宗教的信仰さえも許さないのだと証言したのである。

「やっぱり、そうか」

カゼイビニコフ長官の言葉が一語一語、矢のように聴衆の心に刺さった。コザックにとっては、彼等の耕地は父祖の時代から額に汗して開拓したものだ。これを無条件で取上げるなんて……これはロマノフ以上の虐政ではないか、だが長官が直接レーニンの口から聞いて来たことだから、否定しようもなかった。

「やっぱり、そうだったか」

右か、左か、それとも逃げるべきか……聴衆の眼の色が動揺し、興奮した時、カゼイビニコフは声を張りあげて叫んだ。

「諸君！　諸君がもしロシアを愛し、郷土アムールを安住の地たらしめようとするなら、結束せよ。結束してこの恐るべき危険分子を排除して、光輝あるロシア文化を護ろう。コザックの伝統精神を振い起し、一斉に起って理想の共和国を建設しようではないか」と結んだ。反ボリシェビキの人々は拍手して総立ちになり、コザックは不安を打ち払うように片手を突き出してウラーを叫んだ。この報告会を機会として、前に急進派に傾いていたコザックの一部も旧に復し、隊伍を組んで市中を行進するなど、反急進派には強力な刺戟となった。波紋はすぐ街中にひろがって、革命への恐怖が薄らいだかのように、久しぶりに映画館や劇場までが開かれ、どこも満員の盛況になった。

ところが、首領のムーヒンもまた、チェプリン鉄工所に本部を構えて党員の出入りが激しく、海兵団と赤軍との連絡に忙しかった。安倍道暝師の報告によると、アレキセーフスカヤの赤軍は戦備を完了し、ブラゴベシチェンスク進撃の命令を待っているとのことであった。私はまだハルビンに滞在中の参謀本部の中島正武少将に打電した。

「時局切迫し、いつ爆発するや計り難し。われらもまた、この渦中より逃れ出づることあるいは困難なるべし。お指図を乞う」

その返電はすぐ来た。

「帝国の方針に変更なし、貴下は従来通りの方針にて進行すべし。経費不足ならば増加す」

　私は外出を控えて各方面の情報を冷静に検討した。中山蕃大尉、鳥居肇三、千葉久三郎らは義勇軍の世話と、反ボリシェビキとの交渉に忙殺されていた。

　夕闇にかくれてチェルニヤーク代理市長と市民自衛団体幹部五名が訪ねて来た。市長の眉が歪み、眼が光っているのは、何か期することがあってのことであろう。

「大佐よ、革命派の戦闘準備は完了したものと認められます。再びわれわれに政権譲渡を迫ってくるのも、今明日かと思われます。コザックは貴下の身分を確認したので、あらためて今夜正式に貴国の方針を聞き、最後的決定をしたいと言っています。幸い民政長官カゼイビニコフも帰郷したので、コザック頭統ガーモフその他の幹部もまじえて会見したい。お迎えにまいりました」

と言った。私は躊躇した。

「市長よ、今日までコザック代表者と幾たび話し合ったことでしょう。ムーヒン一派から命を狙われるほど努力もしてみたが、どうもお互いに違う道を歩いているようです。もう悠長な談義は無用でしょう」

「いや大佐よ、それは、われわれにとって致命的なお答えです。カゼイビニコフ長官も帰って来たのだし、市長アレキセーフスキーも間もなく帰るでしょう。そうなれば、わが陣営は強化され、頭統ガーモフの統帥力も強化されるに違いありません。局面は転換しつつあるのです」

「…………」

「実は……まことに失礼ですが、私たちは当初貴下の身分を疑っていました。ところが貴下がこの地におられるために、ムーヒン一派が好機に臨みながら、張りつめた弓を放とうとしないで耐えています。彼等はいち早く貴下の身分と任務を探知したからです。今やわれわれは貴国の絶大な援助と、貴下の有力な斡旋をお願いしたいのです」

「お話は幾たびか承り、お互いの意向は充分に理解されています。今はそれぞれ自分の陣営を強化して、万一の場合に対処すればよいではありませんか」

「大佐よ」

と傍らにいた市民自衛団幹部が乗り出して叫んだ。

「……われわれ市民は久しい間、家業を閉じ命を賭けて、こうして銃を執っています。何のためでしょう。盗賊の類いに政権を渡したくないからです。いつまでも、こんなことをしていたら、私たちの生活は行詰ってしまいます。大佐よ。われわれの窮状はおわかりのことと思います。貴下が今夜後援を約さなかったら、忽ちコザックは総崩れとなり、明朝から市街は銃声砲撃の巷《ちまた》となって、市民の血が流されるでしょう。われわれは軍人ではありません。ただ名誉のため戦死して満足するわけにはまいりません」

「さあ、行きましょう、大佐よ」

「…………」

「アタマン・ガーモフの邸宅には、カゼイビニコフ民政長官も、ウェルトプラフ軍務長官も、その他の幹部も集まって貴下の来臨を待っております」

「…………」

「さあ大佐よ、ご案内しましょう」

一同は立ちあがって出席を促した。私は立ち上った。ゆっくりと外套を肩にかけ、考えながら毛帽子を手にして彼等に従った。雪に埋れた玄関には、石油燈を両脇につけた立派な箱馬車が待っていた。

二

アタマン・ガーモフの二階建の邸宅は、雪をかぶった針葉樹林に囲まれて、あかあかと灯りをつけていた。広間にはガーモフ、カゼイビニコフを中心にして幹部が揃っており、資産家代表のアレーニンの顔も見えた。私が入って行くと、一斉に立ち上って礼を尽して迎え入れた。

ガーモフが一同に私を紹介したが、カゼイビニコフ長官のほかは、ほとんど顔見知りであった。まずガーモフが意見を述べた。

「今夜われわれが集まったのは、コザックを中心にして最後の態度を決定するためです。貴国がわれわれに援助の手を延ばすか延ばさぬかに貴国は東洋における最強の軍国です。貴国がわれわれに援助の手を延ばすか延ばさぬかによって、ロシアの運命が定まります。ロシアの運命は、東洋の運命、貴国の運命に無関係だとは思われません。どうぞ今夜は腹蔵のないご意見を聴かせていただきたい」

私は日本の方針も私自身の考えも従来から少しも変っていないこと、即ちロシアの将来はロシア人の手によって創らなければならないこと、従って東部シベリアの独立も、東洋の血につながるコザックの実力によって果さるべきこと、それについて日本の援助が必要とあれば、日本は友好国として全幅的な後援を惜しまないであろう。だが今日までのように日本の実力を中心に考えられることは、諸外国やボリシェビキから内政干渉として非難されることが明瞭であるから、そのような後援はいたしかねると説明した。すると一同はうなずいて賛意を表したが、カゼイビニコフ長官だけが険しい視線を私に浴びせて質問した。

「お尋ねするが、貴下が後援するというのは政府か軍を代表してのご意見か、それとも貴下の個人意見か」

「私は公式の駐在武官でもなく外交官でもない。しかし軍の任務を帯びて駐在しているものである」

「いかなる権限を持たれるや」

「申しあげるわけにゆかぬ」

カゼイビニコフは眼をそらして沈黙した。その口辺には明らかに冷笑に近い皺《しわ》が浮んで消えなかった。まさに崩れ去ろうとする軍組織の上層にあって、なおロシア帝国の威厳を保とうとするのであろうか、それとも彼が属する社会革命党の立場に立って、秘かにボリシェビキと妥協を計っているのであろうか、白けた空気がひろがって息苦しくなった。傍らで心配しだしたチェルニヤーク代理市長がカゼイビニコフに問うた。

「長官は日本の後援に不賛成か」

「私は先ほどもお話ししたように、中央の情勢をこの眼で確かめ、途中各都市の情況も一応視察して来た。すでにロシア全土は、レーニン、トロツキーの赤旗で埋まっている。郷里に帰って見れば貧弱な武器を持ち出して形ばかりの反抗を示している。それもわずかな私財を保存し、地位を護ろうと騒ぎまわる人々の悲鳴にすぎない。こんなもので大勢を動かせるものではない。中途半端な反抗は善良な市民を犠牲にするだけだ。そんなことなら、おとなしく政権を譲渡した方がよい」

ガーモフをはじめ同席の者一同は、この話を聞いて非常に驚き、一斉に身を乗り出した。

「長官よ、帰郷報告会の時のご意見とあまりにも違うではないか。何故に意見を変えられたか」

「ムーヒン一派に脅迫されたのか」

「長官よ、お尋ねするが、ペトログラードにおいて、レーニンと密約を結んで来たのではあるまいな」

「われわれを裏切る気か」

「われわれは貴下の留守中、赤旗に囲まれたアムール州を護りつづけて来た。この労苦を嘲笑する気か」

「さあ、明瞭な弁解を聞こうではないか」

カゼイビニコフ長官は両手を拡げて一同の発言を押えて言った。

「静かに聞いてもらいたい。私はレーニン、トロツキー主義を認めはしない。中途半端な反抗は悲劇を招くだけだから、やめた方がよいといっているのだ。われわれが陣営を整備して決起した場合、四面敵である。果して日本が急速な援助をするであろうか。先ほどのイシミツ大佐の言明を疑うことが失礼であるならば、会見録を作って署名していただこうではないか。その上で、われわれは最後の態度を決定しても遅くはない」

と提議した。一同はうなずいて賛成した。早速会見録が作成され、私にまず署名せよとペンを差し出した。

私は躊躇してはならぬと覚悟した。文書に目を通してから、ブラゴベシチェンスク駐在マキヨ・イシミツと署名した。次いでカゼイビニコフ長官、ガーモフ頭統、チェルニヤーク代理市長の順序で署名した後、列席者一同の手に廻された。一同は読み終えるごとにうなずいて賛意を表した。文書がカゼイビニコフの手に戻ると彼は私に向きなおって、「この文書は東京のロシア大使館に写しを送ります」と言った。

私は切迫した胸を抱いて事務所に帰り、ハルビンの中島正武少将にこの顚末を急報した。

翌三月二日、なんの指示も来なかった。関東都督府陸軍部の高山公通参謀長からも、参謀本部の中島正武少将からも、なんの応答もなかった。一体、日本の政府なり、軍なりの方針は、どうなっているのであろうか。ロシア側が日本の後援を望んでいるのに、今日までなに一つ後援らしいことはしていない。一挺の銃を与えるどころか、一ルーブルの資金さえ与えていない。

「帝国の方針に変更なし」

という簡単な電文が具体的に何を意味するのか、正直に言えばわかったようなわからないようなことである。こんなことで国家百年の計とか、東亜の安定とかを説く資格があるだろうか。単なる軍嘱託の私が、コザックを口舌で激励してみたところで何になろう。彼等はすでに往年の勇敢なコザックではないと軽蔑する前に、われわれが彼等のためにどんな保障を与えたかを反省するがよい。後援どころか、保障どころか、われわれは在留邦人保護のために、すでに百挺近い小銃と弾丸を与えられている。この事実を反省してみると、日本はどうせろくな後援はしてくれないだろうから、せめて日本市民を利用し、彼等に銃を執らして赤軍への砦《とりで》たらしめようというのであろう。

「これでよいだろうか」

私は不安を眼に、不満を胸に感じながら街を歩いた。日本人会が武力による自衛を拒んだ時、私は彼等の心境に賛成しながら、とうとうここまで来てしまった。

在留邦人の河東三朗の家の前に来て、急に訪ねてみたくなった。彼は在留二十五年の古参株で、二十年前に私が菊地正三と名乗って、この地に来て以来の知人である。

河東夫妻は畳敷の茶の間でお茶を飲んでいたが、私を見てハッと顔色を変えた。

「まあ石光さん、大丈夫ですか」

と夫人が声をあげた。

「どうかしましたか」

と私は怪しんで反問した。夫妻は顔を見合せて私に座蒲団《ざぶとん》をすすめながら言った。

「石光さん、用心して下さいね、一人で出歩いていいんですか」

彼の話によると、私の命はその後も狙われているのだそうである。狙っているのはボリシェビキばかりではない、ロシア市民自衛団の中にさえいる。彼等はボリシェビキを憎みながらも、日本軍の進攻をそれ以上に恐れているのであった。河東夫人はお茶を入れながら言った。

「自衛団ばかりじゃないんですよ、石光さん。在留邦人の中にもいるんですよ。自分たちはロシアの政府がどう変っても同じじゃないか、石光のやってることは余計なことだ。あんなことをやって、自分の手柄にしようって言うんだろうが、飛んでもないこった。結局はロシア人の恨みを買って、俺たちの商売の邪魔になるのが落ちだ……って言うんです」

「………」

「用心しないと闇討ちされますよ」

「………」

私は部屋の壁ぎわの机に飾られているお雛《ひな》様に気をとられていた。粗末な雛人形で数も揃っていないが、赤い毛布の棚に内裏様から三人官女、五人囃子《ばやし》と、順に並んでいる。五人囃子のうち欠けた二つは、ボール紙に絵を画いて切抜いたもので補充してあった。

「そうだ……あすは三月三日、雛祭りだ」

私は遠い東京郊外世田谷村のわが家の春を思い出した。今頃は明るい陽射しを受けた白い障子の蔭に、例年のようにお雛様が飾られ、三色の菱餅《ひしもち》、白酒、あられの類が供えられているだろう。菜の花や桃の花さえ飾られているに違いない。私の娘たちは、この雛人形のように、つややかな黒髪を垂らし、このように円い頰と赤い小さな唇を持っている。

「石光さん、お国の奥さんやお嬢さんを思い出していらっしゃるのでしょう」

私は夫人の言葉に胸を突かれて赤面した。女性には、このような心の動きが直ぐわかるのであろうか。

「日本では雛祭りだ、お花見だというのに、なんの因果でしょうねえ、私たちはこんなシベリアの奥に流れこんで、どこを見ても雪と氷ばかり……こんな暮しをした揚句に、今度は革命派だ、いや敵だ味方だと、女まで飛び出して銃を担いでいるんですよ。石光さん、早くなんとかならないもんでしょうかねえ、馬鹿馬鹿しいじゃありませんか」

「おい、お美恵、少し言葉が過ぎやせんか。失礼じゃないかね」

「まあ……そうでしたでしょうか」

河東夫人は眼を丸くして私の顔色を見た。

「いや、いや、奥さん、お雛様が懐しくて、つい、ぼんやりしてしまって……気持を悪くなんかしてるんじゃないんですよ……ああ、やっぱりお訪ねしてよかった。救われましたよ」

それから夕方まで世間話に時を過し、「さあ今晩もまた敵だ味方だと徹夜しますかな」と腰をあげた。

事務所に帰ると銃を肩にした日本人やロシア人がうようよしていた。机に重ねられていた情報に眼を通すと、相変らず各方面とも反ボリシェビキには不利なことばかりであった。

翌三月三日の朝、河東夫人がボーイに大きな包みを持たせて入って来た。

「昨日は勝手なお喋りをして申しわけありませんでした。あのあとで主人にうんと叱られましてね、今日はお詫びに上ったのです」

そう言ってボーイに包みを解かせた。中から白酒に代る白ブドウ酒、ハム、ソーセージ、菓子などが沢山現われた。

「これはお雛様にお供えしたものです。お国の奥さんとお嬢さんのご健康を祈ってお持ちしました」

私は事務所に居合せた人々を呼び集めて、ブドウ酒の口をあけた。銃を肩にした人々の間に、河東夫人もランドウィシェフ夫人も隣りのポポフ家のナターシャ嬢も入り混って、白ブドウ酒のグラスをあけた。

「お雛祭りおめでとう」

「奥さん、お嬢さんの幸福のために」

私の広間に、このように笑顔が並び笑顔が満ちたことは曽つてなかった。

この日もこうして無事に暮れた。ハルビンからも旅順からも、一通の電報もなかった。

私はめずらしく幸福感に浸ってベッドに横になった。

三

明けて三月四日の午後三時、何気なく受取った電報を読んだ私は、電撃のようなショックを受けた。

「陸軍大臣は貴下今回の処置を越権なりとし、任務を解除す。即日貴地を出発し、関東都督府に帰還すべしと命ぜらる。中山蕃大尉は貴地に滞在の要なし、即日出発、チチハルに帰還するよう伝えらるべし。右大臣の命により伝達す。中島正武」

私は幾たびか椅子を変え、場所を変えて電文を読み直した。いくら読みなおしたところで同じことである。私はソファーに倒れるように腰を下して考えた。

コザック首脳部に援助を約した会見録に署名したことが、中央において問題化したのであろう。それにしても、なんという恥辱であろう。陸軍大臣大島健一《おおしまけんいち》から直接解任されるとは。私は関東都督府陸軍部の嘱託であって、参謀本部と直接の関係もなく、また陸軍省とも関係がなかった。先輩田中義一中将、同期生高山公通少将等の要請に応えて、最後のご奉公と恩返しのために気軽に出て来たのである。

「帝国の方針に変更なし」

という中島正武少将の指示が来たのは数日前ではないか。この指示を頼りに、とうとうここまで来てしまった。それにしても、解任の方法は他にあった筈である。直接陸軍大臣から解任されることは、官位剝奪に等しい懲戒解任である。軍人の名誉を汚した者、国家に重大な損害を与えた者、或は刑事犯罪をおかした者と同様の待遇をされることは、死に値する恥辱である。

「今日まで、どうやら祖国のために陰のご奉公をして来たつもりだったが、お前の時代はとうに去っていたのだ。もうお前の出る幕じゃない。国に帰るがよい。この二十年の間、苦労をかけ通した東京の妻子のもとに帰るがよい。病弱の妻と一男三女のもとに帰れ。それが永い間のお前の苦労に対する祖国の贈りものだ。帰れ、帰れ、ありがたく帰るがよい」

私は窓辺に倚《よ》って、打ち砕かれた自分に言いきかした。曇った硝子を通して、しみじみとブラゴベシチェンスクの街並を眺めた。

ムーヒン派であろうか、労働者が五人、六人と組んで小銃を肩に通るのが見えた。市民自衛団ではない、ボリシェビキの連中である。彼等が武器を執って街頭を押し歩くのは、今日が初めてのことである。

私は決心した。中山蕃大尉、鳥居肇三、千葉久三郎の所員のほか、日本人会の加藤慎太郎会長、田畑久次郎評議員、その他の幹部を招集した。ある者は小銃を肩に、ある者は短銃を腰に、大声に語りあいながら集まって来た。

私は口籠《くちご》った。籠った口から、

「申しわけありません……」

と低い声で頭を下げた。一同は怪しんで私の様子を見た。痛いような視線を全身に感じた。

「お集まり願ったのは、実は私にとっても意外なことながら、皆さんにとっては、もっと意外なことで、まことに申しわけないことですが」

私は再び口籠った。

「実は……ただいま、参謀本部の中島正武少将から電報をいただきましたので、中山君にそのまま読んでいただきます」

中山蕃大尉は私の態度を疑いながら電文を受け取って読んだ。

「陸軍大臣は貴下今回の処置を越権なりとし、任務を解除す。即日貴地を出発し、関東都督府に帰還すべしと命ぜらる……」

中山蕃大尉は「おう！」と声をあげ、私の顔を見た。一同は声をのんだ。私は「続けて下さい」と促した。

「では続けます……中山蕃大尉は貴地に滞在の要なし、即日出発、チチハルに帰還するよう伝えらるべし。右大臣の命により伝達す。中島正武」

中山蕃大尉は呆然として電文を私に返した。一同は息をのんで粛然とした。

「弁解がましいことは申し上げたくないが、説明が要ると思うのでお話しします。実は私がコザックに援助を約した会見録に署名したことが越権沙汰になったのです。私の不明の致すところで、諸君にはなんとも申しわけないことです。すでに陸軍大臣から直接解任され、即日帰還せよとあれば、今日中に私と中山君は、とりあえず黒河に引揚げなければなりません。今日まで職をなげうって、祖国と同胞のために働いて下さった皆さんのご尽力は、帰還の上、当局に詳細に報告します。思慮の足らない私を今日まで助けて下さった皆さんに心から感謝します」

呆然として誰ひとり言葉を発する者がなかった。中山蕃大尉は再び電報をとりあげて読みかえし、溜息をついた。

「石光さん！」

と鳥居肇三が沈黙の壁を突き破った。

「この切迫した情勢のさ中に、一体全体これはなんとしたことですか。われわれにどうしろというんですか」

「皆さん、お許しを願いたい。どうか祖国のために一切の行きがかりを棄てて、おだやかに義勇軍解散の手筈をして下さい。その上で後任者の来着を待って下さい」

「それは大変だ、石光さん！　それは重大問題ですよ。とんでもないことだ。今ここで承諾するわけにはいきません」

鳥居肇三は一同を見渡して言った。

「皆さん、どうでしょう。一応この場を引揚げて、日本人会事務所で協議してから、あらためてお答えしては。それまで黒河への引揚げを猶予していただこうじゃないですか」

一同はうなずいて賛意を表したが、だれ一人立とうともしない。一同は今さらのように事態の重大さをさとって、さまざまな発言が続いた。

「解散なんか出来ませんよ。けさ市民自衛団やコザックや将校団と協定して、警備地区を決めたばかりです。日本だけが勝手に脱退するわけにはいきませんよ。日本人の名誉に関しますからな」

「名誉だけじゃないよ、総崩れだよ」

「今日までコザックや将校団が崩れかかった時は、いつもわれわれが激励して来たのです。その当の日本人がまっ先に逃げるなんて、馬鹿な、そんなことは断じて出来ませんよ」

「日本人の面汚しだ。そうなったら、もうわれわれは、この街に住めやしないよ。恥しくっていられたもんじゃないからな」

「日本人会も同時に解散するんだな」

「今日までの日本人の行動はどうなるんですね。児戯に類することだ。小銃や短銃を弄《もてあそ》び、徒党を組んで騒ぎ廻ったチンピラ小僧の群だ、はっはっはっ……コザックも市長も市民たちも、日本人は詐欺師だ、臆病者だ、とあらゆる嘲笑を浴びせるだろう。だが……ムーヒンからは褒められるかな、無頼漢同士は理解が早いとね」

「君、そうひどいことを言うなよ」

「だって、そうじゃないですか。ムーヒン万歳ですよ。明日の朝になってご覧なさい。政庁の屋根には高々と大きな赤旗が揚ってますよ」

「それでも解散ですか」

今日まで慎重派であった日本人会幹部までが興奮して発言は尽きなかった。私は立って一同に頭を下げて嘆願した。

「ご不満は一つ一つごもっともです。上司に対する私の連絡が悪く、その上思慮が足らないために、思いもよらない御迷惑をかけ、皆さんの名誉を汚してしまいました。死をもってしても償い得ないと思っております。どうか皆さん、冷静に……この際は潔《いさぎよ》く義勇軍を解散して下さい。詐欺師の石光が、とうとう尻尾を出して逃げたと笑って下さい」

堪《たま》りかねた鳥居肇三は、立ち渋る一同を促して日本人会事務所に引揚げていった。

一同が引揚げたあとの広間は、機械の止った工場のように寒々と広く淋しく、小銃や短銃や刀剣などが雑然と散らばっていた。彼等はもう持ち歩く気にもなれなかったのだろう。

「これが私の最後のご奉公か」

愚かさ、情けなさ、空しさが、身にもしみ胸を刺した。私は呆然としている中山蕃大尉と引揚げ準備を打合せたが、なに一つ手をつける気にならなかった。

「中山君、すまなかった。視察に来た君を飛んでもない目にあわせた」

「馬鹿を言い給え、あんたが自重しとるところへ飛びこんで、僕が拡大しちゃったんだ」

「出かけてくる時にね、老骨任に堪えずとお断りしたんだが……やっぱり歳は争えないなあ……あせりが出た」

「なあに今にわかりますよ。なにもわれわれはシベリアを占領しようと言うんじゃないからな。大部分のロシア市民と連合国が望んでいることを、一緒になって実現しようというのだ。それがロシアのためになり、日本のためになるんだからな……軍界も政界も利口者ばかりになって、無為無策に過したら、それこそ大変だ。必ず日本の将来を危くする日がくると思う。僕は帰還して中央を説くつもりだ」

冬の陽は傾き易く、赤いにぶい光が窓から水平に流れて消えようとしていた。

階下に来ていた通訳ランドウィシェフの夫人が、満五歳になったばかりの一人娘カーチャをつれてかけつけた。口をきく前にもう青い大きな瞳に涙が溢れた。私と仲よしのカーチャは、桃色の両手を出して膝に乗った。

「お国へお帰りになるって本当ですか、私たちをこのまま残して……」

と椅子の傍らに膝をついて眼にハンカチを当てた。

「あなたがお引揚げになったら、もう、今夜がロシアの終りです。ロシアの終りです。私はこの娘を抱いて、一体どこに行ったらよいのでしょう」

「夫人よ、お立ちなさい。私は行かなければならないのです。万一のことがあったら黒河の避難所にいらっしゃい。私がいようといまいと遠慮なく使って下さい。可愛いカーチャが困らないように、衣類は十分に用意して下さいね。私は黒河で待っています。黒河にいなかったらハルビンで。ハルビンにいなかったら南満洲の錦州で。必ず来て下さいますね」

「ああ、やっぱり、やっぱりあなたはロシアをお棄てになる」

「もし錦州にもいなかったら東京にいます。東京に船でいらっしゃい。私の家族もきっとあなたを歓迎するでしょう」

　ランドウィシェフ夫人は、声をあげて泣き出した。

「私は、私は……ロシアを去りたくない……」

「さあ夫人よ、生涯のうちには、いろいろなことがあるものです。早く帰って準備をなさい。可愛いカーチャのために……」

　私は夫人を引き起して娘を渡し、静かに戸口へ導いた。夫人は濡れた顔を拭いながら娘の手をひいて、危なげな足どりで階下に降りていった。

　私と中山蕃大尉は椅子にかけたまま動かなかった。午後四時になっても事務所の連中は帰って来なかった。時間は容赦なく経ってしまう。ぐずぐずしてはいられない。私は机に向って重要書類の整理を始めた。

　その時、一通の電報が来た。ハルビンからである。

「昨日のコザックとの協定は貴下の愛国の至情の発露にして、陸軍大臣も貴下の誠意を諒解せられ、引続き貴地に在って任務に服するよう伝うべき旨の電報を受領す。取敢えず伝達す。中島正武」

「おう！」

「おう！」

　私と中山蕃大尉は立ち上って顔を見合った。両手を握りあった。肩を叩き合った。わっはっはと大声で笑った。急にぽろぽろと涙が落ちた。

「僕は……僕は……日本人会に行って来る」

中山蕃大尉は風のように走り去った。私はただ一人、広間の真中で電報を額に押しいただいて泣いた。

元気な大勢の靴音と、叫びと、万歳の声が、ひと固まりになって、五十余名の黒い群像が雪崩《なだ》れこんで来た。鳥居肇三が私にしがみついた。

「すまなかった」

「すまなかった」

「おめでとう」

「おめでとう」

あとは誰が腕をつかみ誰が抱きつき誰が握手したか見えなかった。泣いているのか笑っているのかわからなかった。

万歳の声が腹の底から一斉に上った。陽が落ちて薄暗くなった広間の天井に、林のようにあがった黒い腕の中で私はうなだれた。

「ありがとう」

「ありがとう」

口の中で繰返しながら泣いていた。

闇の中の群衆

一

三月五日、ボリシェビキの動きが急に活発になって、小銃を肩にした労働者が四人五人と組になって街頭をねり歩き、街角や広場では高い空箱に乗った学生や労働者風の男が、資産家やコザック攻撃の演説をぶち、ある者はコザックが日本武官と密約して国を売らんとしていると叫び、相当の反響を与えていた。

中立派や社会革命党の連中もこれに対抗して演説をぶち始めた。私にとってはまことに意外だったが、ロシア市民自衛団はわが中山蕃大尉を団長に推戴して、日本義勇軍とともに意気揚々と警備地区に出動した。昨日の私に対する解任と、それに続く復任の電報が、かえって私の事務所の人々に自信を与え、また在留日本人の私たちに対する信頼感を深くしたのである。だがコザックは動かなかった。堪りかねた中山蕃大尉は、コザック連隊に乗りこんで激励したが、徒らに会議を重ねるばかりであった。

午後六時……ボリシェビキは街頭から風のように消えた。市民自衛団はそのまま警備地区に居残って、折からの厳寒に凍りついたように動かなくなった。コザック連隊の営門は閉されたまま開く模様もなく、何もかも闇の中に動かなくなった。動いているものは、耳と眼と心臓と神経だけであった。

午後七時、重大な情報が入った。

ソビエト政府極東代表者、自治団体代表者会議極東委員長ア・エム・クラスノシチョウコフ（後の極東共和国主班者）がハバロフスクの本部から来て、ゼーア河畔のチェプリン鉄工所に入り、ここを本部としてアムール政権奪取の活動を始めたというのである。ボリシェビキが急に色めき立ったのも、このためであろう。ボリシェビキにクラスノシチョウコフとムーヒンが揃い、これに対してコザックにカゼイビニコフ長官とガーモフ頭統の首脳が揃ったわけである。

午後八時を過ぎたころであった。事務所の警備員に案内されて、一人の老農夫が入って来た。粗末な長い外套に潰れた毛帽を被り、破れかかった長靴を履いて、髭に短い氷柱《つらら》を垂らしていた。この見知らぬ男は、きらきらと光る眼で私を認め手を伸ばした。

「…………」

「大佐よ、私です、チェルニヤークです」

「…………」

「おわかりになりませんか、市長のチェルニヤークです」

私は怪しみながら手を握って顔をのぞくと、彼は毛帽を脱いだ。まぎれもなくチェルニヤーク代理市長であった。私はハッとして事態の悪化を感じた。

「どうしたのです、これは……」

「大佐よ」

と彼は私にしがみついて囁いた。

「助けていただけますか」

「………」

「逃げて来たのです」

彼は周囲にボリシェビキがいるかのように低い声で語った。つい今しがたクラスノシチヨウコフ、ムーヒン、シュートキンほか十数名が政庁に乗りこみ、政権の譲渡を迫ったので「準備の出来るまで暫時待たれたい」と言って隣室に退き、かねて用意の農夫姿に変装し、裏口から赤軍砲兵隊の包囲を潜って逃げて来たのだという。

「それで……市長よ、なんと返答されますか」

「大佐よ、日本は確かにわれわれを援助するでしょうか。兵力をもってか、兵器をもってか、それとも資金をもってか……確かなご返答をうかがいに来ました。その返答によって今夜政権を譲るかどうかを決めたいのです」

「おお、なんということを言われます。市長よ。私は過日、貴下のほかコザック最高幹部に対して全面的援助を約し、会見録に署名しました。お忘れではありますまい」

「知っております」

「けさ早くからコザックに方針を質《ただ》しているのですが、静まり返って返答しません。私こそ、ロシア側の意向を尋ねたいのです。しかるに貴下までがこの急迫した夜に、そのような質問をなさろうとは……」

「しからば、大佐よ、私にいかなる行動を要求されますか」

「なんということを！　革命は日本に起っているのではありませんぞ。ロシアに、あなたの国に起っているのですよ。あなたの国の一大事は、あなたがたの手で片付けなさい。私たちはお手伝いをしようと言っているのです」

「………」

「貴国民大多数の意思によって、大多数の幸福のために決意をなさい。それが指導者たる者の責任ではありませんか。責任を日本に転嫁し、日本の蔭にかくれる……そんな態度は愛国者のとるべき態度ではないと思います」

「ありがとう、ご趣旨はわかりました。帰ってから、代表者たちと協議して決めましょう」

「市長よ、今夜になっても、まだ協議を繰返すつもりですか。あなたの胸にはボリシェビキの銃口が突きつけられているのですよ」

「いや、いや、このようなことは決して急いではなりません。ありがとう。貴下の変らぬご同情に感謝します」

農民姿の哀れなチェルニヤーク市長は潰れた毛帽子を再び被って、力ない足どりで悄然と厳寒の闇に消えた。哀れさと口惜しさが入り混って胸にこみあげて来た。

日本義勇軍は中山蕃大尉の指揮するロシア市民自衛団と提携して、全市にわたって非常警備に就いた。その一部は政庁を取巻く赤軍砲兵隊を遠巻きに包囲した。電燈のついた政庁の市長室には、クラスノシチョウコフ、ムーヒン等が、他の部屋にはチェルニヤーク市長、シシロフ州会議長等が別々に集まって協議を続け、ロシア式の頑張り競争が続けられた。ついに三月六日の朝があけ、血走った眼に冷たい陽の光がしみた。

政庁外でも、両派は睨みあったまま、じりじりと包囲を縮めていった。砲兵隊は危険を感じ、ぐるりと向きを変えて政庁を背後に砲口を市民自衛団に向けた。

両派睨み合ったまま陽は落ちて辺りは再び薄闇に包まれ、両派首脳者の対峙している政庁舎にも再び明りがついた。日本義勇軍の一部は中山蕃大尉の斡旋で、アムール河畔にあるコザックの武器庫に武器を受取りに行くと、これを知ったムーヒン派の武装労働者が駆けつけて日本義勇軍を拘引した。急報を受けた中山蕃大尉は一人で政庁に急ぎ、呆然としている赤軍砲兵隊をかき分け、二階の市長室に入ってクラスノシチョウコフ、ムーヒン等を相手に日本人逮捕の不当を責め、即日釈放の強談判を始めた。中山蕃大尉のこの大胆な行動は彼等をひどく驚かした。論議の末、釈放の確約を得た中山蕃大尉はその足でムーヒン派の本部に急いだが、この時、通訳ランドウィシェフも日本人を救えと叫ぶ市民自衛団を引率して駆けつけ、義勇軍の人々を救出してコザック連隊に引揚げた。

　この日本人の行動はボリシェビキを驚かせたばかりでない。ひどくコザック幹部を驚かしたのである。

「日本の援助は本当だった、大部隊が近づいているに違いない」

　コザック連隊は会議を閉じて出動準備にかかった。

「日本政府の援助方針は決ったんだ。それでなければ、こんな行動に出るはずがない」

　武装したコザックは決意して営門を後に警備に出動した。また今日までその日の生活にも窮して不遇を嘆いていた将校団員百名も一斉に決起し、勇敢なスラブ魂の権化のような団長ウオヒチンスキー中尉を先頭に、アムール河畔の闇を縫って赤軍砲兵営にしのび寄り、どっと雪崩れこんで忽ち制圧し、全員を武装解除し、武器を押収して引揚げた。まことに見事な疾風のような早業であった。

　午後八時、政庁を包囲してからちょうど二十四時間目である。政庁を背にした赤軍砲兵隊を市民自衛団が包囲し、さらにその外側を大きくコザックが取巻いて、次第に包囲を縮めていった。やがてそれらの包囲陣は闇の中で静かに接触し、入りまじり、混沌として敵味方の区別がつかなくなり、秩序のない黒い集団になって蠢《うごめ》いた。

私も集団の中に挟まって揉まれながら、次第に一歩ずつ政庁玄関の方に進んでいった。赤軍の砲兵も群衆の中にまぎれこみ、揉まれ押され砲から引離されて行方がわからない。砲の上には群衆の波を逃れた市民自衛団員が馬乗りになっている。政庁の窓から漏れる薄暗い電燈の光で周囲を見渡すと、帽子でそれとわかるコザックも割りこんでいるし、背の低い日本義勇軍も小銃を握って波の中に見えかくれしていた。

突然、閃光と一発の銃声が闇を切りさいて空に吹きあがった。群衆は喊声《かんせい》とも、うめきともつかぬ声をあげて、動揺し波立ち、次の瞬間に激しい靴音をたてて、どっと黒い波が政庁の玄関に殺到し、階上へ吹きあがって行った。騒ぎは潮のように政庁の二階へ伝わった。

幾分経ったかわからない。厳寒の深夜であるのに、寒さが少しもわからない。群衆の眼は何を期待するでもなく、一斉に玄関にそそがれて光っていた。

わあっと喊声があがった。クラスノシチョウコフ、ムーヒン、シュートキンほか十数名のボリシェビキ幹部が捕縛され、コザックに両脇から擁されて玄関から出て来たのである。予期しなかった事件である。歓声か驚異の叫びか罵倒か何やらわからない騒然たる群衆の中を、彼等は引きずられるようにコザック連隊に拘引されていった。

私は群衆をかき分け、銃の林をくぐり抜け、駆けるように事務所に戻った。誰もいないガランとした部屋に入って、初めて髭も眉毛も襟元も霜に被われているのに気がついた。
ハルビンに急報でこの事件について電報を打った。
ボリシェビキの幹部はコザック連隊で一応審問のうえ、監獄へ引立てられた。政庁前にいた赤軍砲兵隊もムーヒン派の労働者たちも、彼等の指導者を実力で取戻そうともしないで静かに引揚げ、市民自衛団も日本義勇軍も、ひとまず屯所に戻った。コザックも将校団も、追討ちをせずに夜は静かに更けた。

その夜、収監されたクラスノシチョウコフは、しきりに頭をかしげて日本人の行動を不思議がっていたが、同室のムーヒン、シュートキンは一言もこれについて説明しなかったそうである。この報告を聞いて、私は秘かに彼の心境に同情したが、また同時に彼の落着きはらった自信の恐るべきをさとった。

このまま彼等を拘禁して人質のつもりでいたら大変である。人質どころか爆弾である。やがて赤軍の大部隊が来襲するものと覚悟しなければなるまい。私たちは幹部会を開いて夜を徹した。

二

「処刑の意思はないとおっしゃるんですね」

「そうです」

「追放は？」

「考えておりません」

「では一体どうするんですか」

「とりあえず監禁しておきます」

コザック民政長官カゼイビニコフが質問に答えながら、私たちを眺める眼の色は、当惑ではなく敵意に近いものであった。三月七日の午前一時ごろである。

「長官よ、あなたは彼等を捕えて人質にしたつもりかもしれないが、それは飛んでもない間違いです。赤軍を誘《いざな》う好餌に過ぎません。破獄されるか、赤軍の一斉攻撃を受けるか、事態は一層悪化したものと考えます。私たちは心配して、深夜にもかかわらずお訪ねしたのです。今後の事態に対して長官には、一体どんな成算がおありですか」

「ご心配は無用です。監獄は厳重に警戒されております」

「彼等を監禁して、秘かに妥協し、連立政権を樹てようというのですか」

「何も決っていません」

「ボリシェビキがそんな妥協に応ずると思いますか」

「わかりません」

「ソビエト革命について、どうも貴下と私たちは観測が違うように思います。今日まで治安維持のために日本人も銃を執ってお手伝いしましたが、これ以上危険を冒すわけにまいりません。お別れしなければならないと思います」

「お待ち下さい、大佐よ。今日のようにコザックが勇気を取戻して、ボリシェビキの首脳部を捕縛出来たのは、日本人の後援があったからです。われわれはレーニン・トロツキー政権を認めるものではありません。しばらくお待ち下さい」

「私たち日本人は態度を保留します。改めてお会いすることになるでしょう」

「大佐よ。変らざるご後援を望みます。いずれ協議の上、改めてお願いにまいります」

私と中山蕃大尉、鳥居肇三、千葉久三郎は、歯がゆい思いを抱いて営門を出た。さすがに街はあの騒動の直後だけに、ぽつぽつと立つ市民自衛団の歩哨のほかは人影がなかった。一般の市民たちはどんな思いを抱いて寝ているであろうか。このように頼りなく見通しの利かない指導者のもとでは、善良な市民たちはただひたすら神の加護を祈り、子供をかい抱いて胸に十字をきるばかりであろう。

寝そびれてしまった私たちは、服のままソファーに横になったが寝られなかった。やがて三月七日の空が白み、冷たい陽の光が凍りついた街の屋根を流れて、靴音や話し声が階下に聞えた。誰も寝なかったのであろう。

陽が高く昇っても街に人影がなかった。疲れた市民自衛団は、休養のため自宅に帰ってベッドにもぐりこみ、頼りにならない老警官が置き去られたように、街角にぽつんと立っ

ている だけである。

眠りから醒めたコザックは、昼近くなって、ようやくムーヒン派の本部や労兵会事務所を襲って残党を捜索したが、一人も発見出来ずに空しく引揚げた。連隊内では、アタマン・ガーモフを判士長にして、クラスノシチョウコフやムーヒンの審問が行われたが、なんの決定もしないで再び監獄へ送り返した。

鳥居肇三と中山蕃大尉は前後して連隊本部に行き、今後の方針を尋ねたが、一応の審問をしたというだけで要領を得なかった。

午後、軍務長官ウェルトプラフ大佐が訪ねて来た。日本人の義侠的援助を感謝するというだけで、審問、処刑の問題には一言も触れないので、私も黙っていた。中山蕃大尉は専門的見地からポチカレーウオに派兵の必要を説いたが、

「協議した上でないと、なんともご返事出来ません」

と例によって曖昧な態度であった。

このようにコザックの態度が再び曖昧になったのは、民政長官カゼイビニコフが社会革命党（SL）に属していて、ボリシェビキと妥協して政権を得ようと試みているためであった。この妥協は中央ではすでに絶望となっていたのに、彼はシベリアにおいて可能だと信じていたのである。

私はこんな可能性のない工作に乗って日本在留民を傷つけてはならないと考え、在留日

本人の元老永井元吉翁と一緒に日本義勇軍の動静を検分かたがた、彼等に自重を求めるため街に出た。市民の姿は見えず、全く死の街である。停車場に行くと、日本義勇軍の連中が守備についているので、私は驚いて理由を問うた。こんな重要な、危険な地点を日本人に守備させるのは、無責任極まることだったからである。

「いや、命令されたわけじゃないんですよ。こんな重要地点がガラ空きなんで、仕方なしに守備してるんですよ」

在留日本人はこのように善良で、しかも勇敢な人々が多かった。この頃には、日本の右翼団体の英雄豪傑を自負する連中は、シベリアから姿を消していた。平和時代の英雄豪傑は、危機に面すると素早く姿を消すものらしい。私は彼等義勇軍を集めて、守備はロシア側の責任であり、日本人は後方の治安につくべきであること、コザックと交替して速かに後方に引揚げるように指示した。

停車場から政庁への街路を進むと、屯所のロシア市民自衛団が手をあげて私を呼びとめた。

「ヤポンスキーよ、お前はイシミツ大佐を知っているか」

私がうなずくと、

「昨夜の勝利は彼のおかげだ。お礼を伝えてもらいたい」

と言った。私は笑って握手し、彼等の勝利を望むと述べて去った。

寺院の前まで来ると街角から小走りに寄って来た若いロシア婦人があった。女の姿は全く見かけなかったので、私の注目をひいた。立派な毛皮の外套を着て、額に渦巻くブロンドの髪の下に青藍色の大きな瞳を見開いていた。

「ヤポンスキーよ、助けて下さいますか」

と婦人が言葉をかけた。

「おお、お嬢さん、よろこんで……」

「私は政庁の近くに住んでいる者ですが、昨夜の騒ぎでおそろしくなって寺院に避難しました。家に忘れものを取りに行きたいのですが、あんまり街が淋しくて……紳士方よ、連れていっていただけるでしょうか」

「それは好都合、私たちも、ちょうど政庁へ行くところですよ」

「昨晩の日本人の勇敢な行動を、ロシア人は驚いたり感謝したりしています。今後も私たちを助けていただけるでしょうね」

「あなたは永くこの土地にお住いですか」

「子供の頃からおりました。静かなよい街でした。早くあのような日が来ますようにと願っています。日本の紳士方よ、父が大変心配していました。日本人は強い。確かに強いが、いくら強くても四十名や五十名で大勢を変えることは出来ないのに、あのような大胆な行動をとったのは、きっと中国側に変装した日本の軍隊が待機しているか、それでなければ、中国軍と密約があるに違いないと申していました」

「………」

「一体日本は本気でコザックを援助するつもりでしょうか」

「お嬢さん！」

と永井元吉翁が私と婦人の間に割りこんで来て、歩きながら私の外套をそっと引っぱったので、私は「ははあ、あれだな」と感づいた。いつだったか、とき子という女が事務所にやって来て、私の身許調査をしている若いロシア美人がいると警告したのを思い出した。

「お嬢さん、大変難かしいご質問で私にはお答え出来ませんがね。日本軍がどこにも来てないことだけは確かですよ」

「紳士方はご承知でしょうか。昨晩、中国の騎馬隊三百騎ばかりがアムールを渡って市内に入りこみました。中国居留民で作った自衛団だと言ってますが、あれは明らかに正規の中国軍です。そうお考えになりませんか」

「お嬢さん。あなたは大変情報に通じておられる。どうですね、一緒に政庁に行きましょう。市長や会議長に説明してあげてくださいな、大変参考になると思いますから」

「いえ、いえ、私は噂を申しあげているだけです。……ありがとうございました。もう危険はないようですから、ここで失礼します」

若い婦人は二十日鼠《はつかねずみ》のように小走りに走って街角に消えた。

「永井君、あの女だね、例の奴は」

「どうも、そうらしいですな。それにしても素晴しい美人ですなあ」

「脇腹に一発食っても痛くないような美人だ」

二人は笑いながら政庁に入った。昨夜の騒動で事務机はひっくりかえり、書類は紙屑のように部屋一面に撒きちらされたままである。一人の事務員の姿もなく、荒寥《こうりょう》たる風景である。踏み荒された部屋をのぞきながら州会議長室を訪ねると、シシロフ議長がただ一人、塵だらけの机に頬杖をついてボンヤリしていた。

「議長よ、昨夜のご成功を祝します」

「………」

「議長よ、ふさぎこんでいる時ではありません。速かにクラスノシチョウコフ等を処刑なさい。民政長官にも申入れてきました」

議長は撲られたように、びっくりして向きなおった。

「処刑？　飛んでもない！　そんなことは出来ません」

「議長よ、あなたの胸には赤軍の銃口が突きつけられているんですよ」

「おお、あなたがたは何を誤解しているのですか。彼等は穏やかに政権の引渡しを要求したのです。コザックが軍事裁判で彼等に死刑の宣言をしたら、私は彼等のために助命運動をするでしょう」

「…………」

「私は、やはり、彼等におだやかに政権を譲渡した方がよいと考え直しました」

「…………」

「市民の血を流したくない。私自身がどうなろうとも、そんなことは些細なことです」

「議長よ、あなたは疲れています。お休みなさい。人間は疲れ過ぎると徒らに自己犠牲の感情に捉われるものですよ。ゆっくりお休みなさい」

私は議長の肩を抱き、握手して別れたが、暗い影がいつまでも後を追ってきて、しつっこくつきまとった。彼の背後に立っていた灰色の影がつきまとってきたのである。

事務所に戻ると間もなく、ウラジオストックから海軍軍令部の池中少佐と外務省の緒方整粛書記生が視察のため来着した。二人は一応ウラジオストックでブラゴベシチェンスクの情勢を聞いたのだそうだが、武装在留民に固められた物々しい事務所の有様に、ひどく驚いた様子であった。しかし任務が視察であったから、この情勢については批評を避けた。

私は早速、緒方書記生に、国際紛争を起したくないから、この地に留まって協力してもらいたいと要求した。幸いにも本人も本省も承諾してくれたので、その日から事務所の一員として働くことになった。これで私の事務所には武官と外交官が揃ったわけである。

その日私は三回もチェルニヤーク代理市長、コザック民政長官カゼイビニコフに人を遣って面会を求めたが、居留守を使って拒絶された。鳥居肇三は憤慨して、単身市長室に乗

りこんで今後の方針を質《ただ》したが、

「なにも決っていない」

と冷やかに答えるだけであった。カゼイビニコフ長官に無理に会っても同様な返事しか貰えないにちがいない。

私は在留邦人の黒河総引揚を決意した。悲劇の神が、すでに血刀をさげて、戸口の陰に立っているのを感じたからである。その夜から大雪が降り出して街もアムール河も、深い雪に埋め尽された。

「総引揚げは無理かな？」

と私は窓から眺めながら、つぶやいた。

三月九日の朝

一

灰色の空が剝がれ千切れてくるような牡丹雪《ぼたんゆき》である。こんな雪が降ることは、この土地ではめずらしいことである。一晩降り続いた大雪に、街もアムール河も見渡す限り埋め尽されて夜が明けた。在留日本人は女が三分の二もいるから、この大雪の中を対岸の黒河に総引揚げさせることは、まず不可能である。

「しばらく様子を見て……」

そう考えて私は雪の街路に出た。長い外套の裾を深雪の中に曳きながら歩いた。こんな大雪なのに意外にも商店は九分通り開店しており、市場には馬橇《うまぞり》が集まって鈴を鳴らしていた。

ところが午後になると、にわかに様子が変った。市場は閉鎖され、商店も軒並にバタバタと戸を閉じて、道行く人も稀《まれ》になった。戸締りをしている商店の女主人に近づいて理由

を尋ねると、

「なんだか物騒な気がして……」

と街並の左右をうかがって姿を消した。またある店頭で、ぼんやり雪を浴びて立っている番頭風の男に尋ねると、

「静かならいいんですがね、静けさを通り過ぎて薄気味が悪いんで……また何か起るんじゃありませんか」

と言って、彼も店の中に入った。

　事務所には次々に危機を告げる情報が続いた。ゼーア河港の水兵団は全員砲艦内に集まって会議中だが、ボリシェビキに協力を決定したらしい。正午、ハバロフスクから約六百名の赤軍がポチカレーオに到着し、鉄道、電信を接収した。アレキセーフスカヤの赤軍三百もブラゴベシチェンスクに進撃準備中である。

　これらの情報が各地から市民の耳に伝わったのであろう。貝が刺戟を感じて殻を閉じると、それに反応して次々に隣の貝が殻を閉じていくように、全市の商店も家庭も窓を閉じ、戸に錠を下して死の街になった。灰色の死の街に静かに雪が降り続いた。

　私の事務所でも首脳者会議が開かれ、日本義勇軍全員が非常呼集された。総員七十五名である。私は彼等に自重を要望し、治安維持のためであることを忘れないように訓示した。彼等は緊張して小銃を肩に、雪の夜の徹宵警備に出動した。ロシア市民自衛団も、将校団

も、中国義勇軍も、コザックも、それぞれの持場区域に続々と繰出し、黒い長い行列が白い街路を行進した。やがて協定の場所にそれぞれ銃を構えて動かなくなり、やがて雪に被われて何もかも見えなくなった。気温は急降下して氷点下三十度、風は全く落ちて粉雪になった。

誰も寝る者がなかった。この夜はさすがにコザック連隊も徹宵の陣を敷いた。誰の眼も光っており、鼠の音にも耳を立て、駆け出す靴音にも身を構えた。

三月九日午前六時、糠《ぬか》のような粉雪がまだ舞っていたが、鉛色の空が東から白みかかった時、突如、硝子窓が破れるように震動して、砲弾の炸裂する響きが続いた。所員は一斉に起き上って外套を身に着け、小銃、短銃に弾を装塡した。

伝令が飛んで来て叫んだ。

――ゼーア河港ザトンの水兵団が砲撃を開始した。主として停車場付近に着弾炸裂し、警備中の日本義勇軍、コザック、将校団は被害大なるものの如し。コザック、将校団は直ちに左右に展開し、海軍根拠地に向けて進撃を開始した。日本義勇軍のみ停車場付近にあり、撤退せんとしたが、市民自衛団の懇請によって、やむなく死守しつつあり。このまま推移せば全滅のおそれあり――

私は「全員撤退せよ」と怒鳴った。伝令は宙を飛んで走り去ったが、砲声は次第に近距離に迫り、ブラゴベシチェンスク全市はまさに市街戦の渦に巻きこまれたように思われた。

伝令は途中で銃撃にはばまれて動けなくなり、日本義勇軍の一部は停車場付近に孤立したまま、白雪を鮮血で染めていたのである。昼近くなって、ようやく連絡がついて日本義勇軍が撤退にかかると、コザックから使者が彼等のところへ飛んできて伝えた。

「日本人の義侠に信頼す。とどまってわれらに力をかされたし」

この乞いを容れて、日本義勇軍の人々は私の撤退指令にもかかわらず、血塗られた雪の駅前に踏みとどまって戦った。赤軍水兵隊は巧みに地物を利用して榴散弾と小銃で猛攻を加え、中央突破を強行しようとした。コザックもロシア市民自衛団も多くの犠牲者を出したが、日本義勇軍も死者三名、重傷三名、負傷四名を出した。

日本義勇軍の推定では赤軍水兵隊は百にも足らぬごく少数と見られたが、ロシア側では七百と推定した。七百と言えば味方とほぼ同数であったのに、戦闘の途中から弱気になって、午後二時頃には、まずコザックが日本側に予告なしに、さっさと連隊に引揚げてしまった。

粉雪は降りやんだが、気温は更に降って氷点下四十度に近づいた。敵も味方も身体の自由を奪われて雪の中に立往生し、銃の油も凍りついて動かなくなった。砲声も銃声も絶え、夕闇が戦場を包んで静まりかえった。私は再び中山蕃大尉、鳥居肇三、千葉久三郎の三団長と協議して引揚げを決定した。停車場付近の義勇軍の人々は血塗られた雪の上に集まって協議し、三名の歩哨を残して引揚げ、事務所で後備の人々にいたわられて食事をとった後は、死んだように横になって動かなかった。平素訓練されている兵士とは違って、十数年ぶり、あるいは二十年ぶりに銃を執った人々である。

別の部屋には安否を気遣って駆けつけた家族の一群がいた。戦死者家族を囲んで慰める人々も泣いていた。私も一同に挨拶しながら、眼頭《めがしら》が熱くなって言葉が詰った。

午後八時、停車場内で赤軍の申し出による会見が行われた。日本義勇軍から鳥居肇三団長が参加した。事態を平和裡に解決しようと言うのである。協議の結果、翌十日午前十一時に政庁で停戦会議を開くことになった。私たちは、この会議にブラゴベシチェンスクの現状維持と相互不可侵を要求すること、もしこの条件が容れられずにボリシェビキに政権が譲渡されるならば、日本人は一斉に黒河に引揚げ、政府の指示を待って戦死者の処置につき外交交渉に移すであろうことを宣言するに決した。

昨日からの不眠の人々に寝るようにすすめ、私たち幹部も洋服のままソファーに横になったが、寝つかれずに起き出し、善後措置を協議しているうちに朝を迎えた。

三月十日午前十一時、予定通り政庁で赤軍との停戦会議が開かれた。コザックからは民政長官カゼイビニコフ、頭統ガーモフ、軍務長官ウェルトプラフ大佐。州会からシシロフ議長、市からチェルニヤーク代理市長、将校団からウオヒチンスキー中尉、日本側から鳥居肇三。赤軍からは五名出席した。

コザック民政長官カゼイビニコフが議長になって開会を宣すると、まず赤軍から提案があった。
一、外国人の干渉を排除すること。
二、市民自衛団は直ちに武装を解くこと。
三、拘禁中のクラスノシチョウコフ、ムーヒン、シュートキン等を直ちに解放すること。
この提案の内容は意外にも停戦協定ではなく降服条件であった。ところがカゼイビニコフ長官は、この案は妥当な条件であるから満場一致賛成されたいと述べた。驚いたのは鳥居肇三で、すぐ発言を求めた。

「議長よ、われわれは敗けたのではない。議長というものは会議の進行を図るのが務めであって、自らこのような一方的提案を支持して賛成を求めるなどは不条理も甚だしい。こんな会議は解散してもらいたい」

「革命はロシアの内政問題である。外国人の貴下に干渉を許すわけにいかない。しかし日本人の生命財産は保護するから安心されたい」

「しからば議長に伺いたい。貴官ならびに市当局は何故に日本人の義勇軍結成と協力とを求めたのか。しかも昨日のことである。日本人に対して戦闘参加を要求したのは誰だ。コザックではないか。最も激しい中央の第一線に日本人を立たせたのは誰だ。これもコザックではないか。このため同胞に三名の死者と七名の重軽傷者を出している。はっきりと返答願いたい」

カゼイビニコフ長官は冷やかな態度で答えた。

「日本人が戦闘に参加したのは時の勢いであって、これを指揮したのは貴下自身ではないか。われわれの責任ではない」

「何を言うか！　日本に援助を求めて石光との会見録に署名を求めたのは誰だ。この公文書は日本政府に届けられている。もはや何も言うことはない。日本人三名が貴国の軍隊によって殺害されたのである。われわれは今日黒河に引揚げ、この問題の処理を外交交渉に移すつもりである」

鳥居肇三は席を立ち椅子を蹴倒して去った。これをキッカケに退場する者が多くなって流会になった。伝え聞いたロシア市民自衛団は大挙して政庁に押しかけ、カゼイビニコフ長官の不信をなじって取消しを要求した。狼狽したコザックはウェルトプラフ大佐ほか数名の謝罪使を私の事務所に派遣して来たが、私は会わなかった。外務省書記生緒方整粛が会って、今日までのようにコザックの不信行為が繰返されるのでは協力出来ないから、総員黒河に引揚げる方針であると答えた。謝罪使は顔色を変えて帰った。

それから三時間後、午後四時になってカゼイビニコフ長官の使者と称する文官が来て、長官の伝言をつたえた。

「冷静に反省すれば、まことに慙愧に堪えません。謹んで日本の方々に謝罪します。われわれコザックは決意を新たにしています。どうか最後の勝利の日まで日本人の援助を仰ぎたいのです。赤軍からの提案は全部拒絶したことをご報告します」と言った。私は義勇軍の意見を質《ただ》した。さっそく義勇軍は協議会を開いた結果、コザック一高官の失言によって大事を誤ってはならない、すでに謝罪したのだから、従来の方針を変える必要はないという結論に達した。

この日、引続いて本願寺出張所で戦死者三名の告別式が行われた。コザックと市民自衛団から儀杖兵が派遣され、各方面の代表者が一千余名集まった。私はとりあえず遺族に一千ルーブルずつを香料として贈り、三つの新しいお棺の前に額ずいた。三月の半ばに近いと言ってもシベリアの春はまだ遠く、飾るべき花もなかった。私は「すまなかった……」と胸の中で叫ぶばかりであった。

参列のロシア人たちは帽子を脱ぎ胸に十字を切って祈り、折から降り出した粉雪の中で次々に日本人の勇気と信頼と義侠を賞め讃える演説をした。

「日本人を見よ」

「日本人を見習え」

「恥じよ、わが同胞よ」

「戦え、戦って日本人に報いよ」

彼等は本当に涙を流して叫んだ。女たちは白いハンカチーフで顔を被って肩を波うたせた。なかでも日本人を激戦の中心地に置去りにして引揚げたコザックたちは一番に胸をつかれ、葬送の讃美歌を唱って、全身雪の積るに委せた。夕闇が辺りを包んで仏前の燈火がゆらめいても彼等は去らなかった。

この感激は嵐のように全市を吹きぬけて行った。その夜、雪に埋もれたコザック連隊は燈火に満ちて緊急会議が開かれ、十一日午前二時に至って、ついに赤軍討伐の宣戦布告が発せられ、明け方までウラーウラーの叫びと馬のいななきが続いた。また市長の非常訓令によって、十五歳以上五十歳未満の男子はことごとく戦闘に参加すべしという命令が出て武器庫が開かれた。街路には木材や家具や馬車でバリケードが築かれ、小銃を手にした市民たちが不安な眼を光らせながら、おそるおそる射撃の位置についた。

二

三月十二日の払暁を迎えた。銃を初めて持たされた市民たちは、雪明けの空がいつもより早く白んで辺りの人々の顔が見分けられるようになると、ほっとして互いに頷《うなず》き合い無事を喜びあった。やれやれ、これで交替して家に帰れると思った時、遠くに激しい銃声が起った。

「そら来たっ」

敏感にさとったのは中山蕃大尉である。飛び立つように自動車で監獄に急行した。着いた時はすでに赤軍に襲撃された後で、老監獄長は彼の部屋でズタズタに斬り伏せられ、収監中のクラスノシチョウコフ、ムーヒン等は、多くの囚人とともに解放されて監獄はガラ空きであった。空っぽの冷たい獄舎の廊下には、殺された看守たちの死体が血糊の中に倒れているだけであった。

中山蕃大尉は戦いが本格的であることをさとって、自動車で引返すと、途中で鳥居肇三を団長とする日本義勇軍が真先に立って停車場方面に走って行くのに出会った。聞けばコザックや将校団と協定して、共同防衛に当ることになったのだという。この報告を聞いて、私は大変なことになったと感じた。出来る限り速かに日本義勇軍を後方に引揚げなければならないと考えた。

その時である。激しい家鳴りがして硝子窓が震動した。砲撃である。方面から察するに前回と同様に停車場付近に集中されているらしかった。武器を持たされた市民たちは、交替をあきらめて、馬車や木材や家具類で作ったバリケードの蔭に身を伏せた。誰も逃げようとしない。アムールの国境は開放されて避難を拒むものは何もなかったが、氷上には一人の姿も見えなかった。砲弾の炸裂が続いたが、街中に赤軍が来襲する模様もなく、コザックも一部が海兵営に向って進撃しただけで、大部隊は待機したまま動かなかった。

私は万一の場合を考え、手許に残っている重要書類をまとめて黒河に移し、停車場付近にいる日本義勇軍とロシア市民自衛団やコザックの戦術指導に当っている中山蕃大尉のもとに伝令を飛ばせてから街路に飛び出した。街路脇のバリケードに伏せている一群の人々の間に入りこんで身を横たえ、周囲を見廻すと、知合いの官吏の息子ワンリー坊やも、姉さんのナターシャも銃を構えて大きな瞳を見開いていた。五十歳未満の男子という制限があるのに、白髪の老人までが豊かな顎鬚《あごひげ》を雪に埋めて前方を睨んでいた。ぱっと身を起して、銃を引きずるように走り、前方のバリケードの蔭に倒れるように身を伏せる者がいる。伝令であろう。砲声は緩慢に続いたが、近くに落下する模様はなかった。

一時間二時間経つうちに、市民たちは落着きを取戻した。奥さんやお神さんや年寄りが横丁から現われて、食事が出来たと知らせに来て、そのまま交替して銃を受けとった。彼女たちはニコニコ微笑しながら銃の構え方や撃ち方を教えられて身を伏せた。私も事務所に戻って、軽食を胃袋に詰めこみ紅茶をあおった。伝令はどこからも戻って来なかった。

午前八時頃である。突如、全市にわたって猛烈な銃声が一斉に湧き上り、耳を聾《ろう》した。私は紅茶のコップを下におろした。そして立ち上った。喊声と怒号と悲鳴と、硝子の破れる音、物の倒れる響きに包まれた。私は短銃を握って街路に飛び出した。街は大混乱に陥ちていた。

意外なことである。要所要所の大きな建物の窓が一斉に開かれ、そこから多くの銃口が束のように重なってわれわれに向い火を吹いていたのである。これは一体なんとしたことであろう。ある窓から大きな赤旗が威嚇するように振られていた。ふり向くと後方も横丁も同様である。窓からも屋上からも物蔭からも一斉に火を吹いた。

私は市民たちに怒鳴った。逃げろ逃げろと絶叫した。頭から血潮を噴き出し、口からゲロゲロと血糊を吐きながら、市民たちは男も女も老人も青年も少女も、もつれ合い、転びながら逃げた。銃は棄てられ、雪は血を吸い、負傷者はもがき、死体は黒く散らばって、全市は一瞬のうちに地獄になった。

避難民は銃撃を避けながら、一斉にアムール河畔に押し寄せて氷上に流れ出した。

「逃げろ」

「黒河へ」

「黒河へ」

巣を荒された蟻のように、黒い群がロシア領から中国領へ向って広い幅で流れ出した。子供を抱いた母、手を引いて曳きずるように走る主婦、老人を背負ってヨタヨタと歩み出す少年、腕を組み合せた少女たち、竹行李に乳児と子供を毛布で包んで縄で引っぱって行く日本婦人もいる。大袋を背負った者もいる。かねて用意の馬車に家財と家族を乗せた者もいるが、ほとんど着のみ着のままの姿である。彼等の逃れ行く氷上には点々と血潮の路が出来た。

私は伝令を八方に飛ばした。在留日本人の総引揚げを命じた。しかし銃撃にはばまれて行きつく者は稀であった。

中山蕃大尉は、停車場付近の火見櫓《ひのみやぐら》の上に登って敵状を偵察しながら総指揮に当っていたが、櫓を狙って砲撃され、付近にいた日本義勇軍に死傷者を出した。「弾薬欠乏す、至急補給されたし」の急報が来たので、黒河出身の義勇軍は千葉久三郎団長を先頭に救援に向ったが、民家から乱射を浴びて進むことが出来ず、倒れた二名の負傷者を救うことさえ出来ないで連絡が絶えた。

正午頃電話が切断された。各地に孤立した市民自衛団も次々に壊滅した。コザックはこの頃から全員アムールを渡って中国側に逃れてしまった。将校団だけは踏みとどまって、団長ウオヒチンスキー中尉を中心に深夜まで戦い、百名の団員のうち生存してアムールを渡った者僅かに八名、ウオヒチンスキー中尉は重傷を負って捕えられた。勇敢なるロシア帝国最後の軍人は、こうして壊滅し、全ロシアにおける反ボリシェビキの最後の牙城はついに落ちたのである。

深夜に至るまで各所に銃声と火の手があり、革命に伴いがちな暴徒の群が、資産家の邸宅や大商店を襲って殺人強盗が行われた。黒河に逃れた避難民もコザックも在留日本人も地元の中国人も、酷寒の河畔にたたずんで大ロシア帝国の最後の姿を眺めた。各所に吹き上る焔は屋根の雪とアムールの氷に赤く照りはえて、眺める群衆の魂を奪った。呆然と立ちすくむ人々の耳に、銃声は深夜になっても絶えなかった。

国を失い家を離れ、夫婦も子供も兄弟も離ればなれになった避難民は、上流も中流も下流の人々も一緒になって黒河の街路を埋め尽し、酷寒の亡命第一夜を明かした。空が白んで辺りの様子が見えるようになると、想像以上に悲惨な状態であることがわかった。家屋の軒下には負傷者が血塗《まみ》れのまま横たわっていた。汚ない布片で傷口を巻いて青ざめた顔を歪めている者、足を砕かれた少女や、腕を射貫かれた老人が呻《うめ》いている傍には、乳児を外套の中に抱いた若い母が泣いている……いずれの姿も私の胸を締めつけるものばかりである。このままでは助かる者も助からないであろう。凍傷者の数も増すであろう。

この三カ月の間、今日も無事だった、無事だったと、その日その日の無事を祈って暮していた市民たちである。なにかしようと思っても大勢を動かす力のない市民たちである。この惨憺たる敗者の群の彼方、かつては彼等のためにあったブラゴベシチェンスクの街を見よ。銃声も火災も夢であったように絶えて、見渡すかぎり大小さまざまな赤旗が朝風にはためき、朝日を浴びて眼に滲むような赤さである。

まっ先に逃げて来たコザックたちも、この対岸の風景に無念の思いをこめて唇を嚙んだ。中国側の武装解除の要求にも耳をかさず、銃を執って対岸に身構えたが、今更なにになろう。気をとりなおして武装のまま難民救助に動き始めた。

私はこの三カ月の間、祖国日本を信じ、国軍の決意が近く示されるであろうことを信じて、一日を稼ぎ二日を延ばし、どうやらこうやら現状維持に努めて来たが、とうとう破れてこのざまである。この拙ない抵抗の代価はあまりにも高すぎはしなかったか。善良な在留邦人を駆りたてて死傷者を出したばかりでない、ロシア市民にも無益の犠牲を強《し》いたことになりはしないか。シシロフ州会議長もチェルニヤーク代理市長もカゼイビニコフ民政長官も、大勢の動かし難いことを自覚して幾たびかムーヒンに政権を渡そうと決意しながら、日本の援助に僅かな望みを託してとうとうこの惨劇に追いこまれてしまった。しかも日本が与えたものは何ひとつなかったのである。小銃一挺も、一ルーブル銀貨一枚もなかったのである。

だが、いずれは具体的な指示があるであろう、それまでは微力を尽して現状維持に努めようと努力して来たのである。それもついに力が尽きた。無駄な努力だったかもしれない。私は激しい自責の念にとらわれた。鞭打たれながら避難日本人の善後策に心を砕いた。

去る一月、ブラゴベシチェンスクに駐在して間もなく、万一の場合を考慮して黒河に逃避事務所の準備もし、張道尹（知事）、鄂雙全旅長（旅団長）の保護を求めて承諾されていたので、在留邦人収容の準備は出来ていた。コザックに対しては中国軍は強く武装解除を要求したが、日本義勇軍には要求しなかった。コザックも日本義勇軍も、対岸に翻える赤旗の林を眺めて、昨日からの興奮が醒め切らぬまま、第二陣を築いて勇み立っていたが、夕刻になると、まずコザックが武装解除を承諾して全員丸腰になり、連日の疲れが一度に出て、テントの中で死んだように眠った。だが、日本義勇軍は武装のまま勇み立って、再び対岸に攻めこもうとするかのような勢いであった。中国側から要請はなかったが、この際自発的に武装を解くのが当然であるから、私は義勇軍の幹部に相談した。ところが受け容れられなかった。「同胞を殺され、その上武装まで解けとは一体どういう理由か」と激しい反撥があった。無理に武装解除を要求して同胞相争うことはしばらく避けたいと考えて申出を撤回し、しばらく成行きをみることにした。

在留邦人を点呼したら百五十名足りない。逃げおくれて赤旗の下にあるもの、負傷してどこかに収容されているもの、あるいは惨殺された者もあるであろう。赤軍と交渉するため幾たびか使者を派遣したが、対岸には労働者が銃を構えて入市を拒絶した。コザックと市民自衛団に参加協力したものは絶対に入れないというのである。

私は外務省の緒方書記生とともに、張道尹を通じて残留日本人の引揚げ、負傷者、死体の引取り交渉を依頼したが、いつ実現出来るかわからない。中立の立場を守っていた中国人を使うほか手段がなかったので、中国人の連絡員を対岸ブラゴベシチェンスクに潜入させた。

三月十三日の夜、この連絡員の報告によると、市街に放置されている市民の死体は約五千、私の事務所には赤旗が翻えっているが誰もいない。事務所内はひどく荒され、家具は打ち壊され壁面に無数の弾痕《だんこん》がある。おそらく襲撃した赤軍か労働者が、戯れに撃ちまくったものであろうという。在留日本人はほとんど中国側のどこかに逃れたらしく、惨殺されたもの一名、負傷後生死不明のもの二名、負傷者二名、行衛不明八名、拘禁されたもの三名が確認された。日本人家屋の焼却一戸、掠奪されたもの三戸である。

ムーヒン一派は政庁に乗りこみ治安の回復に着手したが、解放された囚人や独墺俘虜や無頼漢どもが市中を横行し殺人強盗が盛んで、安定までにはまだ日時を要する模様だとのことであった。

私は幾たびか赤旗翻える対岸を望んで、直接ムーヒンに面会を求めに出かけようと考えたが、まだ時期でないと反省して唇を嚙んだ。

翌十四日、いままで傍観的態度であった中国側が突然戒厳令を布いた。日本人であっても日本人会長の保証のない者は入国を禁止すると申し入れて来た。

張道尹を通じて交渉したムーヒン政権への申し入れに対して返事が来た。日本人のうち義勇軍に参加しなかった者には入市を許し、生命財産保護の責任に任ずるというのであった。

この返答を信用して、さっそく十数名の日本人が一団となってアムールを渡って行った。ところが対岸には小銃を構えた赤軍や市民軍が行手をさえぎり、罵声を浴びせ、暴力で拒む気勢だったので、一人も入市できずに引揚げてきた。

参謀本部の中島正武少将から犠牲者に対する弔電が来たので、遺族に伝えて事務所にもどると、どこをどう歩いて来たのか、ポチカレーウォ駐在の安倍道瞑師が飄然と黒詰襟の姿を現わした。

「とうとう、えらいことになりましたな」と合掌して口の中で念仏を唱えた。

「三月九日の第一回の戦闘が伝わると、機関庫の職工六百名が武装してブラゴベシチェンスクに出発しました。いよいよ始まるなと思っていると、ハバロフスクやウラジオストックやアレキセーフスカヤから約一千名ほどの赤軍が来ました。武器はまちまちで、小銃の代りに棍棒を持ったり、腕に赤布をつけただけの者さえいました。結局はこんなことになるのでしょうが、犠牲者にはまことにお気の毒なことで……」

と数珠をつまぐった。いつもならば同師の温容に接して、心温まる思いでしんみり語り明かすのだが、私にはそんな心のゆとりがなかった。私の全神経は在留日本人の救出にいら立っていたのである。

第二の情報がもたらされた。日露人の死体は市外五露里の墓地に集められたまま埋葬されないでいる。生死不明であったブラゴベ班二名、黒河班三名は死体となって発見された。いずれも負傷して第十二救護所に収容手当を受け、生命に別状なしと診断された人々であるが、死体を点検するといずれも同じように頭部と胸部に銃創がある。これは救護所から引き出されて処刑されたものと確認される。これについては危うく救護所から逃れて来た将校団員の証言もあった。

その夜、私と中山蕃大尉と鳥居肇三の三名を殺害するため、爆弾を抱いた男が黒河潜入に成功したという情報が入ったので、日本義勇軍は武装して警備についた。私はそんな警備の必要はないといったが彼等は承諾しなかった。

騒動の最中に中国側に逃れて行方のわからなかった日本人たちが、幸いにもぽつぽつ集まって来た。着のみ着のままであるが、無事だった姿を迎えて私は嬉しかった。一人一人に握手して無事を祝った。この三百名の日本人を一体どうしたらよいであろうか。ブラゴベシチェンスクの彼等の住居や商店を暴徒の荒すにまかせたくないが、ムーヒンの好意的声明にもかかわらず対岸には赤軍が頑張って入市を拒んでいる。このまま漫然と黒河の旅館に雑居生活を続けるわけにいかないし、その財力も私にはなかった。日本人会の協議は幾たびか繰返されたが、憂い顔で沈黙に終るのであった。

「申しわけない。時の勢いとはいいながら、総引揚げの機会を失ったのは私の罪である。第一線がどんなに勇み立とうとも、それは第一線として当然のことであって、これを指導出来なかった罪は私にある。祖国が速かに確定した方針を明示出来なかったからといって、罪を国家に転嫁するわけにはいかない。それならそれで慎重な態度が必要だった。この事件のために日米間の微妙な外交交渉に不利を招き、陸軍が国会から責任を問われるようなことがあったら……私は祖国のために、先輩のために、一切の間違いの責任を負って自決すべきであろう。行こうハルビンへ。ハルビンには中島正武少将も武藤信義《むとうのぶよし》少将（後の元帥）も荒木貞夫《あらきさだお》大佐（後の男爵、陸軍大将）も滞在中のはずである。行こうハルビンへ。先輩にこの実情を報告し、おわびをしてから死に果てよう」

そう考えて私は旅支度にかかった。ハルビンへの最短距離は、瑷琿《あいぐん》から小興安嶺《しょうこうあんれい》を越えてチチハルに行き、そこから汽車でハルビンに向うほかない。私はさっそく張道尹に駅《えき》站《たん》の站長宛に紹介状を書いてもらい、トロイカを雇って、昼夜を分たず走り続ければ、おそらく三昼夜でハルビンに着くと計算した。こう決意が定まると、私は初めて静かな眠りに就くことが出来た。

亡命

一

眼がさめたがまだ暗かった。時計は三時を示していた。頭がさえて、これ以上寝られそうもなかったので床の上に坐った。その時なんとなく人の気配を感じて振り返ると、夜目にもわかる安倍道瞑師の顔が瞑目していた。師は合掌して口の中で念仏を唱えていた。

「お目ざめですか。ひどい大雪で、ご旅行にはご不便かと思います。お気の毒なことですが、どうぞお気をつけになってお出かけ下さい。お帰りをお待ちしています。拙僧もなにかとお手伝いしたいと思っておりますので……」

と言って再び口の中で念仏を唱えた。私には同師の気持がわかっていた。ただならぬ昨日からの私の素振りから、自決の決意をさとったものとみえる。

「ありがとう、気をつけて行くよ。どうか後のことは、ハルビンと連絡して、よろしくお願いしたい。在留邦人の始末がついたなら、あなたはさっそく錦州に戻って会社の方を見てもらいたい。その後どんなことになっているか一向わからないからね」

それだけ言って旅支度にかかった。トロイカで二昼夜駆け続けるためには、内臓の動揺を防がなければならない。私は昔の武士が早駕籠に乗る時のことを思い出して、下腹に白木綿の生地を幾重にもキリキリと巻きつけた。ピストルを一挺、ナイフを一挺、生卵とパンを少しばかり用意した。ピストルは自決のため、ナイフはトロイカが転覆した時に身体を縛りつけてある縄を切るためである。馬車の上には枯草を厚く敷いたが、いかにも貧弱な車である。駅站専用車と聞いたが、馬は蒙古の老いぼれである。これで小興安嶺が越えられるかな……と首を傾《かし》げた。中山蕃大尉も、鳥居肇三も、千葉久三郎もランドウィシェフ夫婦も、在留日本人の主な人々も起き出して、避難事務所の前の馬車を取りまいた。

午前四時、この日もまた大雪であった。送る人々も送られる私も、馬車も馬もすぐ真白になった。私は無量の思いをこめて一人一人に握手して後事を託した。私の大陸生活の出発点であり、そして今は最後の地になった対岸のブラゴベシチェンスクに別れを告げようと望み見たが、雪のカーテンに妨げられて何も見えなかった。

「お元気で……」

「さようなら」

「用心してくださいよ」

「お帰りをお待ちしています」

った。毛糸のマスクを被って眼だけ出して毛帽を深く沈めた。

「さようなら、シベリア」

「さようなら、ロシアよ」

雪はやまず、気温は氷点下四十度に近かった。馬の鼻にも腹にも長い氷柱《つらら》が垂れていた。雪達磨のように白くなった馭者は手綱を持った両の掌を馬の尻に置いて、なにも語らず身動きもしない。馬車と共に凍りついてしまったように見える。私も全身雪に埋もれて、救いようのない孤独感にとらわれた。

のろのろと吹雪の中を同方向に行く馬車の行列に追いついた。馬車から女たちの歌声が流れていた。

我等に債《おいめ》ある者を
我等免《ゆる》すが如く
我等の債《おいめ》を免《ゆる》し給え
我等を誘《いざない》に導かず
なお我等を凶悪より

「さようなら」

「さようなら」

私は咽喉にこみ上げてくる熱いものを一生懸命耐えた。たちまち黒河の街は見えなくな

救い給え

聞き馴れた讃美歌であるが、亡命して雪の曠野《こうや》を行く馬車から流れるこの歌が私の涙を誘った。一頭立ての粗末な荷馬車に乏しい家財を積み、若い娘たちが老いた母親を中心に、毛布を被り身を寄せて歌っているのである。

「彼女たちの行手に幸いがありますように」

私はロシア式に胸に十字を切って、この馬車の傍を駆けぬけた。次の馬車も、次の馬車も、老人と女子供が多く、行先に待ちうけている運命に不安の瞳を見ひらいて、ある者は死んだように動かず、ある者は泣くように聖歌を唱っていた。

　義のために追わるる者は福《さいわい》なり
　天国は彼等のものなればなり
　人われのために爾等《なんじら》を詬《ののし》り追い
　爾等のことを譌《いつわ》りて
　諸《もろもろ》の悪しき言葉を言わん時は
　爾等福《さいわい》なり
　喜び楽しめよ
　天には爾等の賞《むくい》多ければ……

正午頃、暗い思いを抱いて、瑷琿の駅站に着いた。こんな老いぼれ馬では、予定通りハルビンに行けそうもないので、鄂旅長、張道尹の紹介状を示して駅站長に相談すると、彼は固くなって敬意を表し、立派な馬三頭が用意された。卵一個と紅茶一杯だけの昼食をとって出発しようとすると、中国式の馬車に八人の家族を乗せた白髪のロシア人が降りて私に近づいた。

「日本の将校よ、ご援助をありがとう」

と上体をかがめて握手した。

「貴下の熱心なご援助も、われわれ必死の努力も、すべて無駄だった。無頼漢どもに国を奪われ、家庭の幸福を踏みにじられて、とうとう亡命の身になってしまった。これは私の家族です」

と言って一人一人を紹介した。

「どこに行かれますか」

「まずハルビンに着いて、それからアメリカに行くか、フランスに行くかを決めます。日本の将校よ、貴下もロシアを棄て去るのですか」

私はうなずいて別れの握手をした。幾たびか会った顔だが思い出せなかった。新しいトロイカには新しい枯草が厚く敷かれた。乾いた香りの中に深々と腰を沈めて、縄で馬車に身体を縛りつけた。次第に深くなる雪のチチハル公路を鞭の音高く疾走した。蒙古馬の老いぼれとちがって、宙を飛ぶような速さである。だが三時間も経つと私の内臓は掻きまわされるように、反動に堪えられなくなった。横になったり、坐ってみたり、歯を食いしばって堪えていたが、とうとう枯草の中に顔を埋め、うつ伏せになって馬車にしがみつき眼を固く閉じた。このまま死んでしまうのではないかと感じた。

璦琿とチチハルを結ぶこのチチハル公路は、公路といっても、昔から通る人馬の跡が自然に道になったものである。七、八月の雨期になると文字通り泥濘膝を没する泥んこ道になり、厳寒の季節になれば、見渡す限り氷雪の野になってしまう。緩やかに往けば鏡を滑る心地であるが、三頭の駿馬に鞭打っては堪らない。私の三頭立ての馬車《トロイカ》は岩山の上を疾走するかのように、跳ねあがり、飛び傾き、気息も出来ない苦しさである。

石頭廟の駅站に着いた時、しばらくは起き上ることも出来なかった。馴れている馬夫も手綱を握ったまま荒い息を吐き、勇み立った三頭の駿馬は長い氷柱をいっぱい垂らしたまま、鼻を振り氷雪を蹴って静まらなかった。私は紹介状を示して駅站長に苦痛をうったえた。駅站長は、このありさまを眺めて笑いながら言った。

「大人よ、これは無理である。馴れた馬夫でも耐えられるものではない。これから先は雪が深いから橇《そり》におかえなさい。その方が揺れも少なく速力も出ます」

駅站長の好意によって粗末な橇が用意された。こんな貧相な橇で小興安嶺を越えられるであろうかと怪しんだが、土地の経験者の言葉であるから尊重して乗りこんだ。食事は生卵一個に、一杯の紅茶だけで、身体を橇に結びつけ寝ないで走り続けるのが、急ぐ雪中旅行の秘訣であると教えられた。

小興安嶺の頂上、老爺廟に着いたのは午前一時ごろであった。駅站で生卵をすすり紅茶を一杯飲みながら、ふと頭の中に浮んだのは瑷琿の馬賊宋紀の女房お花《はな》の面影であった。北清事変でロシア軍に敗れて、大虐殺を逃れた市民の群とともに身をもって逃れたのも、この因縁のチチハル公路であった。その後、ハルビンで一郎と名乗り男装して私と同居し、洗濯屋を開業して諜報任務を手伝ってくれたが、稼いだ金を持たせてウラジオストックから船で故郷に帰した。あれからすでに十八年になる。三年前に間接に或る人から彼女が幸福な家庭の主婦として暮していると聞いた。約束通り昔の因縁をさらりと棄てて無叛気《むほんぎ》も起さずに暮しているのであろう。しかるにこの私は、未だにこの道に迷いこんで脱することが出来ず、この年輩になって自決の旅を続けている。

「駅站長よ、この辺りは紅鬍子《フンフーズ》（馬賊）の根拠地であると聞いたが、彼等の近況はどうか」

と問えば駅站長は笑った。

「大人よ、それは昔のことである。夢だ、夢だ。今は盗賊の類となって、めったに姿を現わさない」

駅站長の言う通りであろう。過ぎた夢である。自嘲と孤独が胸を嚙んで離れない。この辺りから墨爾根《メルゲン》までは数カ所の急峻があったが、樹木は灌木が多く雪も柔かく楽であった。墨爾根《メルゲン》から先は雪が少なくなって橇が使えないので再び馬車に替え、枯草の中に身を投げて、動揺に苦しみながら不眠の強行軍に疲れ果て、病人のような姿で十七日の朝、どうやらチチハルに辿り着いた。すぐ日本領事館を訪ねたが、二瓶《にへい》領事は帰国中であった。驚き怪しむ書記生にブラゴベシチェンスクの情況を報告してから、再び馬車で二十五露里離れたチチハル駅に走り、ハルビン行の満員の汽車に乗りこんだ。

前後不覚、車中のことは何も記憶がない。ただ、こんこんと眠りに落ちていた。三昼夜の間、顔も洗わず髭も伸び放題、雪に焼け、眼は血走り、頬はこけ落ちていた。ハルビンの駅に着くや、そのまま飛び出して東洋館ホテルを訪ね、参謀本部の中島正武少将の部屋の戸を叩いた。

「やあ、こりゃあ、石光君じゃないか。やったなあ、やった。思い切ってやったなあ」

私は同少将の手を握ったまま涙がこぼれ声がつまった。

「…………」

「ご苦労、ご苦労、わかっとる」

「…………」

「疲れとるぞ、休め、休め」

「ありがとう、今回のことはどんなに処分されても、申しわけのたたんことだ。覚悟はして来た」

「何を言う、俺にはわかっとる。まあ休め。ゆっくり風呂に入って、ひと寝入りしてくれ、その上で話を聞こう」

「ありがとう、それじゃ、しばらく休ませてもらおう」

風呂を使い食事をとってから寝台にもぐりこんだ。死んだように寝こんで眼を醒ましたのは夕刻だった。さっそく中島正武少将に会って経過を報告し、戦死傷者の弔慰と難民救済の方策を決めてから責任をとりたいと述べた。すると中島少将は私をしきりに慰労し、このような目にあわせたのは俺の責任だ、君が引責する必要はない、本部の田中義一中将も君の労を謝しているし、大島健一陸相も諒解ずみで、すでに戦死傷者への弔慰金も準備ずみであると言った。

「避難民の救済方法は君にまかせるよ」

「…………」

「心配は要らん」

「そうか……僕の失敗に同情して、そう言ってくれる厚意はありがたいが、それだからといって僕に責任がないとはいえん」

「つまらんことを考えるなよ、いいか石光、お互いに分別のあるべき年輩だ。まだ機密だが、日本も連合軍と共同で出兵することに決まった」

「…………」

「ブラゴベシチェンスクの事件が最後の決め手になった。これからが重大だ。黒河に駐在して従来通りやってくれんか」

　私は懐中から短銃をとり出してテーブルに置いた。

「実は……僕は自決を覚悟して黒河を出発したが、意外なお話でびっくりしている。暫時好意に甘えてこの命を預ってもらう。一旦、黒河に帰って始末に努力はするが、その上で解任してくれんか」

「なにを言うんだ、従来通りやってくれ」

「だめだ。僕は適任者じゃない。僕は今回のことは、どんなに慰められようとも大失敗だと思っとる。犠牲者の冥福を祈って暮らしたい」

　中島正武少将は、テーブルに置かれた私の短銃を机の引出しに納めてから言った。

「とにかく、これはお預りしておく」

　促されて私は食堂に行き、同少将をはじめ荒木貞夫大佐等と一緒に食卓に着いた。

二

　その翌日のことである。中島少将の部屋で会食していると、堂々たる体格のコザック大尉が訪ねて来た。ふと気がつくと随行の副官が大佐であった。階級のやかましい軍界では不思議なことなので、異様の感じにうたれていると中島少将が私に紹介した。

「この方はカピタン（大尉）セミヨウノフといって、極東三州の独立のため、目下満洲里に根拠を置いて準備中だ」

セミヨウノフ大尉は中島少将からブラゴベシチェンスクにおける私の活動を聞くと、直立不動の姿勢で握手を求め、実情を詳しく知りたいと言った。中島少将も承諾したので、衝突前の経過から敗戦までを説明したが、熱心に聞いただけで意見も批判も述べなかった。

三月二十三日、中島少将をはじめ駐在の人々に慰められ励まされて、黒河へ帰還の途についた。祖国を失ったロシア兵が騒ぎまわる汽車に乗って翌日チチハル着、その夜は久しぶりに日本旅館に泊り、翌二十五日、日本領事館を訪ね書記生の案内で黒竜江省督軍鮑貴《ほうき》卿《けい》に面会、黒河に避難中の日本人について寛大な取扱いを希望した。鮑督軍は速かに黒河の張道尹（知事）に訓令することを約束し、私の旅行に護衛兵と接待員を随行させようと言った。私が、治安が安全に保たれているから必要ないと断わると、鮑督軍は満足そうに微笑して、中国は中立であるから、ブラゴベシチェンスクに兵を入れた鄂旅長を近く罷免し、巴英額少将を後任に発令するつもりであること、避難ロシア人の保護のために、チチハル公路には平素の五倍の警備兵を配置したことを語った。僅か数日の間に、日本の出兵決意によって中国は完全中立の態度に戻ったのである。

明けて二十六日、駅站の馬車を雇って黒河へ帰還の旅に立った。再び帰る気のなかった旅である。来る時とちがって急ぐ旅でなかったから、比べものにならないほど楽だったが、気は重く心は塞がれていた。亡命ロシア人の馬車の列がめっきり多くなっていた。雪に埋もれ、風に傷めつけられた彼等の顔は、作りもののように魂がなかった。私の馬車に行きあうたびに、彼等は手を挙げて挨拶した。顔を知っているからではない。私を歓迎しているわけでもない、同胞の間で憎みあい殺し合って追われた彼等は、異人種のわれわれからさえ親愛の情が欲しいのであろう。敗れた地に再び心重く帰る私もまた彼等に無限の愛情を感じ、手を挙げて微笑した。

墨爾根の駅站に着いて待合所に入ると、十人のロシア人が休んでいた。六十歳ぐらいの老夫婦を筆頭に三十歳前後の男一人、三十歳から十七歳ぐらいの女七人の一家族らしかった。私が彼等の中に入って腰かけると、一番若い娘が私の前に来て尋ねた。

「日本の紳士よ、どこに行かれますか」

「ブラゴベシチェンスクにまいります」

「おお、赤軍に参加するためですか？　共産主義者は家族と宗教を認めません。日本の紳士よ、人類の敵、神への反逆者に荷担するのですか」

老夫婦をはじめ一同は、若い娘の突飛《とっぴ》な抗議を微笑して眺めていた。

「お嬢さん、ご安心ください。この日本人は三月九日から十二日まで、他の日本人と一緒に、あなたの国の市民自衛団やコザックを助けて戦いました」

「おお！」

と娘は両手を拡げて大きな瞳を輝かした。

「日本の紳士よ、あなたはイシミツ大佐ではありませんか」

「そうですよ。これから黒河に帰って、また戦いの準備をしなければなりません。お嬢さん、一緒に行きましょう。一緒に戦いましょう」

これを聞いた老夫婦は驚いて私に近づき、手を延べて握手を乞うた。

「イシミツ大佐よ、お名前は知っておりましたが気が付かずに失礼しました。われわれのために戦って下さった誠意には感謝の言葉もありません。日本の方々にも犠牲者が多かったと聞き、こうして亡命するのが申しわけなく思います。私はアムール鉄道の助役を勤めていましたが、追放されて亡命の途中です。この娘はまだ学生で、礼儀も弁《わきま》えず失礼しました。お許しください」

私は笑って娘に言った。

「お嬢さん、あなたの勇気に敬意を表します。このような時世、このような境遇の時には、勇気が一番大切です。どうかあなたの国のために、あなたの一家のために運命を招いて下さいね。あなたを黒河に連れて行くのは、もうやめましょう」

娘も老夫婦もその他の家族たちも笑った。この若い娘はこの家族の中の人気者なのであろう。私は彼等の幸福を祈り、一人一人に握手して別れた。

北に進むほど亡命ロシア人の馬車が多くなった。あの騒動を境に、祖国に見切りをつけた人々は続々とアムールを渡ったのであろう。私は往き会うたびに手を振り言葉をかけて別れた。

黒河に戻って来たのは四月二日であった。その前日に中山蕃大尉は本部からセミヨウノフ軍援助を命じられて、チチハルに出発したのだそうである。雪の曠野のどこかですれ違ったにちがいない。留守を受け持っていた鳥居肇三、安倍道瞑師、千葉久三郎などの懐しい顔と声が私をとりまいた。彼等の報告によると犠牲者の死体は全部収容され、三月二十日には日本民会で葬儀が執行された。二十四日にはムーヒン市長とクラスノシチョウコフ極東代表の連名で、日本人の生命財産は責任をもって保護するから、従来通り市内において営業されたいという声明が送られてきた。けれども避難中の日本人は一人も帰らなかった。市内を偵察すると、街路を歩いているのは汚い服装の労働者ばかりで、物価も賃金も労働時間も統制されており、革命前の落着きはすっかり失われて、違う世界になっていた。こんな世界で従来通りの商売は出来ないと考え、彼等は復帰しなかったのである。それかといって、このまま黒河の避難所に雑居生活を続けることも出来ない。暗い顔が寄り合っては身の振り方を語り嘆くうちに、ぽつぽつと身寄りを辿って日本へ帰るものも出て来た。彼等も亡命ロシア人のように、対岸に残してきた家財をあきらめ、身体一つで馬車に揺られて雪の曠野に姿を消した。

その日、将校団長ゴーボフ中尉が訪ねて来た。前団長のウオヒチンスキー中尉は戦闘中重傷を負って捕えられたが、その後脱獄してウラルに潜行したそうである。ゴーボフ中尉はひどく興奮していた。

「われわれ健康なものは、昔の名誉を棄てて労働者になっても暮せましょう。ですが、負傷者や戦死者の家族を一体どうすればよいでしょう、餓死するか凍死するか、人道上無視することは出来ません。正義を尊ぶ日本人の同情に訴えます」

彼の話によると、三月十二日の戦闘中にコザックは国立銀行の金庫をひらき、金貨、砂金、紙幣を全部黒河に運んでロシア領事館に保管した。その金額は三千万ルーブルに達した。そのためブラゴベシチェンスクには戦時通用切手を合せて僅かに七十万ルーブルの銅貨が残されただけで、ムーヒン政権は兵士の給料支払いも出来ない状態であり、銀行預金者には一週間五百ルーブル以上の支払いを禁じた。ところが、黒河に保管中のこの莫大な金を、ハルビンに樹立された、東清鉄道総弁ホルワト将軍を主班とするホルワト反ソビエト政府に引渡せという命令が、黒河に避難中のアムール州会議長シシロフに来た。亡命州会も市会もこれを承認して、将校団や市民自衛団に給与の支払停止を通告したのであった。

ゴーボフ中尉は涙を拭い身をふるわせて怒った。

「祖国のために血を流した人々、家を失い家族を犠牲にした人々を路頭に迷わせ、餓死させるとは何事でしょう。彼ら特権階級の奴らは、祖国を失ってもまだ市民を犠牲にして、自分らの利益を得ようとしている。大佐よ、われわれを救って下さい」

私はこの話を聞いて心を動かされた。直ちに州会議長シシロフの来訪を求めたが、彼の態度は冷たかった。

「私が勝手にやったのではありません。州会にも市会にも諮《はか》った末、ホルワト政府に引渡しを決議したのです。輸送についても、すでに中国官憲と打合せが出来ています」

「ですが議長よ、市民自衛団や将校団や亡命市民たちの生活を考えなければなりますまい。亡命市民の生活を考えない政府なんて、あり得ないではありませんか」

「彼等には今日まで十分に支払いました。与えました。無期限に支払いを続けるわけに行きません」

「彼等を餓死させても」

「餓死？　私は彼等に餓死しろとは言っていません。彼等は自分で生活をたてるべきです」

「私は彼等のためにお願いをしに参ったのです。支えを失った善良な市民の最低の保証をお願いしているのです、多くを望むのではありません」

「出来ません」

「…………」

「私が勝手に州、市会の決議を撤回することは出来ません」

「いつ送るつもりですか」

「只今準備中です。準備の出来次第、今夜にも送るでしょう」

「しばらく待って下さいませんか、今晩一晩でも」

私の懇請にもかかわらず、シシロフ州会議長は冷たく拒絶して帰った。このように私は黒河に帰り着いたその日から、またも胸を掻き乱された。

この紛争は避難民の死活問題として人々の耳から耳に伝えられ、悲しむ人、怒る人、絶望した人が、入れ替り立ち替り私に面会を求めた。ボリシェビキから追われた揚句、反共政府からも棄てられた市民たちである。日本義勇軍も義憤に燃えて集まって来た。

「人道上許せないことである。われわれはあくまで金塊の輸送を拒否する」

と決議して、私に強硬態度を要求した。コザックは反ソビエト政府に帰属していれば生活を保証されるであろうと考え、沈黙して動かなかった。

私は思いに沈んだ、また思い迷いもした。ハルビンに滞在中、反ソ軍のセミヨウノフ大尉にも会ったし、中山蕃大尉も今は命じられて彼のもとにある。中島正武少将や荒木貞夫大佐からもホルワト政府の樹立について説明を聞いた。同政府には荒木貞夫大佐がついていて、今後も日本の支持なしには権威を保てないであろう。してみれば、この莫大な金塊の処置についても日本軍部の諒解があるのかもしれないと思った。ロシアにおける屈指の大砂金鉱であるゼアを抱えるアムール州であればこそ、このように莫大な砂金や金貨を保有していたのであって、他州からは大した資金は持出されていないに違いない。もしそうだとすれば、この金塊は反ソビエト政府にとって貴重なものであり、間接には日本軍にも大切なものであるに違いないと気付かなかったわけではない。

もしそうであったにしても、眼前のこの市民の惨状を見過すことは私には出来なかった。ついに義勇軍の人々とともに強硬な方針を貫く決意をした。

三

午後八時、金塊が運び去られようとしているとの急報に接した。

私は武装した義勇軍とともにロシア領事館に急行した。領事館前には、すでに三台の馬橇が用意されて金塊が積み込まれていた。その周囲を怒りに燃えた将校団と市民自衛団が取り巻き、カンテラのあかりが彼等の黒い影を雪に映していた。彼等は私の姿を認めて集まり握手を求め、口々に人道のため力をかされたいと懇請した。日本義勇軍は小銃を肩にして橇の行手を塞いだ。市民自衛団もコザックも将校団も武装を解除されていたので、実力を行使出来るのは日本義勇軍だけだったのである。

ロシア領事館の中には金塊輸送の警備を依頼された張道尹（知事）が来ていたので、ロシア領事と張道尹の二人に対して輸送の停止を要求した。

「この金塊をブラゴベシチェンスクから黒河に移せたのは、将校団や市民の協力と犠牲があったからではないか。将校団と市民が血に塗《まみ》れて闘っている最中に、コザックはこの金塊を持って真先に黒河に逃げてしまったことをお忘れではあるまい。市民は力尽きて再起の望みを失いかけている。領事よ。彼等は貴下の同胞ではないか、同胞の惨状を見ながら彼等の餓死を招くような処置をとられることは、外国人である私としても断じて許せません」

「大佐よ、わが同胞に対するご同情には感謝します。ですが、このことは私たちにお委せ下さい」

「おお領事よ、国は亡びても同胞は消えておらぬ。しかも、人間のあいだの愛情というものは、人種を越えて私たちの魂をゆすぶっている。日本人であるわれわれも彼等を見殺しに出来ない。領事よ、彼等を救って下さい。私からお願いいたします」

「…………」

領事は答えなかった。傍で聞いていた張道尹は私の主張に同意して、領事に再考を求めたがこれに対しても答えなかった。

「しからば領事よ、お尋ねしますが、この金は一体誰のものですか。市民は僅かではあったろうが、銀行に預金を持っていた筈です。聞けばムーヒン政府でさえ、市民に対して一週五百ルーブル以内の預金支払いに応じています。莫大な金塊を市民の眼の前で取りあげ、遠く持ち去ってしまうことは、市民の財産を奪いとるに等しいではありませんか。領事よ、

なってもあすになっても、あさってに
再考なさい」
「…………」
「私は回答を得るまで、いつまでも、ここでお待ちします。あすになっても、あさってに
なっても」
「…………」
こうして一方的な説得三時間半、言葉を尽し語勢をかえて同じことを繰返すうち、午後
十一時半になって、ようやく領事が折れた。
「それほどまでに言われるなら、百五十万ルーブルだけ、とりあえず保留しましょう。そ
れも無条件ではありません。ハルビンの承認を得てから市民のために使いましょう」
この回答を得たので私は、市民自衛団や将校団に伝えた。失意の彼等は暗い頭を集めて
協議を続け、翌四月三日午前三時になって、ようやくこの回答であきらめることにきまっ
た。
午前五時、東の地平線が灰色に明るみかけたころ、百五十万ルーブルを除く二千八百五
十万ルーブルの金塊（主として砂金）を載せた馬橇は、コザックと中国官憲に護られて、
ハルビンを指して雪の曠野に滑り出した。夜を徹して橇を取巻いていた武装の日本人も、
火の消えたカンテラを提げたロシア市民も、遠くに消え去って行く橇の影をいつまでも見
送っていた。

この金塊は無事ハルビンに着いたと思っていたが、このことがあってから十年後の昭和二年、セミヨウノフが当時武器購入資金として横浜正金銀行に預けたという金塊百六万円の所有権の帰属が争われ、関係のあった陸軍高官や官吏が証人として取調べを受け、岸清一、鳩山秀夫など一流弁護士によって二年間法廷で争われ、またソビエト政府からも返還を要求された。この事件をめぐって、さまざまな詐欺事件までが派生して世間を騒がせ、当時総理大臣兼外務大臣であった田中義一大将も国会で反対党の憲政会から追及されるなど、政争の具に供された。セミヨウノフの金塊はオムスクから運び出されたものであるが、私の眼前で黒河から発送された金塊は、それに比べれば遥かに莫大なもので、当時その行方について軍当局から再三にわたって私に暗号電報で問合せがあった。発送後、一体どこに行きついたのであろうか、私の知っていることは以上のいきさつだけで、ホルワト政府に到達して正当に使われたかどうか私にはわからないのである。

この金塊発送後は、黒河の空気は一層暗いものになった。アムール河の解氷期もやがて来る。そうなれば祖国に戻る橋が取り去られるようなものである。唯一の頼みの綱であった金塊も無理無体に持ち去られた。市民といい大衆という多数の人々は、このように血を流し、家財を失い、職を奪われて、その果てに棄て去られてしまったのである。

私もこの事件で決心した。従来の機関を縮小して持久体制に切換えた。安倍道瞑師の任を解いて錦州に帰還させ、同地で私の経営する満蒙貿易公司に協力して貰うことにした。

昨年暮以来、私の会社がどんな状態になっているか知らなかったし、そんなことを思い出す機会も少なかったのである。

ところが安倍道瞑師が、名残りを惜しみ、私の自重を繰返し繰返し願って黒河を去ってから間もなくであった。ハルビンの中島正武少将から意外な暗号電報を受けた。

「安倍道瞑、任務を帯びイルクーツクに赴く途中、ボルジヤのロシア官憲に重要文書を発見され、捕縛されてイルクーツクの監獄に投ぜらる。至急同人入獄中の食費その他の経費を貴機関より人を派して毎月供給されたし」

この電文を読んで私は首を傾げた。どう考えても理解出来なかったのである。道瞑師は市井に潜んで静かに諜報任務を遂行出来る人であるが、このような流血の巷《ちまた》にあって弾雨を潜る人ではない。それだからこそ私は同師を錦州に帰し、彼本来の仕事である布教と日本人小学校の経営に当らせ、かたがた私の留守中の貿易公司の面倒を見て貰おうと思ったのである。それが再びロシア領に入って危険な任務に就き投獄されたとは考えられなかった。さっそくハルビンの中島正武少将に詳細を問合せるとともに、困難な命令であったが、とにかく救援の方法を考えなければならなかった。

コザックもすでに家族を連れてチチハルに去り、主だった避難民もほとんどハルビン指して亡命した。最後まで踏みとどまって戦った将校団の生残りも、チチハルの騎兵大将プレシコフに属するよう命令された。けれども団長ゴーボフ中尉は黒河にとどまって再起の時を待つといって、対岸のブラゴベシチェンスクに翻える赤旗を睨みすえて動かなかったが、私に励まされ慰められて、涙を流し、手を振りながら、彼等もまたチチハルに去った。

黒河はこうして再び辺境の淋しい小都市に還った。避難中の日本人三百四十名も、ついにブラゴベシチェンスクに帰る望みを断ち、まず身寄りのある四十名が内地に帰ることになった。馬橇を連ねて、手を振り声を張りあげて雪の曠野に消えた。

「さようなら！」

「さようなら！」

送る者も送られる者も泣いた。彼等の姿が見えなくなると、日本人会の役員全員が私を尋ねて、残留の三百名の生活について援助を求めた。この日まで彼等は貧しい同胞のために寄付金を集め、その額は七千八百ルーブルに達していた。ほとんど全員が着のみ着のまま避難して来たから、一ルーブルの金も大切だったのである。私は彼等の同胞愛に動かされ、帰郷希望者には大人百五十ルーブル、子供五十ルーブルの補助金を出すことにした。これで私の手許金は底をついてしまった。こうして六十五名の同胞もまた第二の故郷を棄てて東に去った。

「さようなら」

「お元気で……」

日本人も亡命ロシア人も次第に姿を消して黒河の街は淋しくなったが、寂れたのは黒河ばかりでない。赤旗を林立して解放を謳歌した対岸のブラゴベシチェンスクも、個人商店は戸を閉ざして、街ゆく人は汚い労働服の男ばかりになった。

ムーヒンが市長兼州長に、シュートキンが副市長兼食糧管理局長に就任し、中央政府の指示通りの政策を実施したが、農民は農産物の供出に応じなかった。コザックはもともと貧しくはあっても自作農であったし、一般の農民はケレンスキー革命の土地改革によって農地を分与され解放されたばかりであった。自由世界の開幕を祝っているところへ、次々に強制的な統制が行われたのであるから、農民が抵抗したのも無理がなかった。ムーヒン政権はこの抵抗に対して、農地の私有を禁じ共同農場《コルホーズ》にする旨を通告したが、農民は再び強く撥ねつけて新しい暴君の出現を非難した。ことにシベリアの荒蕪《こうぶ》地開拓に父子三代の汗を流した朝鮮人集落の人々は集団をつくって抵抗し、とうとう共有制度の撤回を宣言させた。

彼等を新しい政治経済組織に乗せるにはやむを得ない統制であったろうし、乏しい畜力と原始的な農作法しか知らない彼等に委せていたら、市民の生活を賄うに足る農作物の供出は期待出来なかったであろう。だが農民は抵抗した。こうして都市には食糧が乏しくなり、配給を待つ市民の行列は日ごとに長くなって、政庁に翻える赤旗に対する信頼の念はぐらつきはじめた。

アムール州内で公営に切りかえられた事業は、ビール、搾油、製粉、製材、旅館、鉄工、鉱山、建築、運輸、船舶、製皮、製薬、娯楽などの事業であった。これらは革命騒ぎのためほとんど休業状態だったので、切りかえに大した摩擦は起らなかった。

この公営事業の中に旅館と娯楽が入っているから、日本人経営の貸席業（女郎屋）は廃業しなければならなかったにかかわらず、営業を事実上黙認しているところが多かった。例えばブラゴベシチェンスクから六百七十露里離れたダンブーキでは、ひどい食糧不足に襲われていたのに日本人経営の貸席業四軒があって、男六名、女四十二名が営業していた。この村の一カ年の予算は一万ルーブルであり、貸席四軒からあがる税金が四千八百ルーブルであったから、半分を負担していた勘定である。これは極端な一例であるが、一般にこんな理由もあって黙認されていたのであろう。

その頃、労兵会は赤軍編成にとりかかったが、指揮者が足りなかった。「軍教官を募集す。月俸三百七十五ルーブルより四百ルーブルまでとす。自信あるものは来たれ」と布告したが、応募者は一人もなかった。やむなく元アムール江警備艦乗組の海軍中尉カマローフを総司令に任命し、傭兵制によって歩兵中隊を基幹とする砲兵隊（砲四門）、機関銃隊を併せて一千名を編成した。その時、一番大きなコザック村であるバシコフ村が労兵会への帰属に反抗したので、ムーヒンはこの新編成の赤軍に討伐命令を出した。ところが赤軍は準備不足を理由に出動を拒否して、うやむやに終ってしまった。この隙間に乗じて反ソビエト謀略隊が密かに入りこみ、「セミヨウノフ軍には連合軍の強力なる後援あり、また新鋭の武器充実し拡軍されつつある。近くチタを占領し、イルクーツクを突く予定なり」と秘密宣伝を始めた。この不安な気配の中に、突如として奇怪な一隊が市内に潜入して強奪を始めた。黒のルバシカに銀色のズボンをはき、指に揃いの髑髏《どくろ》の銀指環をはめていた。強奪の現場で捕えようとすると、爆弾をふりあげ相手もろとも自爆して果てる身構えなので、赤軍も手が出せなかった。ムーヒンもこの一隊の正体を突きとめようと苦心し、私も偵察員を潜入させて調査した。その結果、彼等はアナキスト（無政府主義者）というよりもニヒリスト（虚無主義者）に近い連中の集団であることがわかった。彼等が公然とソビエト政府の攻撃演説を街頭でぶっても、捕えることも追放することも出来なかった。

こうなるとムーヒン政権の実力を疑う者が多くなって、アムール州各地に反ソビエト的な気運が濃くなり、混沌として来た。市も州も財政的に窮迫していたし、ムーヒンスキー紙幣も下落の一途を辿った。五月一日、この頽勢を挽回するため第一回のメーデーが盛大に行われた。火の河、炎の滝のような赤旗の波が街路に満ち溢れ、赤軍のあとから、市民や労兵会員が革命歌を唱いながら従った。ウラーウラーの叫びが全市にあがり、市内の各所で革命礼讃、ソビエト支持の街頭演説が行われたが、なかでも独墺俘虜の演説が興味を集めた。彼等は叫んだ。

「敬愛するロシア人ならびに俘虜諸君よ、われらは今日ここに五月一日の祭を迎えた。この日はすべての無産労働者が自覚を得た光輝ある日である。われらオーストリアの無産階級もまた、大いなる喜びをもってこの祝いの日を迎えた。

この歴史的に記念すべき日にあっても、われらは、わが愛する故郷を遠く離れ、親愛なる同胞とともにこの祝祭日の喜びを頒《わか》ち得ないことを悲しむ。

惨虐にして権力欲に飽かぬ帝国主義者どもは、われらを極東の涯に捨て去ってすでに四年、戦争の責苦をもって家族と故郷からわれらを引き離したのである。

諸君よ、今やわれらの苦しみは終局に至らんとしている。ロシア社会主義革命は、われらのために広き自由の門戸を開いた。ロシア人諸君よ、われらとともに祝おう。

諸君の敵が誰であるか、誰が諸君を諸君の兄弟との戦いに駆りたてたかおわかりであろう。世界各国の無産階級は、共通の敵たる帝国主義者と資本主義者に対抗して、互いに腕を組もうではないか。

われらオーストリアの無産者は、赤き自由の軍歌を祖国に持ち帰り、わが同胞に喜びの自覚を持たしめよう。時至ればわれらもまた、この新しき軍旗、その色赤きこの軍旗のもとに新しき戦いの火蓋を切ろう。この新しき軍旗のもとに光輝ある自由をかち取ろう。

ロシア人諸君よ、われらが諸君の自由の戦いに協力したように、わが国における新しき戦いを援助せよ」

赤旗の林を背景にしたこのような演説が、聴衆から嵐のような拍手を浴びた。これらの俘虜軍は国際軍としてシベリア各地に編成されていたが、彼等は兵士と下士官がほとんどであって、インターナショナルに参加を誓約したものだけで編成されていた。チタの独墺俘虜四千名のうち、インターナショナル加盟のもの三千名、他の一千名は加盟を拒否したので市外の収容所に拘禁されていた。ブラゴベシチェンスクもほぼ同様であったが、違う点はインターナショナルに加盟のうえロシア国籍を得なければならなかったのである。彼等は赤軍と同一行動をとり、地方によっては、むしろ革命軍の中核を作っていた。彼等俘虜軍とドイツ本国との関係は明らかでなかったが、ドイツ社会民主党員の指導のほかに、ドイツ政府から直接秘密電報でチェコスロバキア軍と対抗せよとか、ロシア革命に協力して旧ロシア軍の復興を妨げろという命令を受けていると伝えられていた。

調査中であった安倍道瞑師の消息がわかった。同師は私の許を去って錦州に帰る途中、ハルビンで武藤信義少将に私の伝言を伝えたところ、同少将から無理矢理イルクーツクの領事館に機密書類の伝達を依頼されて断り切れずに出発した。ところがその途中、ボルジヤでスパイの嫌疑をうけて捕われ、イルクーツクの監獄に収監されたのだそうである。当分釈放の望みはなかった。同監獄には、すでにスパイ嫌疑で由上治三郎少佐をはじめ男三名女一名が収監されていた。私は月々三百ルーブルをイルクーツク領事館に送り、差入れをしなければならなかったが、持参者を潜入させるのに、ひとかたならぬ苦労をなめた。その頃には出兵近しの噂が流れていたので、日本人に対する警戒心は針のように冷たく尖っていたのである。しかもアムール河の氷が揺らぎ始め、地鳴りとともに崩れ動き、雄大な春の進軍が黒河とブラゴベシチェンスクを濁流と流氷でへだててしまったのである。

平和の時代ならば市民の群が河畔に集まって、この春の訪れを楽しむのであるが、今は黒河に失意の身を寄せている市民の故郷への未練を、引きちぎり押し流す濁流でしかなかった。彼等は悄然と河畔に立ちつくして、もはや容易には帰れなくなった祖国を眺めるばかりであった。

野ばらの道

一

　五月十日、前市長（兼州長）アレキセーフスキーがペトログラードから赤旗翻えるブラゴベシチェンスクに帰って来た。同市長は前年の十二月レーニンがペトログラードに招集した第一回施政会議に出席のため、コザック民政長官カゼイビニコフ、事務官ペトロフを連れて出張し、留守中チェルニヤークが代理市長を勤めていたのである。この施政会議が終ってカゼイビニコフとペトロフを先に帰し、自分だけ留まって大勢の推移を見定めていたのである。彼が何も知らずにブラゴベシチェンスクの停車場に下車すると、労兵会員が待ちかまえていて逮捕拘留してしまった。その日、労兵会はさっそく彼を革命裁判に付した。

「アレキセーフスキーは常に反革命態度をとり、市民義勇自衛団を結成し、三月事件を発生させた責任は、総て彼において負うべきものなり」

これが告訴の理由であった。この情報はすぐに市民に伝わった。信望を一身に集めていた名市長であったから、市民の驚きと悲嘆は私たちの想像出来ないほどであった。この裁判の判決如何によっては、ムーヒン政権の運命が決せられるのではないかとさえ思われた。この裁判所は労兵会の告訴を受理して、シュートキンを裁判委員長に、ムーヒンを陪席にして、五月二十二日第一回公判を開く旨公布した。

五月二十二日、運命のこの日、早朝から興奮した市民の群が裁判所に押しかけた。公判廷はたちまち鮨詰めになり、溢れた市民は場外に群れて成行きを憂え、立去る者はなかった。

定刻、アレキセーフスキーが法廷に貴族的な端正な長身を現わした。シュートキンが型の如く住所、姓名、年齢から始めて規定通りの尋問を終えてから、起訴状を読みあげた後、被告に発言を許した。アレキセーフスキーは起って、実に三時間半にわたる大演説をした。

まず彼はレーニンの政策が現実を忘れた純理論に立脚しており、これを無理に実施すれば必然的に国民生活に大混乱を起す危険があると攻撃した後、自分もロマノフ王朝の失政は十分に認め、これを改善するため日露戦争の最中に、五、六名の同志と謀って画策中に官憲に探知され、逮捕寸前に支那ジャンクに乗ってアムール河を下り、ニコライエフスクに逃亡し、そこからサハレンに渡って日本の長崎に永い間亡命していたことなどを詳しく述べ、いずれの国、いずれの時代においても、国家、国民のため悪政の改革は当然のことであるが、今日まで国民の支持を得なかった少数党のボリシェビキの独裁、実際に即さぬレーニン主義の強行に対しては、私は生命を賭しても断乎として反対すると述べた。

傍聴席は熱狂した。一句ごとに拍手を送り喝采して狂せんばかりの騒ぎであった。彼は声を大にして叫んだ。

「わが親愛なるアムール州在住諸君よ。レーニンの施政方針が根本的に誤っている点をご披露しよう。私は彼の招請によって第一回施政会議に列席した。この会議において議長レーニンは、第一声として議員の発言一切を拒否した。『諸君は政府の施政方針を聴取し、これを実施するために招集されたものである。私は諸君から何ものをも聴こうとするものでない。この方針に不服なものは即時この会議場より退場せよ』と宣言した。なんたることぞ！　レーニンは市民諸君がいかに苦境に陥ちようとも、諸君の話を聴こうとはしないのだ。国民を相手とせざる暴君！　わがロシアを今日の窮境に陥しいれたロマノフに代って、暴虐なる独裁者が諸君の上に君臨せんとしている。私は断乎として席を蹴って施政会議を脱退したのである。市民諸君、空疎なる自由の宣言に迷うなかれ、暴君レーニンに欺かれるな！」

絶叫に煽られて傍聴席は破れんばかりの騒ぎで拍手喝采がやまず、まことに意外なことであるが、裁判委員席からも「同感」「同感」と叫んで席を蹴って退場するものが二名もあった。

この有様を見たシュートキンとムーヒンは、騒然たる公判廷をあとに密かに姿を消した。けれどもアレキセーフスキーは演説をやめなかった。悠然と公判廷を威圧する態度で傍聴席に向って叫び続けた。

「ロシアを連合国陣営から脱落させたのはレーニンだ。連合国の信義を裏切った者はレーニンだ。しかも今日同胞の幾十万人を虐殺し、無頼の徒を監獄から解放して市民生活を脅かしている犯罪人はレーニンだ。昨日の友たる日本に刃を向け、勝味なき戦いを挑み、この上さらに同胞の血を流さんとする者はレーニンだ。ロシアを亡ぼすもの、その暴君はレーニンだ」

彼は口を極めて論難攻撃の舌火を浴びせ、ウラー、ウラーの歓声に巻きこまれて、ようやく大演説を終えた。

この日の裁判はまるでアレキセーフスキーの演説会同様で、熱狂した市民は裁判所の内外を埋め尽してアレキセーフスキーの名を叫び、いつまでも立ち去らなかった。

五月二十二日、ボリシェビキが圧倒されたこの機会をのがしてはならないと考えたので、黒河駐在の外務省書記生郡司智麿がムーヒン政権と交渉した結果、日本人の生命財産の保護、税関における携帯品の検査省略、料理屋営業禁止の解除に関する協約が出来た。私たちは日本人会の幹部とともに郡司書記生の成功を祝って、彼を囲んで杯を挙げた。前途を塞がれて支那家屋に不遇の身を嘆いていた人々の顔は一斉に喜色に満ち、言葉も動作も活発になって、いそいそと帰市の準備にかかった。義勇軍に参加しなかった人々は、その翌日から続々ブラゴベシチェンスクの懐しいわが家に帰り始め、二十四日にはほとんど完了した。帰った後の協約の履行状態は完全であって、日本人の自由営業は特別の取扱いで認められたのである。

押え切れない喜びを笑顔に現わしてブラゴベシチェンスクに帰り行く日本人を渡船場に送った時、私は堪えられない淋しさを抱いて対岸の街並を眺めた。行きたい、ムーヒンに会いたい、ムーヒンに会って謝意を述べたかった。だが強硬派のシュートキン一派が相変らず私たちに深刻な敵意を持ち続けて、機会あるごとにムーヒンの注意を喚起していると聞いたので、ムーヒンのためにもひいては日本人のためにも当分行かない方がよいと考えて踏みとどまった。

五月二十七日、判決言渡しの日である。準拠すべき法もないから、裁判委員の話合いで判決を下すのである。アレキセーフスキーの場合も、最初から懲役四年の刑を決定してあったから、裁判も判決言渡しもまったくの形式に過ぎなかった。判決を言渡されたアレキセーフスキーは、一言も抗議を述べず穏やかに服罪した。深く胸中に期するところがあったのであろう。けれども市民が承知しなかった。

「アレキセーフスキーを救え」

「われらの救世主を返せ」

「暴虐なる労兵会を倒せ」

「判決を取消せ」

興奮した市民は裁判所を取り巻いて叫びつづけた。

その翌日、二十八日。

アレキセーフスキーが監獄に送られる日である。市民の群は、政庁から監獄まで延々と人垣を築いていた。春はまだ浅かったが、女たちは思い思いの花束を抱いて集まっていた。やがて歓呼に迎えられて護送の黒い無蓋馬車が現われると、市民たちは一斉に近づいて叫んだ。

「アレキセーフスキー」

「アレキセーフスキー」

女たちは四方から馬車に花束を投げて涙を流し、アレキセーフスキーは端正な長身を起し手を挙げて応えた。馬車は色とりどりの花束に埋もれ、散りこぼれた花弁が彼の黒服を飾った。

「アレキセーフスキー」

「アレキセーフスキー」

馬車は市民の波にはばまれて停まり、また動き、また停った。花束が絶え間なく投げられ、女たちが馬車にとり縋って泣き、握手を求め、胸に十字を切って神の加護を求めた。

「アレキセーフスキー」

「アレキセーフスキー」

馬車が通り過ぎると市民はその後を追った。落ちた花束を踏みながら、渇仰してやまなかった名市長を慕って監獄へついて行った。馬車が獄門に近づくと市民の叫びは高く激しくなり、馬車を擁したまま監獄になだれこむ勢いであった。黒い鉄柵の扉が赤軍兵士によって内から閉じられ、市民の群は冷たく押し返された。女たちが縋りついて泣く鉄柵には花束が飾られ、群れ集う人々は市長の姿が吸いこまれた監獄を空しく見据えて立ちつくした。

革命裁判で行われたアレキセーフスキーの三時間にわたるレーニン攻撃の大演説は、市民に感銘を与えたばかりでなく、ムーヒン政権に深い傷痕を残した。そしてまた、反革命の罪名のもとに収監される前市長を慕う市民の群は、このように大っぴらに悲嘆し熱狂してはばからなかったのである。この風潮は敏感にアムール全州にひろがった。

まずアムール州二十六カ村の村民大会は「われらに自治を認めよ、小アジアと同一制度のもとに独立を許し、赤衛軍を解散せよ」と決議して農産物の供出を拒んだ。ムーヒン政権はこの形勢挽回のために、セミヨウノフ反革命軍の弱体であること、赤軍に撃退されつつあることなどを誇大に発表して、ザバイカルの食糧窮迫を救うため農民の協力を求めたが効果がなかった。

ムーヒンはこの形勢に対し強圧手段を斥《しりぞ》け、しばしば強硬派のシュートキンと意見の衝突をきたすようになった。この兆しが見えはじめたころ、突如として監獄からアレキセーフスキーの姿が消えた。殺害されたのか、脱獄したのかわからなかったので、私は密偵を八方に潜行させて情報をたぐり寄せたがわからなかった。すると数日後になって、ムーヒンの名で声明が発表された。

「アレキセーフスキーは収監後に発病した。彼は学識深く高潔な人格者である。このような人物はロシア広しといえども得がたい。その生命は保護すべきであるから、病院に収容し治療中である」

私はこの声明を怪しんで真相究明に努めたところ、本当に市内の病院に収容されていることがわかった。しかも彼は元気であって病気に罹っておらず、ムーヒン腹心の同志によって保護されていることがわかった。ムーヒンの温和政策にあきたらないシュートキン一派の強硬分子が獄中のアレキセーフスキーの暗殺を計ったので、ムーヒンが独断で彼を監獄から病院に移し、腹心の同志に守らせたのであった。

この事件を境に、労兵会の態度も緩和されて黒河に対する警戒も緩められ、渡船も定期に通うことを許された。

二

　六月一日午前十時、私は黒河在留の永山近太郎をつれて渡船に乗った。自重をすすめる人が多かったが、一部の日本人たちが、すでにブラゴベシチェンスクに帰って特別な取扱いを受け営業を許されているのに、私の渡航だけが危険だというはずがない。野ばらや芍薬《しゃくやく》の香りが流れる河畔には、すでに厳しかった冬の名残りもなく、流血の悲劇の記憶も儚《はかな》かった。あれから八十日、逃れて来た人々も思い思いに亡命し、ちりぢりに散って、恨みの唇を噛む心地も薄らいでいた。対岸ブラゴベシチェンスクには銃を構えて威嚇する者もなく、赤旗も公共建物のほかにはほとんど見られなくなった。

　船を降りてすぐ馬車を雇い、まっすぐ政庁に向った。街は寂れて道行く人影も少なく、立派な建築物に不似合いな汚ないルバシカの労働者が稀に歩いているだけであるが、食糧切符の交付所には生気のない市民の列がながながと連なっていた。

　政庁の玄関に守衛らしい髭男が立っていたので、ムーヒン市長に会いたいというと、身許も用件も尋ねずに、

「二階の州長室にいるから会いなさい」

と無造作に階段を指した。勝手を知った部屋である。私はさっさと階段を登って州長室の

戸を叩いた。応じた声は聞きおぼえのあるムーヒンの声である。戸をあけてはいると、三人の男と対談していたムーヒンが目敏く私を認めて、厚い肩をむっくり起し、椅子を離れて両手を出しながら叫んだ。

「おお！　大佐よ」

私も駆け寄るように彼の両手をとって振った。

「ムーヒンさん、お元気で……」

彼は三人の男を部屋から去らせて、私たち二人に椅子をすすめた。

「大佐よ、いかがお暮しでしたか。忘れもしない二月の末の深夜、あなたをお訪ねしてからもう三カ月になります。あの当時に比べると隔世の感があります……」

と彼は政権をとってからの悪戦苦闘を語った。私はムーヒンの厚意と努力によって在留日本人がブラゴベシチェンスクのわが家に帰り、特別の取扱いによって営業を許されたことを心から感謝していると述べた。ムーヒンは用心深く三月事件の際の日本義勇軍について触れるのを避け、繰返し在留日本人の保護を約束した。

「ムーヒンさん、変なことをお尋ねするようですが、あなたの統率する労兵会員はマルクス・レーニン主義を理解して行動しているのですか」

「いや、いや、理解しているのは二、三の幹部にすぎません。文盲が九割を占めているロシアです。不思議なことではありません。けれども彼等は特権階級と資産家の悪らつな搾取を体験することによって、おのずからマルクス・レーニン主義の道を知ったのです。革命という荒仕事にはそれで十分です。ですが、私たちは現在の人民よりも次代の人民に希望を託して働いているのです。遠いことかもしれませんが、ロシアは必ず一流の文明国になると信じています」

「同感です、ムーヒンさん。あなたの努力の実る時が必ず来るでしょう。ところで、最近の情報によると各地に反革命の烽火が挙りつつあります。この情勢をどうお考えですか」

「心配していません。シベリアはロシアの植民地に過ぎません。彼等の手に一時委ねる時があっても、本国が安泰である限り、いつかは必ずわが手に戻ります。私が殺されても、クラスノシチョウコフが捕えられても、この革命は必ず成功します」

こう語るムーヒンの顔色には、事件前のような自信と誇りが消えているように思われてならなかった。汚ない背広に、ひびだらけの古長靴をはき、髭は生えっぱなしで光を失った眼に疲れが漂っていた。

「ムーヒンさん、あなたはアムール州の州長であり、ブラゴベシチェンスクの市長です。しかも労兵会会長であるから、アムール州最高の支配者です。もう少し服装に気を配ったらどうですか、その姿はあまりにひどい」

ムーヒンは笑った。

「そうです、そうです。実はクラスノシチョウコフも先だって同じ意見を述べました。彼は特別におしゃれですからな。けれども私には暇がないのです。三月十二日に銃砲声を聞きながらこの部屋に入ったまま、一回も自宅に戻らず、一回も入浴出来ず、大佐よ、この長靴も履いたまま八十日間、一回も脱いだことがないのです。毎晩午前一時か二時に、このままの姿でソファーに寝るのです。革命です。仕方ないでしょう」

こう語って、垢だらけ皺だらけの上衣を撫でて微笑した。その時、彼の背後のドアを開けて若い女性が入って来て片隅の机についた。秘書であろう。私たちをふり向きもしないで書類に眼を通していたが、私の拙ないロシア語が聞こえたのであろうか、彼女は眼をあげて私を見た。視線がぱったり合った時に彼女は愕然として顔色を変え、次の瞬間、両手を机について立ち上った。私も立ち上った。どこかで、いつか見かけた女性であるとさとったのである。

「おお！　ポルコウニック（大佐）イシミツではありませんか」

と彼女は叫んだが近づかなかった。ムーヒンは怪しんで彼女と私の顔を見交した。

「メリカジイナよ、あなたはイシミツ大佐を前から知っているのか」

「はい、知っています。私の手で暗殺するつもりでいましたから忘れもしません」

「暗殺？」

「はい、三月に市長がコザックに捕えられ投獄された時、もし死刑に処されることがあったら、それは必ずイシミツ大佐の進言によるものだと確信していました。私は市長のために復讐するつもりでいました」

「…………」

ムーヒンは唖然としてメリカジイナを見あげ、次いで私の顔色をうかがった。私は微笑して言った。

「おお！　メリカジイナ嬢よ、思い出しました。あの騒動の翌日のこと、寺院《サボール》の前で私を呼びとめて政庁前まで同行を求めたのがあなたでしたね。そうそう、そうでした。おきれいな婦人でした。同行の日本人永井元吉翁に、脇腹に一発食っても痛くないような美人だねえと、冗談を言いながら、あなたとお別れしたのですよ。今日お会いして、はっきり思い出しました」

「…………」

メリカジイナは微笑もしないで黙ったまま私を見据えて立っていた。

「ムーヒン市長よ、あなたは立派な秘書をお持ちです。あの三月の市街戦の時、あなたの同志の中には、党資金を抱いて中国側に逃亡した者もおりました。それなのにメリカジイナ嬢は、あなたのために命を賭けていました。立派な秘書をお持ちです」

ムーヒンは微笑して立ちあがった。

「おお大佐よ、メリカジイナがあなたの命を狙ったとは……少しも知りませんでした。メリカジイナよ、お礼を申しあげなさい。あなたが命を狙った大佐から、お褒めの言葉をいただいたのですよ」

彼女はようやく微笑して私に近づき、腰を落して黙礼した。

「メリカジイナ嬢よ、いつまでもムーヒン市長のために働いて下さい」

話しているうちに次々に面会の申入れがあって多忙のようであったから、私は彼等の健康を祈り、在留日本人の安全についての努力を願って別れた。帰路もなんの不安もなかった。

三

その頃には解放された独墺の俘虜が赤軍に参加して主力となるものが多く、ところによっては、半数以上が独墺俘虜軍であり、また独軍将校の指揮による国際軍が編成されて赤軍に協力していた。これが連合国をひどく刺戟していたが、アメリカは依然として静観の方針を変えなかった。私は独墺俘虜とアメリカ人の動静には特に注意を払ったし、参謀本部からもシベリア鉄道やアムール河によるドイツ潜水艦や飛行機、弾薬の輸送について、特別の調査をするよう命令されていた。

ところが五月十四日、レーニンがドイツとの友好関係を宣言した日、チェリアビンスクでチェコスロバキア軍が大反乱を起して赤軍を追い散らし、この波紋はイルクーツク、オムスクにも波及して付近の諸都市を占領した。

　ボヘミア王国が潰滅して、チェコ民族とスロバク民族がオーストリアとハンガリーに分割統治されてから三百年になる。オーストリアの圧迫を逃れたチェコ民族は、すでに永い間ロシアに移り住んで祖国の再建を夢みていた。その夢を実現する時が来たのである。チェコの独立軍が出来たのは一九一六年（大正五年）一月、世界大戦のさ中で、その年の十月には師団に拡大された。またオーストリアで編成されて対露戦線に駆りたてられたチェコ軍は、戦わずにロシア領に入ってチェコ師団に合流し、独墺軍に銃を構えるもの四万、その勢力は無視出来ないまでに成長したのである。ところが不幸にもロシア革命が起って祖国再建の戦いが中断されたために、チェコ独立の父マサリック博士（初代大統領となる）の指導によって、レーニン政府の承認を得てシベリアを横断しウラジオストックから船で太平洋を渡り、アメリカを通過、さらに大西洋を渡ってフランスに上陸し、西部戦線で独墺軍と戦い祖国再建に身を尽す決意を固めた。こうして世界史上稀に見る大進軍が開始されたのであった。ジンギスカンの大遠征もこれに優るものではなかった。

　この大進軍の途上、チェリアビンスク駅の構内で、赤軍に協力している独墺俘虜軍と衝突したのであった。今は赤軍に協力していても、自分たちの祖国独墺と戦うために西部戦線に向うチェコスロバキア師団は彼等の敵であったに違いない。この反乱を契機としてボリシェビキはチェコ軍を反革命軍として討伐を始めたので、以来チェコ軍の東への大進軍は血と汗と涙にまみれた悲壮なものになった。武器弾薬を曳き、傷病の戦友を担ぎ、赤軍や独墺俘虜軍と戦いながら言語に絶する難行軍が続いたのである。これほど遠く、これほど困難に満ち、またこれほど大いなる希望を目指した大進軍が史上にあったであろうか。

指導者マサリック博士は日本の朝野を説いて援助を求めたが、日本はアメリカの気息をうかがって態度を明らかにしなかった。同博士は失望してアメリカに渡り、ウィルソン大統領を熱心に説いて、民族自決主義によるチェコスロバキア軍救出の共同出兵計画を促したのである。

赤軍、独墺俘虜軍、チェコスロバキア軍、セミヨウノフ軍などが混沌として広大なシベリアに割拠し動きはじめた頃、英仏両国の日本に対するシベリア出兵の要請はいよいよ強くなった。その頃ムーヒンのアムール政権は、経済的破綻に近づいていた。

六月三日、ブラゴベシチェンスクで市民大会が開かれた。この大会は労兵会の主催で開かれたもので、市民の信任を求め政権の強化を計ろうとしたものであったが、議事に入るに先だって出席者から緊急動議が提出され、アレキセーフスキーの判決取消し、即時釈放の決議が採択された。それでも労兵会は反対もしなかった。

またこの日労兵会は、中国商人に対して四日から六日までに開店しないものは処罰すると布告した。これは中国商人が日用品の物価統制に反対して非売同盟を結び、市民生活を脅かしていたからである。この布告にもかかわらず彼等は非売同盟を解かなかったので、製造原料の供給を停止したが、それでも効果がなかった。この紛争もムーヒンの黒星になり、ついに中国商人に対しては物価統制令を適用しないことになったので、日用品の価格が乱れ、市民生活のバランスが崩れて、いよいよ窮乏に追いこまれていった。

六月六日の情報によると、労兵会幹部シュペイノフとアメリカ副領事リイ・ウオルナアトと称する男が、ハバロフスクとブラゴベシチェンスク間の列車の中で次のような会話をした。

「アメリカ政府はロシアとドイツの関係について如何なる観測をしていますか」

「アメリカ政府はソビエト政府が強化されてドイツの脅威を防ぎ得ることを望んでいます」

「ソビエト政府承認については？」

「アメリカ政府は喜んで正式に承認するでしょう。アメリカはロシアの現状に同情しています」

「同情しているのに、なぜ貴国は豊富な食糧を供給してくれないのですか」

「ロシアに送った食糧が敵国ドイツに流れることを恐れるからです」

「ホルワトやセミヨウノフの反革命派については？」

「アメリカはそのような勢力には絶対に援助を与えません」

「日本がシベリアに出兵するとの噂が伝えられているが、アメリカ政府はどう考えますか」

「私が東京を出発した時、出兵の気配は濃かった。アメリカ国務長官スチムソンは日本政府に抗議して回答を促しました。日本政府はこれに対して領土的野心はないと回答しました。アメリカは日本の力によってシベリアの治安が保たれることに反対です。万一連合国が共同して出兵することがあれば、米英は提携して日本軍の行動を牽制するでしょう。しかし、そんなことも起らないように希望しています。米英はヨーロッパ戦線で手いっぱいですからね」

隣の席に坐ってこの問答を聞いていた私の連絡員は、一言も洩らさず書きとめた手帳を私に示して、このアメリカ副領事と名乗る男が武官を従えた高官らしいことをつけ加えた。

六月十八日、在留の永山近太郎が微笑しながら私の部屋に入って来た。

「石光さん、来ましたよ」

「だれが」

「ご婦人です」

「ご婦人？　はて誰だろう」

「当ててごらんなさい」

「はてな、日本人ですか」

「いいえ」

「ロシア人？」

「そうです。貴下の最も敬愛する美人です」

「ひやかしなさんな、どこにいるんですか」

「応接間です。行ってご覧なさい」

私は首を傾けながら応接間に入ると、そこには意外にもムーヒンの秘書メリカジイナが待っていた。

「おお、どなたかと思ったら……よくおいで下さった。楽しい野ばらの季節になりましたね、お散歩ですか」

メリカジイナは微笑も浮べず私の言葉にも答えないで言った。指先がふるえていた。

「初めてアムールを渡りました。顔見知りの亡命の人に会いはしないかと、びくびくしながらお訪ねしたのです。大佐よ、帰りは船まで送って下さいますね」

「おお喜んでお送りしますよ、船までと言わず、ブラゴベシチェンスクまでお送りしますよ」

メリカジイナは上体を動かし、眼に謝意をこめて言った。

「私はムーヒンの命令でペトログラードに行くことになりました。明後日出発しますので、お別れをかねてお願いにあがりました」

私は警戒して黙った。

「大佐よ、あなたには二度お会いしただけで親しい間柄ではありませんが、あなたよりほかにお頼りするかたがございません」

「………」

「明後日には、危険をおかして旅行しますので、親兄弟とも死の別れをして出発します。一時間も惜しいこの日に、敵地にひとしい黒河にお訪ねした気持をお察し下さい」

こう語ってから何か口ごもった様子で、三月の市街戦までの苦労をくどくどと説明してから言った。

「先日、クラスノシチョウコフが久しぶりにハバロフスクから来まして、イシミツ大佐も、もうわれわれの真意を諒解しただろうと言いました。それで、先日大佐が私たちを訪ねて下さった時のことを話しましたら、大変喜んでおりました」

「ありがとう、私も楽しく思い出しています。ムーヒン市長もお元気でしょうね」

「大佐よ、日本はシベリア一帯に出兵を決したという報道がありました。報道の出所は申しあげられませんが根拠のあるものです。労兵会の意見はまちまちで、多少……動揺の色もあります。この報道を大佐も受けておられますか」

「お嬢さん、その噂は私も聞いております。けれども信用しておりません」

「私たち同志の仕事もようやくレールに乗りかかりました。どうしても、やり遂げなければなりません。この大切な時に、そのような噂を聞くことは残念です。ロシアは決して連合国の敵ではないのです」

「お嬢さんお待ちなさい。あなたのお気持も、ムーヒン市長の胸中も、私にはよくわかっています。噂を種に議論したって無益ではありませんか。お互いに冷静になりましょう。私も三月事件のような悲劇を再び見たくないし、あなたがたもこれ以上の犠牲を避けたいでしょう。お嬢さん、善良な人々の命を大切にしましょう。あなたがペトログラードに行かれれば、もっと確かな情報を得ることが出来るでしょう」

「大佐よ、私の留守中、ムーヒンにお会いになる気持がありますか」

「ありますとも、お嬢さん。楽しみにしていますよ……さあお帰りなさい。ムーヒン市長も心配しているでしょう。私がお送りしますから……」

メリカジイナはしぶしぶ立ち上って身繕いした。

明るい渡船場の春風に吹かれて、スカートが足もとの野ばらの刺《とげ》に引かれても気付かなかった。

「お嬢さん、またお会いする日もあるでしょう。どうか十分に気をつけてペトログラードに旅行して下さい。ムーヒン市長には、私が静かに黒河で花の季節を楽しんでいると伝えて下さい……さようなら」

「………」

私の丁寧な挨拶にもかかわらず、さようならも言わないで白い渡船に乗りこむメリカジイナの細い肩が、いつまでも私の瞼に残った。

静かな日が続いた。つい先頃まで吹雪に荒れた曠野は、今は若草の緑と野ばらの白、芍薬の紅、イリスの青、タンポポの黄に色どられて、暖かい陽射しの中に蜜の香りと蜂の羽音が満ちていた。楽しい花の季節である。北辺の曠野には冬が去ると一足飛びに初夏がきて、吹雪の野はたちまちお花畑に変るのである。冬籠りから醒めた野鼠も兎もタルバカンも、楽しんでいるように花を散らして飛び廻り、小さな前足を胸にそろえて薫風《くんぷう》を嗅ぐのである。

この静けさを破って、七月七日の朝のことである。潮のようにコザックが花のじゅうたんを踏み荒して戻って来た。銃剣の響きと馬のいななきと皮具のにおいが黒河の街に溢れた。もはや彼等を喜び迎えてウラーを叫ぶ亡命市民の群はなかったが、中国人と在留日本人は驚き怪しんで窓をあけ、彼等を迎えた。ハルビンからもチチハルからも、私の手許に予報がなかったのである。

私の事務所に、まずヤズイニコフ大尉が現われ、今回ホルワト政府の命により、黒河でアムール枝隊を編成し渡河作戦の準備を開始しますと述べて援助を懇請した。続いてコザック・アタマン（首領）ガーモフとスラーフカ大佐、レモーノフ大佐が、血色のよい顔を揃えて入って来た。見違えるような覇気を辺りに撒きながら、彼等は久しぶりの再会を喜び、三月事件当時の援助を感謝し、今回セミヨウノフ大尉から命じられて、コザック隊を編成して戦闘準備に就くことになったと語った。

追いかけるようにハルビンから電報が来た。ウラジオストックの革命軍司令部と労兵会本部はチェコスロバキア軍に占領され、付近の赤軍を追討中であり、セミヨウノフ軍も一斉に進撃を開始したとのことであった。

この日、ブラゴベシチェンスクから黒河への渡航がムーヒン政権の名で禁止された。

再起の歌

一

再起の希望を抱いて、花の曠野を駆け戻って来たコザックたちは、三カ月ぶりにアムール対岸の故郷を望み見て、互いに肩を叩きあい微笑を交わした。彼等は自信を取り戻していたのである。

朝の祈りがすむと練兵が行われ、馬の手入れも銃の手当も念入りにした。陽が落ちれば大きな焚火《たきび》を囲んで、赤い顔と黒い影が集まり、口笛と手拍子を伴奏に唱い笑い踊った。チチハルの亡命者から募ったらしい年若い新兵が多数混っていて、これら苦労を知らない連中の朗らかさが全軍を支配しているように思われた。

淋しかった黒河の街は急に賑やかになった。中国側は、彼等に対して武器の携帯を禁じたほかは原則的に中立を守った。中立といっても、中国の官と軍はどちらかといえばボリシェビキに同情を寄せ、食糧の供給や旅券について便宜をはかっていた。ロシアの帝国主義的侵略の脅威を長年にわたって体験した彼等にとっては、反革命派はその残党にすぎなかったからである。けれどもアムール沿岸に再起の陣を構えたいと申し出ると、言下に拒絶しながら、それ以上に積極的な措置はとらなかった。一般の中国市民も、よいお客として遇するだけで、革命の行方については大した関心を持たなかった。

黒河が賑やかになるにつれて対岸のブラゴベシチェンスクは不安と失望に包まれた。黒河への渡航は禁止され、私服の労兵会員が揃わぬ武器を手にして市内を巡邏し、道往く人を不審尋問した。喜び勇んで帰市したばかりの日本人も、たびたび戸口調査を受けて眉を曇らせた。

七月十四日になると午後九時以後の外出が禁止された。日本人二名もたちまち引っかかって、それぞれ二百ルーブルずつの罰金を食った。また街頭演説も集会も禁止され、次第に死の街の様相を現わし始めたのである。

ヨーロッパの西部戦線に急ぐチェコ軍が、遠くウラジオストックを占領して付近の赤軍を追い散らした頃は、東部シベリアの赤軍は動揺して西に移動しつつあったし、西部シベリアの一部もまた反革命軍の攻撃を受けて、全シベリアは騒然となってきた。

労兵会執行委員会はアムール州が危機に面していると声明し、農民代表を招集して、ムーヒンから革命の擁護、赤軍への応募、食糧の供出に協力せよという要請があった。ところが農民団は言下にこれを拒否した。

「同志ムーヒンよ。勝目なき戦いを挑んで徒らにわれらの流血を欲するや。今やわれらはチェコ軍、セミヨウノフ軍のみならず、連合諸国の有力なる軍団に包囲されんとしている。われら農民はこの大勢のもとにおいて、無益にして有害なる協力は拒絶する」

この回答を聞いたムーヒンは、憤然と立って激しい口調で説いた。

「同志諸君よ、諸君は何故にかくも勇気なき意見を公言されるや。歳月においてさほど永きにあらざるも、彼処に戦い、ここに闘い、数十万の犠牲を払い、千辛万苦《せんしんばんく》の末、ようやく数百年にわたる支配階級の圧迫より脱れたるに非ずや。まさにわれら労働者自らの手とその力によって自由なる社会を造らんとするに際し、些細《ささい》なる障害のため躊躇し、勇気を失い、心決せずして再び以前の奴隷に帰らんとするや。今にして起たずんば、今にして決せずば、われらの努力も、われら同志の犠牲も、悉《ことごと》く水泡に帰さん。同志諸君よ、農民諸君よ、反革命分子のデマに迷うなかれ。連合諸国が、わがロシアの滅亡を欲するはずなし、ロシアの滅亡はドイツの勢力を増大すればなり。連合国はわが敵にあらず、われに向って進撃するはずなし。同志諸君よ、結束して反革命分子を殲滅《せんめつ》せん。セミヨウノフ軍の如きは微弱にして問題とするに足らず、あたかも台風一過するが如きのみ。一撃を以て殲滅するのみなり。今にして起たず、彼等反革命分子に勝《かち》を譲りたる暁《あかつき》を思え！　彼等は憎悪をもって、革命前に数倍する圧迫と惨虐《さんぎゃく》とを諸君の上に加うべし。同志諸君、わがロシア人民のために協力されんことを人民の名において希求する」

農民団代表はこの演説を冷やかに聞き流して答えた。

「同志ムーヒンよ。ロマノフ王朝がすでに亡びたことはご存じであろう。いかなることがあろうとも時勢はすでに昔に戻らぬ。われらの手にはすでに土地と農具と馬がある。それ以上に何を望もう。土地と農具と馬があり、而《そ》してレーニンが否定する神さえあれば、われらは楽土を築くことが出来る。わが息子、わが兄弟の血を求めるをやめよ。同志ムーヒンよ。地獄への道連れをやめよ」

そう答えて農民団代表は静かに立って退席した。ムーヒンは何か叫ぼうとして唇を噛んだ。唇を噛んで去りゆく農民団をじっと睨《にら》みすえ、机の両角を大きな手で鷲づかみにして硬直したように立ちすくんだ。両の眼から涙が溢れた。やがて同志たちに腕を組まれ、肩を抱かれて彼らもまた去った。

労兵会はやむなく大規模の募兵を始めた。兵士の給料月額三百五十ルーブル、騎兵は四百ルーブルという破天荒の好条件であったが、農民は依然として応募を拒否したので、労兵会は最後の手段をとり、大挙してコザック村を包囲し、青年と食糧と武器の供出を強要した。このために各地に流血の抗争が続いた。隠匿《いんとく》されている小銃は相当数あったが、弾丸は平均して十発程度の少数であった。ムーヒンスキー紙幣の価値も日ごとに下落して、経済的破綻もすでに来ていたのである。

七月十七日、ハルビン総領事佐藤尚武（後の参議院議長）から至急の暗号電報が来た。

「外務大臣よりの訓令として左の通りイルクーツク杉野副領事へ電報ありたし。貴官（杉野）および田中書記生は、至急ウラジオストックもしくはハルビンに向け出発せらるべし。なおモスクワ領事館へ赴任の途にある丸山、大西両氏へも、同じく帰来すべきよう伝えらるべし。

本電報受領の上は直ちにそのむねハルビンに返電ありたし」

翌々日の十九日、再び佐藤総領事から暗号電報が来た。

「山本（瀬尾大尉の変名）にチタを引揚げ黒河へ下るように伝えられたし」

私は相次ぐ暗号電報を受けて、連合軍のシベリア出兵が近いことをさとった。この日アレキセーフスカヤの鉄道管理局職員八百名は、労兵会から戦闘準備に就くよう命令されたが、全員拒否、逃亡して機能を失った。その日のうちに捕われて投獄されたものは四十数名であった。

この情報を受けた私は、多少の危険を感じたがアムールを渡って政庁に急いだ。街の様子は前回よりも一層さびれていて、市民の姿はなく、私をとがめる者もなかった。

政庁には大きな赤旗がたっていたが、翻えす風もなく汚れた布切れのように垂れていた。衛兵も守衛もいなかった。州長室を叩くとムーヒンは不在、副市長のシュートキン（食糧管理局兼任）が出て来るなり、襲いかかるように私の腕をとって州長室に引っぱりこんだ。

「大佐よ！　俺たちをどうしようというのだ。革命はロシアの内政問題だ」

彼は怒鳴り、足を踏み鳴らし、テーブルを大きな掌で打った。

「…………」

「俺たちは連合国の敵じゃない、大佐よ、日本は俺たちをどうしようというのだ」

「同志シュートキンよ、何をそんなに興奮しているんです。あなたとムーヒンは昨年から私の親しい友ではないか。あなたはアムール州の治安を保つ責任者である。冷静に大局を見なさい。再びアムール州民の血を流すつもりか」

「大佐よ、なんという冷やかな言葉だ！　われわれのうちの誰が落着いていられよう。今やわれわれの周囲には反革命の銃口が取りまいているではないか。この世界大戦のさ中でなければ革命の成功は期待出来ない。しかるにだ、反革命分子の掃滅に血を流しているわれらロシア人民に同情せず、反革命分子をけしかけて、シベリアを占領しようというのか。大佐よ、日本は一体なにをしようというのだ」

「革命それ自体は、あなたの言う通り確かにロシアの内政問題だ。わかっています。だが、シュートキンよ、冷静に考えられよ。世界各国はそれぞれ国民の安泰を願ってこの四年の間、惨憺たる戦場に死闘を続けている最中ではないか。各民族、各国民の正当な生存権のために戦っているのだ。ソビエト政府が独墺軍のウクライナ、クリミヤ侵入を許して彼等に豊かな穀倉を与え、しかも赤軍の中枢に独墺軍俘虜を利用しているではないか。これがどんなに大きな犠牲と不安を連合国に与えているかを知られよ。この世界大戦が一日続けば一日だけ多くの青少年が生命を失うのだ。血を流しているのはロシアばかりではない。一国の内政問題に留まらない。世界の問題だ。シュートキンよ、諸君の行動は世界に不安と不信を撒きちらすばかりか、急激な社会改革のために市民も農民もおびえているではないか。戸外に出て市民の顔を見るがよい。君たちの過激な政策のために疲れ果てた蒼白な顔を見るがよい。農民もコザックも君等に協力を拒んだではないか。もう、これ以上アムール州民の血を流すな……ロシア国民を愛する一外国人として君に忠告する」

シュートキンは長靴で床を蹴って苦笑した。

「大佐よ、いよいよお別れの日が近いらしい」

激しい調子で言って私に握手し、私の肩を支えるように戸口へ導いた。帰れというのであろう。私は逆らわずに握手して別れた。

アレキセーフスカヤの鉄道管理局職員の全員逃亡事件に刺戟されて、ブラゴベシチェンスクの鉄道従業員もストライキを宣言したが、ムーヒン政府は弾圧を避け、労働時間を十時間労働に延長することを条件に徴兵しないことを約束して解決した。七月二十三日にはこの解決条件をアレキセーフスカヤ管理局職員についても認めたので、逃亡した職員も戻って職場に就きはじめた。

皇帝ニコラス二世とその一家、側近四名が処刑されたのは、七月十六日であった。彼等が幽閉されていたウラルに向って、チェコスロバキアの大部隊が進撃していたし、旧王朝をとりまく幕臣や僧侶たちも密かに集まって皇帝一家の救出を企てていたのである。これらの急迫した情勢が彼等の処刑を早めたのであろう。この報を受けた私は深い感動にうたれた。ロマノフ王朝に対する懐旧の情からではない。二十七年前の明治二十四年五月、まだ皇太子であったニコラスが皇帝アレキサンダー三世のご名代として軍艦七隻を率《したが》え、シベリア鉄道起工式に参列のためウラジオストックに向う途中、鹿児島から青森までの視察旅行をした。東海の一弱小国であった日本の国民が、大ロシア帝国の侵略政策の前に慄えあがったのは無理もなかった。この国民的恐怖に節度を失った巡査津田三蔵《つださんぞう》が滋賀県大津で皇太子に斬りつけ、日本の朝野を震撼させた、いわゆる大津事件（湖南事件ともいう）の際に、私は謝罪に行幸される明治天皇に供奉《ぐぶ》して京都に行った。神戸の弁天浜御用邸の桟橋からロシア軍艦に移られる繃帯《ほうたい》姿の皇太子の姿が、遠い夢のように浮んだ。

皇帝の位に就いてから宮廷に暗い影が漂いはじめた。皇后が農奴出身の怪僧ラスプーチン（グレゴリー神父）を信頼し、宮中で重く用いたからである。皇后の信頼を利用して政治にも人事にも干与し、第一次大戦の作戦にさえ口を出し、統帥を乱して全線にわたる敗退を招いた。それにもかかわらず皇后は神父を参謀本部に参与させよと強硬に主張して、当時の参謀総長アレキセーフ将軍と衝突し、東部戦線の崩壊と社会革命を促進したのである。アレキセーフ将軍も私が日露開戦前に満洲で写真師となって諜報任務に服している時、極東太守として旅順港に駐在し、私の写真館で記念撮影をしたこともあったし、また日露開戦の際には同将軍の人道的な尽力によって無事に祖国に帰ることが出来た。あの当時、羨望と恐怖の思いを抱いて見上げた大ロシア帝国の三色旗は、今はどこにもなく、すでに皇帝も葬り去られて歴史の一時代は閉ざされたのである。

二

黒河から瑷琿《あいぐん》にかけてのアムール沿岸には、その後も続々とコザックを枢軸とする反革命軍が集結した。対岸のロシアからも闇にまぎれて船で渡って来て反革命軍に参加する者の数が日ごとに多くなった。コザックの家族たちも勝利を信じて、装いも華やかにお喋りをしながら帰って来た。たちまち沿岸一帯は大変な賑わいになった。吹雪の曠野を亡命して行った時の、あの悲惨な思い出は、もう夕霧のように流れ消えていた。練兵が済み、夕べの祈りが終ると、毎夜のように青草の野に焚火を囲んで歌い踊った。女たちが加わったので華やかになり、手風琴《てふうきん》にあわせ、タンボリンを叩いて彼女たちも夜の更けるのを忘れて躍った。

東部シベリアの赤軍は、対岸のこの賑わいをよそに西に潰走しつつあった。ハバロフスク河港を出航した二十隻の赤軍の軍用船は逃亡の途中、反革命軍に抑留され、ブラゴベシチェンスクに着いたもの僅か二隻だった。

七月二十六日、労兵会は全コザック村に動員令を発した。ところが村民代表会が二十九日開かれ、拒絶を申し合せ、応募したもの僅かにエカテリ村の八名だけであった。同村には連発銃百五十挺、単発銃百五十挺、銃弾一万五千発があり、反革命軍に協力を策する壮丁の数は約六百名であるとの情報があった。

七月三十日、私は反革命軍の進撃が近づいたことを知り、中国軍旅長巴英額を訪ねた。

「最近の形勢をみるに反革命派に有利なるものの如し、貴見如何」

「然り同感なり」

「機到って反革命軍武市（ブラゴベシチェンスク）に進撃せんとするに当り、連絡船により渡河せんとする時、貴官は如何なる態度をとられるや」

「我は阻止する方針なり。国境保安の責任あればなり」

「彼等にして聴かざれば如何」

「聴かざれば武力をもってするのほかなし。ただし黒河の上下流にして、小官の限界に入らざる地点において密かに渡河するにおいては阻止する能わず。小官の胸中お察しを乞う」

これで中国軍当局の意向がわかったので、その足で張道尹（知事）を訪ねた。

「中国軍の一部、対岸露領に送られたりと聞く、真なりや」

「然り、労兵会の諒承を得て在留中国人の保護に任ぜり。その数僅か百二十五なり。意図に引揚げた。

あるに非ず」

　この回答は私の調査とも一致したし、これ以上増派する模様もなかったから、突込まず

　中立といってもボリシェビキに好意を寄せる巴旅長と張道尹の行動に注意を怠らなかっ
たが、情勢切迫とともに黒河から対岸に密送される食糧と石油が激増した。私は当初、こ
の密送に張道尹が関係していたのでその意図を疑ったが、調べてみると、これは官位を利
用しての儲け仕事が半分で、両名の懐中に入った金は約二十万ルーブルに近いと推定され
た。三月事件のとき黒河に逃れて来たコザックと市民自衛団を武装解除した際の武器弾薬
を、復帰したコザックが返還してくれと願ったが、中立を理由に返さなかった。当初は反
革命派に対する妨害であると考えたが、これも儲け仕事が半分、革命派に対する好意半分
で、コザックの武器はすでに対岸に運んで高価に売払ってしまい、実物はないのであった。

　早くも酷熱の夏が来た。曠野は乾いて夏草は黄ばみ、ロシア市民も中国人も、平和の時
代ならば、焼き尽すような白熱の太陽を避けて、惰眠の日々を過すのであるが、今は時の
刻みとともに運命の転機が近づいていた。馬蹄の響きや軍靴の足音が、遠い潮のように曠
野の彼方の地平線から聞えていた。

　八月一日、チタ駐在の瀬能大尉が命令によって黒河に引揚げ、私の機関の補佐になった。

　八月三日、外務大臣から黒河駐在郡司書記生宛に、

「日本は連合軍と共にシベリアに出兵を断行するに決せり」

という内訓があった。私は翌四日にブラゴベシチェンスク在留日本人のうち、とりあえず女性だけを全部黒河に避難させた。すると翌日にはハルビンの武藤信義少将から電報があった。

「セミヨウノフ軍はハイラルとジャライノル間にあり、皇軍出動の日未だ定まらず」

その翌日、続いて同少将から続々と電報があった。

「日本は八月二日ウラジオストックに出兵の宣言を発表せり。遠からず小倉師団の一部同地に到らん。英国軍はすでにウラジオストックに上陸せり、フランス軍も増援の筈なり」

「極秘、南満部隊の一部は最近に満洲里方面に向け出動の筈」

「第七師団の大部は日本居留民保護のため近く満洲里に派遣せらるべし。第十二師団の約半数は本日ウラジオストックに上陸の筈なり」

このような険悪な情勢下に、全シベリア労兵会執行委員会の宣言文が発表された。

「全シベリア労兵会執行委員会は農労およびコザックの名により、現在の時局と連合国の帝国主義的計画に対し決定的なる抗議を全世界労働者に発表す。

連合国の内政干渉およびシベリア分割のことはここ数カ月の間、すでに、しばしば煽動的なる風説流布せられたり。しかして彼等連合国第一の口実はロシア・ドイツ単独講和の結果、ドイツ勢力の発展、すなわち独墺俘虜数十万を武装し彼等によって全シベリアの政権が掌握せらるべしとの無実の浮説を根拠とせるものなり。

革命によりロシア内より追放されたる反革命者は、連合国と提携して労兵会政府を転覆せんと企画したり。しかるにこの企画に動機を与え、且《か》つその時期を早めたるは実にチェコスロバキア軍の蜂起なり。

この蜂起は連合国に多くの便利なる口実を与えたり。労兵会はあらゆる平和的手段を講じて彼等と講和を計りたるも、すべて彼等の幹部により拒否せられ、ウラジオストックにおける彼等はついに労兵会に対し反抗するに至れり。しかして連合国がチェコスロバキア軍を利用してシベリアを占領せんとの計画を明示せる証拠は確実にわれらの手中にあり。われわれはついに銃を執ってチェコスロバキア軍と余儀なく対抗することとなれり。

しかるにチェコスロバキア軍の兵力は、その目的を達するにあまりに微弱なること明白なるをもって、チェコスロバキア軍援助の名のもとに連合国はついに出兵を決行するに至れり。

われわれは帝国主義者の詭弁を知れり。独墺俘虜が武装してシベリアを占領すべしとの浮説に対する英米代表者の否認せる事実を知れり。且つチェコスロバキア軍のシベリア通過を許容すれば何等の事件も発生せざりしことも明瞭なり。

しかるに連合国がその軍隊によりシベリアを占領せんとする計画および内政に干渉を懇請せる反革命派に対し、ここに決定的抗議を発表す。

連合国の進出は現在より以上にドイツ勢力の進展を促し、ついにはロシアを東西に分割するの動因たるべきを断言す。しかして連合国の計画は、全ロシアをも救うべからざる擾乱に導き帝政時代よりも一層民衆に苦痛を与うる結果に終らん。

また連合国は小ロシアにおける墺国《オーストリア》統治の現状を忘るべからず。われわれはまた一八七〇年のフランスにおけるプロシア兵の暴状を想起す。

日英米仏労働者はその自己の政府に対しロシア労働者を圧迫せざること、且つその革命と自由を破壊せざるよう抗議する必要を感ず。ロシア労働者を束縛せんとするその政府に対し当然反抗すべきものなり。

労働者の名により執行委員会は、われわれシベリア民衆が外国の統治のもとに決して服従せざることを断言す。

労農およびコザックはその血の最後の一滴まで革命擁護のため、ロシア、シベリア独立のため外敵の襲来に対し闘争すべし。帝国主義者どもは、われら労農者の屍《しかばね》をこえてのみシベリアに進入し得べし。わが労農者の理想は流血によってのみ実現し得べし（八月十六日ブラゴベシチェンスク労兵会機関紙所載）」

私は対岸の赤軍配備状況調査に忙がしかった。鉄道は普通列車を中止し軍用車だけになり、汽船も総て軍船になって、東からも西からも兵士と武器が送られて来た。送られて来たというより、むしろ退却して来たのである。私の調査によればブラゴベシチェンスクに集結している赤軍と独墺俘虜軍の総数は約二万であって、めずらしくも飛行機三機が到着したが、パイロットがいないらしく、さしあたり使用されるおそれはなかった。

九月一日、ムーヒンがハバロフスクで開かれた極東労農委員会幹部会から帰って来て、情勢を報告した。『ウスリーもチタ方面も、ともに戦況は不利である。東西から挟まれたアムール州の運命は迫っている。この際いたずらに州民の血を流さず政権を農民団に譲って一時退き、将来を期すべきである』と提案した。労兵会はすぐ賛成したが、赤軍は最後の一兵まで戦うべしと主張して譲らず、ついに労兵会と関係断絶を宣言して、革命政権は分裂した。

この分裂を狙ったかのように、例の黒ルバシカに銀色のズボンをはいたアナルヒスト（無政府党）の一隊六百名が大挙出動して停車場を占領し、商店を襲って資金集めを始めたが、赤軍は近づくことも出来ずに荒すにまかせた。

この騒ぎの中で、ブラゴベシチェンスク付近の農民とコザック四十一カ村の代表者四百名が劇場で緊急集会を開き、十七名の交渉委員をあげて、労兵会に次のような要求を出した。

「現在のムーヒン政権は農民およびコザックの選出したものでないから承認出来ない。直ちに総辞職し、われわれの選出した者に政権を譲渡せよ。赤軍と独墺俘虜軍は武装解除すべし。以上二カ条を承認しないならば、われわれはムーヒン政権の行政権を認めず、ムーヒンスキー紙幣による支払いを一切拒絶する」

この要求に接して労兵会は緊急協議の上ついに諒承した。そこで農民団代表が政権を譲り受けるため政庁に向ったところ、待ち構えていた赤軍に追い払われ、また労兵会幹部もほとんど逃亡してしまった。残った執行委員は吏員全員に三カ月分の給与を前渡しした後、「形勢険悪なり。如何なる事件突発するや測り難き状態となれり。よって労兵会は市民の生命財産を保護すること不可能となれり」

という声明を最後に機能を失ったのである。

資産家から没収して公営に切換えた重要工場は、食糧関係を除いて全部閉鎖され、その従業員は赤軍に編入された。

三

私は最後の日が近いとさとった。私の任務は終るであろう。その前にムーヒンに会って無益の血を流さないように要望し、彼の自重を望んで別れたいと考えた。市内にはアナルヒストが横行しており、赤軍は興奮してやたらに市民を逮捕拘禁していると聞いたから、危険だと思ったが、祖国がすでに出兵に踏み切ったからには、私の任務は終ったも同様である。万一捕われても国に迷惑はかからないと判断して、その日の午後三時、アムールを渡り馬車で政庁に向った。死の街とはこのことをいうのであろう、戸を開けている店は一軒もなく、人通りの絶えた大通りは灰色に広々として荒涼たる風が吹いていた。

さっさと政庁の玄関に入り、二階の廊下に出ると、各事務室には人の気配もなく静まり返っていた。州長室に近づいた時、廊下の曲り角でムーヒンの女秘書メリカジイナとぱったり出くわした。私を認めると顔色を変えて立ちすくみ、恐怖の瞳で凝視した。私は微笑して優しく声をかけた。

「メリカジイナ嬢よ、ご機嫌よう。ペトログラードからいつ戻りましたか」

私は何気なく問うたつもりだったが、まずい質問であった。彼女が黒河に私を訪ねて来て語ったように、本当にペトログラードに行ったとすれば、この騒動の最中にこんなに早く帰って来られるはずがない。あの話は嘘であったろう。私に会って日本軍の動静を聞き出すために、お別れに来たという口実を作ったのであろう。果して彼女は返事をしなかった。気まずい思いで州長室に近づこうとすると、上ずったふるえ声で呼びとめられた。

「大佐よ、お待ち下さい。あすにも戦いが始まろうというのに、何のご用あって来られました」

「ご安心下さい、お嬢さん。ムーヒンさんとあなたにお別れに来たのですよ。さあ案内して下さい」

メリカジイナの案内で州長室に入ると、ムーヒンは相変らず汚ない背広服姿で、無精髭を伸ばしたまま大きなテーブルで、五人の労兵会幹部らしい男と協議中であった。私は眼ざとくその中に学生ブザリニコフがいるのを見つけた。彼は当時、独墺俘虜を基幹とする国際軍隊委員会の首席になっていた。

ムーヒンは私を認め、驚きの色を眼にたたえて席を立った。

「おお大佐よ、よくおいで下さった。もうお目にかかれないと思っていましたに」

と言いながら大テーブルの椅子をすすめた。メリカジイナも五人の同志もそのまま腰かけて、複雑な視線を私に浴びせた。

「大佐よ、連合軍がシベリアに進撃して来たら、われわれは静かに撤退する準備が出来ました。けれども革命成功の信念は少しも揺らいでおりません」

「よくわかります、ムーヒンよ」

傍らにいたブザリニコフもこの信念を強調するように、若々しい表現で言った。

「大佐よ。ボリシェビキがただの一人になっても、ロシア革命は必ず成功する日が来るでしょう。一本のロウソクでもモスクワ全市を焼くことが出来るという諺をご存じですか。われわれが来られなくても、同志が必ず近い将来、この地に来て、赤旗を政庁の屋根高く掲げるでしょう」

「タワリッシ・ムーヒン、私は一人の日本人として、一月以来あなたと交際を続けた。この八カ月の間お互いに苦労もし失敗もした。私の生涯において、こんなに胸をうち魂をゆさぶられた経験はなかった。あなたも失敗したが、私も重大な過失を犯して今もなお後悔にさいなまれている。しかるに……多くの日本人が捕われて投獄されているのに、あなたの慎重な考慮によって私は生命を永らえ自由に歩きまわることが出来た。今日こうしてお別れに来られたのも、あなたのお蔭です。心からお礼を申します」

「いや大佐よ、それは私が申し上げるべきでした。私がこうしてロシア革命の成功を誓ってあなたとお別れ出来るのは、日本武士道の情けによるものだと信じます。あなたに対しては、私の政策のため三月以来ひどく苦労をかけました。深く敬意と謝意を表します。どうぞご健康であなたの祖国と人民のためご奮闘なさるよう希望します」

「ありがとうムーヒンさん。ありがとう皆さん。お互いに多難の時代に生れあわせました。もし皆さんのうちで、将来窮境に落ちることがあったら、必ず私の名前を言って救いを求めて下さい。私は責任をもって保護いたしましょう」

「ありがとう大佐よ」

ムーヒンは椅子を立って壁の外套掛けにかけてあった一本のステッキを手にとって、三度激しく力をこめて床を叩いた。私も驚いたが同席の同志たちも立ちあがって驚きの眼をムーヒンに注いだ。ムーヒンは悲痛な面持でそのステッキを私に渡し、床に転げ落ちた小さい錫製の飾りを拾ってポケットに納めた。

「あまり力を入れ過ぎて、とれてしまった。これも一つの思い出だ。大佐よ、これは私が保存することにします」

　受けとったステッキを見ると、握りは銀の人魚の浮彫、先端には銀製の蛇が巻きついており、そのほかに鳥や馬車や舞姫などの飾りが全面につけられていた。

「忘れ得ない友イシミツよ、このステッキは三月事件の時に、ハバロフスクから来た極東労農委員会議長クラスノシチョウコフから貰ったものです。彼が十余年前にペトログラードで買ったものですが、マルクス主義のために国を追われて世界を放浪した時、一日も離したことのなかった記念すべきステッキです。クラスノシチョウコフは、私が三月にアムール州の政権を握った時に、最大の賞与としてこれをくれたのです。それ以来、私もまた外出の時は必ず持ち歩き、部屋にいる時も必ず身近に置いて、彼の信頼に報いるため働きました。しかるに……力足らず……危機が迫ってこの地を離れなければなりません。この身はいつどこで倒れるかわかりません。この身体がどこに棄てられようとかまわないが、このステッキが得体の知れない者の手に握られるのはつらい。我慢が出来ません。お別れの記念に、あなたに進呈します。どうぞ永く貴国のご家庭に保存されて、クラスノシチョウコフと私を思い出し、ロシア国民の不幸な時代を偲んで下さい」

「おおタワリッシ・ムーヒン、ありがとう、心からお礼を申します。どうか、くれぐれも軽挙を慎んで下さい。このステッキは必ず日本に持帰り、私の子孫に伝えます。その由来を書きしるしてロシア人の不幸を記録し、多くの犠牲者の霊を慰めることにしましょう。

ありがとうムーヒンさん」

「再びお会いすることは難かしい。ここに居る同志たちも、互いにいつまた会えるか保証はない。さようなら日本の友よ」

ムーヒンは私に大きな掌で握手し瞼をしばたたいた。メリカジイナとブザリニコフが密かに泣いていた。

「メリカジイナ嬢よ、ブザリニコフ君よ、あなたがたの純粋な社会愛に私は心から敬意を表します。不幸にもお互いに国籍と主義を異にして争わねばならなくなったが、やがては……私たちの子孫も共に理想の世界を作ることに協力する時がくるでしょう。遠いことだが……だが遠くともいつかは」

「大佐よ、三月事件の直前、深夜お訪ねしたことを忘れません。私は大佐が帝国主義者でないことを信じます」

学生ブザリニコフはそう言って私に握手した。私は笑った。

「さあ、ブザリニコフ君、それは保証するわけにはいかないね。私は時代に取り残された人間で、あなたの主義は未だに理解出来ない。だが帝政時代の、あの酷い階級制度はやがて破綻するであろうことを信じていたし、それが壊れたことを喜んでいますよ。ロシア人民は、ムーヒンさんやあなたがたのような立派な指導者がいれば、いつかは必ず幸福になれるでしょう。私は日本人です。早く自分の国に帰りたい。私の任務は終ったのですから」

「大佐よ、私たちの任務はまだ終りません。どうか、あなたの国の人民に、われわれの真意を伝えて下さい」

「さようなら、ロシアの友よ」

「さようなら、日本の友よ」

「さようなら……」

「さようなら……」

熱いものが急に胸にこみあげて両眼に溜った。私は立っている人々に一人一人握手し、記念のステッキを腕にかけて廊下に出た。すでに陽は落ちて薄闇が漂っていた。

階下におりるとメリカジイナが追って来た。

「タワリッシ・イシミツ。お待ち下さい。私が税関までお送りします」

「いやお嬢さん、それには及びません。一人で帰れます」

「危険です。戒厳令が布かれていることをご存じないのですか。外国人の通行は一切禁じられているのに、よくまあご無事に来られましたね」

「ほう、それは知りませんでした」

「本当に不思議です、よくおいでになれました。先日、私が黒河にお訪ねした時に帰り路を保護して下さったお礼に、今日は送らせていただきます」

「ありがとうお嬢さん。実はね……今日出掛ける時に、東京の家族宛に遺書を書いて事務所の机に入れて来ましたよ。多くの日本人が投獄されているんですからね。またいつの日かお礼の出来る日を待っています。日本人イシミツ・マキヨ……この名前を忘れないで、困った時は必ず来て下さいね。誓って保護します」

「革命というものがこんなに困難なものとは思いませんでした。私たちは、いつどうなるかわかりません。もうお会いする日はないでしょう」

「不幸な時代に生れましたね、あなたも。ですがムーヒンさんが言ったように、明日のために、次代のために働きましょう。あなたがロシア人民のために命を捧げて働いているように、私も若い頃からロシア帝国主義の侵略に反抗して、同胞のために働きました。その出発点がこのブラゴベシチェンスクだったのですよ」

メリカジイナは立ち止って私を見た。

「もう二十年も前のことです。昔の話ですよ。私は三十一歳の青年将校でした。お嬢さん。楽しい都会でしたよ。のびのびとした植民地でした。ところが、その当時、私たちが羨望し、恐れおののいて見上げた大ロシア帝国の三色旗は、もうどこにも翻っていないじゃありませんか。その頃あなたはお母さんの膝の上でお乳を飲んでいたか、あるいはまだ生れていなかったかもしれない。人生なんて本当に短いものですね。こんな短い人生の間にも、国の運命、民族の運命というものは、このように激しく変ってしまうものですよ」

メリカジイナは黙って歩き出した。九月のはじめ、もう冷えはじめた薄暮の街は静まりかえって、人の姿は一つもなかった。戒厳令が布かれているというのに、赤軍も労兵会員も一人として出動していなかった。

税関には最後の連絡船が待っていた。大きな渡船にお客は私一人である。ロシア人の黒河への渡航が禁じられているからであろう。メリカジイナはムーヒンが私に贈ったステッキの握りに三度も四度も接吻してから私と握手した。

「どうぞ、ご健康で」

「さようならお元気でね」

暮れかかる街に死の宣告をするように出航の汽笛が鳴り渡って遠くこだました。広く黒い河面に白い泡を吐いて渡船が桟橋を離れても、メリカジイナの細い姿がただ一つ桟橋に黒く立っていた。私もデッキに立って遠くなる姿を眺めていたが、彼女は手も振らず動きもせず影のように立ったまま、やがて薄闇の中に消えて見えなくなった。

「さようなら、メリカジイナ」

船がざわざわと黒い流れに白い泡を曳きながら対岸の黒河沿岸に近づくと、赤々と河面に影を映して焚火の焔がいくつか上っていた。賑やかに手風琴や合唱や笑声が聞えた。今宵もコザックたちの宴が張られているのであろう。彼等は連合軍のシベリア出兵の報を入れて、はしゃいでいたのである。

事務所に帰ると、八月五日付の秘文書として陸軍大臣の訓示が来ていた。

秘　西密第五七号

訓　示

陸軍一般

欧州大戦勃発以来我軍ハ宣戦ノ詔旨ヲ奉シ夙《つと》ニ青島《チンタオ》ヲ攻略シ続テ与国ニ策応シ常ニ制勝ノ籌画《ちゅうかく》ニ懈《おこた》ラス。然ルニ最近一年有半ニ渉リ曽テ与国ノ一大勢力タリシ露西亜国ハ内乱ノ為全ク交戦ノ能力ヲ失ヒ聯合軍ノ戦勢ニ影響スル所尠《すくな》シトセズ。

今ヤ帝国ハ聯合与国ト協同策応スルノ主義ニ拠リ「チェック・スローヴァック」軍救援ノ必要ヲ認メ茲《ここ》ニ我軍ヲ極東露領ニ出スニ至レリ、夫レ露国ハ友邦ナリ、之《これ》ヲシテ内乱ヲ鎮定シ交戦ノ義務ヲ履行セシメムコトハ聯合与国ノ斉《ひと》シク切望スル所ナリ、我軍出動ノ目的ハ独逸ノ勢力ヲ駆逐シテ「チェック・スローヴァック」軍東進ノ阻害ヲ除クニ在ルモ従テ自ラ露国ノ再造、露軍ノ復興ニ貢献スル所アルハ亦《また》疑フベカラズ、我軍今回ノ行動ハ終始義ニ仗《より》テ動クモノナリ、曩《さき》ニ欧発第一八六号ヲ以テ訓示セル主旨ニ依リ自重奮励能ク其ノ職責ヲ全クセムコトヲ期スベシ、殊ニ我軍ト協同事ニ従フ国甚ダ多シ、言語風尚亦同シカラズ、能ク融和交睦互ニ誠衷ヲ披《ひら》キ範疇ヲ列強ニ示スノ槩ヲ以テ動作セザルベカラズ。

曠古《こうこ》ノ変局ニ処シ帝国ハ重責ヲ荷フテ軍ノ一部ヲ海外ニ派遣ス。将来独逸勢力ノ東漸ニ伴ヒ或ハ更ニ大軍ヲ動スノ必要ヲ生ズルヲ覚悟セザルべカラズ。出デテ軍旅ノ事ニ従フモノト留テ待機ノ姿勢ニ在ルモノヲ問ハズ、益々《ますます》軍紀ヲ緊粛シ愈々《いよいよ》志気ヲ振作シ以テ君国ノ倚《い》信《しん》ニ対《こた》へムコトヲ期スベシ

陸軍大臣　大島健一

ハルビンの武藤信義少将の機関からも沢山の情報が来ていた。それによれば第七師団は満洲里にあって、その一部はダウリアに侵攻、また第十二師団の騎兵はヒダンガに入っていた。近く武藤信義少将も三宅少佐等を随えてチタに向う予定であり、芦見大尉指揮の騎兵一中隊のほか三宅少佐指揮の歩兵二中隊、機関銃隊一小隊、工兵一小隊、衛生班の一部がチチハルから黒河に向う予定になっていた。その黒河到着は九月十四、五日と推定された。

渡河

一

九月九日、未明の肌寒い風を切り、色褪《あ》せた秋草を蹴って、黒河に日本兵の一隊が現われた。日本軍先遣部隊の到着は十四、五日と推定していたから、私たちは夢を破られ慌てて表に飛び出した。歩兵第二十八連隊の斥候、新井中尉、沢少尉以下十四名であった。

在留日本人たちは駆けよるように集まって来て一行を歓迎した。三月事件以来半歳の間、黒河に避難したまま祖国に帰る方途もつかず、第二の故郷ブラゴベシチェンスクに帰ることも出来ず、恨みを呑んでいた人々である。期せずして万歳を叫び、日の丸の旗を仰いで涙を流し君が代を唱い、また涙声で万歳を叫んだ。駆けつけたコザックも杯を挙げてウラーを叫んだ。この感激と興奮が彼等を駆りたてたのであろうか、一部の人々は勇み立ち、再び武装してこの日のうちに、ともに対岸に攻め入ろうとする気勢であった。

この斥候隊の任務は、黒河、瑷琿《あいぐん》のアムール河畔から渡河作戦を想定しての偵察であるから、対岸ロシア領に密かに渡って偵察してもよいわけであろうが、私は彼らに自重を促した。連合国の共同出兵が決定してから、労兵会はほとんど壊滅状態であるし、ムーヒン政権も逃亡の準備が出来ていて、僅かに赤軍の一部が抵抗を叫んでいるだけであった。この微妙な時に、無益な刺戟を与え、無益な犠牲を生みたくなかったからである。すると勇み立った義勇軍の一部が険しい気勢で私に抗議した。

「そんな遠慮は要りますまい。三月事件をお忘れですか。負傷して病院に収容された日本人まで引っぱり出して虐殺した奴等に遠慮はいりますまい」

「いや、忘れてはおりません。忘れているどころか、今でも責任を痛感しています。それだからこそ、慎重に……と思って申しあげているのです」

「私たちは軍関係の方々とちがいましてね、ロシアを第二の故郷と心得て暮していました。それなのに、それなのにですよ、いいですか、この騒動で友人は殺される、家は焼かれる、壊される、盗まれる、散々な目に遭ったのですよ。この機会を迎えながら、なおも犠牲を忍べとおっしゃるのですか」

「…………」

「ご覧なさい、日の丸を、日の丸の旗が来たんですよ。ロシア人になりきったつもりの私たちでさえ、もう我慢が出来なくなりました。あなたは、よく平気でいられますね」

「まあ待ち給え、軍の行動は軍に委せ給え。諸君の愛国の至情は三月事件以来、身に沁みて感じておりますし、敬意を表していることも諸君はよくご存じのはずじゃありませんか。指揮官と打合せて方針のきまるまで静かに待って下さい」

「おかしな話じゃありませんか。私たちに義勇軍編成を要求したのは誰ですか。弾雨の中でわれわれを指揮したのは一体誰ですか。お忘れではありますまい」

「わかっています。よくわかっています」

「倒れた友人が今どこに眠っているかもお忘れではないでしょうな。われわれがこうして、今日の喜びを迎えている時に、彼等は草の下にいるんですよ。すぐ近くのね。お忘れじゃないでしょう」

「わかっています。しばらく待って下さい」

　義勇軍一部の強硬論が沸きたつと、斥候隊の一部の兵士にも同調するものが多く、今夜のうちにも義勇軍を道案内にして渡河する形勢になったので、私は指揮官の新井中尉、沢少尉を別室に招いて対岸の情勢を説明し自重を求め、ようやく騒ぎを納めることが出来た。

　この日九日は中国側張道尹（知事）の斡旋で、ムーヒン政権と、黒河にある反革命派の自治会との間で、事態収拾の会議が瑷琿で開かれることになっていた。反革命派はボリシェビキに好意を持つ中国側に対して前から不満を持っていたし、日本軍の後援がある限り、徹底的に革命派を撃ち、再び起てないように撃ちのめす計画だったから、この斡旋に期待していなかった。したがって最も強い要求を提出して速《すみや》かに政権を譲るよう要求した。

一、赤軍および独墺俘虜軍の武装を解除し武器を引渡すこと。
二、あらゆる貴重品および財産を引渡すこと。
三、アムール州における政策は臨時政府により定められること。
四、政権の譲渡が完了するまで在獄者の生命を保証すること。

この強硬な要求が出されることを知りながら、中国側は成功を期待していた。大勢はすでに決定していたから、ムーヒンが要求を容れて平和裡に解決するだろうと推測した。そうなることによって、日本軍を基幹とする連合軍の出兵の意義を失わしめようとしたのである。この中国の方針は密かにチチハルの鮑督軍から張道尹に指示されたもので、黒河ばかりでなく、アムール沿岸の主要都市で同じような動きが見られたから、これは中国中央政府の公式方針であったにちがいない。

ところが、この会見でムーヒンは政権の譲渡を強く拒否して、あくまで反革命派と戦う旨を答えた。期待を裏切られた張道尹は席を蹴って去り、ムーヒン一行も早々に渡船で引揚げてしまった。私はさっそく使者を派遣してムーヒンの真意を探らせたところ、ムーヒンは「中国の申し出を断わることは従来の好意に対して申しわけないから出席しただけで、反革命派と妥協する意思は毛頭持っていない。しかし連合国の軍隊が入って来たら戦わずに退去する方針は変らない」と言った。この方針の最後的決定は、二十日に開かれる全アムール州代表者会議で行われるとのことであった。

この情報を得て私は、日本義勇軍の一部の強硬分子に再び自重を説得し、斥候隊にも待機するよう希望した。ところが翌十日、張道尹がムーヒンに最後通牒を送り、前日の条件を容れなければ十一日午前十一時を期して中国軍をブラゴベシチェンスクに上陸させると通告した。この情報によって日本軍斥候隊と義勇軍は再び緊張した。反革命派もコザックも中国軍が上陸することを好まなかったし、日本にとっても面倒な問題が起きそうであった。

さっそく中国軍の動静を探ってみたが、一向行動を起す気配がない。ムーヒンも赤軍も全く最後通牒など知らぬ気で平静であった。斡旋不調に終ったので、中国の面子《メンツ》を保つための最後通牒であったらしい。こんないきさつがあって日本斥候隊も義勇軍も気勢をそがれ、平静にかえった。

九月十三日、犠牲になった日本義勇軍の忠魂碑除幕式が日本人墓地で行われた。義勇軍の人々は悲劇の三月九日と変らぬ武装をして参列、在留日本人は勿論、亡命のロシア人をはじめ日本斥候隊もコザックも、色褪せた秋草の丘に集まった。東の地平線から西の地平線まで、どんよりと鉛色に曇った空が、やがて来る雪の季節を思わせ、また集まる人々の胸に悲劇の朝を偲ばせた。逆さにつるした銃をとり直して一斉に鉛色の大空へ弔銃が撃たれ、そのこだまは対岸のブラゴベシチェンスクの石造建物にはね返った。行こう、ブラゴベシチェンスクへ！　集まる人々の胸に同じ思いが湧き、女たちは顔にハンカチーフを押し当てた。

翌九月十四日、コザック中佐ニキーチンが訪ねて来て、ホルワト政府からアムール支隊司令官に任命されたと挨拶し、援助を懇請した。彼が意気揚々とした姿で去ると、入れちがいにコザック頭統《アタマン》ガーモフが来て、新司令官ニキーチン中佐と自分との間の統帥問題について意見を求めた。新司令官任命についての不満を訴えに来たのであろう。私はホルワト政府が、何故にガーモフを排してニキーチン中佐を任命したのか、事情を理解出来なかったが、大切な時期であったからガーモフに暫時の譲歩を希望し、勝利の日までニキーチンの片腕となって協力してもらいたいと述べた。彼は暗い影を顔にやどして淋しげに辞去した。

この日のことである。ブラゴベシチェンスクからロシア人の渡航が禁じられているのに、ただひとり、支那ジャンクに乗ってアムール河を渡り、黒河の自治会（亡命反共団体連合）に保護を求めてきた若いロシア娘があった。彼女はひどくとりみだしていて、恐怖の色を青い瞳に浮べ、辺りを見廻しながら次のように語った。

「私はブラゴベシチェンスクの百貨店クンストイ・アルベルスに勤めていたタイピストでございます。父は三月事件の時に市民自衛団に加わって戦いましたが、戦死したのか捕えられたのか、まだ行方不明で、母と二人きりで暮しております。ところが……新しい政府が出来てから百貨店は閉鎖されて収入の道がなくなりました。毎日毎日職を探して歩きましたが、こんな世の中では、まるで職業などはございません。ボリシェビキには父が反対して戦ったのですから、政府関係の事務所に雇ってくれる望みはありませんので、手当り次第に事務所らしいところを訪ね廻っておりました。七月十二日のことです。ある事務所を訪ねてドアをノックして入りますと、黒いルバシカに銀色のズボンをはいた男が、机に寄って新聞を読んでいました。私を見てこの男は飛び上るように驚いて身構えましたので、私はもっと驚いて立ちすくみました。私はこの男が無政府党首領のペレショウギンだとは知りませんでしたし、無政府党というものについても何も知らなかったのです。この首領を赤軍と警察隊が何とかして捕えようと苦心していることも、その時には少しも知らなかったのです。私はタイピストに雇って貰いたいことを話しますと、首領は黙って戸口に行き、私の入って来たドアに鍵をかけました。私が入ってこられたのは鍵をかけ忘れてあったからでしょう。それから私を椅子にかけさせて、用心深い様子で私の経歴を尋ねました。その上で部下二人を呼んで、私の家を訪ねさせ、私の母から事情を聞くようにと命令しました。この二人の部下も首領と同じように黒のルバシカに銀色のズボンをはき、髑髏《どくろ》の銀指輪をはめていました。この部下が調べて帰って来るまで、私はその部屋に監禁されてしまったのです。三十分か一時間か長い間待たされた後に、ようやく部下が帰って来て、私の母の話を首領に伝えました。父が革命戦で行方不明になってから、私が職を探しに毎日外出して、夕方になると疲れ切って帰るが、溜息を吐くばかりで、夕食を済ませると何も言わないでそのまま寝台にもぐり込んでしまう、けれどもあくる日になると、また勇気をとり戻して朝から職探しに出歩いているが、もう食べるだけさえ出来ないほどドン底に追い込まれていることなどを母が語ったと伝えました。この報告を聴き終ると、首領はようやく安心したのでしょうか、この日から月給二百ルーブルでタイピストに採用してやると言いました。私は嬉しくて、気味悪さなど少しも感じませんでした。こうして私は毎日この事務所に通って、真面目に働きました。この事務所が無政府党の本部で、ボリシェビキや赤軍さえ手を出せない恐怖の本拠だということは間もなくわかりましたが、勤めの身になって彼等とつき合っていますと、そんな恐ろしい人々だとは思えませんでした。世間の噂は思い過しではないかとさえ感じました。けれども初めのうちは大変私を警戒しておりまして、部下に私の家の近所を廻らせて私の家庭の動静を調査させたりしましたが、なにも変ったこともないので、次第に身近に置いてくれるようになりました。けれども首領と部下の相談や、会議の席には立会わせてくれませんでした。首領ペレショウギンは三十四、五歳の紳士で、これといって特徴もありませんが、大変用心深く、誰と話をする時でもポケットの中で短銃を握って筒先を相手に向けていました。革命の最中ですから、政党の首領ともなれば、それぐらいの用心はするものだろうと、大して気にしませんでしたし、それにこの職を失ったら今度こそ私たち母娘は餓死してしまいますから、それから三カ月の間、仕事大事に真面目に勤めておりました。そうこうするうちに、世間の噂が本当であることが、次第に私の耳に入って来たのです。私が恐ろしい怨府にいることがわかって来たのです。この一党を捕えようとすれば、爆弾を投げて敵味方とも爆死するのだということも本当で、私にも手榴弾が渡されました。赤軍も警察隊も手出しが出来ずにいることも間違いありません。私の貰う月給も、血の臭いのついたお金であることなどもわかってきました。ですが……それだからといって私だけが黙って逃げ出してしまえば、母が生活出来なくなりますし、そればかりではありません。私たちの生命さえ危いと思いましたので、じっとこらえて静かにしていました。

先だってのことです。とうとう恐ろしい日がきました。夜が更けてからでした。ツブロフという警察隊の幹部が私の戸を密かに叩いたのです。私はゾッとしてふるえましたが、警察隊の人は微笑を浮べ、手真似で静かにと制して、優しく家庭の事情や勤め先について聞きただしました。私は正直に答えるほか良い思案も浮びませんでした。すると警察隊で私たちの将来の生活を確実に保証するから、首領のペレショウギンに会えるように手引きをしろと要請されました。私は父の仇敵であるボリシェビキに生活を保証してもらおうとは思いませんが、断われば無政府党一味の者として逮捕されるにきまっています。逃げ出せば無政府党員の手で処分されてしまうでしょう。私は身も心もふるえて悩みましたが、どうしようもありません。とうとうその要求に応じてしまったのです。

昨日のこと……私はいつもの時間に出勤しましたが、心臓は早鐘を打っていました。両脚は地についていないように麻痺していました。私のうしろにはツブロフがついていたのです。一緒に戸の前に立ってノックしてから私の名を告げますと、内側から戸が開かれました。その時です、このツブロフが私を突き飛ばすように押しのけ、熊のように躍りこんで、首領に組みつき床の上に叩きつけ、ピストルを使うひまも与えずに両手で首を絞めあげ、一気に殺してしまいました。それと同時に赤軍の兵士と警官の一隊がドッと雪崩《なだ》れこんで、七、八名の部下を捕えました。事務所の中で不意に起ったことなので、爆弾や短銃を使う余裕がなかったのです。ほかの大勢の部下たちは慌てて街頭に飛び出し、逃げ散ってしまいました。私は恐ろしくもありましたし、かかり合いになっては大変だと思い、方向も考えず、夢中で逃げ出して、その日は家にも帰らず、アムール河畔の物かげに隠れて夜を待ちました。さあこれからどうしたらよいか、考えれば動悸が高まり涙が溢れるだけで、そのまま夜も更けて、朝日の昇る前に支那ジャンクに無理に頼んでアムールを渡って来たのです。私の母は、きっとこの騒動を伝え聞いて胸を痛めていることでしょう。私はもうアムールを渡って帰る勇気はございません。ああ、母が可哀そうです。母を助けて下さい」

と語って泣き崩れたのである。

　自治会の人々はこの話を聞いて心を動かされた。幹部の間で協議した結果、ブラゴベシチェンスク市民の恐怖を拭い去った殊勲者として、この母と娘を救済することに決した。

早速その夜半に密偵を対岸に送って、幸いにも母を連れ出すことが出来た。母と娘は自治会の事務所で抱き合って、長い間泣いていた。

密偵の報告によると、首領が殺された後は党員は悉く市内から逃げ出して、四月以来ブラゴベシチェンスクを脅かしていた闇の力は、文字通り一朝にして崩れ去ったそうである。自治会ではこの母と娘の功績を讃えて生活費を与え、ハルビンに送って、同地の機関で救済することになった。

また九月十七日の午後のことであった。独墺俘虜軍千五百名が二隻の汽船に乗って黒河に上陸し、保護を求めた。これらの捕虜軍は労兵会に所属して赤軍の中核をなしていたので、亡命ロシア人や日本人は支那軍の協力を求めて彼等の武装を解除した。この俘虜は後にアムール新政府の収容所に収容されたが、その指導官であるリープクネヒトと称するドイツ青年将校が、特に私の保護を求めて来た。彼は長身の端正な美青年で、当時は労兵会に属していた。東部戦線で俘虜となった後にロシア革命にあったので、ザバイカルで独墺俘虜を結集して国際軍を編成し、革命軍の主力になってロシア革命成就のために戦った。そのため亡命ロシア市民やコザックは彼を深く恨み、投降して来た彼を処刑すると言って騒いでいたのである。彼は軍人らしく背骨をピンと伸ばして語った。

「私はドイツ社会民主党員リープクネヒト（後のスパルタクス団首領ドイツ共産党創始者）の甥で、同じくリープクネヒトと申します。特に日本の武士道を信頼して保護をお願いに参りました」
と言った。「窮鳥懐に入れば猟師もこれを殺さず」ということわざがある。彼が革命軍司令官であろうと、なかろうと、あるいはまた彼が社会民主党員であろうと共産党員であろうと、彼がドイツ軍俘虜であることに変りない。俘虜であるかぎり連合国の一員である日本に彼を保護する義務がある。私は亡命ロシア人団体である自治会とコザックの異議を排して彼を引取り、私の通訳薄九十平を案内役にして、彼をハルビンの武藤信義少将の機関に送り、保護を依頼した。彼は別れに際して、折畳みの出来る一メートルばかりのドイツ製の望遠鏡を私に渡し、生命の恩人に記念品としてさしあげたいと言った。私はムーヒンから貰った記念品のステッキとともに日本に持ち帰って永く保存するであろうことを誓った。その後彼にどのような境遇が訪れたか知ることが出来なかった。ムーヒンとともに忘れることの出来ない男である。

二

この日の夕刻、情報によれば労兵会も赤軍もムーヒン政権の要員も、ブラゴベシチェンスクから姿を消したとのことであった。新井中尉の率いる斥候隊は夜陰を縫って密かに渡河した。私は彼等の行手を見守ったが、闇を流れるアムールの対岸は燈火も見えず静まりかえって、なんの反応もなかった。耳を澄まし、眼を見開いて河畔に立っていたが、私の感覚に触れるものは時の刻みと自分の呼気だけで、それほど静かな夜であった。

夜半も過ぎ十八日の午前一時、やがて二時……ついにコザック・アムール隊はニキーチン司令官を先頭に、靴音も静かに埠頭に集結した。瑷琿から駆けつけた船橋支隊の先遣騎兵中隊芦見大尉以下四十騎も、ニキーチン司令官の懇請に応じて馬蹄の音も密かに到着した。寝もやらず成行を憂えていた亡命ロシア人、日本人、中国人たちは寒い河風に外套の襟を立てて闇の埠頭に集まった。この群衆の中にはホルワト反共政府からアムール総督に任命されたプリシチェンコ将軍の一行もいて、その数は二千名を超えていた。

午前三時、ひそかな号令が聞え、コザック隊が静かに渡船に乗りこんだ。馬の鼻ぶるい、甲板を蹴る響き、帯剣の触れ合うにぶい音、船腹を洗う水音もはばかるように、静かに大型の渡船が闇のアムール河上に揺らぎ出た。見送る群衆も声をひそめて立ち尽した。

第一船の姿が見えなくなった時である。群衆の中から、かん高い叫び声が聞えた。

「やあ！　アレキセーフスキー！」

「おお、市長、市長だ」

その声は狂ったように、闇の中にするどく伝わった。群衆の眼は一せいにその方向に光った。

「アレキセーフスキーだ！」

「ウラー」

「ウラー」

「おお、アレキセーフスキー！　ウラー」

その声はたちまち潮のようにひろがり渦巻きあがり、対岸に伝わるかと思われた。市民の群は今送ったばかりのコザック・アムール支隊のことを忘れたかのように、興奮し、ひしめき、アレキセーフスキーの長身を囲んだ。

「諸君よ、神はわれらの勝利のため、アレキセーフスキーを送り届けて下さった。感謝せよ、市民諸君よ」

長い顎鬚《あごひげ》の男が高い所へ登って演説をはじめた。自治会長が私を認めて、アレキセーフスキーの腕をとり私に近づいて紹介したが、私は群衆にもまれながら握手しただけで引離されてしまった。

私はこの騒ぎの中を急いで二番目の渡船に乗りこんだ。この船にはコザックのほかに、船橋支隊の先遣騎兵中隊芦見大尉以下四十騎と日本義勇軍の一部が道案内として乗りこんだ。

薄明のアムールを横ぎって対岸近くに来た時、船が停った。あれほど勇みたっていたコザックも、いよいよ上陸を目の前にしたら、急におじ気ついて進行を拒んだのである。このまま停船していては敵の目標になり危険なので、やむなく日本軍が第一陣として上陸することを条件として再び航行が開始された。

　対岸の街は薄明の中に静かに浮び出たが、翻える赤旗もなく、一発の銃声も起らなかった。まず日本部隊が素早く沿岸に展開したが、なんの反応もなかった。コザックもようやく上陸したが、沿岸に伏せたまま進もうとしない。ニキーチン司令官の三度目の懇請によって、日本軍は数班に分れ、影のように静かに街へ潜入し、無抵抗のまま海軍根拠地、停車場、郵便局、政庁等を次々に確保して日章旗を掲げ、その上で沿岸のコザックを誘導した。前夜の情報の通り労兵会も赤軍もすでに撤退したあとで、抵抗は全くなかった。

　静かな夜明けであった。静かな進撃であった。私もコザック部隊とともに進んだ。あの市街戦からすでに半歳、春を迎え春を送り、酷熱の夏も過ぎてやがて三月事件当時の大雪を思い起させるこの季節になって、コザックたちはアムールの水が滲み入るように静かに故郷の街に進入していった。やはり何の抵抗もなかった。

「ウラー」

「ウラー」

の叫びが暁の街中から起った。家々の窓が次々に開かれ、そこからは銃口と赤旗に替って、市民たちが半身を乗り出して叫んだ。

「ウラー」

「ウラー」

やがて市民たちは戸口を開けて街路に溢れ出し、両手をひろげてコザックを迎えた。中には将兵に抱きついて離れない者もいた。彼等市民の顔色は青く、その表情は疲れていた。疲れた眼から涙が溢れた。

「ウラー」

「ウラー」

薄明の空に寺院の鐘が、この日を待っていたように鳴り出した。やがて他の教会の鐘も揺れはじめた。高く低く、遠く近く、復活したコザックを迎えて鳴り渡り、半年ぶりに故国の土を踏む亡命者たちに喜びを伝えた。

街路に溢れ出る市民の群は次第に増し、アレキセーフスキー市長の一行を迎えて狂喜した。私は停車場に司令官ニキーチン中佐と頭統ガーモフを訪ねて無事帰還の祝いを述べると、二人は直立不動の姿勢で、最高の礼を尽して日本軍の後援を感謝した。停車場で彼らと共に休息していると、アレキセーフスキーの使者が来た。一行が政庁に入ろうとすると、前夜上陸した新井中尉の一隊が政庁を警備していて　どう説明しても入れてくれないから、私に斡旋してもらいたいと言った。また自治会は、アレキセーフスキーが脱出したからには、ホルワト政府の任命したアムール州総督プリシチェンコ将軍をハルビンに帰し、アレキセーフスキーを州長に擁立することを決議したといった。

私の斡旋で新井中尉は警備を解いて彼等を迎え入れた。市民の群は政庁前に集まってアレキセーフスキーの名を叫んだ。

九月十九日、シベリア派遣軍の先遣隊、野瀬工兵中佐の率いる一大隊が船でアムールを上航して、未明のブラゴベシチェンスクに上陸した。

翌九月二十日、アレキセーフスキーは政庁に関係団体会議を開いた。この会議で満場一致で州長に選任され、直ちに政綱を発表した。

一、アムール州政府の基礎は農民とコザックである。

二、アムール州の独立を宣言する。他の臨時政権との関係は後日の問題とする。

三、ロシアの分割に反対する。われわれは、あくまでソビエト政府を打倒して大ロシア合衆国の建設に邁進する。

四、アムール州の警備主体はコザック・アムール支隊とし、ニキーチン中佐がこれを指揮する。

その翌日の九月二十一日、私は政庁にアレキセーフスキーを訪問して、独立宣言の政綱について説明を求めた。第一項の政府の基礎を農民とコザックに置くことについては、早くも一部の州民に反対の声が挙っていた。これに対してアレキセーフスキーは、日露戦争当時の民主革命運動に自分が参画して危うく日本に亡命したことから、今日までの国内事情を説明して、新しいロシアを建設するためには、健全な中産階級である農民とコザックとを基礎にすべきであると主張した。そして次のような秘話を語った。

「大佐よ。日露戦争当時に私の同志は悉く捕われて銃殺されました。私だけは一九〇四年（明治三十七年）九月二十五日の夜十時に、ゼーア河に準備しておいた支那ジャンクに乗って一人で下流へ逃げました。本当に着のみ着のままだったので、ニコライエフスクに着くまでの四十日間は、中国沿岸に碇泊して食物を乞い、衣類を貰い、金銭を恵まれるという旅行をしました。ニコライエフスクに潜んでから、日露戦争終了後に貴国の札幌に亡命し、次に長崎に移りました。ここで同志を得て『新聞ウオリヤ』を発行して多くの共鳴を得ました。その間、西園寺公望《さいおんじきんもち》伯爵と大隈重信《おおくましげのぶ》侯爵から特別の保護と援助を戴いて暮すことが出来たのです。私が貴国を去る時に、西園寺伯爵からは心強い激励の言葉を戴きました。その後数年の間、米、英、フランス、ベルギーなどの諸国を流浪するうちに、世界大戦にあいましたので、混乱にまぎれてブラゴベシチェンスクに帰って、市民の推薦を受けて市長になったのです。この私の経歴からお考えになれば、私が昨日宣言した政綱はよくご理解が出来ると思います。政綱の中に特に日本のことには言及してありませんが、私が日本の恩義をわきまえている点を十分ご諒解願えることと思います」

と言った。

こうして派遣日本軍の陣容は整って、東部シベリア三州の治安は確立された。共同出兵の名のもとに派遣されたアメリカ軍は、ウラジオストックに駐屯したまま動かなかった。

私は前途多難を感じた。亡命ロシア市民の哀願を退けて、三千万ルーブルの金塊を遠くハルビンのホルワト政府に納めながら、同政府の任命した総督プリシチェンコを追い帰してアムールの独立を宣言したのである。プリシチェンコは悄然として黒河を渡り姿を消した。反革命派といっても、その系統は複雑であり、その勢力分野は混沌としていた。しかも共同出兵した連合国の意図も、またひとすじ道ではなかったのである。

分裂

一

私は自分の任務が終ったことを知った。出兵と決まった以上は青年将校とともに第一線にとどまる必要はないし、身も心も疲れていた。急いで錦州に帰って、貿易公司が留守中どうなっているかを知りたかった。この貿易公司は私の生涯において成功した唯一の事業であったし、私たち夫婦の老後と子女の教育の支えとして大切なものだったから、それを見届けてから、しばらくぶりに東京の自宅で家族といっしょに暮したいと考えていた。

私は躊躇《ちゅうちょ》することなく、参謀本部の出先機関であったハルビンの武藤信義機関と関東都督府に、軍嘱託の辞任と任務の解除を願い出た。

すると、これは一体どうしたことであろう！　私の願いとは正反対に、こともあろうに召集令状と派遣軍司令部付としてアムール政府の監視を命ずる辞令が送られて来た。これがどのような経緯と理由によるものか私は知らない。軍の枢機に参画したこともなく、第一線の事情にも疎いこの老骨を、なおも必要とする理由がわからなかった。私の任務について関係の深かった田中義一中将は、原敬《はらたかし》内閣の成立とともに、軍部と政党を結ぶ人物として陸相に就任したばかりであり、アムール・コザックの指導を直接命じた参謀本部の中島正武中将からも、関東都督府の高山公通少将からも、これについてなにひとつ説明も連絡もなかった。

明治三十三年以来、軍の陰の任務にばかり就いていた私を気の毒に思っての特別の待遇であったとしたら、先輩諸氏に心から感謝しなければなるまいが、実のところ私にとっては、一日も早く解放してくれることが望ましかったのである。

第一に、私はロシアの最近の事情について昨年の暮以来、僅かの期間に目まぐるしい体験をしたに過ぎず、国際的視野に立っての広い知識は持ちあわせていなかった。また東部シベリアの現状も、政治的にも軍事的にも混沌として予測を許さなかった。当時反革命軍の指導者として地位と背景を持っていたものは、東清鉄道長官ホルワト将軍と黒海艦隊司令官コルチャック提督とセミヨウノフ大尉の三人であったが、三人の意思は疏通していなかったばかりでなく、むしろ互いに反目の間柄でもあった。その他の旧軍人連も、志は同じくしていても互いに有利な地位を得ようと疑心暗鬼になって争っていた。日本軍当局もまた実力でこれを統率することもせず、それぞれに武官を付けて軍略上の連絡に当らせている程度であった。シベリア派兵が連合国の共同で行われたものであり、日本政府としては今日までの経緯が示しているように当初から積極的でなかった。軍自体でさえ上層においては反対の意向が強かったので、出兵後においてもこの程度の指導しか出来なかったのである。そのためロシア側の中心勢力は成長せずに、参謀本部が最大の援助をしていたホルワト政府ですら威令行われず、アムール政府成立の際にもホルワト政府が任命派遣した州長候補プレシチェンコを排して、前市長アレキセーフスキーを擁立して州の独立を宣言してしまったのである。

これらの複雑な事情はあったが、私個人としては、アレキセーフスキーの見識と州民の信頼を高く評価していた。彼の信奉する民主主義革命によって近い将来、シベリア共和国が建設されれば、それが一番シベリアの現実に適していたし、また日本にとっても善隣国として望ましいと考えた。幸いにもアレキセーフスキーの州長就任を派遣軍当局も諒承した。この政府付を命じられた以上、先輩たちの助言はなかったにせよ、この政権が堅実に成長するよう努力するのが私の任務であろう。それには日本政府の積極的、統一的な援助が必要であろうし、派遣軍の辛抱強い援護が必要であった。すでに召集され命令された以上、私としてはそうすることが最善の道であると考えた。

イルクーツク監獄にスパイ嫌疑で拘禁されていた安倍道暝師が脱出して来た。例によって瓢然と、まるで隣りの家から茶飲み話にでも来たように現われた。

「やあ、ご無事で、なによりでございました」

と笑いながら挨拶した。

「やあ、やあ……」

私は師の手を握ったまま熱いものを胸に感じた。

「しばらく保養してから錦州へ帰って下さい、今度こそ無事にね……」

「はい、ありがとうございます」

「ところが僕はね、帰れないいんだよ。帰してもらえないいんだよ。解任してもらおうと思ってね、願い出たら、思いもよらず召集されてしまった」

「ほう」

「失敗つづきでね、皆に迷惑をかけたから、償いをやれということかもしれない」

「さよう、そう言われますと……私は監獄に入って少しばかり償いをしてきた方ですかな」

と師が笑ったので私も声立てて笑った。何かしら心の中がカラッポになって淋しかった。

その夜、妻子宛に短信を書いた。

「召集を拝し武市にとどまる。当分帰国の見込みなきも健康なり、ご安心を乞う」

私はその夜は早く寝てしまった。誰も訪ねて来ない静かな夜であった。隣の部屋で安倍道瞑師の長い読経の声が静かに続いているだけであった。

日本軍（野瀬支隊）は百貨店クンストイ・アルベルスに司令部を置き、武装の日本兵が市内を巡回して警備についた。初日は何事もなく過ぎたが、翌二十日になると数人の市民が連れだって密かに私を訪ね、オドオドした様子で、口籠りながら顔色をうかがった。

「日本軍のおかげで治安が保たれたことを私たち市民は感謝しています」

と前置きして、また口籠りながら、続けた。

「実は、なにかの間違いだとは思いますが……今朝早く日本兵が五名ほど私の家に参りまして、家宅捜索をしました。家の中を隅から隅までひっくり返して調べましたが、なにも問題になるものはある筈もありません。申しにくいことですが……貴金属や宝石や砂金などを持ち去って行きました。このような時ですから、私どもの生活を支える大切な品物でございます。大佐よ、お調べが済みましたら、お返し願えないでしょうか」

　また次の男はこう言った。

「大佐よ、私どもにどんな疑いがあるのでしょうか。隠匿している武器を出せとか、弾薬を出せとか言って日本兵が侵入しました。そんなものは無いと申しますと、銃剣を突きつけて私ども家族を一室に監禁して家の中を捜しまわり、大切なものを持ち去りました。大佐よ、私たちは日本の友であると信じておりましたのに……」

　また、このように訴える男もいた。

「日本軍は私たちを救うために来たものと思っておりましたのに、なんということでしょう！　私のこの顔を見て下さい。この傷を！　夜中に日本兵が押し入って乱暴しました。

外へ丁寧に連れ出そうとしたら、ひどく撲られてこの通りです。持って行ったものは仕方ありません、差上げますが、このようなことが続くのだったら私どもは安心して暮せません。私どもが日本の友であることを、大佐よ、日本軍に知らせて下さい」

このような訴えが次から次へと続いた。どれもこれも大同小異で、いずれも日本兵の暴行についてであった。早速、事務所の者に調査させると、大体において事実に間違いなかった。市内各所に同じような事件が起っており、私に直接訴えて来たものはその一部分であって、大部分の被害者は日本軍の報復を恐れて泣寝入りしているのであった。

私は早速、軍司令部に報告して調査を依頼し、今後市民との間に行き違いの起らないように希望した。けれども、その翌日もまた、同じような訴えが続いた。

日本軍がブラゴベシチェンスクに上陸した時は、赤軍も労兵会員も衝突を避けて撤退した後であったから、敵というものは見当らなかった。日本の兵士たちはなんのためにロシアに進撃して来たのか認識していなかったように思われる。そのうちに在留邦人の一部のものに誘導されて、この家は無政府主義者の家で軍資金が隠されているとか、この家はボリシェビキの家で武器弾薬が沢山あるはずだとか、無責任な情報を提供したことが事件の発端であった。

私も日清、日露の両役に出征して、戦場で行われる掠奪や暴行を知らないわけではない。それは日本軍ばかりではない、もっと大規模な暴逆をロシア軍についても、中国軍についても見てきた。とりたてて日本軍が暴逆の徒であるとは思わないが、今回の出兵は今までの戦争とは原因も目的も違っていた。ほとんど戦闘らしい戦闘もなく平和的に進駐して来たのである。しかもロシア市民もコザックも政府の要人も、革命の不安の中で、日本軍の後援と保護に大きな希望を寄せていたのである。彼等の信用と支持なしに善隣国の建設援助などは出来るはずがない。

その翌日の九月二十二日の昼であった。私が州庁を訪ねると、アレキセーフスキー州長が気色ばんで言った。

「今朝のことです。貴国軍の将校一名と兵士五名が一団となって、コザック兵営内の寺院に侵入し神像三体を持ち去りました。寺院は神聖で犯してならないことは、仏教、神道の貴国においても同様であると思います。日本の軍人がなすべきことでないと思うが意見を承りたい」

「貴下の言われる通りです。もしその事件が事実とすれば日本軍の不名誉です。早速取調べましょう。事実であれば神像は返還しますし、責任者を処罰するでしょう」

「貴下を信頼して善処を期待します。市内各所で善良な市民が貴国軍のために被害を受けたという情報が入っていますが、これを一々取りあげて抗議することは止めましょう。貴下を信頼して改善を希望します」

私は歩兵第十四連隊大隊長堀少佐に報告して調査を依頼した。その結果、一少尉が兵士といっしょに寺院に入って見物するうちに、眼にとまった神像（画像）が奇麗だったので持ち帰って自分の部屋に飾ったが、寺院の番人が来て強硬に返還を要求したので、すでに返したことがわかった。

この事件はこれで落着したが、小事件は各所に起っていた。日本軍に対する期待が大きかっただけに、アレキセーフスキー州長の日本軍に対する悪感情と市民の不信の念は、次第に深刻になり露骨になった。日本兵とロシア市民は風俗も違い習慣も異なり、誤解も起りがちであるが、第三者の立場に立って冷静に判断すると、風習のちがいばかりでなく、日本兵士は礼儀をわきまえず粗暴な行動が多く、それに加えて日本人特有の旅の恥はかき棄てという悪い習慣があらわれ易いのである。

二日後の二十四日、政庁に行くとアレキセーフスキー州長がまたも厳しい態度で立てつづけに抗議を申しいれた。

「日本軍は武力で鉄道を占有して、ロシア側の旅客も貨物も一切取扱うことを拒否しているのです。結氷期になれば船は動かず鉄道以外に輸送が出来ないことは、よくご承知のことでしょう。このために食糧輸送が出来ず、ロシア市民の生活は脅かされています」

「…………」

「アレキセーフスカヤ駅にロシア側が保管中のカーキー色の軍用ラシャ生地の大量貨物が、日本軍の手で持ち去られてしまい、軍編成に支障を来たしています。日本車は戦利品だと言っていますが、私たちは日本の敵ではない同盟国のはずです。日本軍人が各所で民家に侵入して理由なく家宅捜索を行い、貴金属類を掠奪して治安を乱しています。これは一体どうしたことですか」

「………」

「大佐よ、ロシア市民は革命のために混乱と不安に喘《あえ》いでいます。この困難の隙に乗じて抵抗力のない市民を暴力で脅かし、金品を奪うなどは、同盟国軍のなすべきことではありますまい。協力に関する根本問題は別に定めることにして、まずこれらの暴力を防止する命令を速やかに発していただきたい。私は正式に日本軍に要望します」

「州長よ、貴下の言われることが事実とすれば、まことに日本軍の不名誉です。野瀬中佐にかわって山田四郎少将が司令官として着任しましたから、同少将に直接交渉をお願いします」

と私は答えたが、彼は政務多忙で時間がないし、急を要するという理由で私に伝達を依頼すると言った。その口吻から察すると、日本軍との直接交渉を避けていて、明らかに日本軍を忌避する態度であった。

日本軍の進駐早々にこんなことが続くのは好ましくないので、そのままを司令部に報告して改善を要望した。

このうちアレキセーフスカヤ駅の軍用ラシャ生地押収事件は、日本軍が戦利品として貨車に積み込んで、すでに運び去ったことを私自身目撃していたし、アムールの埠頭には急に要りもしないのに徴発した船舶が薄い黒煙を吐いて幾十艘となく水面を埋めつくしているのを目撃し、私も不思議に思って司令部に問合せたところ、若い将校が迅速な措置を誇って説明したほどであったから、これはなかなか解決に手間どるだろうと思った。このような事態はアムール州に起っているだけではあるまい、おそらく日本軍の征くところ同様な事件が各地に起っているにちがいない。私は私の所属する浦塩《ウラジオ》派遣軍司令部にも報告した。この際、つまらぬ物資のためにロシア側を刺戟して日本軍への信頼を失うことは不得策であるから、速かに調査のうえ処置されたいと具申した。

するとその九月二十七日の夜、浦塩《ウラジオ》派遣軍参謀長由比光衛《ゆひみつえ》中将から返電があった。

一、日本軍が鉄道を占有してロシア側の旅客や貨物の輸送を拒否しているのは故意によるものではなく、鉄道輸送力そのものの不足に起因するものである。

一、アレキセーフスカヤ駅のロシア軍貨物の押収は、取調べのうえ今後厳重に取締るよう官憲に命令した。

一、銀行の保有金塊の押収や住民の家宅捜索等については当方でも取調べるが、日本軍が故意にするはずがない。相当の理由があるものと信ずるから貴方でも精査されたい。

一、押収金塊を国立銀行に返還する件は、更に取調べた上で処置する。

一、日本軍がロシア人民の幸福増進を希うことは終始変らない。一般治安のためにとっされた手段が一部の市民に不便を与えたことはやむを得ない。この点については好意的に観察されたい。

このような官僚的な形式的な回答をアレキセーフスキーに伝えることは無益だと思ったが、握り潰しておくわけにもいかないし、修飾して回答して後に問題を複雑にしてもいけないと考えたので、そのまま伝えると、彼は明らかに不満の表情を現わし、頭を傾け眉を寄せて意外なことを言った。

「貴国がシベリアに出兵された真意を承りたい」

私はこの質問を受けて、ぐっと胸に応えるものがあった。いまさらそんな質問に答える必要はないと思ったが、出兵に関する陸軍大臣の訓示が来ていたので、この大要を説明した。彼は首をかしげて静かに聴いていたが、説明が終ると頭を振って言った。

「不可解な声明です。ロシアは革命のためにドイツと講和したのであって、このためにドイツ軍が東亜に進駐したり、ロシアが連合国に敵対するなんてことは絶対にありません。そんなことを出兵の理由にするのは口実に過ぎません。ロシアの革命は幾度か説明したように歴史的に理由のあることで、これは内政問題です。旧軍人の不平分子を援助したり煽動したりして革命を妨げることは内政干渉です。内政攪乱です。私は共産主義には反対ですから、彼等とはあくまで争い、あくまで戦います。その点は日本も同感だと信じていたのです。それならば何故にわれわれの民主主義政権を援助して、盟友としてともに進まないのでしょうか。鉄道は占有する、船舶は徴発する、国有の金塊を押収する、軍用貨物を戦利品として運び去る。これでは、まるで日本軍はわれわれを敵として侵入したのだと判断しても間違いではありません。そう思いませんか？　このままの状態がなお今後続けば、民衆はわれわれの民主主義政府の無力に愛想をつかして、ソビエト政府に走るでしょう。やがては結束して日本軍に反抗する日が来るでしょう。こんなことはお互いの損ではありませんか」

と言って口をつぐんだ。彼のこのような言葉は、粗暴な日本軍を忌避する感情からだけではないと思った。私自身もまた軍の第一線の行動を見て、出兵についての基本方針が将兵に認識されていないこと、将兵の道義的訓練の足りないことを耐えられない思いで痛感した。

二

九月二十六日、鉛色の空の下に再びシベリアの冬が来たことを知らせるような寒い日であった。第十二師団長大井《おおい》成元《しげもと》中将が幕僚をつれて来着するので、進駐軍幹部をはじめ、コザック幹部は礼を尽して停車場に迎えていた。アムール州にとっては事実上の最高司令官であったから、到着の時間をあらかじめアレキセーフスキーにも知らせておいたが、彼の姿が見えない。政府幹部を探したが誰ひとり来ていなかった。私の事務所の連中は心配して出たり入ったりしているうちに列車が到着し、大井成元中将の一行が降りたって、堵列の人々に一人一人挨拶した。

　私はこれはまずいことになったと思い、通訳の薄九十平を馬車で走らせて政庁に迎えにやり、私は駅長室で大井成元中将をとらえて出来るだけ長々と政情報告をした。特にホルワト政府から派遣されたアムール州長候補プリシチェンコが退けられて前州長（市長）のアレキセーフスキーが世論の支持を受けて州長に就任し、まだ正式に日本側の諒承を得ていないため、出迎えにも来ていないこと、彼が民主主義者であって、日露戦争中に日本に亡命して大隈重信侯や西園寺公望公等が後援したなどをくどくどと説明した。大井成元中将は私の長談義に少々呆れながら、今の場合そのまま彼の就任を承認するほかはないだろうと語った。やきもきしている私のところへ薄九十平が帰って来て耳許でささやいた。

「アレキセーフスキーは来ないと言っています。政務多忙で行かれないが、仕事が済み次第に司令部にお訪ねすると言っています」

　私は大井中将に急用が出来たからと言って話を打切り、駅から馬車を走らせてアレキセーフスキーを訪ねた。

「日頃あなたのご意見から察すると、あなたは明らかに日本軍を忌避しておられるものと思う。けれども州長よ、静かに考えられよ。今の場合、日本軍を無視してなにが出来ましょう。日本軍に対して意見があるなら堂々と述べられるがよいと思います。よい機会ではありませんか。かりに日本軍が撤退したと考えましょう。シベリアはたちまち赤軍の天下になるでしょう。貴下は再び監獄に拘禁されるか、国外に亡命のほかありません。今日のところは、まず大井師団長を訪ねて敬意を表されるのが得策ではありませんか」

「………」

私は返事をしないアレキセーフスキーの腕をとって、乗って来た馬車に連れこみ、クンストイ・アルベルスの司令部に連れていって、ようやく儀礼的な挨拶をさせることが出来た。翌二十七日には師団長を案内して政庁にアレキセーフスキーを訪ね、前日の挨拶に対して答礼し、どうやらこうやら形だけはつけることが出来た。師団長はその足で市内外の警備状態を視察してハバロフスクに引揚げた。

大井師団長を駅頭に送って、ほっとして事務所に帰り、書類調べをしていると、所員がうしろから私の肩を叩いてささやいた。

「ムーヒンがいますよ、ムーヒンが……まだ市内にいます」

「ほう……」

「行ってご覧になりますか」

「さあね……君は見たのかね」

「はい、見ました。二、三人の者に首実検をしてもらいましたが、間違いありません」

「そうかね」

本願寺の大田覚眠《おおたかくみん》師が部隊進駐と前後して宣撫《せんぶ》工作のために行脚の途中、市内の各所で街頭説教をしたが、内容は主として共産主義の宗教否定を非難するもので、それに加えて連合軍出兵の意義を説いた。ところが、これに対して一人の農夫姿の男が質問を始めた。回答に困るほど筋の通った質問で集まった市民たちの注目を浴びたが、この農夫姿の男が実はムーヒンだったというのである。傍らで聞いていた所員が驚いて私に知らせに来たのであった。

「ムーヒンかもしれないね、その男は。だが……放っておいてやれよ。なあ……立場こそ違うが、彼も愛国者だ。日本軍との衝突を避けたのも彼の努力だよ。捕えて労兵会の連中を刺戟することは無益だよ。どうせ労兵会の連中も赤軍の残党も、たくさん市内に潜んで形勢を見ているに違いないさ。普通の戦争とはちがうんだ。いいかな、革命というものは、そういうものなんだよ」

私は軽挙を戒《いまし》めた。所員が去ったあと、私はしばらく考えた。考えた末、素早く外套をひっかけて街頭に飛び出し、街頭説教のあったという街角に急いだが、説教は済んだあとであった。去ってゆくロシア市民の後姿を遠くから眺めながら、その中にムーヒンの姿があるにちがいないと探したがわからなかった。私は追わずに事務所に戻った。

農夫姿のムーヒンを私自身の眼で確認することが出来なかったが、確かにこの土地に潜んでいるであろう。メリカジイナもブザリニコフも、その他の同志も潜んでいるかもしれない。私が最後にムーヒンと別れの挨拶をした時、彼は革命は必ず成功すると語った。それは、ただ強がりではなく、ロシアにとって歴史的な必然であることを信じていたからであろう。信じていればこそ彼等はこの土地を離れずに時期の来るのを待っているのであろう。

この三月にムーヒンが政権をとって一番先に困ったのは、農民や中国商人の反抗よりも、国立銀行の金塊が根こそぎコザックに持ち去られ、ホルワト政府に取りあげられたことであった。この同じ苦しみを、アレキセーフスキー政府もまた発足と同時に悩まなければならなかった。このように新政府が経済的に最初から破綻していても、日本をはじめ連合諸国は援助しようとしなかった。英仏が日本を誘って共同出兵を実現したのは、西部戦線を牽制するため、東部戦線を再建しようという純軍事的な目的からであったが、アメリカが最後まで反対しながら、ついに共同出兵に参加したのは、チェコスロバキア軍救出というウィルソン大統領提唱の民族自決主義への援助もさることながら、日本の独占的なシベリア経営を牽制するためであった。このような国際情勢の中にあって、日本の国策は信念と統一を欠き、実効を期待出来ないように思われた。

当時日本軍からザバイカル州のセミヨウノフに月額五十万円、アムール州のガーモフに月額五万円、沿海州のカルムイコフに同じく五万円が支給されている程度で、州政府に対する援助は全くなかった。オムスクのコルチャック政府には英仏両国から多額の資金援助が行われていた。こんな状態であったから反ボリシェビキ軍さえ兵士の給料支払いに困難を感じていたし、アムール政府の窮乏はもっと深刻であった。

アレキセーフスキー州長は、私に日本政府への提案を示した。

「日本が本当にロシア民主主義共和国建設を後援する意思を持っているなら、兵士や弾薬よりも、むしろ経済援助をなすべきであることを提案します。われわれは、その代償としてゼーア砂金鉱の採掘権を日本に譲渡する用意があります」

と言った。ゼーア鉱山はムーヒン政府の時代に勝手に採掘され荒らされていたが、新しい鉱床も発見されていたので、日本の投資と技術があれば、立派に復興出来るものであった。私はこの提案を重要視して派遣軍司令部を通じて政府に伝達したが、政府からはとうとう何等の回答も得られなかった。こうしてアムール政府は発足当初から孤立無援の状態で、すでに崩壊の危機をはらんでいたのである。しかも僅かな銀行の準備金さえ日本軍に持ち去られた後は、まったくのカラッポであった。アレキセーフスキーは応急の措置としてやむなく反対を押しきり、ムーヒンが印刷途中で中止して倉庫に放り込んであったムーヒンスキー紙幣の印刷を完了して発行した。まことに妙なものだが、それよりほかに方法がなかったのである。帝政時代のロマノフスキー紙幣や第一次革命のケレンスキー紙幣も流通していたが、これより幾分安くはあったが、どうやら肩をならべて通用した。

このような無理な通貨政策は、いつかは行詰りがくるものである。この危機を切抜けるためにアレキセーフスキーは強硬政策をとり始めた。まず政府収入を得るためにアムール鉄道長官を追放して、鉄道を州の経営に切りかえ、次に軍の統帥権を握るためにアムール支隊長ニキーチン中佐に対して統帥権を州長に移譲するよう要求した。私はこれらの政策が日本軍の諒解なしに一方的に行われるので、司令部から私にたびたびその注意があった。私からアレキセーフスキーに注意を喚起したが、彼は聞きいれなかった。

「大佐よ、シベリアはご承知の通りロシアの植民地で、今回の革命の意義を知る者はごく少数に過ぎません。一般の市民たちが望んでいるのは生活の安定です。強い政治によって安定することを望んでいます。日本はただ武力だけによって治安を保とうとしているようですが、これに一部の知識階級や資産家が便乗して、自分の地位と財産を保全しようとしています。このような利己的な少数者による政策などは、政治的に根拠がありません。決して永続するものではありません。われわれの民主主義共和国建設に対して、日本に援助の用意のないことがわかった以上、われわれは無理をしても自力で強硬策をとらなければならないではありませんか」

「強硬な自信のある政策をおとりになることは結構です。ですが、州長よ、治安維持の中心勢力になっている日本軍になんの連絡もなく断行されることは困ります」

「大佐よ、日本軍には直接関係のないことです。日本軍の行動を妨害するものではないし、その他の損害を与えるものでもありません。この方針は撤回出来ません」と言い切って動かなかった。

こうしてアレキセーフスキーから統帥権の移譲を迫られたアムール支隊長ニキーチン中佐は、アレキセーフスキーに反抗して独自の行動を宣言し、これを機会にアムール州を軍事的に掌握するため師団編成計画をたてて私に援助を求めた。私は黒竜江省督軍顧問の斎藤稔中佐が来ていたので彼と相談の上、二人で十月十八日にニキーチン中佐を兵営に訪ねた。ニキーチン中佐は私たち二人の来訪を非常に喜んで、計画を詳細に説明し、労兵会員や赤軍で最近州内に潜入するものが増加しつつあるから、最低一個師団の兵力がなければ、これらのゲリラを鎮定出来ないと言った。私は斎藤中佐とその後も子細に検討した結果、世界大戦が近く終ろうとしているのに、反共勢力はいまだに混沌として結集出来ず、手薄の日本軍が広いシベリアにばらまかれているだけであったから、この際ニキーチンの師団編成を援助して、急速にロシア側の軍事力強化が必要であるという結論に達して、第十二師団長大井成元中将に報告した。

まもなく同師団長から連絡があった。「そのような独自の軍編成は認めない。わが方はアムール州コザックの旧首領《アタマン》ガーモフをあくまで援助する方針で、すでに資金も武器も支給している。もしガーモフがコザック隊を拡大する必要があれば、直接師団司令部に申し出るように伝えること。従ってニキーチン中佐の計画は拒否するよう」というのであった。

私たちが三月事件に敗れて黒河に逃れ、九月に再びこの地に進撃する際には、ホルワト政府はガーモフを排してニキーチン中佐を支隊長に任命した。私は不満のガーモフを慰撫して自重を求めたのであるが、あれからまだ一カ月しか経たないのに、今度は第十二師団司令部は、ガーモフを援助してニキーチン中佐を排するというのである。こんなことがあってよいであろうか。そして一カ月半後の十二月二日になると、今度はセミヨウノフ軍からセメリン大佐が派遣されて来た。

「私はセミヨウノフ大尉からニキーチン中佐に代ってアムール州司令官に就任するよう命令されました。アレキセーフスキー州長は日本に好意を持っているから、これに協力せよとのことでありました」

と言った。私は全く呆れてしまった。日本側が無統制で無力であるのか、ロシア側の勢力争いが激しいのか詳細は知らないが、いずれにしてもホルワトにもセミヨウノフにも、それぞれ有力な日本軍人が付属していて、軍機関と連絡している筈であった。

このセメリン大佐は、セミヨウノフの命令だと言ってニキーチン中佐に指揮権の譲渡を迫った。ニキーチン中佐は日本軍からは援助を断られ、セミヨウノフからは指揮権の譲渡を迫られ、一方またアレキセーフスキー州長からも統帥権の移譲を要求されて、まったく進退に窮した。彼は日本軍の援助が得られなかったのは私の無力の故であるとして冷笑し、その後は寄りつかないでいたが、ついに打開の道がなくなって再び私に窮状を訴えて来た。

　このようなことでは日本の信用は落ちるばかりである。私は我慢出来なくなって、駐屯軍司令官山田少将と第十二師団長大井成元中将に対して、ザバイカル担当のセミヨウノフ軍勢力を無理にアムール州に入れることは得策でないから、セメリン大佐を至急召還するようにと要請した。この要請に対して、ついに回答は得られなかったが、月末になってセメリン大佐は私たちに挨拶もせずに姿を消してしまった。

　これで一応統帥問題は片付いたが、ニキーチン支隊に対して日本軍は依然として無援助の方針であり、一方アレキセーフスキー州長とも反目したままであったから、ついに兵士の給料も払えなくなり崩壊の危機にさらされた。再三私に援助を懇願して来たが、日本軍は依然として援助しない方針で顧みなかった。私はニキーチン中佐の来訪に堪えられなくなって、初めのうちは居留守をつかっていたが、とうとう面会謝絶の通告をしなければならなかった。

誰のために

一

ロシア側と日本軍の間に立たされて、私は多くの矛盾と不合理に悩んだ。払っても払っても冬空のような鉛色の思いが被いかぶさって払えなかった。政庁にアレキセーフスキーを訪えば、その後も相変らず日本軍将士が起す不祥事件をならべたてるし、アムール政府に対する経済援助については中央からなんの回答も得られなかった。こうして政庁を訪うことも苦しくなり、軍司令部に同じことを繰り返し申し入れることも厭になって、私の立場は窮して来た。

私は司令官大井成元中将に直接会って事態を報告し、今後の方針を質《ただ》そうと決心した。シベリアの出兵とともに任務の解除を願い出たのに、逆に召集令状を受けたが、その時、浦塩《ウラジオ》派遣軍司令部からアムール政府付を命じられ、関東都督府からは十月十四日付で、

「貴官は自今第十二師団長の区処を以って諜報勤務に従事すべし」

という命令を受けていたから、直接師団長へ上申するのは当然であると考えた。アムールはすでに結氷していたから、鉄道でウラジオストックに出た。かつては静かな北辺の港街であったウラジオストックは、軍靴の音に満ちて静寂を失っていた。駅構内は日本軍と軍貨物で混雑しており、街路には野砲車が走っていた。日本の兵士たちは怒ったような顔つきで隊伍を組んで通過するが、アメリカの兵士たちは、のんきに三々五々散策していた。フランス兵もフィリピン兵も多少見受けられた。彼等はいずれも立派な服装を着け、戦争に来たという顔つきではなかった。世界大戦はすでに休戦になっていたから、やがては懐かしい故国に生きて帰れる彼等である。ある者はポケットからハンカチーフを出して路傍の石段に敷いて腰かけ、ある者は手真似たっぷりにロシア女を相手に笑い興じていた。日本とアメリカの関係は、この風景の通りなのであろうかと、そんなことを思いながら司令部に大井成元中将を訪ねた。

私は率直に述べる必要があると考えたので、アムール政府の崩壊が近いこと、ボリシェビキの連中が多数潜入して再挙の日を待っていることを説明したが、大井司令官は、

「そう心配せんでええさ」

と言った。私はそれが単なる慰労の言葉であるとは考えられなかったので、この情勢がこのまま続けば手薄の日本軍は各地で赤軍ゲリラに包囲され壊滅に近い損失を招くであろうこと、ニキーチン中佐のアムール支隊は日本の援助を拒絶されて以来、ガーモフ隊や州政

府と対立したままですでに戦力を失って名目的な存在に過ぎなくなっていること、アレキセーフスキー州長の亡命もすでに時の問題であることを告げたが、大井司令官は大した感応を示さずに聴いているだけであった。

「部隊の整備をするでもなし、それかといって実力のあるロシア反共軍の援助もせず、崩壊寸前の州政府の経済救済もやらないとすれば、その結果はもう明らかなことです。しかも日本軍は出兵の目的を認識しておらず、ロシア市民を敵にして小競合いが絶えません。一体シベリア出兵の目的が何であるか、私にもわからなくなりました」

私はついに堪りかねて声を強くした。すると大井司令官は不快の色を浮べて私を眺めた。

「君は一体……何を報告に来たのかね。日本軍に忠告に来たのかね」

「奇妙にお感じになられるかも知れませんが、容易ならん事態が迫っているので、現地の者としては率直に申し上げる義務があると思って参りました。特に私はアムール政府付を命じられておりますから、この政府の崩壊を食いとめる義務があります。ご指示をうかがいにまいりました」

大井司令官は答えなかった。私は沈黙に堪えられなくなった。このようなざまでロシアの軍官民を掌握出来ないまま、中途半端な軍事行動をとっていることは根本的な誤りであり、国家にとっても重大な損害になるであろうこと、またこれ以上の行動が出来ないならば、この際は潔く撤兵すべきであると述べた。すると大井司令官は顔面を真赤にして立ち上った。

「もう聴かんでもええ！」

私の胸は早鐘を打ち、暴言が咽喉に突き上がってくるのをじっと堪えた。

「君は一体誰のために働いとるんだ、ロシアのためか」

私は無礼であったかも知れないが苦笑した。

すると大井司令官は立ったまま、

「君は出兵の真意を解しておらん」

と言って机を離れようとした。私も椅子から立ち上った。

「任務を解除していただきます。不適任です」

「よかろう。辞めたまえ」

私は戸を排して司令部を去った。一直線に駅に行って汽車を待った。どこにも寄る気はなかった。

なんという馬鹿なことであろう。私の胸中は煮えくりかえっていた。駅の構内は、まだ日本兵士の群で、ごった返していた。

「目的が達せられないことを承知で、犠牲を払うことが忠誠であろうか。失敗すれば、最高方針が誤っていたので自分の責任ではない、自分は与えられた責任を立派に果した……

そう考えてすむことだろうか、そんな形式主義が官界にも軍界にも滲透している。極端な言い方かもしれないが、軍界は昔から絶対服従の世界である。それは必要があり根拠もあってのことで、かつて軍籍にあった私の知らないことではない。だが絶対服従を逆手にとって責任転嫁と自己保身をはかる連中がいないではない」

ウラジオストックからブラゴベシチェンスクへ帰る冬の汽車旅行は、ただでさえ退屈であるのに、ひとり旅でさびしさと怒りを胸に抱いて帰るのは堪えられないことである。野も河も丘も白く塗りつぶされ、窓に過ぎゆく景色は朝も夕も、夜が明けても同じであった。なにもかも白く凍りついていた。

「君は一体、なにを報告に来たのかね。日本軍に忠告に来たのかね」

「君は誰のために働いとるんだ、ロシアのためか」

「よかろう、辞め給《たま》え」

同じ声が同じ調子でレールの響きのなかに聞えた。夢うつつにも繰返し聞えて来るのである。

「任務を解除して戴《いただ》きます。不適任です」

「よかろう、辞め給え」

ああ、なんという馬鹿げた問答であろう。この任務に就くとき私は関東都督府の嘱託として来たのだが、シベリア出兵とともに召集されて、本当ならば軍服を着用すべきであるのを、特に私服を許されてアムール政府付を命ぜられている身である。私服を着ていても第一線に復している軍人である。「任務を解除して戴きます」などと口にすべきではない……だが頭の中で、着任から、今日までの長い経過を辿って最後に大井成元中将の前に立つと、再び私の口を突いて出てくる言葉は、魂を吐き出すような同じ言葉であった。

「私は不適任です」

それに対する答えもまた同じであった。

「よかろう、辞め給え」

「…………」

胸は沸《たぎ》りたち、また凍《い》てついた。私自身がこのような思いにとらわれているからであろうか、列車の中の人々の顔も、土人形のように表情がなく、魂が抜けて、眼の焦点もぼけていた。この一年の間、めまぐるしく転ずる運命に翻弄されて、長い旅路を揺られていく人々である。窓辺に頭をもたせている赤い頬髯の男は、乗ってから一言も口をきかずに窓外を眺めているし、三人の子供を抱えた中年の夫婦者は、低い声で童話らしい話をきかせては、子供たちと一緒に居眠りをした。革命前の彼等はいつも陽気で、楽天家で、どうしてそんなに幸福なのか不思議でならなかったが、それが汽車や馬車に乗ると一層陽気になって喋り歌いおどけるのが常であった。ところが革命以来、右に揺れ左に転んで疲れ果て、一日も早く静かな日が来るのを願っているのである。今はもう右でも左でもよい……ただ苦しい旅路の果てる日を待っているのであろう。

私の長い旅路も終りに近づいていた。しかもその旅路の果てに待っていたものは、いくら叩いても身を投げても突き破れない厚い壁である。戻って身を構えて出なおしても、またも行く手に厳然と立ち塞がる壁である。その壁の下に私はくずおれて、不名誉な身を横たえてしまった。

私はブラゴベシチェンスクに戻ったが、事務所に閉じこもって外部との接触を断った。謹慎すべき境遇にあることを悟ったからである。

数日後のことである。

「内地は大変な騒ぎのようですな、ご存じですか」

と在留邦人の長老河東老が訪ねて来た。内地から送られて来た二カ月遅れ三カ月遅れの新聞を私の机の上に広げた。近頃かけ始めた老眼鏡をとって一枚一枚眼を通してゆくと、米価騰貴による暴動が各地に起っており、大工場のストライキが頻発していた。新聞のあるものは紙面の半分ほどが、印刷直前に鉛版を削りとられたらしく抹殺された白紙の部分があり、米騒動に関する報道は一切禁止するという政府の命令が掲載されており、一部の都市には戒厳令まで布かれていた。

八月十四日付の「東京日日新聞」(毎日新聞)には次のように大文字で書いてあった。

「昨夜来数万の大衆、議会を包囲し憲政の擁護を叫び院内正義の選良に声援する声大ならんとする時、彼は三千の警官を放ち更に三ケ小隊の騎馬憲兵を急派し、騎馬巡査と共に民衆を馬蹄に蹂躙《じゅうりん》し又更に軍隊を出動せしむるに至る。之れ実に政府の武装なり。武威を恣《ほしいまま》にして国民を脅かせるなり。斯《か》くして帝都は怫然《ふつぜん》戦場と化し了《おわ》んぬ。噫《ああ》これ大正の大不吉事にあらずして何ぞや。吾人は鼓をならして政府当局の責任を糺《ただ》し其の暴戻を戒めざるべからざるなり」

また翌十五日付の大阪朝日新聞には、次のように報道禁止の記事が載っていた。

「各地騒擾《そうじょう》に関しては我社は敏速なる報道をなし来りしも突然内務大臣の命令によって報道禁止の止むなき事情に立至った。我社は内務当局の弁明を聴き読者に対して消息を明かにする義務がある。十四日夜午後九時四十分頃、突如築地警察署の通告として、『米価に関する各地騒擾に関係のある記事、及び大阪の騒擾に関する号外を発行する事の二項』を禁止し且つ内務省に都下各新聞通信社を請じ水野内相は小橋次官、永田警保局長列席の上禁止の理由を述べた（東京電話）」

また同じ紙面には大阪府令で、当分の間、日の出前と日没後に五人以上集団をなして外出してはならないという夜間外出禁止令が布かれたと報じていた。

米騒動については、当時妻からの手紙で簡単に知っていたし、その後も司令部で伝え聞いていたが、内地の新聞を直接手にとって見ると、今までは何も知らなかったと思うほど強い刺戟を受けた。私がいつまでも紙面から眼を離さないでいるので、河東老は窓辺に立って外を眺めていた。

私は読み終えた新聞を丁寧にたたんで机の隅に置いて、眼鏡を外した。河東老は私の顔色をうかがいながら低い声で尋ねた。

「私はな、この新聞を読んで心配になりましたよ……シベリアのことなど一行も出ていませんものな、政府もまるで関心がないようだし、国民も米騒動の記事でわかるように、生活に脅かされて、シベリアの情勢なんか、まるで問題にしていません。この米騒動の責任を負って寺内内閣が総辞職して、原敬内閣が出来上っています。初めて出来た政党内閣でしょう。こうなってくると、軍としては、やりにくい時代になるんでしょうな。近頃の情勢を見ていると、ロシア側もばらばらに分裂して無力になってしまったし、反共政権には日本も本腰で援助する気もないように思われますが……こりゃあ一体どう考えたらいいのでしょうかなあ。街の噂では、ボリシェビキの連中が、ぼつぼつ市内に入りこんで来たようですし、アレキセーフスキー排斥の宣伝工作も相当広くひろがって来たようです。また三月事件のような、ひどいことになるのじゃありませんかなあ」

「…………」

私は眼鏡を拭いながら何とも答えようがなかった。

「もう世界大戦も終るのではありませんか」

「終りましたよ。もうとっくにね。十一月十一日に休戦条約が結ばれました。講和会議も来年早々でしょう」

河東老は窓外に眼をそらせて、しきりに頬髯をなでていた。いつの間にか三月事件を思わせるような粉雪が降り始めていた。

「私たちは国に帰ることなど少しも考えずに、もうかれこれ三十年、この土地に暮して来ましたが、身体の動けるうちに自分の国に帰るのも、あるいは幸福かもしれませんな。子供もなし、不動産もなし、身軽な身分ですからな、いつでも気軽に黒竜江を渡って、国に帰る気になれますよ」

と微笑した。

「まあ……あまり心配せんことですな。しばらく形勢を見ようじゃないですか。世界大戦が休戦になったと言っても、シベリアの政情不安がなくなったわけじゃなし、近くの日本軍も英仏の要請で二個師を増強することに決定したようにも聞いています。そうなればまた様子が変わってくるでしょう。現地の第一線にいると、なにかと欠点や不満が目立つものですが、中央には確立された長期方針も自信もあるんでしょうから、私もじっと焦らずに形勢を見ているつもりですよ」

そう答えてはみたものの、私の言葉には力が無く、自信がないように聞えたであろう。まとまりが無いのは日本側ばかりではなかった。ロシア側の反ソビエト政権も相変らずバラバラで、互いに反目離反の間柄であり、それらを後援する各国軍の間にも連絡がなかった。英仏両国軍の後援で黒海艦隊司令官であったコルチャック提督を首班者とするオムスク政府は、全ロシアの最高支配者であることを宣言した。コルチャック提督はロシア革命が起ってから間もなくのこと、東京を訪れて政・軍界の上層部に援助を懇願したが確約を得られずに帰り、勇途を抱いて空しく過していたが、この頃になってようやく英仏両軍の後援を得たのである。従って、オムスク政府の樹立は日本と関係なく行われたもので、ホルワトやセミヨウノフやカルムイコフとも関係がなく、むしろ反日の間柄であった。ここのコルチャック政府がリトフ将軍を極東総督としてウラジオストックに派遣したが、そこにはには日本軍部の後援によるホルワト政府がハルビンから移って来ていた。それにもかかわらずリトフ将軍はホルワト将軍に退去を命じ、とうとうハルビンに追いやってしまった。失意のホルワト将軍がハルビンに亡命する時にも、今日まで莫大な援助を惜しまなかった日本軍当局は、なすところなく同将軍の去り行く孤影を見送るに過ぎなかった。

二

私には何もかもわからなくなった。当時これらの問題についてホルワト将軍付であった荒木貞夫大佐（後の男爵、大将）から、参謀本部に意見書が提出されていた。

「小官はホルワト指導機関として全く孤立し、セミヨウノフはじめ各支隊の指導を思う通りに進むるの権能なく、万事を各方面との相談にて進むる様の現組織にては全然失敗に終るなきやを憂う。現にセミヨウノフの如きは今や果してホルワトと事を共になすべきやさえ明瞭ならず、ウラジオストックに同行したるを幸い黒木大尉と共に日夜説得、ようやく諒解を得たるも、これ従来この指導が武藤機関の一手にあり、小官がその一員として直接セミヨウノフ等と接触し指導の一部を担任したる惰性にほかならず、しかるに今後、日を経るに従いセミヨウノフ機関とは疎隔するに至るべく、カルムイコフ、ガーモフ等に対する指導も同様なりとす。かくの如くせばホルワトが極東において主権を確立することはただ名のみとなり、セミヨウノフその他は各所に各権力を擁して分立するに至るべし。国際関係いよいよ熾烈となれる今日において、これら極東経営機関をそれぞれ分離独立せしめ、甚だしきはこれを経済機関と共に軍隊指揮官の片手間仕事のごとく委せんとするが如きは、寒心に堪えざるなり」

これは同大佐の意見書のほんの僅かな一部分に過ぎないが、憂慮していた通りの状況になったのである。しかも日本国内は米騒動以来、動揺を続け、社会革命的風潮が広がり、大企業のストライキが続発していた。反軍的な思想も各方面に起っていたから、軍としては十分な軍事費を要求することも出来ず、中途半端なシベリア派遣軍はさらに減員されて、広大な地域に薄くばら撒かれ、酷寒を迎えることになったのである。

この困難な情況に落ちていた日本政府に対して鉄槌を下すように、アメリカ政府は十一月十六日、国務長官ランシングの名をもって日本政府に秘密通牒を渡した。

「アメリカ合衆国政府は目下日本が満洲北部およびザバイカル地方以東において現に行いつつあるが如き独占的管理は、疑念発生の危険あり、かつ私利のための不法行為のそしりを受くるに十分なるものと信ずる。かかる独占的行為に対してアメリカ合衆国政府は、単に革命に悩みつつあるロシアを救助せんとする目的のみならず中国に関するわが政府の所見よりするも、これに反対せざるを得ないことを通告する」

この通告を機会に政府部内に有力な撤兵論が起り、シベリア問題は雪の曠野に立往生している日本将兵のように、これまた立往生してしまった。私の担当するアムール州政府も経済的に破綻し、あれほど人望のあったアレキセーフスキーさえ、ボリシェビキの宣伝工作によって排斥の声に圧倒されかかっていた。また日本軍からの援助を拒否されたニキーチン中佐のアムールコザック支隊も、まったく無力化して形骸をとどめるにすぎなかった。

私はアレキセーフスキーの亡命する日が近づいたことを知って、久しぶりに政庁を訪ねた。

「ガスパジン・イシミツ、最後の日が来たように思う。いまさら何も言いたくありません。日本に望むことは、すでにあなたに言い尽しました。微力ながら私としてはロシア人民のために最善を尽したつもりです」

アレキセーフスキーは静かな口調で語った。

「大佐よ、これ以上ロシア人民を苦しめないでいただきたい。私が州政府を樹立する時、あなたもご承知のように、ボリシェビキのムーヒンは、市民の血を流さないため静かに撤退しました。私も静かに亡命するつもりです」

私は彼を慰める言葉もなく政庁を辞した。事務所に帰って机に向った。アレキセーフスキーが亡命すれば、アムール政府監視を命じられた私の任務も終る。それ以外の任務につく資格も義務もなかろう。すでにウラジオストックにおいて軍司令官大井成元中将から直接「辞め給え」と言われた身であるから、アレキセーフスキーの亡命を機会に任務の解除を願うことが穏当であろうと考えた。

私は窮迫したアムール政府の事情に関する報告書を綴って深夜になった。事務所はひっそりとして、サモワールの沸《たぎ》る音だけが静かに聞えていた。書き終ってから紅茶を入れて飲み、ひとり窓辺に立った。窓ガラスは雪に被われて凍りつき、街燈のにぶい光に輝いて何も見えなかった。また机に戻って浦塩《ウラジオ》派遣軍司令部参謀とハルビン駐在の中島正武中将にアムール政府付の解任と、あわせて召集解除を懇請する手紙を書いた。

この懇請に対して都督府陸軍部の十二月二十八日付電文が到着したのは、明けて大正八年一月十一日午前十時であった。

「貴官は昨年末以来特別任務に服され、生死の巷に奔走して克く難局に堪え、わが政策に根拠あらしめ、その功績偉大なるは都督閣下の嘆賞し且つ感謝せらるるところなり。今浦塩派遣軍参謀長より石光少佐を召集解除するにつき当部の意見を求められたるを以って、当部よりは本人の希望か浦塩派遣軍司令部の意見に基き右決定せられたき旨返電し置けり。よって左様承知せられたし」

また翌日の十二日午前十時には、中島正武中将から電報が来た。

「貴官の希望は達成せらるべし。従来のご努力を謝す。中島中将」

私は机に倚り、この二通の電報を前にして、両手で顔を覆《おお》った。覆った指の間からほとばしり出るように涙が流れ、咽喉が詰った。

翌日、私は家族あてに近く帰国するだろうと短信を書いてポケットに収め、結氷したアムール河を渡って黒河から発信した。その足で馬車を雇い、日本人会で線香を求め、雪に覆われた小高い丘の日本人墓地を訪ねた。あれから早くも一年になる。私の指導が間違っていたために、この日本人墓地の凍土の下には、九名の犠牲者が冷たく横たわって再び醒めることがない。彼等は善良な市民であった。写真師、洗濯業、理髪業、ペンキ屋、貸席などのささやかな商人として、第二の故郷シベリアに生涯を過すつもりの人々であった。ロシア人の良き友として彼等は愛された。内地から現われて天下国家を論じ、大言壮語して消えゆく連中とは肌も合わず、世界の違う人々であった。これらの偽豪傑が姿を消した後に、彼等はロシア市民の大多数に懇請されて銃を執《と》り、雪を朱に染めて仆《たお》れたのである。この墓標を遠く北辺の地に残して立去るのは辛い。忠魂碑に捧げる花もなく、凍りついた土に線香の束を立て、私は凍土に膝を揃え両手をついて謝罪した。

「大人《ターレン》はどこから来なさったか」

と馬夫が問うた。

「一族の者が戦死したのか」

「一族同様の友人であった」

「ロシア人も中国人もたくさん死んだが、誰もかまってくれねえ。この先にも十字架の墓がたくさん建っているが、花の季節になっても訪ねる者がねえ。数年経てば朽ちて何もかもなくなるだろう」

「………」

「だが大人よ、人間というものは生きていなけりゃ値打のねえものさ。世間も生きてる奴等のものだ。死んだ者にはなんの関係もねえ」

「………」

「大人、こんなことを言って悪かったか」

「いいよ、いいよ、本当さ。死んだ者はかえって来ないからな。お互いに生きている者を大切にしよう」

　こんな拙ない会話を交わしながら、氷を渡ってブラゴベシチェンスクの事務所に入った。

　私は気をとりなおして関東都督男爵中村雄次郎、司令官高山公通少将、ハルビン駐在中島正武中将に礼状を書き、陸相になった田中義一中将にも最近の経過を報告し、わがままを許されて近く帰国出来る見込みであることを告げた。すると、意外にも第十二師団長大井成元中将から一月三日付の訓令が来た。

一、貴官は武市（ブラゴベシチェンスク）に駐在し諜報勤務に従事すべし。諜報事項を概定すること左の如し。

イ、黒竜州《アムール》政庁及び自治機関の現状

ロ、黒竜州に於ける列国の対露政策

ハ、武市言論機関の状況

ニ、露国民心帰嚮の趨勢

ホ、利源及び軍需資料の調査

ヘ、交通一般の状況

右諜報勤務の実施に当り露国政治圏内に干与することを避くべきものとす。

二、黒竜州第十二師団守備管区内には陸軍歩兵大尉村田和実をゼーヤ市に派遣し諜報勤務に従事せしめあり、貴官は同大尉と連絡を保持すべく、又武市駐屯日本軍指揮官とは綿密なる連繫を維持し諜報上相互に遺漏なきを期すべし。

三、報告は急を要するものは電報に依り猶其の他は旬報を以て報告すべし。

大正八年一月三日

第十二師団長　大井成元

この訓令に続いて十七日付で同師団参謀長松山良朔《まつやまりょうさく》から諜報資料蒐集についての通牒が来た。九項目三十六件という膨大な調査である。元来、諜報活動のために派遣された私であるから、このような訓令や通牒がくるのは当り前であるが、あのようないきさつの後であるから奇異に感じた。出兵とともに任務が終ったものと考え、私の機関は次第に解体して、安倍道瞑師も鳥居肇三も千葉久三郎もランドウィシェフも、すでに私のもとを去って思い思いの道を歩んでいた。本格的に諜報勤務を果たし得る補助者はほとんどいなかったのである。今回の通牒には特に「諜報勤務の実施に当り露国政治圏内に干与することを避くべきものとす」と書いてあったが、この部分が訓令の主文であったかも知れない。アムール政府付を免ずる辞令に似たものかもしれないと思いついた。私は複写紙に鉄筆で書かれたこれらの訓令や通牒の薄い紙片を丁寧にたたんで封筒に入れ、文庫に鍵をかけた。

静かな日が続いた。鉛色の空、毎日のように散っては消える粉雪、朝の鐘、夕べの鐘、夜の祈り。日毎に迫り来る政情の危機や、ロシア市民と日本軍の遊離を考えなければ、こんな静かな環境はない。ロシア市民の困窮した生活を考えずに暖衣飽食していられれば、こんなに楽な暮しはない。けれども私は少しも幸福でなかった。幸福でなかったばかりではない、こうして何をなすこともなく無為に軍の禄を食《は》んでいることが堪えられないものになってきた。アレキセーフスキーに会いに行けば、この暗い思いを一層惨めなものにするばかりであるし、彼の亡命の決意を早めるだけのことになろう。そう思いながらも湧いてくる会いたい気持、市街に出て市民に接したい気持を堪えることは、私にとってつらいことであった。つらい思いを噛みしめて、書類や日記の整理に時を過していると、心の隅から黒い影が湧き広がって、やがて大きな塊になって爆発しそうになる。このような気持にとらわれている時に、アレキセーフスキーから会いたいといってきた。久しぶりに政庁を訪うと、彼の態度は非常に丁寧であり、礼儀正しかった。

「大佐よ、お別れする日が来ました」

と言って椅子をすすめた。

「連合国からも日本政府からも、援助を受けることは諦めました。ヤポンスキーよ、これ以上ロシア市民を傷《いた》めつけないでいただきたい。私は大変思い違いをしていたのです。日本をはじめ連合国は、いずれも共産主義の恐るべきことを知って、防戦するわれわれを援助してくださるものと思っていました。私が日本に亡命中に受けた好意にも報い得る日があると信じていたのです。ところが、チェコスロバキア軍救出の見込みがたつと、いずれも目標を失って連合国の結束は乱れて来ました。チェコスロバキアの祖国再建の戦いには私も心からの同情と声援を惜しみませんが、ロシアの祖国再建に戦っている私たちは何故に棄て去られるのでしょう」

「…………」

「大佐よ、あなたがロシア市民に深い同情を持ち、われわれのために献身的努力をして下さったことを信じます。心からお礼を申しあげます。ですが私の力が足らず、また力尽きました。静かに亡命しようと思います」

「州長よ、私が実現しようと思ったことの十分の一も果せませんでした。お詫びをします。私も自分の責任を果し得ないままこの地を去ることになりました。私にとっては忘れることの出来ない都会ですが、このような思いを抱いて去るのは、なんともつらいことです」

「どこへ？」

「日本に帰ります。私には帰るべき祖国があります。州長よ、あなたはどこへ行かれますか」

アレキセーフスキーは両腕を組み窓外の雪に視線をそらせて、つぶやくように言った。

「多分……多分フランスに……」

「州長よ、いっしょに行きましょう。私はなすこともなく、こうして留まっていることが堪えられなくなりました。いっしょに出発しましょう。あなたが政権を放棄すれば、私はこの土地にとどまる必要も責任もなくなります。旅行の手続きは私がしましょう」

「ありがとう、大佐よ」

私は武市停車場司令部を訪ねて軍用旅券を得た。ウラジオストックに寄って、船で亡命するアレキセーフスキーと別れてからハルビン経由で旅順に着く予定をたてた。

帰国した鳥居肇三から手紙が来た。

「拝啓其後は意外の御無沙汰に打過ぎ失礼致し居候。益々御清祥の段慶賀致候。在露中は種々御厚情を辱《かたじけなく》し有難く感銘罷在候《まかりありそうろう》。其後暫時浦塩に居住仕り一月下旬帰京致候。現下本社に勤務仕居候。河水解氷期を過ぐれば再び西比利亜出張を命ぜられることと存居候。

本年は江戸の花見も出来、十年振りの春景色も珍しく御陰をもって健康愉快に消光致居候。

今後とも何卒相変らず御厚情を蒙度奉懇願候。東京にて何か御用命有之候節は何卒御遠慮なく御仰付被下度先は近況御伺まで如斯御座候」

シベリアはまだ厚い氷雪に閉ざされていたが、気付いてみればこの便りのように、日本はもう若緑の春景色であろう。

帰ろう。私には祖国と家庭がある。まだ召集は解かれていないが、解かれたも同様な境遇である。アレキセーフスキーなき後、軍政が布かれるとなれば、なおのこと私はいない方がよい。旅順へ出張の形式で帰ろうという決心は決定的になり、引揚げ準備にとりかかった。

三

アレキセーフスキーの亡命と私の引揚げを伝え聞いて、在留日本人代表が集まって来た。三月事変当時を思わせる粉雪を外套から払いながら、彼等は静かに戸を押して入って来た。

「お引揚げになるというのは本当ですか」

「アレキセーフスキーも亡命すると聞きましたが？」

「日本軍もですか？」

「あとはどうなるんでしょう」

矢継ぎ早の質問である。私は自分の任務が終ったこと、アレキセーフスキーが亡命しても日本軍が駐屯するから心配ないことなどを説明し、三月事変以来、彼等に大きな犠牲を払わせながら、なにひとつ償いも出来ずに去ることを詫びた。

彼等は静かに聞いて静かに頷《うなず》いた。前々から噂に近い情報を得て、とり沙汰していたのであろう。彼等の思いも、とりどりに深刻であったろう。見え透いた説明をする私も苦しかった。やがては幾十年の商権を棄てて、この地を去らねばならぬ彼等である。その日は思ったよりも早く来そうであった。

「内地でお眼にかかれる日も、そう遠いことじゃないと思いますが、どうぞお元気で……」

と私の耳許で囁《ささや》いた声があった。多くの顔が近寄って別れを述べて去った。

二月十一日。

ロシアと永遠に別れる日が来た。あれほど人気のあったアレキセーフスキーを送る市民の群はなく、馬車に投げる花束もなかった。僅か十数人の見送り人が別れを惜しむに過ぎなかった。私にとってもロシアへの永別だったが、アレキセーフスキーにとっては一層堪え難い思いの別れであったと思う。彼は祖国を愛し、コザックと農民を愛した。ロマノフ王朝の虐政に抗して革命に青春を捧げ、その情熱はまだ胸にたぎっているのに、今は祖国を追われる身である。彼の亡命旅行に同行するうち、いつしか私も亡命者の感慨に浸って、窓に映る落莫たる雪の曠野を放心のまま眺めていた。

ウラジオストックに着いてアレキセーフスキーを埠頭に送ったが、これが彼との永遠の別れになった。さきには、あれほど日本軍が支援を惜しまなかったホルワト将軍も、英仏派のロザノフ将軍に追われてウラジオストックを去る時、日本軍司令部は冷たく彼の亡命を送った。やがてセミヨウノフも追われるであろう。私は青春の日の思い出深いウラジオストックに留まる気もなく、ハルビンに急いだ。列車は混んでいた。大きな荷物を身のまわりに積みあげている家族連れのロシア人たちは、祖国の将来に見切りをつけて亡命する人々であろう。

コザック将校の顔も僻目《ひがめ》であろうか、希望の色も自信もなく、どうみても亡国の軍人である。これらの不幸な人々に混じる中国人たちは、ロシアの運命に興味も同情も持たないように無関心な様子である。私もまた彼等に話しかける気にはならなかった。

ハルビンの駅前に降り立つと、寺院《サボール》の鐘が鳴っていた。私が三十歳の頃、建設途上のハルビンに初めて降り立った時に鳴り始めた鐘である。汚れた服装のロシアの子供たちが、五人六人とあちこちに集まっていた。亡命者の子供たちであろう。東洋館ホテルの陸軍機関に立ち寄って挨拶しようと、進まぬ足どりで歩いていくと、長い外套、破れたズボンの男の子たちがぞろぞろついてきた。立ち止って振り向いた私のまわりを取巻き、片手を出して上眼づかいに微笑した。汚れた顔、青白い顔である。私はポケットを探り小銭を彼等の小さい手のひらに一つ一つ載せた。子供たちは微笑して駆け去り、また他の旅行者を取巻いた。亡命者の救済が行届かないのであろう。やや離れていた三人の娘が、そのまま立ちどまって私を眺めていた。十六、七歳であろうか、遠慮がちに大きな青い眼が動いた。私は彼女たちの空腹をさとって周囲を見廻した。小さなレストランが眼にとまったので、彼女たちを招いて入るとスープの香りが空腹を誘った。私も朝食をとっていないことに気がついた。

三人の娘たちは、互いに眼くばせしながら椅子について、食堂をぐるりと見廻し、汚れた服のスカートを広げたり襟もとを撫でたりした。また微笑しあって私の顔を見た。中国人のボーイが不快な表情で娘たちをチラリと見てから、私に愛想笑いをしてメニューを広げた。娘たちに何を食べるのかと問うても、顔を見合せて微笑するだけであった。

「お父さんは？」

「お母さんは？」

三人とも父が行方不明であること、けれども必ず自分たちを探しに来てくれるに違いないと言った。汚れてはいるが服装から見ても中流家庭の子女である。三人とも壊れかかった防寒靴を履いていたが、そのうちの一人の靴はもう長くはもたないだろうと思われた。雪の曠野を橇《そり》に乗って吹雪に追われながらこの地に辿りついたのであろう。私は娘たちに不幸な運命をこれ以上思い起させるに忍びなかったが、若い魂はいつも未来に希望を持っているものであろうか、彼女たちは朗らかに他愛ない話を交わしながら熱いスープをすすりパンをむしった。

「お父さんが見えたらどこに行くの？」

「私はフランスに……」

「私はアメリカに行くつもり」

「あなたは？」

「わかりません、お母さまは、毎日のようにロシアに帰りたいと言って泣いてますけど……私はどこか外国に行きたいのです」

私はうなずいて微笑した。

「楽しみですね本当に、あなたたちはお若いから。私のように歳をとると自分の国が一番懐しい。あなたのお母さまと同じですね」

「小父さんのお国はどこ？」

「日本。いい国ですよ、知ってますか」

娘たちは頷いたが、一向に興味も知識も持っていなかった。私は食事を終えてから彼女たちを誘って、やがて来る春のために皮靴を買い与えた。足に合わせる時に靴下の破れが見えたので、それも買い足した。

「おじさん、ありがとう」

「神さまの祝福がありますように……」

「さようなら」

「さようなら」

私は笑いながらも眼頭がうるんだ。彼女たちは、はずむような足どりで街角に消えた。

私は街角を眺めながら立ちすくんだ。

私は涙ぐんでいるのに彼女たちは弾むような足どりである。希望に満ちた若い命はありがたい。彼女たちが朗らかで無邪気であればあるほど、私の胸は限りなく締めつけられる。国籍が違っても階級が違っても、人間の生活感情や思想は互いに共通する部分の方が、相違する部分より遥かに多いのに、相違点を誇大に強調して対立抗争している。僅かな意見の相違や派閥や行きがかりのために、ただでさえ不幸になりがちな人生を救い難い不幸に追いこんでしまう。情けないことである。なにか大きいものが間違っていて、私たち人間を奴隷のようにかりたてている。一国の歴史、一民族の歴史は、英雄と賢者と聖人によって作られたかのように教えられた。教えられ、そう信じ己れを律して暮して来たが……だが待て、それは間違っていなかったか。野心と打算と怯懦《きょうだ》と誤解と無知と惰性によって作られたことはなかったか。胸の中が熱くなり、また冷えた。私は湧きあがる懐疑の念を払いながら東洋館ホテルに向った。

このホテルには対満洲、対ロシアの機関が設けられ、中島正武中将、武藤信義少将、荒木貞夫大佐など精鋭が揃っていて、ホルワト政権擁立の柱となっていた。かつて私が三月事件の責めを負い、馬橇を馳せて雪中旅行三昼夜、中島中将を訪ねたのもこのホテルであった。ところが、私が離任の挨拶に立寄ると、すでに解体同様の状態で首脳者は誰ひとりいなかった。ホルワト将軍も英仏が支援するオムスク政府のコルチャック提督から追放されて、敗残の身をかこっているだけであり、日本が支援する本体はすでに崩れ去っていたのである。

その夜はハルビンに一泊、翌日も朝早くから駅前に放浪する亡命者の子供たち相手に時を過ごし、また懐しい中央寺院《サボール》の階段に腰かけて、魂をゆさぶるような鐘の音に聴きほれた。二十五年前、垢だらけのルバシカに破れたフェルト帽をかぶり、この階段に腰かけて初めて来たハルビンに行き暮れていた時、朝鮮人のロシアスパイ崖が現われて私に洗濯屋開業の手引をしてくれた場所である。

永い間馬鹿な暮しを続けたものである。ひと口に二十年と言い三十年と言うが、幼年と老年を除けばこれが人生の大部分である。馬鹿な暮しを続けたと思いながらも、懐しく心暖まるハルビンである。その翌日も市内を歩きまわって暮した。その翌日も駅前で亡命の子供たち相手に遊び暮し、懐中のロマノフ銀貨を使い果してから南満洲鉄道で旅順に行き、関東都督府陸軍部参謀長高山公通少将に会った。召集解除を願い出たわがままを詫び、現地の実情を説明した。

「諜報任務ということで引受けたんだが、本部の中島中将から謀略任務まで押しつけられてしまった。お断りするのがよかったと後悔しとるが、もう追いつかん。心配かけて済まなかった」

「いや、その事情は知っとる。あの場合やむを得んし、また引受けるのが当然だったと思う」

「いや、僕はそう思っとらん。あれは間違いだ。人おのおの守るべき限界がある。限界を越えて失敗してしもうた。国家にとっても同様だが、失敗せんように願っとるが……心配だなあ」

「…………」

「どうも、えらいことになりそうな気がしてな」

「総督閣下は激賞し感謝しておられた。それは電報でさきに知らせた通りだ。ご挨拶するか」

「いや、お会いすまい。まだ解除された身でもないのに帰って来たのだからな……その方は大丈夫だろうか」

「手続きは済んどるから気にせんでいい。今後はどうする」

「錦州の商館がどうなっとるかわからんので、それを見届けてから、東京で静養しようと思っとる。疲れた。歳だな。疲れ過ぎると……人間という奴は、何をやっても悲観的になるしさ、やたらに自己犠牲に魅力を感じたりしてな、どうもいかん」

二人は笑った。笑って別れた。

「ゆっくり休むんだな」

「ありがとう」

残された道

一

錦州の満蒙貿易公司（錦州商品陳列館）に帰り着いたのは三月十日の昼下りであった。一年半ぶりのことである。

予告もなしに突然帰ったのは悪意あってのことではない。自分が経営する会社だという気易さ、軍という巨大な鉄の機構から逃れた解放感、それに加えて、いまひとつは、職員たちを驚かして大いに歓迎され、慰められようという稚気が動いていたのである。任務の破綻や上司との衝突によって打ちのめされた気持は、ずっと心の隅に残っていたが、錦州の城壁を見あげた頃にはほとんど消え失せていた。

私自身の手垢がついた懐しい硝子戸を押して、商品陳列館に入ると、内部は暗くガランとして人の気配がなかった。なんとなく荒れ果てた感じがしたが、昼休みだろうぐらいに考えて、ムーヒンの記念のステッキを片手に奥に入った。

「帰ったよ……」

「……帰ったよ」

「僕だよ」

独り言のように言いながら、微笑さえ浮べていた。ところが……部屋には雑然と物が散らばっていて、サイダーやビールの空瓶までが部屋の隅々に転がっていた。しかも、なんとしたことであろう。オンドルの上には職員たちが、気持良さそうに口をあけて昼寝していた。

私は立ちすくみ、部屋を見廻し、耳を澄ました。壁にはあちこちに衣服が、だらしなくぶら下っていて、汚れたものの臭いが漂っていた……聞えるものは静かな寝息だけである。他の部屋も、おそらく同じような有様であったろう。

期待はずれの気持は戸惑って、どこにも持って行きようがなかった。まごついたままじっと立っていると、不快な固まりが胸一ぱいに広がり咽喉に突きあがってきた。それでも……私は思いかえした……いま一度玄関に戻り微笑を作って、改めて帰りを告げるべきだという考えが頭の隅にちらっと閃いたが、すぐ奔流のようなものに巻きこまれてしまった。

私はステッキを振り上げ、傍のテーブルをしたたか打ち据えた。

「おいっ！　帰ったっ！　石光だっ」

自分の使用人だというわがままもあったろうが、この三カ月の間じっと堪え忍んでいたものが、抑制を解かれて爆発したように思う。その爆風は新しい爆発を誘って押え難いものになってしまった。打ち据えたステッキの響きが腕から胸に、そして頭に伝わって怒りが頂点に達した。

「おいっ帰った！」

「………」

「このざまはなんだっ！」

「………」

職員たちは寝呆けた顔で半身を起し、一瞬じっと私を見あげ、愕然として跳ね起きた。なにやら言い続けながらあわてて身繕いし、オンドルから降り立って頭を下げたが、私には何を言っているのかわからなかった。おそらく職員たちの気持は転倒し、魂は縮みあがっていたであろう。私自身もまた狂気に近い怒りに燃えていた。眼はくらみ、咽喉は乾いた。なにやら挨拶を述べながら従って来る職員たちを振り返りもしないで、廊下づたいに私の部屋に這入ろうとすると、戸口の前に大きな梟《ふくろう》が一羽、足を紐につながれて止り木の上で二つの丸い目を見開き、まともに闖入者の私を見据えていた。こんなものは私が出発する時にはいなかった。ひとを疑うような警戒するような、そのくせ隙があれば襲いかかろうとするような、あの陰険な顔つきが、真正面から私を見据えたのである。私の眼と胸がカッと燃えた。ステッキを振りかぶり、激しい一撃で叩き落した。落された梟は綿毛を散らして二、三度パタパタと羽ばたきして動かなくなった。息をのんで立ち尽している職員たちを背後に感じながら、ドアを激しくあけ、激しく締めて、畳の上に崩れるように坐った。怒りはなお燃え続け、たぎりたっていた。

やがて職員一同は静かに戸を開けて這入って来た。畳に手をつき、恐れおののいて無礼を詫び、ある者は私の後ろに廻って上着を脱がせ、ある者は茶をすすめ、またある者は蒸しタオルを鼻先に広げた。私はこれらのもてなしを払いのけたい衝動に駆られた。

「なにもせんでいい。ご苦労だった」

「…………」

「下がっておれ、話はあとで聞く」

「…………」

私の声はふるえていた。一同は静かに立ち去った。やがて、あちこちの部屋を掃除する音と、ひそひそと語り交わす彼等の声が聞えた。

懐しい私の部屋は出発する前と変っていなかった。掃除のゆき届かない机の上に、妻からの手紙が三通、会社気付で置かれていた。その一通には物価が騰貴し騒動が各地に起っているが、自分たちの生活には差当り心配ない。けれども郵便局は郊外の発展につれて、普通三等郵便局から特設三等局に昇格する模様で、そうなると、局舎ぐるみ逓信省に売渡さなければならず、また局長も官選となるから、事実上私たちは手離さなければならない。

これは生活上由々しい問題なので、主人が出征中であるから暫時猶予を願いたい旨を申し立てたと書いてあった。その末尾に短歌が添えてあった。

いたつきの　わが枕辺に夜毎夜毎　うれひも深き　亡き父の影
うつし世に　いまさぬものをなにとてか　よなよなに見る　父のおもかげ
いさぎよく　涙ぬぐひて父ぎみの　よみぢのさちを　祈りまつらむ

私ははっとして襟を正した。郷里熊本に住む妻の父菊池東籬《とうり》が亡くなったことを知ったからである。しかも妻が病床にあるらしいことを察した。郵便局の移譲のことや、義父の死や妻の病気をブラゴベシチェンスクにも黒河にも知らせて来なかったのは、任地にある私の立場を考えてのことであったろう。

第二の手紙は、さらに私を驚かした。

「事業に盛衰あるはもとより覚悟いたし居候《おりそうら》えども近頃の風潮に染みたる郵便局員など仮差押えの通知を局内に大声に読みあげなど致し、まことに腹立たしき極みにて候。この分にては近在の者にも知れ渡り、折角《せっかく》御国の御用にて御留守中なるを顧みもせず、御名誉を傷け申候事洵に残念至極に存候。早速弁護士に依頼仕り御親族とも御相談申上げ、ようやくのこと出征軍人家族の故をもって仮差押処分の執行停止を許され申候。近頃身体の調子悪《あ》しく度々出先にて卒倒など致し思うにまかせず十分に仕事のさばきもつかず申しわけ無之《これなく》……」

のである。

私は幾たびか読み返した。私の知らぬうちに何事か重大な事件が私の身辺に起っていた

第三の便りには、

「……無事御凱旋の暁には早速御帰京あってお待兼ねの母上様に御対面をはじめ、子供等の無事成長の模様など御覧願わしく候えども、御事業の緊急な善後処理のため暫時御滞満も已むなきこととお察し申し、御疲れのところ重ね重ね御気の毒に奉存候。私の健康はかばかしからず、その後も気管支炎をこじらせ多少胸の方にも異状あるやに聞き及び候えども、これも急に悪化する懸念無之、御かまいなく御考被下度候《くだされたくそうろう》」

とあった。一体何事であろうか。私は三通の便りを読みおえて仏壇の前に坐った。これも一年半ぶりである。塵を払い香料を焚き、義父菊池東籬の霊にぬかずいた。思えば生前何ひとつ報いることなく、心配ばかりかけ通した私である。明治二十九年十一月十一日、東籬の長女辰子と結婚して以来、努力すれば出来ないことではなかったのに、妻には世間並みの里帰りもさせず、祖母が亡くなった時も、私が任務のため北満にあったのですぐ行くことが出来なかったと聞いた。私自身たびたび大陸と東京の間を往復したにもかかわらず、途中郷里に立寄って礼を尽すことさえしなかった。礼を弁《わきま》えない野人と見られても致しかたない。このような男に娘の生涯を託して、密かに心悔いつつ行く末を見守っていたに違いない。義父は陸軍三等主計正を退いてから、釣三昧、酒三昧の生活で、毎日、日課のよ

うに漆塗りの陣笠を被り、雨の日は蓑《みの》を背に、竿を肩に出かけた。夕刻食卓にのる獲物を肴に白髪の赭顔を綻《ほころ》ばせ、

「ああ極楽じゃ、極楽じゃ」

と杯を傾けるのが常であったという。そのような生活を伝え聞いて、その脱俗ぶりについ心を許し、義理を欠き、情誼を尽さずにおわってしまった。昔から私の妻をことのほか愛し、妻もまたそのような気性の父を慕い、また自慢にもしていたので、私としてはせめて妻に孝養を尽させるよう計らうべきであったと思う。顧みて悔いのみ多い歳月を過したものである。


その夜、留守中の経営を託した支配人角谷鼎三から報告を聞いて、私は冷水を浴びせられたように愕然とした。砂糖の取引に失敗し南満洲製糖株式会社に対して莫大な債務を負い、その額は私の能力にとって致命的なものであった。これほど徹底的な打撃を受けると、軽卒な取引をやった責任者を追及する気にもなれなかった。創立三年、順調に発展して、これならば妻子にも親族にも過去の償いが出来ると信じていた矢先の出来事である。これで妻からの手紙の意味が初めて諒解出来た。私は深く詫びる角谷鼎三を去らせて一人粛然と部屋に残った。私の姿は、ステッキに叩き伏せられ廊下に翼をひろげたまま死んでいる梟よりも、もっと惨めなものであったに違いない。机の上には支配人から説明を聴いたばかりの帳簿類と、妻からの手紙が載っていた。その前に両手を膝につき、うなだれたまま

起きあがることさえ出来なかった。

「君は一体、誰のために働いているんだ、ロシア人のためか？」

司令官大井成元中将の叱声が突然聞こえたように思い、慄然とした。

「そうかもしれぬ。僕は一体誰のために働いているんだ？」

二十年前、ロシア帝国主義の侵略の前に立たされ、己れの犠牲を顧りみず常道を踏みはずして蔭の任務に身を捧げた。けれどもその時、断じて生涯後悔しないぞと誓った。今回の蹉跌《さてつ》も私がシベリア行きを断われば、或いは避け得たことかも知れないが、断わり切れない義理があった。東京世田谷の隠棲地から再びこの地に来て貿易商館を創立するに当って、参謀本部の田中義一中将と関東都督府陸軍部の西川虎次郎、高山公通両少将（いずれも同級生）に公私、物心ともに世話になり、一文なしの私でも、どうやら相当の業績をあげ得るようになったのである。この三人からの懇請とあれば、何をおいても馳せ参じなければならない気持であった。

だが……人生五十年もすでに超えて引返すことの出来ない私にとっては勿論のこと、妻子の将来にとっては、もっと重大な出来事であろう。挽回しなければならない……なんとしても挽回しなければ……そう考え思いめぐっているうちに、激しい雨音に包まれているのに気がついた。この季節には珍しい雨である。しかもやがて大雨になった。軒から溢れ落ちる雨音を聞きながら、ひとり机によっていると、過去には悔いることのみ多く、未来には暗い予想のみが浮んだ。だが……なんとしても挽回しなければならない……という思いが、悲痛な声をふり絞って、いつまでも胸の中で叫んでいた。

眼を閉じれば果てしない空間に漂う思いで、幾たびか溜息を吐き頭をかかえた。

「お待ちしておりました。御無事でおめでとうございます」

激しい雨音に混る背後の声を幻聴のように聞いて、振り向くと、安倍道瞑師が濡れた法衣姿で畳に手をついていた。館員が私の帰還を知らせたのであろう。

「おお道瞑さん、帰って来ました」

「ご苦労さまでございます」

「いや、あなたこそご苦労でした」

挨拶の後は錦州の現状について語るだけで、その後のシベリア事情について尋ねるでもなく、また思い出を語るでもなかった。明治三十四年ハバロフスクで同師に会ってから二十年になる。その間、同師の面影は殆んど変っていないが、過去を語らぬ主義もまた徹底して変っていない。あの当時、同師を紹介してくれたウラジオストックの本願寺住職清水松月師（陸軍歩兵少佐花田仲之助の変名）も、これまた頑固に過去を語らぬ人であった。このように悟り澄ませることが私には不思議でならないが、こうして同師と語っている間だけは、どうやら私まで悟り澄ましたような錯覚にとらわれて、微笑をとり戻すことが出来るのも不思議である。私のような凡夫にとっては、これが悟りというものであろうか。

「東京には、いつお帰りですか」

「すぐにもと思うが……来月の初旬かな」

「来月……」

「………」

道瞑師は例のように数珠をつまぐりながら、瞑目《めいもく》した。

「お早い方がよろしいように思いますがな。ご家族の方々もお待ちでしょうから」

こう言われると、なにもかも事情を知られているようで弁解も出来なかった。同師は錦州に帰ってすでに四カ月になっていたから、恐らく会社の破綻状態についても、ある程度知っていたに違いない。会社には留守中の責任者もいたから、同師は事情を知っても横から干渉や助言を避けたに違いない。だが会社が負い切れぬ借財を背負って、もはや取引も出来なくなっていたにせよ、職員たちのだらしない生活に愛想づかしをしながら、見ない振りをしていたに違いない。

「早く東京に帰りますかな。そう言われれば、それが一家の主人の務めかも知れん。それに……この土地におっても問題は解決出来んように思われますからなあ」

「………」

安倍道瞑師は答えずに、仏壇の前に進んで燈明《とうみょう》をつけ香を焚いて念仏を唱え始めた。

雨はいつまでも激しく降り続いていた。私は同師の傍に坐ってうなだれ、ブラゴベシチェンスクの雪を染めて仆れた九名の同胞の名を唱えて合掌した。

「高比良太平、池田泰蔵、豊田重五郎、若松仁太郎、池田染太郎、江浦甚太郎、舟井藤三郎、満瀬吉造、高橋好美」

この九名のほかに、徳島出身の三宅長太郎は重傷を負って郷里に帰ってから死亡したと聞いた。熊本出身の岡部巳之吉も両手を失い廃人となって郷里に帰ったまま連絡がなかった。痛恨極まりないことである。

二

翌日から心を新たにして会社挽回のため必死の運動を始めた。召集解除の令状は、変則であるが謹慎して待つほかない。謹慎してといっても会社が危機に瀕しているのに腕を拱《こまね》いているわけにはいかない。

「錦州に帰還せるも要務のため帰京出来ず、健康なり、ご安心乞う」

と東京の母と家族に電報してから城内の旧知に挨拶し、翌日は奉天に向った。

「まずい時にやったなあ」

奉天省軍事顧問町野大佐が眉を寄せた。まずい時には違いなかった。パリのベルサイユ宮で開かれた世界大戦の講和会議で、形式的に参戦しただけの中華民国は、アメリカ大統領ウィルソンの提唱した民族自決主義に賛意を表し、参戦の代償として中国領土内の各国租界、租借地の返還、駐屯軍の撤退、不平等条約の撤回などを一括して要求したが、各国から拒否されたために、中国各地に排外運動が波及しようとしていた。また朝鮮にも機を一つにして独立の暴動が起り、惨事を起していた。中国や朝鮮ばかりではない、日本内地も大戦中に膨張した経済に破綻が来て、大企業にはストライキが頻発し、銀行は貸出を警戒した。また一方、普通選挙要求の運動が激化するなど、このような世界的な政治経済上の大変動期に、弱小な私の会社を挽回することは難事にちがいなかった。

「困ったなあ、時期が悪い」

と町野大佐は腕を組んだ。私がまず同大佐に話を持ち込んだのは、旧知の間柄にあった他に理由があった。会社設立のときに関東都督府から資本金の一部を支出して貰ったし、その後年々三千円の補助を受けていたので、都督府に対する責任があったからである。その間の事情を知る町野大佐にまず相談しようと思ったのである。

この相談の後に、同大佐の友人松昌公司社長松井小右衛門に紹介された。松井小右衛門は私の持参した収支決算書、貸借対照表、財産目録などをひと通り見てから、これは自分が取締役になっている東省実業株式会社に合併した方がよかろうと言って、私を同伴して東省実業の専務取締役内藤熊喜《ないとうくまき》を訪ねた。専務の内藤熊喜は私と同郷熊本の出身で、親しくはなかったが顔見知りの間柄であり、社長は明治九年以来、私ども一族の恩人であるヱビスビール（のちニッポンビール）株式会社の社長馬越恭平《まごしきょうへい》であった。いまさらこの恩人を煩わす気にはなれなかったので、この関係については何も言わないことにした。

　内藤専務は四万円の資本金を二万円に減資し、東省実業から二万円出資して四万円の合資会社に改組してはどうかと提案した。私は、ほかに名案もなかったので、関東都督府に報告のうえ、東京にいる社長橋本信次郎と相談してからお願いすることにして引揚げた。その足で債務者である南満洲製糖株式会社を訪問して留守中の不始末を詫び、善後策を講じつつあるから、暫《しばら》くご猶予願いたいと懇請した。

「お気の毒には思いますが、仕事は仕事として始末をつけなければなりません。ご承知のような時世で当社も楽ではありませんので……」

と言われ、私は返す言葉もなく頭を垂れるだけであった。

　召集解除の令状を受けたのは六月、それとともに錦州に機関設置を命ぜられ、私の身分は関東都督府嘱託となり、補佐官として望月通訳が派遣されて来た。その頃には大戦後の経済恐慌が世界を覆っていたばかりでなく、排日運動もまた中国各地に広がって、貿易など出来る筈もなかった。私は都督府の依命を喜んで受け、馴れた調査の仕事を始めた。職員も最小限まで整理し、取引もほとんど停止して、形だけの会社になった。この関東都督府の命令は、私を知る先輩、同僚たちの好意によるものである。召集半ばで任務を離れるなどは脱営と同様であるから、軍法会議にかけられる行為である。

「よかろう、辞めたまえ」

と司令官大井成元中将から言われたからと言って、私の行為が正当化される筈はない。軍界は厳しい世界であるにもかかわらず私は帰って来た。こんなことをやってしまった私に軍嘱託の名義で手当を支給し、開店休業の会社に対しても年三千円の助成金が続けられたのである。このような恩情に満ちた処置が、田中義一中将（当時陸相）の特別の計らいによったものであることを後に聞いて、私は涙を流して感謝した。

「無理に引っぱり出して、ひどい目にあわせたが、報いる道がないでなあ」

と田中義一は私を労《いた》わるだけで、私の謝罪を聞き流した。

「若い頃から君の苦労を知っとるんで、何か機会があったら……と思うてな。今になって考えると少々見当違いだったようだが、好意だったと思うてくれ、これも勝手な言い分だがな」

とも言った。

このような好意を受けながら、会社の再建は捗《はかど》らなかった。都督府の助成金は職員たちの給与に足らなかったし、酒、ビール、マッチ、その他の雑貨類の乏しい取引では、債務償還などは出来なかった。排日貨運動は終息しそうもなかったし、銀行は世界的な恐慌状態を反映して、潰れかかった小会社などは相手にしなかった。心残りはあるが、この際はやはり思い切って馬越恭平の東省実業との共同出資にして、新しい合資会社に改組するほか道がないと決心した。

　関東都督府と橋本信次郎の承諾を得て、満蒙貿易公司（錦州商品陳列館）の解散手続を済ませ、橋本信次郎一万五千円、私が五千円という出資承諾書を添えて、奉天の東省実業の専務内藤熊喜を訪ねた。

「前にそういう話もしたが、さあ、今すぐというわけにはいかんなあ」

と迷惑顔であった。元来この案は内藤熊喜の示唆によるものであったし、商品陳列館を二万円に評価することは私の方の非常な譲歩でもあったから、この言葉にはひどく戸惑ってしまった。

「こちらからお願いしたことだから文句は言えませんが、ご意見に従って会社解散の手続まで済ませて参りました。ご同意が得られないと……都督府にも株主にも合わせる顔がありませんし、そのまま放りだされたら会社の運営も出来ません」

「困ったな、そいつは……こう不景気になったり、排日運動が盛んになったんじゃ、筋書通りにはいきませんよ。あの話は取消してくれませんか」

「それは出来ません」

　私は必死になって食いさがった。三カ月前の言質に言いがかりをつけているような印象を与えたかもしれない。内藤熊喜も語勢を強めて言った。

「不景気や排日運動もさることながら、事業というものは人ですからな。こんなことを申しては失礼だが……新会社を切りまわす適任者が見つかりません」

「………」

私は落第生だと宣告されたも同様であった。確かに落第生にちがいなかった。事業と人生両方の落第生である。この落第坊主はなおも諦めずに援助を懇請し続けた結果、合資問題は一応白紙に戻すことにして、商品陳列館の不動産を担保に一万円の融通を受けることにし、将来合資の際には東省実業が経営権を握ることに異議を申し立てないという一札を入れて、一万円の小切手を懐中に淋しく錦州に戻った。

これから間もなく内藤熊喜は重病のため帰国入院したので、合資問題を持ち出す機会もなかったが、そのうちに東省実業自体が百八十余万円の損害を被って、社長馬越恭平も病床の内藤熊喜も辞職し、私には後任の高橋専務から、都合のつく方法で返済して貰いたいと申入れがあっただけで、そのまま立消えになってしまった。勿論私に返済の能力もなかったのである。

錦州に帰ると、東京逓信局から至急協議したい要件があるから帰国されたいという電報が来た。妻の手紙にあったように、世田谷村の発展につれて普通三等郵便局から特定三等郵便局に昇格の命令があり、私が出征中を理由に延期を申入れてあったものである。召集解除を知って電報をよこしたものであろう。昇格ときまれば手放さなければならない。会社が瀕死状態であったから、郵便局は家族にとって唯一の生活の拠り所である。再延期を申し出たければ、軍嘱託の身分を利用して、都督府陸軍部を動かせば出来ないことでもなかった。

「やはり帰ろう、この際は……」

決意が定まるまでに大して時間はかからなかった。経済上の理由や小手先のごまかしなどへの誘惑より、もっと強い引力のようなものが、私の心を引き寄せていた。その力が何であるかわからなかったが、ただ無性に国へ帰りたかった。

「やはり帰ろう、この際は……」

久しい間、家族への送金も絶えていたし、別れてからすでに二年になる。乏しい懐中を無理して土産物を買い集めて、トランクに詰めあわせ、詰めかえ、また詰め足しなどしながら、しみじみと両の眼に滲み出て来るものを感じた。中には菓子や漬物や刺繍《ししゅう》や、安倍道瞑師から贈られた四寸ばかりの観音像や、黒河で国際革命軍司令官リープクネヒトから命の恩人にと贈られた望遠鏡も納められていた。中国という国には昔から子供の喜ぶものが殆んどないのは淋しいことである。衣服でも履物でも、子供のものはただ大人用の小さいものに過ぎなかった。中国は昔から大人の国である。生活用品ばかりではない。政治も芸術も大人のものである。子供たちへの土産品となると、やむなく菓子や果実類が多くなってしまうのである。

東京駅には黒い中学生服を着た長男がただ一人迎えに来ていた。他人に対するように学生帽を脱いで丁寧におじぎをし、ちらっと私を見上げて微笑した。

「お母さんは」

「寝ています」

「悪いのか」

「さあ……よくわかりません」

長男は大きな重い革トランクを両手に提げて、先にたって行った。

「重いだろう、赤帽に運ばせよう」

「いいです」

「だいじょうぶか」

「ええ」

山手線に乗りかえて渋谷駅に着くまで座席に並んで腰かけ、頭に浮ぶまま質問した。

「お祖母《ばあ》さんの家に行くかい」

「ええ、時どき」

「お達者だろうね」

「ええ」

「菊池のお祖父《じい》さんが亡くなられたってね」

「ええ」

「お葬式には誰か行ったかい」

「お母さまとお姉さんが行きました」

「菊池の叔父さん（妻の兄、憲兵少佐）は」

「シベリアです」

「シベリア？」

「派遣されたのです」

「そうか」

「………」

「学校は面白いかい」

長男は微笑して答えなかった。大きな革トランクには、ブラゴベシチェンスクのコンドラショウフ・ホテルやハルビンの東洋館ホテルなどのラベルがベタベタ貼られていたので、乗客が珍しげに私たち親子とトランクを見比べた。思い出しては何かと質問したが、長男は簡単に答えるだけであった。

家に帰ると、妻が無理に起床していたから、床に就くように言ったが従わなかった。成長期の子供たちは私の想像を超えて見違えるように大きくなっていて、座蒲団に坐ってお茶を飲む私を遠巻きにしてめずらしげに眺めた。淋しいことであるが、たまに帰宅する私を子供たちはいつもこのようにして迎えるのである。学校でも保護者は妻の名義になって

いたので、先生に、

「お父さんは亡くなられたのかい」

と尋ねられ涙ぐんで帰って来たことがあったと聞いて、肌寒さを覚えた。私は子供たちの機嫌をとるように持って来た土産品を披露してから、郵便局の職員にも留守中の労を謝した。見るもの触れるもの一つとして私の記憶にないものはなかった。風呂を浴びてから縁側に座蒲団を据えて庭を眺めると、やはりこの生活が良いと思う。庭木の手入れも行届いていたし、一面に生え揃った青苔は打水を含んで光るような青さであった。

なにかとせわしく動きまわりながら咳《せ》きこむ妻を床につかせて、私は女中相手に台所で手料理を始めた。女中は面くらい、子供たちはめずらしがって取り巻いた。私は中国で習い覚えた餃子《ぎょうざ》と焼売《しゅうまい》を粉にまみれてたくさん作って蒸しあげた。子供たちも途中から面白がって手伝い、少々不格好だったり皮が厚すぎたりしたが、女中を走り使いして急にニンニクやネギを買わせ、どうやら中国風のものが出来あがった。そのうちに妻の心入れであろうか鯛の塩焼きや刺身が魚屋から届けられた。そうだ、忘れていたが私の凱旋祝いだったのである。凱旋には違いなかった。こんなことをしているうちに、子供に対する愛情を少しは補い得たような気持になった。この夕食には私の二人の妹も訪ねて来て加わり、日頃の静かな留守宅は珍しい賑わいになった。

「おめでとう」

「おめでとう」

が繰り返された。落ちついてから留守中の報告を聴いた。家屋仮差押えの通知が来た時に郵便局員はそれと知って大声で騒ぎたて、町の人々にも噂が広まって、出歩くたびに好奇の視線を浴びたことは、気丈の妻にとっても堪えられないことであったろう。親族と弁護士を毎日のように訪ねて相談に走り廻り、ある時は電車の中で、ある時は路上で卒倒して家に運びこまれることもあった。また親族から、家庭を棄てて財政的な迷惑をかける私を非難され、くやし涙にくれる日が多かったと語りながら眼頭を押えた。

三

翌日、逓信局監理課に出頭した。若い監理課長は大変に愛嬌がよく、おだやかな口調だったが、話の内容は一方的な宣告であった。

「世田谷局管内は近頃大変に発展しましたので、普通三等局ではもう捌ききれませんから特定三等局に昇格することに決定したのです。昨年お知らせしましたら、ご出征中とのことで、特別の計らいで執行を猶予しました。このたびめでたくご凱旋とのことで、おめでとうございます」

「いや、どうも、ありがとうございます」

「ところで、ご承知かもしれませんが、特定三等局になりますと、普通三等局とは違いまして、局長には手当月額三十円のほか被服費、消耗品費を若干打切り額で支給するほかは、すべて官費になります。そこで局長の任命ですが、これは郵便局に永年勤務して退職した人、停年に達した人、またはやむなく辞職した人などから選任することになっています。あなたも明治四十二年から本年で足かけ十年になりますし、これといって業務上の不祥事もありませんでしたが、遺憾ながら今回は辞任をしていただくことになりました。局の資格が昇りますことはめでたいことですが、同時に辞任していただくことはお気の毒に思います。いかがでしょうか、ご諒解いただけましたでしょうか」

「恐れ入ります。重要な通信機関をお預りしながら、たとえ君命とは申せ、永い間シベリアや満洲におりまして職務を怠りました。申しわけなく思っております。場合によっては処罰を受けなければなりませんのに、ただ辞任を求められるだけでお許し下さることに異存のあろう筈はありません。ありがたくお受けします」

私は用意してきた辞任願を出した。課長はひらいてみてから意外な面持で私を見なおした。あっさり辞める人は少ないのかも知れない。

「私どもは決してあなたの留守勝ちだったことを非難しているわけではありません。あなたのようなご立派な方がおられたことを名誉に思っていたほどです。シベリアのご活躍は新聞で承知しまして、局内で評判しておりました。……ところで……現在の局舎はあのまま借用したいのですが如何でしょう」

「今のところ、これといって使う考えもありませんからお貸ししましょう」

「賃貸料については、どうお考えでしょうか」

「月額五十円にお願いします」

「それは駄目です、予算の関係がありますから三十五円にお願いします」

「………」

「ご承知がなければ仕方ありませんから特定局昇格をしばらく延期する他ありません。ですが、後任局長にはすでに内命を与えておりますし、その他の準備も一切整っていますのに、僅か月額十五円のことで行悩みだなんていうことは実に残念なことです。ご再考願えないでしょうか」

私は笑い出して答えた。

「押問答をしたところで結局私の負けでしょう。辞任願は出しましたし、さあ局舎を明け渡せと言ったところで、あの電信、電話施設を動かせるものではなし……そうかといって、特定局昇格を延期すると言われて、ああそうですかと引退《ひきさが》るわけにも参りますまい」

「あれまでなさるには、随分投資されたことでしょうなあ。その点も十分心得ておりますが、ご承知の通り役所という所は予算で仕事をするところでして……お気の毒なことで」

「嫌味を申し上げるわけではありませんが……私が十年前に局舎を借りました時は、現在の四分の一ぐらいの面積でしたが賃貸料が月額四十一円でした。その後現在の局舎を新築して面積が四倍になり、物価の上った十年後に三十五円に下ってしまったことになります」

私はそう言ってまた笑った。課長はうなずいただけで黙っていた。

「さあ課長さん、調印しましょう。それだけしか出来ないとあれば致し方ないではありませんか」

課長は何枚かの書類を机の上にとり出して並べた。

「出来るだけ早い機会に、増額するよう努力しましょう」

と言いながら署名の筆と印肉を置いた。すでに月額三十五円也と書いてある賃貸契約書に署名捺印して引揚げた。魂の抜けた自失の姿で青山北町六丁目の母の家を訪ねた。ここも二年ぶりである。

八十歳を超えた母は、おぼつかない足どりで霞む眼をしばたたきながら私を迎え、縋《すが》りついて泣いた。

「おお！　よう帰って来た。よう帰って来た。もう会えんと思うとったよ、わたしはねまだ生きておったよ」

私も涙を拭い、皺《しわ》だらけの老母の手をとって日頃の不孝を詫びた。出征中の会社の不始末から思いもよらぬ心配をかけたことを詫びると、

「お国のためさ。わかっているよ、何も気にすることはないよ。ただ……お辰さん（私の妻）や子供たちの面倒はみておやり」

と言ってまた目頭を押えた。御一新前に生をうけて明治の動乱期を若後家として生き抜き、私ども五人の子供たちを世に送った後は、一族の支柱となって大正の今日まで、母として女としての幸福と不幸とを、さまざまな機会に身に滲みつけて来た人の言葉は、無条件で私たちの胸をうつものである。

「なんのお役にもたたんでなあ、厄介ものよ。もう、とうに仏さまのお迎えがあってもよいに……一向お迎えが来ん。お父さまはな、先に行かれて、極楽の暮しが楽しゅうて、私のことなど忘れていなさるとみえる」

と言って初めて笑った。兄嫁佐家子の話によると、近所に葬儀があると必ず杖に縋って門前に立ち、霊柩車を見送ってから「ああ羨《うらや》ましいこつなあ」とひとり言をいって仏前に坐るのだそうである。

「あまり死にたい死にたいと言われますと、私たちの尽し方が足りないようで困ります」

と兄嫁が苦笑した。また身体が不自由なのに汚れものを自分で洗濯して家人をハラハラさせるのはもう止めて欲しいとも言った。傍で聞いている母は、微笑して食卓の上をふきんで撫でているだけであった。

人は幸福な時に死にたいものである。何か言いたくなったが口をつぐんで母を眺めた。

この二年の間に、めっきり髪が薄く短くなって地肌が見え、櫛が止まらなくなっていた。肩は薄く背は前に傾き、たるんだ咽喉もとから胸にかけての皮膚には褐色の斑点が一ぱい見えていた。この母と一緒に暮したいと思う。

「また支那にお行きかい」

「はい、仕事はしなければなりませんので」

母は頷いただけで、このことについては、それ以上なにも言わなかった。

けれども母の家を辞して二人の妹を訪ね、前日の祝いの礼を述べると二人とも同じことを言った。病気の妻をあのままに放っておくのはとんでもないことだと言うのである。子供たちの教育も一番大切な時期になっているとも言った。会社の破綻によって家屋の差押えを受けた時に、おそらく私を帰国させる話が出来上っていたのであろう。繰り返し繰り返し同じことを言う妹の忠告に、焦らだつ心をじっと堪えた。

「心配をかけて済まん。やがて、そういうことになるだろうが、仕事の始末は付けにゃならんからな」

「心配かけて済まんなんて、それは変ですよ兄さん。心配しているのは、第一に兄さんの家族じゃありませんか。私は見ていられないから申しあげているんですよ」

このように言われてしまうと、事業挽回の相談などは出来なくなった。してみたところで、不況のさ中に出来ることではなかった。事実、社長の橋本信次郎をはじめ各方面の知己をめぐって相談したが、これといって回生の道は得られなかった。

　当時憲兵司令官の要職にあった弟真臣を大手町の官舎に訪ねて、軍の中枢や政界上層の動きについて説明を聞いた。外には国際問題が複雑にからまったシベリア共同出兵と大陸の排日運動があり、内には世界的な背景を持つ経済恐慌と労働争議の頻発があった。しかもこれらを政争の道具に使う政治家が多くなり、国家の意思が一本に纏まらなくなったと嘆いた。

「内乱と革命を繰返しとる中国を笑えませんな。こんなことでは」

「政治家ばかりじゃないさ、軍についても同様だと言った人があるが、わしもそう思う。中国の地方軍閥に近いような、分裂や混乱がある。シベリアにいてつくづく感じたよ」

　弟はにがにがしい顔をして聞き役になった。

「中国の地方軍閥に比べては失礼かもしれんが、中央と第一線の間ばかりじゃない、各機関の間にさえ、出兵の目的についての統一的な考え方が出来ておらん。第一、ロシア国民がなにを求めているか、歴史的にどの段階にあるかさえ捉えずに、ただ大戦のドサクサにまぎれて僅かな武力で東部シベリアの独立をはかろうなんて、そりゃあ出来ることじゃないからね。しかもアメリカに遠慮しながらさ……一体どうするつもりだろう」

「外交から足を引張られ、政治家から予算を小切《こぎ》られ、その上政争の具にされたんでは、ろくなことは出来ませんよ。そのうえ軍の責任を追及されるようなことがあったら……軍の少壮は黙っていますまい。私は日本の将来に禍根を残す事変だと思いますね」
「いろいろな意味でね……だが、こんな議論をやりに来たんじゃなかったよ」
と私は会社の現状を説明した。郵便局の始末と再興資金を得るため帰ったが、内地の経済事情が意外に悪いのに驚いたから、ひとまず錦州に帰って、焦らずに細かい商売をしながら景気の回復と排日運動のおさまるのを待つつもりだと語った。妹二人とは違って弟が私の考えに賛成してくれたのは嬉しかったが、経済的にはなに一つ解決出来たものはなかった。解決出来るどころか、家族の生活費を賄っていた郵便局を失いに帰国したようなものである。

ブラゴベシチェンスクの田畑久次郎から手紙が来た。

「久々にて御帰京の由承り目出度く御祝い申しあげ候。貴所様御出立後間もなく患い三カ月ほど宮崎医院（黒河）へ入院仕り御無沙汰致《いたし》候《そうろう》。御在武中は一方ならぬ御恩に与り感銘忘却致《いたす》間《ま》敷《じく》候《そうろう》。

御出立後当地方も種々変化有之候事既に御承知のことと存候ボリシェビキ残党の擡頭は予期のこととは申しながら各地に百姓の一揆の如く続発致せるは慥《たし》かに当局者の施策当を得ざりしによるものと思考仕《つかまつり》候《そうろう》。アレキセーフスキーをして州長に留らしむれば或は余程事情も異りたるべしなど懐しく貴所様の御在武当時を想起仕候……今月中に大井成元閣下も凱旋なさる由、而してアムール州政治の中心たる当地には、またまた旅団も交替すべく新来の兵士並に将校等当地の事情、風習に不案内なれば、慣れるまでは、また時々何かと事件有之べくと存ぜられ気遣われ候も軍の方針一定不動のものならば些細の事論ずるに足らずと思い直しも致候。

アタマン・ガーモフも引退致候。単に健康勝れずとの理由にてはなさそうにて其辺の委曲は既に貴所様には御判明の事と存ぜられ候。

アムール商会は御蔭を以て着実に発展致し今期は好成績にて多分の配当に与り申候。厚く御礼申上候……」

読みながら私は暗い北の空を想い起し幾たびか嘆息した。

「やっぱり駄目だな」

丁寧にたたんで来信綴りに納め、その上に手を乗せたまましばらく動けなかった。

四

滞在一カ月、梅雨も明けて緑の初夏が来た。子供たちが丹精して作った畑の草花も、一斉に蕾《つぼみ》を開いた。三年前大陸に渡るまでの田舎住まいで、私と一緒に裸足になって百姓の真似事をした子供たちの経験が、園芸趣味に成長したのである。私が鍬を持っていた頃と違って、大根や馬鈴薯《ばれいしょ》は作っていない。僅かにニラが花園の端に痕跡を残しているだけである。百合、月見草、ひまわり、勿忘草《わすれなぐさ》、おしろい花など少年少女趣味の種類が多く、私の知らない西洋種も多かった。それぞれ区画が出来ていて子供一人一人の領分が定められていた。朝露を含んだこの花壇の中に立って思うことは、いつも同じように子供たちの将来と私たち夫婦の老後の生活である。夫婦だけなら恩給と金鵄勲章の年金だけで慎ましく隠居することも出来ようが、残る三人の娘を嫁にやり、一人息子を世間に出すまでの今後十年間は、経済的に一番負担のかかる時期である。このような時期に破綻して、背負いきれない借金を背負いこんだことは、なんとも無念である。

長女は二十一歳、すでに熊本県出身の鉱山技師森田哲次と結婚して福島県湯本町の入山炭鉱（後の常磐炭鉱）に住んで一男を持ち、次女は十八歳で東京府立第三高等女学校に、長男は十六歳で麻布中学校に、三女は十三歳で山脇高等女学校に、末娘は十歳、青山師範学校の附属小学校にと、いずれも玉川電車で渋谷に出て、そこから東京市電でそれぞれの学校に通っていた。毎朝、早起きの私が庭の落葉を掃除してから子供たちの花壇の中でとりとめのないことを考えている間に、子供たちは枕許に前夜整えた制服を着け、鞄や風呂敷を食卓の傍に置いて朝食を急ぐ。毎朝繰返されるあわただしいひと時である。この嵐が吹き去ると病妻と私だけが家の中にとり残され、言葉少なく食卓につくのである。

「やがてはこのように二人だけになる……」

満足すべきことかも知れないが、淋しいことである。その日が来るまでのこの十年間、この期間を子供たちのために捧げなければならないと思い、幾たびか決意し、幾たびか己れを鞭打つのだが、時代の壁というものか、私の力量をもってしては、どうしても打ち破れないものが立ちはだかっていた。

錦州からの情報も、弟から聞くシベリアの状況も、激しい時代転換を思わせるものばかりであった。私が帰国する直前に、不平等条約撤廃を叫んで北京に起った大学生のパリ講和会議反対デモは、激しい弾圧にもかかわらず各地に波及して、排日、反軍閥、反帝国主義運動を展開していた。不平等条約撤廃を叫ぶ世論に押されて、中国政府もついにパリ講和条約への調印を拒み、中国の革命と国際的地位は新しい段階に入ったように思われた。この情勢に油をそそぐように、ソビエト政府は帝政ロシア時代に中国と結んだ一切の不平等条約を破棄して、平等の原則に立って国交を再開する意思を表明した。こんな情勢のもとにあって、広大なシベリア各地七十個所以上にばら撒かれた日本軍は、次第に赤軍に包囲されつつあった。英仏軍も相変らずオムスクのコルチャック政府強化の望みを棄てず、チェコスロバキア軍を擁して、新しい祖国チェコスロバキアを目指して西へ進んだが、赤軍の大部隊に阻まれて退却しつつあった。またアメリカ軍はウラジオストックにあって内政不干渉を宣言して動かず、連合国を結ぶ糸は乱れ、千切られて崩壊の兆が見えていた。

かつてアムールのソビエト政権主班者であったムーヒンが日本軍のため殺されたと聞いて、胸をうたれたのもその頃である。ブラゴベシチェンスクの女学校の地下室を秘密本部にしていたところを急襲されたのだそうである。彼から形身として貰ったステッキは座敷の壁に飾られていた。懐しい男でもあり、惜しむべき人材でもあった。殺されたと聞いてからはこのステッキを常用することにしたが、私の背丈には少し長すぎたので、日本橋の三越本店に頼んで短く切りつめて貰った。

七月も八月も為すところなく子供たちと遊び暮したが、その間に東京と大阪の砲兵工廠(陸軍兵器工場)にストライキが起って世間を驚かした。大阪市電、川崎造船、浅野造船、足尾銅山、釜石鉱山などがこれに続いた。大戦終息による恐慌が刻々に迫って世相は険悪になり、時代転換の兆が見えていたのである。この頃、ウラジオストックでも、ソビエト政権の復活を企てて鉄道ストライキが一カ月も続き、連合軍を悩ましていた。

不況も革命も、さまざまな程度と様式の違いはあったが世界的な現象だとあれば、私ひとりもがいてみても無駄であろう。静かな家庭に帰って家族愛に浸っていると、もうこのまま、ささやかな生活の中に溺れて余生を過したいと願うようになった。こうして再起の意思が挫け、これではいけないと己れを鞭打っていた頃、次女菊枝の結婚が私の心を支えてくれた。私がシベリアに出征しているうちに、妻を相手にこの縁談が進行していたのである。相手は奈良県十津川の出身で北海道に一村を率いて開拓移民し、北海道水田開発の父といわれる衆議院議員東武《あずまたけし》の嗣子季彦で、当時陸軍経理学校教授であり、日本大学や上智大学に教鞭を取っていた法律学者であった。九月十五日結婚式をすませた夜、妻と相談して南満洲製糖に対する債務をこの際きれいに果たすことにした。出征中に職員が作った債務であるが、親としての務めを果した安堵感から、この際さっぱりしようと決心したのである。これを支払ってしまうと、過去三年かかってようやく出来た貯蓄の殆んどが消え去った。青年の頃から借金に馴れ貯蓄に縁遠かった私にとっては、元の姿に戻ったようなものだったが、この年になって貯蓄を失うと、私の生活は支柱を取り去られたボロ家のように頼りないものになった。

ところが意外なことに、それから間もなくのことである。奉天の盛進商行専務取締役坂井喜則という者から多額の支払請求書が来た。私は盛進商行という会社も坂井喜則という人も全く知らない。早速債務否認の手続をすると、先方は牛荘《ニューチャン》領事に告訴した。告訴の理由によると、盛進商行の元店員であった吉井善吉が、私の委任を受けて盛進商行と、綿布、ミルクなどの取引をして支払いを履行しないというのである。吉井善吉ならば私はよく知っていた。彼は失職して私の会社に身を寄せたので、大して気にも留めず食客として世話していた男である。彼が私の出征中に会社の職員と称して取引したものらしい。それから間もなく、今度は南昌洋行奉天出張所から一万円の請求があった。私がロシアに行く前に、彼の更生の道を拓くために彼の取引先南昌洋行に対して、正隆銀行錦州支店を通じ一万円の保証をしたことがあった。このように債権者が、ぞろぞろ現われて来ては大変である。私にはすでに支払い能力がなかった。

「ともかく錦州に行かなければなるまい」

日毎に澄みとおる秋の空を仰ぎ、絶望感が深まって来た。すでに赤トンボが薄《すすき》の穂先を飛び交う季節になり、夕暮から明け方まで降るような虫の声である。頭が冴えて眠られぬまま横になって聴き入っていると、澄み通るコオロギの鳴声が胸の中や枕の下にも聞える。病床の妻も咳入って寝られない。妹婿の医師詫摩《たくま》武彦《たけひこ》が定期に人力車で診察に来て自重をすすめた。病床の傍で手を洗い、ゴム管のついた聴診器を黒皮の鞄に納めてから、座敷に移って型のように同じことを言った。

「病勢は進んでおります。差出がましいことで、ご不快かもしれませんが、留守を預かれるような身体ではありません。本当は転地療養を要する病状です。如何でしょう、この際思い切って内地でお暮しになっては」

私は好意を謝したが意見は述べなかった。このような忠告が二、三回あった後に、妹二人が揃って私の家に来て確約を求めた。母とも相談したし、私の子供の考えも聞いたうえでお願いに来たのだと言った。

「子供の?」

「そうですよ、かわいそうじゃありませんか。子供心にも心配しているんですからね。両親が長い間離ればなれに暮していて、母親が病床に就いてしまったんですからね」

「…………」

「帰っておやりなさい。内地も暮しにくくなりましたし」

「なにも好きで行っているわけじゃないさ、心配はありがたいが、子供まで巻きこんで貰いたくないいね」

「兄さん、誤解しないで下さいよ。わざわざ呼んで尋ねたりしたわけじゃないんですから。遊びに来た時に、お父さんが帰って来て嬉しいだろうと言ったら……いろいろ話が出ましてね」

「………」

「淋しそうにしているものですからね」

「そうかい、そんなことを言ったかい。ありがとう。だが……家庭を考えないで勝手に大陸をうろついてるわけじゃないんだよ、ありがとう、考えてみよう」

「………」

「貧乏には馴れとるが、求めて貧乏暮しをするには及ぶまい。金より家庭の方が大切だと言いたいのだろう？　私にもよくわかっているよ。だが、なにも大それた金を求めているわけじゃないさ。返すべきものは返して、子供たちの教育費と、辰子の療養費は稼がなけりゃならんじゃないか」

「それはわかってます」

「それでいいじゃないか。昔から清貧には甘んずるという言葉があるが、僕は大嫌いだ。

ひとり清きを誇って、家族に責任を果たさんような主義は大嫌いだよ。お前たちに決してこれ以上迷惑はかけん。しばらく自由にさせてくれ」

「………」

気まずい会話を幾たびも繰返した。妹たちの話によれば母も帰国を望んでいるとのことだったから、それとなく尋ねてみた。

「お前も孫のある年輩だから、いろいろ考えてのことだろうと思ってね……信用しているよ。ただお辰さんや子供たちのこと……そう、そんなこともお前が一番よく考えていることだし、なにも傍から忠告めいたことは言わなくてもいいと思っているよ」

八十六歳になった母は、手すさびに折っている千羽鶴を皺だらけの指先で弄《もてあそ》びながら口籠った。このようなことがあってから間もなくのことである。子供部屋に這入ると長男がひとりで本を読んでいた。子供たちが使っている机や椅子は、私が若い頃ロシア留学時代に使っていた記念品で、日本間には調子の合わないものであった。本棚に詰っていたロシア語の本は片付けられて姿を消し、そのあとには小説、科学書、哲学書などが入れかえられていた。机の上に置かれていた本を取ってみるとフランスの哲学書であった。パラパラとページを繰りながら、

「むずかしい本を読んでいるんだねえ」

と声をかけた。

「いけないでしょうか」

「いや、そんなことはないさ。だが……なんでも、始めたらやり遂げなければいけないよ。途中でやめてはね」

「……」

「お父さんは、なにもかも中途半端になってしまった。お祖父さんは子供の教育に随分熱心な方でね、よく憶えているが、毎晩机の前に坐らされて、論語の素読をさせられたものさ。それなのに怠けてしまってね、なにひとつ身につかなかった」

「……」

「それに……若い頃から海外にばかりいて、子供の教育についちゃ、お母さん委せで、なにも手伝いが出来なかった。事情があったにしろ済まないと思っているよ」

「……」

長男は視線をそらせて迷惑そうな顔をした。

「せんだってお前が叔母さんたちに会った時、うちのお父さんは放浪性があるんじゃないかと言ったそうだが……お父さんはね、好きこのんで大陸を歩いていたんじゃないよ。モンゴールやジプシイのように放浪の民じゃないからね……仕事が残っているもんだから、いずれまた行かなければならないが、それもお前たちの将来を考えてのことだからね。それはわかってくれるだろうね」

「………」

「病人のお母さんをお前たちに委せて行くなんて、ひどいお父さんだと思うだろうが、もうしばらくの辛抱だ」

「お父さん……僕を連れて行って下さいませんか」

「どこへ」

「錦州です」

「……なにをしに」

「お手伝いをします。お母さんが……どうも会社の人は信用出来ない人ばかりのようで、お父さんは騙《だま》されているんじゃないかねと言っていました」

「………」

「いけないでしょうか」

「ありがたいことだがねえ、大陸で働くのはお父さん一人でよい。お前たちは静かに勉強しておくれ。それが一番うれしいことなんだから」

「………」

「将来も……だよ、将来も決して大陸へなんか行くんじゃないよ。いいかい。内地で良い家庭を持ち、良い仕事が出来れば、それが一番さ。大陸に行くにしても、お父さんのように出発点を間違うと、どこまでも外れてしまってね、時が経てば経つほど正道に戻れなくなってしまう。ものごとは初めが大切だよ」

「僕はそんな遠いことまで考えていません」

私も長男も笑って席を立ったが、私の大陸生活が親兄弟をはじめ妻子の間でも何かと問題になり批評されているのを知って、先頃の母や妹の言葉が今更のように胸を刺した。

「やはり帰りますか」

弟真臣も大手町の憲兵司令官舎で私に酒を酌みながら問うた。大陸に「出かける」と言わずに大陸に「帰る」と言うのは弟だけである。

「帰らなくてはなるまいさ。シベリアや中国大陸の情勢がどうなろうとも、僕は僕で……やっぱり、あの事業を挽回するほかに残された道がないからな。崩れた道、荒れた道だがね」

弟は頷いて何か言おうとして口籠った。大陸での再起を私に強く促した弟としては、何かと考えることが多かったであろう。独りごとのように言った。

「国家も多事で、同じような境遇ですなあ」

「失敗して困っとる点は同じだが、僕は最後通牒をつきつけたり、サーベルで脅かしたりはしなかったさ」

弟は苦笑して杯をあけた。その夜は遅くまで語り合って別れた。その後は母からも妹からも繰返しての忠告はなかった。言うだけのことは言ってしまったからであろう。この問題について妻は触れたがらなかったし、私も話しづらかった。若い頃から気丈な妻も、この頃は病気には勝てず自信を失っていた。食卓で罐詰を切りあけようとして力が足らず、「ああ、情けない、こんなことまで出来なくなった」と涙を流した。口惜し涙を流しながら、なおも無理に切ろうとするので、横から奪うように取り上げたことがあった。

「誰か看護婦がわりの者がいた方がよくないかな」

「いいえ……郵便局の仕事もなくなりましたし、これといって無理をすることもありませんから……」

と言った。看護婦もいらないし、錦州に帰ることも覚悟しているという意味であったろう。それと今ひとつは、郵便局の収入が僅か局舎の家賃三十五円になってしまったから、ぜいたくは出来ないということでもあったろう。そう思い当ると、私は沈黙せざるを得なかった。

　九月の末である。早くも黄ばみ初めた武蔵野をあとに、厚い革トランクを提げて東京駅から東海道線の夜行列車に乗りこんだ。母とも弟妹とも、なにかちぐはぐな遠々しくなった思いを抱いたままである。中学生服の長男は赤帽を断わって、重い手荷物を曳きずるように提げて従《つ》いて来た。電燈の輝くホームには賑やかな話し声、下駄の響き、汽罐車の蒸気の吐息が満ちて、その間を冷たいばかりの秋風が吹きぬけていた。やかましい音をたてる荷物運搬車や、裾をつまんだお座敷姿の芸者が真白に白粉を塗って、群衆の間を縫っていた。私は若い頃から旅が好きである。生命を賭けるような辛い旅行をしたくせに今でも旅が好きである。習い性となったのであろうか。常ならば車窓からこれらの風情を飽かず楽しむのであるが、ふと胸に蘇って来た言葉があった。「お父さんは……放浪性があるんじゃないでしょうか」私はキリで心を刺されたように長男の細い鼻筋を眺めた。長男も賑やかなホームのざわめきを珍しげに眺めていた。黙っていると堪えられない孤独感が二人を包むように思われて、長男の肩に手を置いた。

「お母さんを頼むよ、お正月には多分帰って来られるつもりだ」

「………」

長男は頷いて学帽を脱いだ。私は口籠ったが……決心して言った。

「お父さんは失敗したんだよ、何もかもね。気が付いているだろう？　だが諦めてはいない。考えてみると……どうも人生観というか、近頃の新しい言葉で言えば社会観というのかね、根本的にものの見方が間違っていたかもしれないよ。人間を信じすぎ、人情に溺れてね……世の中というものは、それだけで動いているものじゃなかった。そのようには出来ていなかった。だが諦めてはいないがね……」

「………」

「諦めてはいないよ」

発車のベルが鳴って、あちこちの窓辺の見送りの群が声高く別れを告げ、万歳の声があがった。陸軍将校の軍服姿も沢山いたから、おそらくシベリア行きの戦友を送る声であったろう。滑り出した列車の窓からホームの天井に幾筋も並んだ電燈がキラキラと輝いて、痛いように眼にしみた。学生帽を持って両手を下げたままの中学生姿が遠ざかり小さくなり、やがて見送りの群に遮られて見えなくなった。丸の内から新橋にかけて、帰国のたびに賑やかになる色とりどりの街の灯が、次第に速力を増して行く車窓を流れた。雨に濡れた窓硝子を通して見るように、それらの灯が夜空に崩れたり混ったり流れたりした。私は堪らなくなってハンカチーフで眼頭を押えた。「ご免よ」「ご免よ」と心の中で泣いた。

五

錦州に帰ってからは、身を削り心を砕く悪戦苦闘を続けた。排日運動が治まらないので、中国人と合弁で化銅溝の鉛鉱採掘をやったり、馮国章《ふうこくしょう》将軍を担いで夾山銅鉱にも手をつけた。フエルト、絨毯《じゅうたん》の製造、北洋淑興漁業股份公司の設立、ついには錦州城外二里の二朗屯で銃砲用火薬の製造まで始めた。これでも借金と不況に追いつ追われつの有様であった。当時、中国では阿片喫煙の悪習があったのに、それを原料として製造するモルヒネ、コデイン、ヘロインなどの麻酔薬を高価に多量に輸入していたので、有力な軍閥の一人であった張宗昌司令と協約して、阿片からの精製事業を経営し、製品は医薬品として公式ルートに乗せた。また満鉄の主要駅で日本式の飲物販売業もやってみたし、錦州城外に競馬場を経営したこともある。こう並べてみると手当り次第、無計画にやったように見えるかもしれない。事実そうであったかもしれないが、いずれにしても私はこれらに全智嚢を絞った。軍や満鉄や中国の軍官や、その他利用出来る有力者は片端から最大限に利用して、ひたむきに残された道を走り続けた。

このような死物狂いの努力を続けているうちにも、大正九年一月イルクーツクは赤軍の手に帰してコルチャック政府は崩壊し、英仏軍は今日まで後援していたコルチャック提督の身柄を赤軍に渡して撤退した。このためコルチャック提督は反逆者の名のもとに処刑されたのである。アメリカもまた「連合国の共同出兵の目的たるチェコスロバキア軍の救出が完了した今日、これ以上の駐兵はロシアに対する内政干渉である」と宣言して本国へ引揚げてしまった。この情勢を見たソビエト政府は、ウエルフネウージンスクを首府として極東共和国を建設し、クラスノシチョウコフを主班者として社会民主主義を宣言させ、五月十四日その独立を承認した。これは日本の東部シベリアの独立策に対抗しての仮設国家であって、勝敗はすでについていた。日本が撤兵の機会を失っているうちに、ニコライエフスクの在留邦人は歩兵一個中隊の守備隊もろとも赤軍パルチザンに包囲され、アムール河に碇泊していた中国砲艦からも砲撃を浴びせられて悲惨な全滅を遂げた。これに対して日本軍は北樺太を保障占領したが、それ以上には出られなかった。

その年の四月、危ぶまれていた金融恐慌が起り、銀行の取付、休業など百六十九行に及んで、破綻する企業が続出した。私の留守宅でも、債務を払った残りの虎の子の貯金が、村井銀行の破綻で消えてしまった。郵便局を失い、貯金を失い、私の前には行き暮れた苦難の道だけが残された。

大正十年八月三十一日、私は満五十五歳になり後備役満期になったので、これを機会に軍嘱託も辞め、機関も解散して、全く軍界との関係を断った。明治十六年幼年学校入学以来四十年、私の生涯を引きまわしていた絆もなくなったが、私が縋りつくべき縄も同時になくなった。平凡な老商人になって、ただひたむきに残された道をひとり歩んでいたが、世界的不況と革命の嵐を真向うから受けて相変らず行き悩んでいた。

日本軍もまた明けて十一年六月二十四日、ついに全面的なシベリア撤兵を開始した。赤旗の波に囲まれ、市民から石を投げられ、嘲笑を浴びせられ、ある時は唾《つば》を吐きかけられながら、歯を食いしばり銃を担ぎ背嚢を背負って祖国へ引揚げた。前後八年、日本にとって稀な長期出兵は、軍事的にも外交的にも、また政治的にも、惨憺たる敗北の記録を歴史に刻んで終ったのである。

大正十二年九月一日、日本に大地震が起ったという知らせを受けたのは夕刻に近かった。ニュースというものはとかく大袈裟だし、中国ではもっとひどかった。大したことはあるまいと気に留めなかったところ、次々にとんでもない後報が続いた。

「名古屋以東は鉄道も電信電話も不通で詳細はわからないが、飛行機の偵察によれば関東平野は地盤の沈下のためか海嘯《つなみ》のためかわからないが一面の海原と化し、白い波濤の狂っているのが望見された」

というのである。中国式の白髪三千丈、垂涎三尺といった類いの表現であろう、まさか……と思っていると深夜になってから都督府から情報が入った。関東から湘南一帯の都市に大火災が起り、戒厳令が布かれた。死傷百万を超える見込とのことであった。都督府の情報とあれば信ずるほかない。

私は飛び起きた。飛び起きてひとり旅支度にかかった。中国人の職員たちは私の話が腑に落ちないのである。中国には地震がないからである。「動かざる大地の如し」といって大地は動かないはずだからである。心配にうたれている私を慰めながらも、好奇心の質問が絶えなかった。鉄道が不通だとすれば途中徒歩連絡しなければなるまいと考え、私はロシア風に長靴を履き粗末な労働服を着け、大きな木綿の袋を担いだ。袋の中には乾燥食料品を一ぱい詰めこんで五貫目を超えていた。

旅程十日間、家族の名を一人一人口の中に唱えて無事を祈りながら、汽車で走り、船に乗り、下関から幾たびか乗りかえ、待たされ、じらされ、ある時は無蓋貨車の星空の下に寝て東京に急いだ。家財は焼けてもよい、なにも残らなくともよい。家族だけは無事であってほしい、命さえあれば……と胸に祈り口に唱え、また密かに掌を合せた。東から下って来る満員の避難列車に幾本も出会った。声をかけて東京の模様を尋ねたが、下町一帯がほとんど焼野原になっているというほかはわからなかった。

幸いにも焼けていないわが家に朝早く辿りつき、突然の帰京に驚き喜ぶ家族に囲まれた時に、私は腰が抜けたように玄関先に坐りこんでしまった。涙が溢れ出た。重い袋を担いで来たので、顔中汗と涙でくちゃくちゃになった。玄関脇の垣根の朝顔が一面に鮮やかな藍色に咲いていた。荒涼たる焼跡を想像して帰って来た私には、それが不思議で不思議で堪らなかった。不思議で堪らないほど丸く精一杯に開き、輝くばかりの青さであった。長女の家が代々木駅の付近で倒壊したが、幸い家族は無事に逃げ出すことが出来た。焼け残った地区では、どこの家も屋根瓦をふるい落し、硝子戸は破れ、壁は例外なく亀裂をみせていたが、母の一家も弟妹たち一族のものも幸い無事であった。

九月二日に始まった朝鮮人狩りの不祥事件はすでにおさまっていた。家族たちの話によると、庭続きの近衛野砲兵連隊では営庭に砲列を布いて一斉に空砲を撃ち放った。何事であろうかと街路に飛び出て来た町民たちに、オートバイに乗って来た週番士官が演説口調で呼びかけた。「多摩川河畔にそって襲来した不逞朝鮮人と目下わが軍が交戦中であるが、諸君は安んじてもらいたい、しかし万一の場合のために外出を控えて朝鮮人の侵入を警戒してもらいたい」とふれまわった。非常召集された消防団が各方面から朝鮮人を逮捕して来て、連隊の営倉にぶちこんだ。血塗《まみ》れになって曳かれていった者も多かったそうである。

無政府主義者大杉栄夫婦が、甘粕憲兵大尉に殺害され古井戸に棄てられたのもこの時である。大きな災害があったり内乱の危機に面したとき、国民大衆の結束をはかるため共通の外敵をつくりあげる政策は、どこの国でも史上稀なことではない。こんな単純な作為でも、大震災で気が転倒している大衆を容易に虐殺の惨事へ駆りたててしまうものである。

このことがあってから間もない月末に、一人の朝鮮青年が私を訪ねて来た。上海に李承晩を主班者として臨時政府を持つ朝鮮独立党の幹部権郷《ごん》であると名乗った。今日までこれらの人々と交際したことはなかったし、この時期に独立党員と名乗って来た勇気を警戒した。私としては家庭にこのような人々を近づけたくなかったのである。座敷に通して会ってみると、以外にもこの青年は英国生地の背広を着こんだ風采の立派な青年紳士で、外国煙草を絶え間なくパイプに詰めて喫った。

「われわれ朝鮮人に理解のあるかたと承って、突然ながら参上しました」

彼は標準語の立派な日本語で落着いた語りぶりであった。彼は私が最近満洲と東蒙における朝鮮人の移住状況を調査して、水田、林業などの事業指導のほかに、衛生教育についての意見を都督府に提出したことを知っていた。昔から内乱を繰返した朝鮮の生活程度はわれわれの想像以上に低いもので、彼等は安住の地を求めて、間島方面から北満、シベリアに流れて行ったが、その生活程度は依然として向上しなかった。彼等は亡命者のように、国家の援助もなく身体一つで開拓に従事したのであって、家を建てる資力さえなく、蒙古人の包《パオ》のような不潔な小屋で原始民族のように暮している者が多かった。日本に併合されてからも、この状態はほとんど改善されなかった。私はむしろ彼等を援助して満洲に移住させ、水田経営に当らせ、かたがた満洲に移住する日本人の食生活にも役立つように指導すべきであると考え、この数年の間、仕事の傍ら各方面を説いて歩いたし、実際に水田開発事業や林業への指導に着手していた。

権郷は今回の震災によって同胞が多数虐殺されたことを怒った。このような事件は日本の朝鮮統治の方針を端的に暴露したものだとも言った。彼は懐中から多くの死体写真をとり出して、同胞はこのように虐殺されたと言い、これを上海に持ち帰って同胞に訴えるのだとも言った。手にとってみると、その多くは集団的に焼死した日本人の被災写真で、当時本屋などの街頭でも売っていたものであったが、私は黙って返した。

これを機会に権郷は親しく私を訪ねるようになり、子供たちとも友人になった。彼の同志とも会ううちに、在留朝鮮人のためばかりでなく、朝鮮に関する日本人の認識を高めるためにも朝鮮人協会を設立する必要を痛感し、翌月十月末日の日付で「大正十二年東京付近大震災に際し行われたる朝鮮人虐殺事件に鑑み在日朝鮮人協会設立の急務」と題する意見書を作って関係方面を説き、翌月十一月二十八日に創立案、その翌月には予算案を作成して政府に助成を要求したが、私の無力の故であろうか、話は少しも進まず、朝鮮については相変らず弾圧一本槍の政策がとられていた。

そのうち権郷たちの紹介で、魚江、兪完昌という二人の朝鮮人少年の教育を依頼された。貧乏と病気にさいなまれていた妻には気の毒であったが、二人を引受けて家族に加え中学校に通わせた。こんなことに日を過すうち、またも家庭の中に溺れてなすこともなく不幸なこの年も暮れた。

重い足どりで大陸に帰ったのは大正十三年正月の七草を終えてからであった。この朝鮮問題についてはその後も努力し、満洲の水田開発には多少の効果をあげたが、朝鮮人協会の設立は、東京、大阪、下関その他に地方的な小規模のものが出来ただけで、十四年になっても政府の理解と協力を得るに至らなかった。そのうちに上海の朝鮮独立仮政府も内訌を起して、権郷はアメリカに逃れ、再び私を訪ねることがなかった。けれども私は諦めずに「東洋の危機」と題する趣意書を持ち歩いていた。

人おのおの才能にも力量にも限界がある。また時代と環境の制約もある。とうとう私も限界に至って力も尽き果て、永久に大陸を去る日が来た。一切の事業を放棄し、労苦を共にした人々と別れの杯を交わし手を握りあって謝意を表した。五年前、再起を決意して大陸に渡った頃の心境を考えると感無量であった。

帰京してからは間もなく、医師の傍ら市会議員をしていた詫摩武彦（義弟）の斡旋で、東京日本橋区八丁堀の公設市場に、間口一間の権利を得て乾物屋を開業し、バラックを吹きぬける寒風に鼻水をすすりながら、あかぎれだらけの指先に絆創膏を貼って、塩鮭の薄い切身を切って暮した。数年前には思いも寄らぬことであった。大正も終ろうとする十四年一月のことである。

この商売も長くは続かなかった。その年の十月、錦州の食客吉井善吉がつくった借金を初め、一切の債務支払いのため、明治四十二年以来住み馴れた世田谷の家屋を売り払い、小住宅を建てて移り住んだ。ところが移り住むと同時に妻が倒れ伏すように床について起きられなくなった。私は余命を尽しても看護すべき義務と悔恨と愛情を感じ、子供たちを説得して再び家具をとりまとめ、僅か一カ月の後であったが、一家を挙げて鎌倉の海岸に移り住んだ。病室の掃除、洗顔、三度の食事から不浄の始末まで、私自身の手で尽した。親族とも知人とも交わることが稀になり、月に二度、東京に出て高齢の母を訪ねるほかは、同じ鎌倉に住む朝日新聞社の杉江《すぎえ》潤治《じゅんじ》夫妻（妻の妹夫婦）と、時折別荘に来る日本麦酒の橋本《はしもと》卯太郎《うたろう》夫妻（私の妹夫婦）に会うぐらいのものであった。

看病の余暇にムーヒンのステッキを曳いて海岸に出るのが、ただ一つの楽しみになった。太平洋の果てしない空と海、やまぬ風、静まらぬ波が、私を慰めてくれるただ一つの友になった。打ちあげた潮が半ば砂の斜面に吸われながら引き去った跡に、淡い白い泡が光ったと思う間もなく次の波に呑みこまれてしまう。避暑季節の終った後の海岸は、訪う人もなく静かであった。

看護生活ひとすじの三年を過して昭和の御代を迎え、私の還暦を祝ったのもこの海辺であった。遅々としてではあったが、妻の病気も快復に向っていたし、昭和二年二月二十日には東京女子大学に在学中の三女静枝が、福岡日日新聞社長庄野金十郎《しょうのきんじゅうろう》の三男、王子製紙社員の養道と結婚した。残るは早稲田大学に通っている長男と、女学校を卒業後文化服装学院に通っている四女の二人になった。慎ましいというよりも不足勝ちと言った方が当っている暮し向きだったが、どうやらこうやら親の務めの道を一歩一歩と息を切らせながら歩いていた。

昭和三年九月一日のことである。久しぶりに赤坂区青山北町六丁目の母を訪ねた。

「おお、よう来た、よう来た。きょうは特別暑いがお辰どん（私の妻）はどうかい」

九十五歳の母は顔中を皺《しわ》にして尋ねた。あれやこれや溜った話に、母は専ら聞き役であった。話をしているうちに、母は萎《な》えた両腕に力をこめて食卓に身を起こしながら、厚い座蒲団から滑り降りて、いざるように私の傍に這い寄った。肩は薄く前に傾いて私の肩先にも及ばぬ身の丈である。

「座蒲団をお敷きになった方がよいでしょうに……」

「いや、近頃はな、耳が遠なってな、こうせんとよう聞えんばい」

「それならお母さん、僕がお側《そば》に行きますよ」

笑いながら元の座に戻ろうとしたが、自分の力ではどうしても座蒲団に乗れなかった。這うようにしてただもがくだけの母を抱いて座蒲団に坐らせながら、私の頰に熱い涙が伝わり流れた。

その翌日の午後二時、母急変の電報が落雷のように私の全神経を打ちのめした。病床の妻も飛び起きた。汽車は午後二時二十分鎌倉駅発であと二十分しかない。このまま駆け出しても間にあわないので、自動車で大船駅に乗りつけ、二時五十分発の列車に乗ることが出来た。新橋から自動車で母の家に着くと、玄関は開放されたままで多くの人々が出入りしていた。ああ間に合わなかったか……と心塞がれて奥に通ると、弟真臣の軍服姿を中心に親族が寄って、すでに葬儀の準備中であった。母の居間では義弟詫摩武彦と看護婦が母の身体を清めていた。私は呆然として立ちすくんだ。悲しみと口惜しさが一時に湧きあがり、涙と怒りが一緒になってほとばしり出た。

「僕のいるのがわからんか、なぜ静かに会わせてくれん」

「おお、お兄さんですか、しばらくお待ち下さい、医者の務めです」

「僕が来ることはわかっておったはずだ。なぜそのまま会わせてくれなかった」

私の言葉は泣声に近かった。隣室の人々が驚いて集まって来た。

「九十五歳の大往生です、おめでたいことなんですから、お怒りになりませんように」

と誰かがたしなめた。

「めでたい？　なにがめでたい。幾歳になろうと親が死んで……親が死んで喜ぶ奴がどこにいる」

私は取り乱して声をふるわせ、冷たくなった母の枕辺に伏した。集まった人々も声をしのんで泣いた。

天保五年十月十日熊本市に生れ、明治元年八月三十一日私を初めて抱きあげ乳房を含ませてから六十一年になる。明治、大正、昭和の三代にわたって、いつも後楯となって私たちを世に送り出し、力強く背を支えてくれた母の手、今は枯木の根株のように萎えて動かぬ冷たい母の手を握って、私は声をあげて泣き崩れた。

維新以来、激しい時代の変転期に女手一つで三男四女を擁してきた母にとっては、人生はあるいは茨の道にみえたかもしれないが、茨の道にも季節が来れば折々の花をつけるものである。一つの不幸が多くの幸福を台なしにしてしまうこともあるし、一つの幸福が多くの不幸を拭い去ってくれることもある。人の生涯の幸不幸を軽々しく定めてはならないが、私が母に尽すことの極めて少なかったことを除けば、母の生涯は決して不幸のみ多かったとは思わない。九十歳を超えてからは「お迎えが来ない」「今日も来ない」と言い続けて五年の歳月を過したが、おそらく母は先立った父真民、兄真澄、姉真知子、真佐子のもとに喜んで去って行ったことと思う。

（終）

附録

・石光真人の「まえがき」にあるように、石光真清の手記は、戦前に『諜報記』（『曠野の花』に該当）、『続諜報記』（『誰のために』に該当）、『城下の人』が刊行されている。その後、昭和三十三（一九五八）～三十四年に現在の四部作の形に再編集され、龍星閣から刊行された。

・新字新仮名遣いに直し、ルビや句読点を適宜補った。〔　〕内は編集部による註と補足。

・「任務の蔭に」は目黒書店刊『続諜報記』（昭和二十年五月）に収録されていたもので、真清の妻であり、真人の母である石光辰子の生涯が書かれている。

・石光真人「二つ三つ」、橋本龍伍「僕のおじさん」、田宮虎彦「ゆがみなき明治時代を裏で支えた人」、坂西志保「『城下の人』について」、河盛好蔵「人間記録として珍重――『曠野の花』」、坪田譲治「『城下の人』・『曠野の花』」、中村光夫「『城下の人』と『曠野の花』」、木下順二「明治の激動期に生きて」は、昭和三十四年龍星閣刊『誰のために』差し込みチラシに収録されていたものである。

なお、田宮虎彦や中村光夫の文や、龍星閣刊『城下の人』『曠野の花』『望郷の歌』の編者まえがきに「故石光真清が秘かに綴り遺した手記は、明治元年に始まり、大正、昭和の三代に亘る広汎な実録である。これを公刊するに当って年代順に整理編集し、『城下の人』『曠野の花』『望郷の歌』の三著に分類した」とあるように、当初は明治天皇崩御で終わる三部作の構想だった。次の二書簡でも分かるが、現行の四部作構成に落ちつくまで、様々な曲折があったことが窺える。

・「この原稿の内容——わが世代は不滅なり」は、熊本市所蔵「石光真清関係資料」中にある日付不明の書簡。宛名は不明だが、龍星閣に手記刊行の企画を持ち掛けた際のものと推測される。四巻のそれぞれのタイトルや内容が、その後刊行されたものと異なっており、石光真人が当初抱いていた構成案を知る事のできる貴重な資料である。

・「書簡」は、同じく熊本市所蔵「石光真清関係資料」中にある日付不明の書簡。龍星閣社長の沢田伊四郎（一九〇四〜八八）に宛てたものと推測される。

（編集部）

任務の蔭に

石光真人

国のためわけ入る君がシベリアの旅路をまもれ天地《あめつち》の神
君は今いづこの里におはすらむ御便《みたよ》り絶えて聞くよしもなき
（留守居の母の詠める）

一、武士の娘

幼心に何故とも知らず、父（真清）が大陸から一年ぶりに、或は二年ぶりに帰って来ると、私たちは、キチンと坐ってお茶を飲む父を遠巻きにして、いそいそともてなす母（辰子）の姿を珍らし気に眺めたものである。

私等が少年少女時代の殆んど総てを父と離れて育って来たように、母も結婚後三十年の永い間殆んど東京の留守宅で、一男四女の養育と世間への務めに終始したのであった。

――お父さまはね、今度出発なさったら、もう帰っていらっしゃらないかも知れないよ。と私を前に坐らせて語ったことも幾度びかあった。任務のためとは云いながら、淋しい家庭生活であった。けれどもそれは、母に生れながら課せられた務めであったように思う。それほど母は生れながら耐え忍び、耐え抜く気性を具えていた。

母は名を辰子と云い、明治十三年二月二十一日、熊本市京町に於て、菊池東籬《とうり》（陸軍三等主計正）を父として生れ、熊本師範学校附属小学校を経て、尚絅《しょうけい》女学校に入学し、結婚のため中途退学した。

母は天性非常に勝気であった。祖母が私に語った思い出話に次のような挿話がある。これは母がまだ女学校に通っていた頃のこと、日清戦争に母の父菊池東籬が出征することになり、その前夜家族親族が打寄って首途を祝う宴席を設けた。その席で、母は一葉の短冊に歌を詠んで父東籬へ差出した。

――御機嫌よく御出征遊ばせ。何かお祝いを致し度いのですが、何も出来ませんので真心を詠みました。

父〔東籬〕は其の歌を読んで忽ち不機嫌になり、杯を捨て顔を歪めた。

――何と云う無礼なことをする奴だ。この歌は自分の弟か、下男位いのものを戒める意味ではないか。親に対して詠むべき歌ではない。

賑やかな席が白らけ返ったので、同席していた嘉悦《かえつ》の叔父（嘉悦孝子女史〔嘉悦学園創立

者〕の父）が気転を利かせて、「どれ一寸拝見」と短冊を読み下して、

——ふむ……東籬さん、一二字添削すれば立派な歌になる。私がお預りして立派な歌にしてあげる。ホンの一字二字じゃ。

と其儘懐中に収めて漸く父の怒りを解いたとのことである。また其後のことであった。出征した父東籬へ、母〔辰子の母〕の寿恵が便りを書いていたところ、横からそれを取りあげて、

——一寸拝見させて下さい、戦地では誰れの手に渡るか判りません。笑われるような文句があってはなりませんから。

と云った。母寿恵は其時大変立腹したが、

——武士の妻と云うものは戦地の夫に対して一言一句もかりそめには出来ません。家庭のことなど心配しないよう書かねばなりません。

と云って、とうとう検閲を強行したと云うことである。この気性は終生変らなかった。

　結婚一年半を経た明治三十一年三月、初産に女子清枝を挙げたが、早産であった上に難産であったため、以来床に親しむようになり、その年の秋近く、肺炎に冒されて遂に絶望を宣告された。一週間の高熱と絶食のため衰弱して、無意識のまま大津市の大津病院に移され、父真清が病院に泊り込んで連隊に通うと云う手厚い看護によって、漸《ようや》く生命をとりとめたが、引続いて激しい乳腺炎に罹り危険状態に陥ちた。既に肺炎のため衰弱していた

ので、手術するにも麻酔が不可能であったが、このまま放置出来ないので、遂に麻酔なしの大胆な切開を行うことになった。然し手術室から帰って来た母は、案外元気な笑顔で話をした。この時院長は、

――こんな乱暴な手術は普通の御婦人には出来ませんな。軍人の御家庭に育ち軍人の夫人になられただけに、洵《まこと》に驚き入った御覚悟です。

と感嘆したが、この話が一時は病院内と連隊内で噂の種となったそうである。

この手術も僅々十日間の安静を与えただけで、再び同じ苦痛を訴え出した。已むなくまたも麻酔なしで根本的な大手術を行い、これで漸く快方に向った。

こんな話を聞くと、誰れしも勝気な、男のような、何事にも出しゃばる女丈夫を想像するであろうが、母は極めて地味であって、社交なども出来得るだけ避けて、狭く家庭を守り続けていた。この頃、父真清は大津の連隊に歩兵大尉として勤務していたが、日清戦争後の所謂三国干渉のために日本が屈服せざるを得ず、遂に遼東半島を還附した時のあの国民的義憤に黙し切れず、やがて露国の脅威が日本にのしかかって来るであろう事を自覚して、その時に備えるため、捨身奉公を決意し、単身露国に渡って諜報任務の蔭の道に犠牲たるべく決意したのであった。連隊内で露国事情を研究し、露語を学ぶことは当時としては非常に困難であった。彼是《かれこれ》と無理をして自習していたが、遂に耐え切れず上京して、父の叔父で当時陸軍経理局長の地位にあった野田豁通《のだひろみち》（石光家より野田家に養子となる）に相

談し、更らに参謀本部の陸軍少将田村怡与造《たむらいよぞう》部長に胸中を吐いて意見を叩いた結果、大いに前途を期待されたので、先ず母娘二人を東京の本家に預けて準備にとりかかったのであった。この父の決意に対して、母は何も意見がましい事は一言なりと云わなかった。東京に移り住んだ母は姑と義姉につかえるうち、またも高熱を発して今度はチフスと診断された。大津に在った父は、重体の報を受けて上京し見舞ったところ、相当ひどく衰弱していたが、母は案外元気な面持で、

――随分と次々に病気ばかりして申訳けありません。もう病気には自信が出来ました。御安心なさって御出発下さい。お留守中は御本家の方々に十分病気中の御恩返しを致しますと、心配顔の父を激励して、病床から生死を約されぬ秘密任務の旅へ送ったのである。

その頃の母の歌、

大君のみことかしこみ征く君の
　旅やすかれと　わが祈るなる
かしこくも重き務めのおほせごと
　身をくだきてや　つくしますらむ
大君の重き仰せをかしこみて
　つくすや君のほまれなりける
国のためわけ入る君がシベリアの

旅路をまもれあめつちの神

二、涯てなき留守居

花嫁にとって楽しかるべき里帰りも、新婚の旅もなく、出産に続く幾度びかの重患と闘いながら、生死の予測もかなわぬ秘密任務の旅に病床から夫を送り出すことが、十九歳の若妻にとって、どんなに心細いものであったか想像に余りある。留守を護る本家には姑と義姉のほかに叔母も同居していたから、若妻にとっては、殊に夫から離れた若妻にとっては随分と気骨の折れる暮しであったに違いない。

この境涯にある母を、何故か病魔は捕えて離さなかった。肺炎と乳腺炎とチフスとを漸く克服して間もなく、今度は盲腸炎を病んだが、何分にも夫が任務に旅立って何時帰るとも判らぬため、近親者間で処置を相談の結果、とにかく留守中であるから手術は見合せた方が良いと云うことになった。当時としては已むを得ない処置ではあったが、本人にとっては実に苦しい病床であったらしく、後年幾度びか私に当時の苦痛を語ったことがあった。

この盲腸炎が癒りきれぬ明治三十三年七月十八日、家族が芝居見物に行った留守中のこと、午後六時頃二十四五歳の屈強な男が玄関に訪れて来て、主人に面会したいと云うや否や、無人と見てとった男は突然飛び込んで来て母を押倒し、奥へ引きずり込もうとした。立ち直った母は突差《とっさ》に手先を強く暴漢の口中へ押込んで、外へ外へ玄関の外へと、必死の力で押し倒し、猛然と格闘を演じた結果、さすがの暴漢も気勢を殺《そ》がれて風を食らって逃走した。後で調べると、母の手は暴漢の血潮で汚されていたそうである。

留守中の若妻がこの厄にあった七月十八日は、奇しくも父がブラゴヴェヒチェンスクに於て義和団事件の余波を受け、黒龍江を挟んで砲撃戦が展開され、遂に露国のために在露清国人七千名がアムール河畔に怨みを呑んで虐殺されると云う、世界的大事件に遭遇した日であった。これを好機として露軍は、アムールの濁流の氾濫する如く、満洲全土へ馬蹄のひびきが波頭のように押しひろがり、血の雨を降らせて全満洲の制圧を開始したのであった。この大虐殺事件と共に、父はブラゴヴェヒチェンスクから浦塩《ウラジオ》に召還され、馬糧船の船底に潜んで脱出し、当時ウラジオストックに駐在していた町田経宇《まちだけいう》少佐（後の大将）武藤信義大尉（後の元帥）と協議の結果、露軍の満洲攻略根拠地たる哈爾浜《ハルピン》に潜入して諜報の任務に就き、奉天、北京のわが公館と連絡すべき使命を負ったのである。然しこれは容易な仕事ではなかった。単身、汚ないルバーシカを身に装って、苦力《クーリー》に化け、歯磨刷毛と歯磨粉を唯一の持物として、血の雨降る混乱の満洲へ出かけたのであった。総ての交通、通信機関は馬賊と団匪のため破壊せられ、各地に露軍と戦闘を交えていたのであるから、哈爾浜潜入の糸口は容易に得られず、空しくハバロフスクの木賃宿に放浪しなければならなかった。ところが、不図した縁から北満馬賊の大頭目増世策と交わる機会を摑んで、遂にその副頭目の待遇を与えられ、その配下に入って同じく馬賊出身の勢力家たる紀鳳台の世話によって、漸く露軍附洗濯夫の身分で苦力船に乗って哈爾浜へ送られたのであった。

哈爾浜に着いた父は、露軍側のスパイや宿屋を営む馬賊などを巧みに操縦して、露軍御用の洗濯屋を開業し、この間、ある時は弁髪の髷《まげ》を被って馬夫になり、行商人になり、総ゆる辛酸を嘗めて、その足跡は全満に及んだのである。然しその間にも幾度か死の蹉跌が来た。拉林《ラーリン》城では零下四十度に近い土間の獄屋に半死の一ヶ月を過し、爾来各地で露軍監視隊に捕われて獄屋の人となったこと数回に及んだ。勿論極秘の任務であったから浦塩の機関に順調な連絡が保たれる筈もなく、まして東京の留守宅に安否の判ろう筈もなかった。一体、生きているのか、死んでいるのか、皆目判らぬ月日が流れて行った。その頃の母の歌に……

君がいまいづこの里《さと》におはすらむ
　みたより絶えて聞くよしもなき
わきかへる戦《いくさ》の庭にわがせこは
　家路わすれてつくしますらむ
人しれず思ひにくるる折もあり
　憂きこと多し永病みの身は

これらの歌を秘かにしるして、人にかくれて涙を拭っていたと思われる母の胸中を思う時、母の手一つで無事に成人した私等の胸は塞がる思いに満たされる。何故とも知らず、如何様になるとも知らず、父のいない家庭を別段不思議にも思わず、幼ない年月を過して来た私等は、捧げても、捧げても足りぬ感謝の心を以て偲ばずにいられない。

母が生前に尊敬して止まなかったのは郷の父、菊池東籬と祖母とであった。殊に武家気質の祖母を尊んでいたが、祖母もまた同じ気質の母を特に寵愛していた。明治三十四年十月、祖母危篤の報を受けた時は、流石《さすが》に母も取乱して郷里熊本へ見舞いに帰国したいと申し出たが、留守を預る姑は病弱の母の旅行を慮《おもんぱか》って許さなかった。既に郷土を出て五年、未だ一度なりと父母の膝下に帰ったことがなかったから、堪えられぬ思いで遥かに祖母の死を送ったのであった。その年も明けて明治三十五年五月二十日、大陸から父が飄然と帰って来た。言語に絶した辛苦の働きについては多くを語らなかったそうであるが、洗濯夫となり馬賊となり馬夫となった類の話を面白く語って聞かせたが、母もまた度び重なる病苦克服を報告して、父の労苦に応えたことであろうと思う。その頃の母の歌、

恙なく重き務めを果しぬと
　君のみたよりいとどうれしき
いそいそと君を迎ふる晴れの日を
　ひとり思ひてほほえまれける
別れぬるその日の如く雨降りて
　思ひはふかし春のゆふぐれ

この帰還は楽しかるべき帰還ではなくて、更らに犠牲を捧げるためのものであったことは、母としては思いがけぬものであったに違いない。父は単身、身分を隠しての諜報任務が露国の監視の厳重になるにつれて危険となったので、哈爾浜に写真館を経営して露軍の眼をかすめる計画を樹て、町田経宇少佐（後の大将）を通じて哈爾浜に武官駐在の必要を参謀本部に建議したが、これがためには相当大掛りな組織を構えて効果を確実にすべきであるとの意見があり、万一露国側へ露見の場合を慮って、其の経営の衝に当るものは此の際軍籍を退くのが最善の途であるとの結論に達したため、ひと先ず帰還して要路と打合せをすることとしたのであった。父は叔父野田豁通経理局長と参謀本部の田村怡与造部長の意見を叩いた。両氏ともに、青年将校であった父の前途を思う個人的感情から、流石に軽い回答は与えなかったが、父の固い決意と満洲事情の進展とに思い及んで、其の決意を讃し、大いに激励したのであった。これは母にとって生涯を決する大きな問題であった。間違って捕えられ処刑にされても何等救援の途はなし、よし無事に帰って来ても退役大尉として、他の職場に再出発の不利を敢てしなければならない。軍人の妻を志して嫁して来た母として見れば淋しい迷いに追いこまれる筈であるが、母はこの父の決心を喜んで激励したのであった。

背の君の思ひのままに尽しなば
いつかは晴れむ五月雨の空

母はこの事について里の父母にも何等の相談もしなかった。云うべき筋合のことではないと考えたからであろう。父もこの時ばかりは、お国のためとは云いながら、残される家族の行末を案じて苦しみ通したらしく、当時の日記にも幾度びか迷い迷って沁々と「凡夫の愚かさ」を悲しんだと書いてある。楽しかるべき新婚の夢もなく、留守居と病苦と気兼ねと、而も自費留学の形式で大陸へ渡っていた関係から、家庭経済の上にも随分と無理をさせていた母の身の上を不憐と思ったのであろう。父は新しい決意を胸に抱いて再び大陸の渡るに際して、祖母と母と長女清枝を熊本まで同伴し、五年ぶりの里帰りをさせたのであった。

——五年ぶりで少し遅れたが、しかし里帰りには違いない。

と里の菊池の父母は岡崎唯雄氏等七八名の親族を招いて、和七と云う料理人の手で純粋の熊本料理の席を設けた。この席では、母が嫁いでから後に生れた妹と初対面したのであった。滞在二週間、父は死を決して単身大陸へ再渡航して本格的な任務についたが、母はそのまま約二ヶ月を父母の膝下に暮して、生涯のうちで最も気楽だったと云う短い月日を楽しんだのである。「病に依り本官を免ず」と云う辞令が軍から母の手許に下されたのは、それから間もなくのことであった。

三、荊の道

五年ぶりの里帰りを了えて帰京した母は、本家から離れて其の附近に借家した。身体の調子も良く、哈爾浜に潜入した父の様子も、今度は多くの使用人を使って写真館を経営していたから時折便りを得ることが出来たし、商売柄元気な面影も店員達によって運ばれて来た。また父も一年に一回位は突然帰京して、子供を膝の上に抱いて無事を祝い合う機会にも恵まれた。

かくするうちに日露の国交は次第に険悪の度を加え、日本政府の再三の抗議にも拘らず、露国の満洲経営は着々と進んで、その軍威は遂に朝鮮の北辺を侵すに至った。明治三十七年二月露国に対する宣戦の大詔が発せられ、在満邦人引揚の報が至ったが父の消息は杳《よう》として判らなかった。日頃の父の口吻から推察して、開戦の場合は其のまま彼地に潜んで、敵軍の背後を脅かす特別任務に就くのではないかと想像していたから、母の覚悟は既に出来ていたが、幸いにも三月下旬に至って最後の引揚邦人と共に、芝罘《チーフー》から送還されて来たのであった。然るにこの祝うべき帰還も席の温まる暇がなかった。帰還の途中、母の許には父に対する第二軍司令部付の召集令状が与えられたのである。今度は再び軍人として剣を執って、縁りの満洲へ殉国の征途に就いたのである。

父を戦地へ送った母は却って気が楽になった。今までは単なる一私人の資格に於ける特別任務であって、万一の場合の保障は何等与えられていなかったし、その消息も抛り所がなく、収入の途も不確だったが、今度は歴とした軍人に立ち還っての御奉公だったからである。父の弟真臣（後の中将）を初めとして、親戚からも次々に未曽有の大戦へ身を捧げるものが多かったから、互いに留守宅同士は励まし合い慰め合う機会に恵まれた。

その年の師走十七日の真夜中のこと、台所の戸をこじ開ける音に眼を覚した母は、秘かに起き出て見るとスギと云う女中が既に起き出て台所に電気をつけ板の間にキチンと坐って、あたかも怪漢の侵入を待っているかのようであった。この女中は自分の縁談が決まったに拘らず、留守宅の淋しさに同情して結婚を一ヶ年延ばしていたのであった。男気のない留守宅には、とかく危険が多いので、このような危険に直面した時は決して周章《あわ》てはならないと日頃から云いきかせてあったので、早速それを想い出して、ジッと様子を静観していたものらしかった。母もその傍らに坐って静かに待っていると、怪漢は電燈が点ぜられたのも気づかずに漸く戸をこじ開けて入ろうとしたところ、意外にも女二人が板の間にキチンと坐っていたので度肝を抜かれ立ちすくんだまま少時睨み合っているところへ、幸いにも夜中見廻りの刑事が巡り合わせて背後から何んなく取り押えてしまった。翌日刑事が来て侵入当時の模様を聴取に来て、

――驚きましたね、奥様ともうし女中さんと申し、本当に良い度胸ですなあ。泥棒も警察で舌を捲いて、さすがは軍人さんの家庭は違うもんだ。私は負けました。と感心していましたよ。

と笑い話をして帰ったそうである。

無事任務を果して父の凱旋した頃は、長女次女の外に出征中に生れた長男（編者）が待っていた。召集解除になって帰って来た父は久しぶりで家庭生活を楽しんだが、今後如何に身を処して行くか何も定った方針がなかった。齢四十、まだまだ壮年であって、大陸の風雪にさらされていただけに闘志も旺盛であったが。何分にも今日までの経歴が軍人、洗濯夫、馬賊、料理人、雑貨屋、写真屋等々……と云う乱雑ぶりで、何一つ纏った職歴もなかったし、それかと云って軍としても特別任務に直ぐ就かせる場所も必要もなかったから、頗る昏迷の体であった。この状況を知った参謀本部の田中義一大佐（後の大将、男爵、総理大臣）が同情を寄せて、将来蒙古入りすることを目標に、満鉄創立後は長春（新京）の駅長に就任しては……との話があったが、接収後の満鉄株式会社の創立も早急に進まなかったので、再び田中大佐から、ひと先ず関東都督府嘱託として赴任して機会を待てと云うことであった。その頃、叔父の野田豁通が主計総監を辞して、自ら社長となって日清通商公司を創立し、任務を兼ねた大陸発展を策したので、その長春（新京）支店長として赴任することになった。これで母はまたまた留守居役となったわけである。

ところが武士の商法のうまく行く筈もなく、間も無く閉鎖の已むなきに至って、そこは軍人だけに思い切りもよく、清算の不足額は総て発起人が完済することとし、その一人であった父も私財を投げ出してしまったのであった。この破綻のために母は随分苦労しなければならなかった。殊に勝気であった母は、財政的に繁栄してゆく親族に立ち混って体面を保ってゆくために、一層の辛苦を重ねたのであった。

失意の父は帰京の後、再び田中大佐の同情によって関東都督府嘱託の辞令を受け、まあぶらぶらして機会を待っておれと云う厚意に甘えて、大陸へ引返した。ところが関東都督府では剰員を置くわけにゆかぬと云う意向だったので、漫然と禄を食《は》むことを潔しとせず、赴任した其日に辞表を出して飄然と姿を消してしまった。このことあって後は、父の前に荊の道が続いていた。この間の事情は留守宅の心痛を慮って知らせて来なかったが、この頃の父は到底正道を通ることが出来ないと覚っていたらしく、手当り次第に各種の事業に身を投じて惨胆たる辛苦を嘗めたことが日記に見えている。遂には危険人物として関東都督府から退去命令の議が出たほどであったが、これも現役軍人の指示によって行った事業の手違いを、一切自己の責任として迷惑を軍へ及ぼさぬためにとった処置が、意外な誤解を招いたのであった。

それから少時《しばら》くして後に、父は思いも寄らぬ渤海沿岸の海賊の群に身を投じていた。これは一見、自暴の挙に見えたが、実は日露戦争後に興隆しゆく日満支間の貿易が、海賊跳梁のため甚しく阻害されていることを知り、これ等を宣撫して却って海上輸送の保全機関たらしめようと云う遠大な計画を樹てたのであった。海賊もまた日露戦後の治安恢復の状況を見て、将来への生くる道として父へ援助を乞うたのであるが、父も戦前に北満馬賊と交り彼等の気質と気概とを飲み込んでいたから、十分な自信を以て身を投じ、直ぐ各方面へ諒解運動を開始した。この間、事業の性質上、有力な理解者を得られなかったから、非常な苦労を重ねた結果、漸く日本側の諒解を得たものの、満洲側は遂に真意を諒解するに至らず父の身辺には常に尾行が付きまとい、父へ協力を誓った海賊への追跡を開始して、約一年の後には海賊の頭目達は悉く捕えられて処刑される悲運に遭ってしまった。

これ以上大陸に留まって家族を初め親族に迷惑をかけるに忍びないので、ひと先ず帰国して家を斉《おさ》めることになり、当時東京の郊外であった世田谷村（現在世田谷区三宿町）に隠棲して親族の奔走のお蔭で、三等郵便局を経営した。押え切れぬ大陸への志を将来に期して、郵便局長の職の傍ら畠を打ち、鶏を飼い、村の郷軍の世話役を務めたりして僅かに慰めていた。かくするうち遠縁の橋本信次郎氏（後の東京市議）の義俠的援助を得て、南満の錦州に満蒙貿易株式会社錦州商品陳列館を創立し、この経営の傍ら関東軍嘱託として支那軍閥の微妙な動向を監視しつつ、邦人の指導、日本人小学校の創立、錦州時報の発行等を企て、日本の満洲開発の基礎工事に挺身した。

かくて母は五児の養育の傍ら、郵便局の経営をも一手に引受けることになったが、今日迄の苦難の道が、母の身体を健康に保っていてくれる筈がなかった。この頃から常に薬に親しみ医師から屢々静養をすすめられたが、日清貿易公司失敗による痛手を癒すために、また五児の将来を思い更にまた父の後顧の憂いを断つために、病身を鞭打って局長代理として二十数名の局員を指揮していたが、外出先で卒倒して人力車で家に運ばれて来る事が屢々《しばしば》であった。

この間、長女と次女を縁づけ、その心遣いも相談相手がなかっただけに随分と気骨の折れたことと思う。この頃、家にとって大きな事件が起きた。それは郵便局開設当時から局長次席として信用していた男が、父の留守中、即ち母が局長代理を務めていた間に、長年に亘って公金一万三千円を私消したことを自白し、当局へ自主したのである。漸く破綻した家産を挽回する望みが見えて来たばかりの時であったから、母にとっては泣いても泣き切れぬ悲運であった。当時の一万三千円はわが家にとって非常な大金だったのである。監督当局から留守宅へ高飛車の態度で善後処置を促して来た。

——消費した金額を全額弁済せよとおっしゃるのですね。

——左様です。規則上これは局長の責任です。

——いつ弁済すれば宜ろしいですか。

——それは逓信局から追って通知します。

——承知いたしました。裁判が確定して、次席に弁済の能力が無かった場合は、御命令通り私方で全額弁済致します。

と云い切っては見たものの、母の懐中には左様な大金は無かったし、満洲の父へ無心出来る状態にはなかったのである。後に判った事であったが、当局では十年賦か二十年賦で弁済させる計画であったそうだが、母が余りにも、はっきりと即時弁済を約したので、出鼻をくじかれて何も云わず引上げたのだそうである。母もまた役人の態度が横柄で、侮蔑的な態度を示したために、軍人の家の名誉を守るために決然と云い切ったのだと後日語った。この事件は、大正十二年の関東大震災に際して、債務更除の恩典に浴し、弁済の義務を免ぜられてほっとひと息ついたのであった。

四、破綻

かくするうち、無理に無理を重ねていた病身は日毎に崩れ始めて床に就く日が多くなった。このような有様でいるところへ、大正六年の師走、錦州の父から突然、

――命を奉じシベリアに赴く、委細文

と云う簡単な電報があり、間もなく片身の記念写真に、「今回露国に革命勃発し擾乱シベリアに波及せるにつき命を受けて任務に就く、健康如斯御放心を乞う、後事宜ろしく頼む」と記して送って来た。やがて事情が判明したが、それによれば今回の任務は多くの同志が一緒であり、而も現役軍人による特務機関と密接な連絡があったから、日露戦争前の任務のような非常なる状況ではないので、ひと先ず安心することが出来た。ところが翌大正七年三月に至って、父の身が赤派から狙われ、支那領の黒河に避難したとの報があり、続いて在留邦人義勇軍が自衛戦闘のため死傷者多数を出し、父も身を以て黒河に避難し「アムールの氷雪は在留同胞の血潮に屾られたり」と云う談話が、哈爾浜発の電報で東京

の各新聞に掲載された。その時母は私達を前に坐らせて、誇らしく読んで聞かせたのである。その頃の母の歌……
黒龍の浦吹く風のものすごし
積りし雪もあけにそむらむ
ブ市はいま戦《いくさ》の庭と荒れ果てて
君のをとずれ聞くよしもなき

大正九年に至って無事召集解除となって錦州の会社に帰った父は、自分の事業が留守中破綻に瀕していることを知った。これは留守を預る者の取引上の失敗もあったが、世界的な不況の嵐を遂に逃がれる術《すべ》がなかったのである。間もなく、東京の家屋仮差押えの令書が母の病床に通達された。父は其のまま帰国もならず、起死回生のため奮闘し、母もまた病床からぬけ出て弁護士と折衝を開始した。切りぬけても、切りぬけても、涯しない試練が病弱の母に加えられた。溢れ出る咳を押え、崩れかかる体を支えて、朝から深夜まで奔走を続けた。その甲斐あって仮差押えは解除されたが、母はどっと床に就いて起きられなくなった。私等は深夜幾度びか母の氷枕を入れ替えたことを憶えている。母は熱に苦しみながらも、今回の事業の破綻がお国のためであって、このために家運が傾こうとも決して子供達は世間に対して肩身狭く思ったり卑屈な考えになってはならないと、繰返し繰返し私等を戒めた。

この間、母は郷の父（菊池東籬）を失い、なおのこと痛む心をさいなんだことと思う。その頃に詠んだ歌に……

いたつきのわが枕辺に夜毎夜毎
　うれひも深き亡き父のかげ
うつし世にゐまさぬものを何にとてか
　よなよなに見る父のおもかげ
いさぎよく涙ぬぐひてたらちねの
　よみぢの幸《さち》をいのりまつらむ

やがて失意の父が帰って来た。帰って来て母の病状と留守中の奮闘を知った父は、何とかして事業の再興を図って報ゆるべく心を燃やして、今一度の努力をなすために大陸へ渡る日が来た。私は叔母達から懇々と訓されて、父に内地に留まることを願ったところ、母は病床から父の任務の重大なことを説いて私を戒め、悦んで送るように望んだ。

大陸へ帰った父は、軍当局と満鉄の援助によって事業の挽回に努めたが、その頃勃発し始めた排日貨運動が不況に拍車をかけて如何とも回生の方法がなかった。大正十年、後備役満期となって軍嘱託も辞し、遂いに大正十二年四月、商館を閉鎖清算して、一切の志を断って帰国した。その後は病床の母の看護に専念することに定め、二十年間住み馴れた家屋敷を手離して母の療養のため鎌倉に移り、この間、三女と四女とを嫁がせて、心淋しい家庭に失意の身を隠したのである。

結婚以来三十年の間、ほとんど留守を守り通させて苦労をかけた病床の母の生涯を顧みて、任務のためとは云いながら堪え難い不憫さを感じたためであろうか、母に対する父の看護ぶりは洵に誠心誠意、傍の見る目も気の毒なほどであって、便器を提げて病室に出入する父の後姿は次第に細って肩は落ち白髪を増して行った。この看護の傍ら、母の病床の側に机を据えて、父は明治初年からの思い出の記を整理しつつ母と昔語りをして日を暮したのである。

この涙ぐましい看護の甲斐あって、母の容体は一時快方に向い庭先に出られる程になったので、再び東京世田谷の懐しい土地に帰って来た。然しその小康も永くは続かず、遂に再起不能を宣告されるに到った。

その頃の母の詠める……

しみじみと君の情けの身にしみて
　ただなみだしぬこのころのわれ
ふとしたることより君にさからひし
　むかし思ひて袖ぬらしける
親らしきつとめなし得ず人よりの
　めぐみの品をおくるわびしさ

みのたしに何かなさんと大空の
　深きがなかをさがすさびしさ
しみじみと吾子《あこ》の行末しのばれて
　まどろみあへず明しぬるかな

五、安きねむり

母は生来理性に勝《まさ》っていたが、勝らねばならぬ境涯にもあった。父が愛国の一念を貫いて、地位も名誉も棄てて単身大陸に潜入したように、母もまた何ものにも頼らず父の後顧の憂いを断つために家計と子女の養育に奮闘した。この間、父がそうであったように、母もまた神仏の恩寵にも奇蹟にも頼らなかった。然し母に信仰の心がなかったとは云えない。神仏を弄するものを常に非難しながらも、母の座右には常に聖書と禅書が置かれていた。また或時はキリスト教会に出席したこともあったが、出席して見ると教会が単なる社交場に化しているのを知って、其後は足を断ってしまった。

　心には悟りてあれどなかなかに
　　子を思ふ道にまよふこのごろ
夜もすがらまどろむひまも無きまでに
　いとしの子らのゆく末をおもふ

宿命《さだめ》ぞとあきらめし身も吾子《あこ》のため
いましばしとぞ思ふこのごろ

昭和八年十二月、恢復は望めなかったが、最後の処置として腹部の切開手術をすることになった。母もまた医師に思う存分切開して戴き度いと云った。然し既に衰弱が甚しかったので麻酔処置が出来なかったので、若い頃二回に亘って行ったように麻酔なしの手術が行われたのである。母は衰弱した身体を鞭打ってこの苦痛を堪えた後は、笑顔で見舞客と対談した。予期したことながら手術は何の効果もなかった。己が身の運命については何ら迷いもなかったであろうが、子を思う親心が安らかならんとする魂を苦しめた。この聖い尊い苦しみに打ち克つために、母は日夜病床にあって闘っていた。

あきらめてあれど何かは淋しけれ
天地《あめつち》の神まもりましませ

限りなき君の情けにながらへし
この七年《ななとせ》のつきひなつかし

うきみづにただよふことも今しばし
やがてやすけき法《のり》のかなたへ

年越えて昭和九年一月、遂に終焉近きを宣せられた。顧みれば嫁して三十有余年、母には安き眠りがなかった。私は母と共にあった永い間、未だ一度なりと母の仮睡の姿は勿論のこと、寝床の中にさえ眠入っている母の姿を見たことがなかった。夜中いつ目を覚して見ても、少しの物の気配に母は目を覚まして私等を見守っていたし、いつ如何なる時に母を部屋に訪ねても、母は常にきちんと火鉢の傍に坐して縫物をしているか読書をしていた。生死も判らぬ秘密任務の旅に幾度びか父を送って、膝下に五児を抱えた母にとっては、一日たりと安き眠りは与えられなかったのであろう。今は父は既に老けて病床に侍り、家政を襲う不意打の難事件もなく、唯だ子等の行末を一途に思い安じながらも御仏の手に導かれて初めての安き眠りに就く日が来た。

今ははやなやみも晴れてすがすがし
　こころ静かに逝く日またばや
空晴れて星のまたたきいとしげし
　父のみたまをさがしまゐらす
御仏の慈悲の御手にすがりゆく
　けふの門出ぞこころ安けき

昭和九年一月二十三日の明け方、死を覚った母は、父と馳せつけた子等を枕辺に呼び寄せて父には永い間の看病の労苦を謝し、子等には一人一人に永病みのため母の務めの果し得なかったことを詫び、また婿には生前の厚意と子等の行末を託して、医師に笑顔で御礼の言葉を確《しっ》かりと述べた。そして絶え入ろうとする息の下から、

御仏の慈悲の御手にいだかれて
われはゆくなりこころやすけく

と辞世の句を口ずさんで五十五年の忍苦の生涯を静かに閉じたのであった。母にとって初めての安きねむりに入ったのであった。

遺骸が母の部屋に安置された日、部屋の整理をしていた父が戸棚を開けたまま拳をあげて男泣きに泣いていた。父の手には、新しい一円紙幣を一枚ずつ入れて母の筆跡で石光家と書いた不祝儀袋が十幾つか握られていた。入院前にすでに死を予期して、自分の葬儀の際に使えるようにと日頃の母らしい心遣いから準備したものであろう。重病人が何時果したものか、戸棚も箪笥も悉く立派に整理されていて、一つ一つ品名を記した紙片が貼られていた。いつ何処へ始末したものか汚れものは一つとして見出されなかった。生きていた頃の母の坐っていた姿をそのままに、整然と死の準備が果されていたのであった。

母は生前多くの歌を詠んだ。けれども、これも母の死後私達が知ったことである。母は人前では決して涙を見せなかったが、その歌には常に涙の滴が光っていた。これらの歌はいずれもノートの切れ端や、散薬の包紙などに書かれていて、十五六歳の頃に短冊に綴ったものと共に束ねられていた。

名利を求めずひと途に邦家のために生涯を捧げた父の任務の蔭には、五児を擁して病魔と不運と涯しない戦いを戦い抜いた母の生涯がかくされていた。顧みて沁々《しみじみ》と日本母性の道を覚り追慕敬愛の情遣る方なきを憶えるのである。母の歌一首を掲げて合掌する。

しらぎくの風になぶられ雨にぬれ
しのびしのびて花さきにけり

二つ三つ

石光真人

亡父（真清）が遺した日記その他の記録類を整理して、このたび第四部『誰のために』を校了した。あらためて在りし日の晩年の父をしのぶと落穂のように散りこぼれた多くの記憶が甦ってくる。そのうち二つ三つ。

青春時代をシベリア、満洲における蔭の仕事に尽し（『曠野の花』『誰のために』）事業に破れて帰国した父は、長い留守居の生活に病み疲れた私の母の看病に余生を捧げた。その甲斐もなく母が逝った夜半、病室から父の嗚咽が漏れた。母の手文庫からその日まで知られなかった多くの短歌が出てきたからである。

国のためわけいる君がシベリアの
　旅路をまもれあめつちの神
君はいまいづこの里におわすらん
　みたより絶えて知るよしもなし

人しれず思いに暮るる折もあり
　憂きこと多し長病みの身は
限りなき君の情けにながらえし
　この七年の月日なつかし
心には悟りてあれどなかなかに
　子を思う道にまよいぬるかな

この日から父は念仏三昧の生活に入り激しい無常感に捉われた。昭和十三年軽い脳溢血を患ってからは一層己れの過去を嫌悪して貴重な記録の一部を焼き棄ててしまった。

昭和十七年五月十五日、七十六年の波瀾に満ちた生涯を閉じたが、死後私の知らなかった多くの記録類が家具小屋から現れてこの実録四冊の主たる資料になった。また日夜念仏を欠かさなかった仏壇からは日清戦争に従軍した時たすけられた従卒井出口寅吉（『城下の人』）の写真とロシア革命に散った日本義勇軍九名の在留邦人の氏名（『誰のために』）を書いたものが出てきた。後者は『誰のために』を校了してから発見したもので、犠牲者九名それぞれの原籍地役場に宛てて遺族の安否を問い、寸志をおくりたいという依頼状の控であった。大正九年九月六日付のもので、当時父は背負いきれぬ借金と大戦後の経済恐慌にあって家屋の差押えまで受けていたが、正規軍でないため彼等犠牲者に救済の道がなかったから思い悩んでの結果であったろう。

手記三冊が刊行されてから全国にわたる読者から多くの便りをいただいた。その中には『城下の人』の神風連副将加屋霽堅《かやはるかた》、熊本屈指の大醸造家木津屋源太夫の子孫の方々もあり、また今度の『誰のために』に登場される関係者の方々も当時をしのんで声をかけて下さったし、多くの示唆を与えていただいた。

心残りは第二部から第四部まで通じて登場する本願寺布教僧安倍道瞑師の消息がまだわからぬことである。終戦後大分県宇佐郡豊川拝田の願成寺に帰り病床について再起不能と伝えられたが、その後老軀を東京にあらわしたと噂にきいた。面会した人の話によると当人であると自ら語られたそうだが私には信じられないのである。

僕のおじさん

橋本龍伍

石光真清という伯父は、ぼうようとした大陸人のはだあいのしみこんだ実にいい人だった。日露戦争の後、陸軍大尉でみずから志願して軍籍を離れ、特務班員として生涯を大陸に埋める決心をした。つまり軍事探偵になったわけで、表むきはハルビンで写真屋を開業しながら、ロシアの極東戦略を探査し、日露戦争をはさんで満洲、シベリアと剣の刃をわたるように危険な生活を続けたのだが、それがどれだけむくわれたのか知らない。その後も伯父はずっと満洲で活動して昭和の初めころ帰国、市井の片すみに埋れたまま死んでいった。

伯父はぽつりぽつり昔の話をしてくれた。それを僕が自分の子供に話して聞かせると、息をひそめ、目を輝かせて聞いている。「僕たちはそんな話を聞いたことがない。友だちを呼んでくるから話してください」と長男がいった。

昭和十年、僕が一時大蔵省を離れて関東軍司令部付として赴任する時、伯父は「満洲へいったら大黒河の日本人墓地におまいりにいってくれ」といった。

ロシア革命後シベリアにパルチザンが蜂起して、ブラゴベシチェンスクを包囲した。伯父はもう相当の年だったが、居留民義勇軍を組織して籠城戦の指揮をとった。伯父の話によると、この籠城戦で最も役にたたなかったのはへいぜい大言壮語していた満洲浪人というやつで、一番たのみになったのは、おとなしい文房具屋の主人や洗濯屋の店員といった人たちで、実に勇敢に頑強に戦って、町を守り抜いて死んだ。

この時の戦死者の墓を、伯父はブラゴベシチェンスクを去る前、黒竜江を渡った対岸の大黒河に築いてきた。満洲にほうむれば、いつか日本人がおまいりする機会があるだろうと思ったからだ。おりをえて大黒河にいってみると、町から遠い飛行場の近くの広野の一角に、牧場のように木のサクでかこんだ日本人の墓地があった。よく晴れた静かな夏の空の下に――。

昨年、伯父の長男が伯父の手記をもとに『城下の人』『曠野の花』『望郷の歌』という三部作を書いて、毎日出版文化賞をもらった。(毎日新聞――筆者は「城下の人」の中の末妹真津子の息)

はしもと・りょうご／一九〇六〜六二。大蔵官僚を経て自民党衆院議員。厚相、文相等を歴任。長男は橋本龍太郎。

ゆがみなき明治時代を裏で支えた人

田宮虎彦

『城下の人』『曠野の花』『望郷の歌』――この三冊の著作は、昭和十七年五月十五日に亡くなった石光真清という人の自伝である。三冊の著作の目次裏の頁に、編者によって「故石光真清が秘かに綴り遺した手記は、明治元年に始まり、大正、昭和の三代に亘る広汎な実録である。これを公刊するに当って年代順に整理編集し、『城下の人』『曠野の花』『望郷の歌』の三著に分類した。……三著をなす手記とそれに関する資料は尨大複雑であり、もともと発表する意思で書かれたものではなく、死期に臨んで著者自ら焼却を図ったものである。」

という註が記されている。編者はこの著作をのこした人の嗣子であり、その人の「父、石光真清の手記」という文章によると、これら三冊の遺著が公刊された経緯がいっそうはっきりとする。それには

「……その後（著者の歿後）、父の部屋や小屋を精査してみると、私が予想もしていなかっ

た大部分のものがまだ残っており、それに力を得て、そのきれぎれの一片までも丹念に読み、焼却された部分や破棄された箇所は生前の父から聞いたメモで補い、当時父とともに働いていた人々にも多く会ってあれこれと補綴につとめ」云々。

と記されているが、明治、大正、昭和の三代に亘る手記のうち、大正、昭和の手記は、三冊の遺著にはすべてはぶかれている。つまり、公刊されたかぎりでは、明治元年に始まり、明治天皇の大葬に終っている。従って、三冊の遺著のあらすじは、編者の同じ文章をかりれば

「私の父は明治元年に熊本城下に生れ、稚児髷に朱鞘の刀をさして神風連、西南役の動乱のさなかをとび廻った。長ずるに及び軍人となり、やがて大津事件や日清戦争にあい、またロシヤ帝国の南下政策におびやかされる弱小国の一人として熱心にロシヤ研究を志し、ついに身をもって諜報任務にその一生を捧げる境涯に立ち至ったのである。したがって、父の壮年期は実に波乱万丈、いくたびか機密の間道に身をさらされ、洗濯夫となり、苦力となり、写真師となり、馬賊の副頭目にまでなってシベリヤの曠野をかけめぐった。その間、家郷にのこした妻子をかえりみる暇もなく、やがて日露戦争に出征し、戦おわるや一介の浪人として放り出され、それに続いて満洲での事業はことごとく失敗をかさね、ついに海賊とともに流浪するまでになった時、官憲に追われて無一文のまま東京に残した妻子のところに帰ってきた。既に明治も終ろうとする頃であった。」

ということになり、その年代順の区分をあきらかにすると、『城下の人』は著者の出生から日清戦争まで、『曠野の花』は日露戦争勃発直前まで、『望郷の歌』は日露戦争から明治天皇の大葬までということになる。

伝記のおもしろさは、その人の生きて来た生涯に、その人の生涯をつつんでいた時代が、政治、経済、社会その他いっさいの事象をふくめて凝集しているところにある。時代の厖大さ複雑さにくらべれば、個人の生涯など微小きわまるひとつの点にしかすぎないのだが、その微小きわまるひとつの点を逆に拡大していくと、そこに圧縮され凝集されていた時代のすがたが、再び時代の大きさ複雑さをそなえてあらわれて来るのである。

しかも、その時、その時代のすがたは、単なる事実の記述としてではなしに、その事実がきざみこまれていた人の、ここでは石光真清の血のあたたかさにあたためられて、生きている事実としてあらわれて来るのだ。

石光真清という人が、最後にどのような地位に生きた人であったかは、公刊された三著のかぎりではわからない。そのかぎりでは、明治末年に、当時はまだ草深い武蔵野であった世田ケ谷村三宿の三等郵便局の局長であった。世俗的にいえば不運の運命をなげかねばならなかった人であったといっていいと思う。勿論、前記のあらすじにも記してあるように、「身をもって諜報任務にその一生をささげ」た数奇な経歴の人であったが天性の性格は、むしろそのような任務につくべき人ではなかったようだ。ロシア語の習得を志し、そのため私費留学を願い出て許可され、シベリアに渡ったことから時代の荒波に押しながされて、結果からいえば、軍に利用された好人物であったということが出来そうである。人となりは誠実無比、一片の私心なく、国家のために我が身の幸福はもとより家族の幸福さえ犠牲にして悔いなかった人であったといえると思う。

だが、それ故に、この三冊の遺著は、今私たちの前に、歪みのない明治という時代のすがたを、はっきりと見せてくれるのである。時代を指導した人たち、たとえば伊藤博文とか山県有朋といった人たちの伝記、あるいは時代に反逆した人たち、たとえば中江兆民とか幸徳秋水とかいった人たちの伝記とこの三著とを読みくらべれば、そのことは明らかであろう。日露戦争を前にして幸徳秋水が非戦論の唱導につき進んでいっていた時、この人は北満の曠野に生命を投げすててロシア軍の動向をスパイしていた。いずれが正しかったかなどと、ここでいうつもりは、私にはない。日露戦争が終って、軍から見すてられた時、この人は、故郷、熊本に帰って百姓になりたいと思う。善良な平凡な一庶民である。伊藤博文や幸徳秋水たちが時代の表側をいろどった人たちだとすれば、この人は時代を裏側からささえていた人たちの一人である。

つまり、明治という時代を、ほんとうに生み出した四千幾百万かの日本国民の一人であったのだ。この人たちは、平凡ではあるが、歪みのない心で、明治のすがたをうつしとっていた。いいかえると、この三冊の著作には、歪みのない明治のすがたが書かれているといえるのである。この著作の貴重さは、そこから生れ出て来る。

たとえば、日露戦争の時の日本の軍人たちが、心の奥底のところで、つまり、世間体とか強がりとかといった顔にあらわれている表情のうち側で、戦争をどうみていただろうかという疑問に、この三冊の本のあわせて九百幾十頁の中の一頁がこたえてくれるのである。

『望郷の歌』の七十四頁〔文庫版七五～七六頁〕に

「……この勝利は天佑でもなく、陛下の御稜威でもございません。兵士一人一人の力によるものであります」

「……その通り、僕もそう思っているよ。天佑とか御稜威とかいうのは、あれは君、陛下に報告する時の文章だよ……」

という二人の将校の対話がある。黄塵に被われた砂漠のような畑地には、戦死者や重傷者が遺棄した銃器、弾薬、雑嚢、水筒などが死屍とともに散乱して半ば黄塵に埋もれている。その中で、日本軍の将校がこのような対話をかわしていたことなど、今まで私の読んだ本には書いてなかった。時代がかわってしまったから、この対話が公刊の著書にものせられるようになったのだといえば、それまでのことである。

しかし、私は、そう簡単に割りきってしまうことは出来ないように思う。発表する意志がなかった文章であるにしても、何故この言葉を著者は書きのこさねばならなかったか――ということまで、私たちは考えてみる必要があるのではないだろうか。

三冊の遺著のうち、『曠野の花』が読物としての面白さをもっとも多分にそなえている。最近洛陽の紙価をたかからしめた敗戦小説にも勝る面白さがあるといって言いすぎではない。ことに北満やシベリヤに売られた日本女のすがたなど、小説をよむに似た感興さえいだかせる。だが、私は、三冊のうち、もっとも価値があるのは、『城下の人』であるとしたい。この一冊を読むことなしには、明治という時代を真に知ることは出来ないといっていいと思う。すべての頁が貴重な資料だが、もし強いてひとつだけそのことを証明する事件をあげるとすれば、大津事件をあげておこう。

この事件について書かれた十頁には、明治の日本が、いやというほど的確に彫りこまれているのである。

的確といえば、この遺著の文章はまことに的確であるといわねばならない。これは、もしかしたら明治の人たちに共通した美点であるかもしれない。最後に、私は、大正、昭和の二代にわたる手記も、可及的速かに公刊されることを望みたい。明治よりもなお理解しがたい大正という時代を理解する手がかりが、未刊の手記によって得られるかもしれないと思うからである。（図書新聞）

たみや・とらひこ／一九一一〜八八。小説家。『絵本』で毎日出版文化賞。主著に『足摺岬』『愛のかたみ』等。

『城下の人』について

坂西志保

敗戦の経験をした私たちは、明治維新の政変と、それにつぐ社会の混乱を多少想像できる。新時代に合うよう死にもの狂いの努力をしている時、熊本城下でチゴまげに朱ざやの刀をさしてとび歩いている少年がいる。兄は洋学校で英語を習っているのに、この少年は「塾生は結髪帯刀たるべし」という塾に通っている。西郷さんの神風連に味方して、兵火の下をくぐって、官軍の新兵器を見せてもらう。官軍が勝ち、熊本城は焼け落ち、みんなちょんまげを切り、刀を床の間におくことになるのであるが、少年はざんぎり頭と丸腰など考えられないと、反対する。

この少年は石光真清といって、父は熊本細川藩の役人であった。西南役の後で父に死なれ、兄は実業界に入り、自分は軍人になる決心をし士官学校を卒業し、近衛連隊付となる。日清戦争が始まると台湾に送られる。戦死者の積み重なった下から、女の赤ん坊を救い出し、マスコットとして進軍し、親切な婦人を見つけるまで養っている。

石光さんという人は軍人らしくない人で、ロシア語の勉強を思い立ち、シベリアに渡るところでこの本は終っている。最も保守的な少年は時代にめざめた革新的な大人になるその物語がほんとうに興味深く描き出されている。立派なお母さん、孝行な兄さん、また明治大正時代に活躍した人たちの姿が生々《いきいき》と書かれている。これは石光さんが書き残した記録から、息子の真人さんが自叙伝風に書き改めたもので生きた歴史といってよい。（東京新聞）

さかにし・しほ／一八九六〜一九七六。評論家。二二年に渡米しミシガン大学助教授、アメリカ議会図書館東洋部主任等を務める。日米開戦に伴い帰国し、戦後、ＧＨＱ顧問、参議院外務専門調査員、国家公安委員等を歴任。

人間記録として珍重――『曠野の花』

河盛好蔵

本書の著者は明治元年熊本城下に生まれ十歳のときに西南戦争を目のあたりに見た。長じて軍人となり、日清戦争のときには台湾討伐に参加する。つづいてロシア帝国の南下政策におびやかされる弱小国の一国民としてロシア研究を志し、参謀本部の内命を受けて明治三十二年にシベリアに渡り、ブラゴベシチェンスクに留学する。以上は、本書の前編『城下の人』のなかで詳しく語られた内容であるが、本書では、それ以後、日露戦争がはじまるまでの、シベリアならびに満洲における著者の波乱に富んだ経歴が語られている。

ブラゴベシチェンスクに着いた著者は、菊地正三という仮名でロシア軍人の家に寄食する。そしてロシア語を学びながら、シベリア守備軍の情報を研究しはじめる。明治三十三年七月瑷琿《あいぐん》城を守備する清国の軍隊とコザック騎兵大隊との間に衝突が起り、ついでロシア軍による中国人の大虐殺が行われた。これを皮切りにして満洲侵略を企てるロシア軍と、それに応戦する中国の馬賊軍とのあいだにしばしば闘争がくり返され、その都度ロシア軍の勢力は増強される結果になり、帝政ロシアによる満洲制圧の危機はますます濃くなってきた。

それに従って、諜報任務に従事する著者の責任はいよいよ重くなる。結局著者は一日も早くハルビンに潜入し、そこで写真館を開いて、そこを特務機関の根拠地にする秘密命令を受けるのである。著者は軍部との関係を疑われることを恐れて、退官し、それから言語に絶する苦難をへて、ついにハルビンに菊地写真館の店を構えるまでにこぎつけるのである。そのあいだ著者はさまざまの馬賊の頭目と交りを結び、彼らの妻女である日本女性（彼女らはことごとく満洲に流れてきた売笑婦である）たちの助力を受けて、しばしば死地をくぐりながら、歩一歩と忍耐強く目的に近づいていく。そのスリルに富んだ物語は一読巻をおくことを忘れしめる。

満洲における馬賊や軍事探偵の冒険は少年時代の私たちの胸をおどらせた物語であるが、その渦中にあって活躍した人の追憶記は、いまなお私たちの血をわかすものをもっている。そのうえ、日露戦争直前の満洲の動勢や空気が手にとるように描かれていて、興味のつきないものがある。叙述も重厚で人間味にあふれ、一個の人間記録としても珍重に値する。腹にこたえる読物を求める読書人に心から推薦したい。（日本経済新聞）

かわもり よしぞう／一九〇二～二〇〇〇。フランス文学者、

評論家。『フランス文壇史』で読売文学賞、『パリの憂愁』で
大佛次郎賞を受賞。

『城下の人』・『曠野の花』

坪田譲治

この二書は全く面白い本で、ここ何年にも、これほどの本を読んだことがないくらいです。『城下の人』は、肥後の熊本、その城近くに生れた著者が、幼時の思い出を書いたものです。中に、西南戦争が出て来るのですが、明治の歴史を眼前に見る感じです。『曠野の花』は、著者がスパイとなって、そのころ、ロシア進出の満洲に入り、艱難辛苦をする話です。日露戦争の前のことですが、歴史を思い、人生を思い、深い感慨をもよおす読後感は、やはり、この著者の誠実一途なためと思われます。(読売新聞)

つぼた・じょうじ/一八九〇~一九八二。児童文学作家。日本児童文学者協会会長等を歴任。主著に『お化けの世界』『風の中の子供』等。七三年、朝日文化賞受賞。

『城下の人』と『曠野の花』

中村光夫

この二冊は石光真清氏の三部作の第一篇と第二篇ですが、実に興味ぶかく読みました。はじめに、或る週刊誌でこの書物の紹介を見て、読みたいと思ったのは、これが二葉亭四迷に関係がありそうだったからです。明治元年に生れて、陸軍の軍人になり、ロシア語をおさめ軍籍を脱してロシアに渡り、日露戦争前の満洲で諜報活動をしたといえば、丁度二葉亭と同時代人であるだけでなく、彼のやりたくてやれなかったことをやった人であり、その気持や生活の事跡は、少なくもこの時代の、二葉亭の呼吸したと同じ空気を伝えてくれそうに思いました。

この予想は裏切られませんでした。二葉亭自身が『曠野の花』の終りの部分で一寸顔をだすばかりでなく、この日露戦争まえの満洲シベリアの状況を生々しく伝えた一巻は、二葉亭の生涯に興味を持つ者に必読の書と思われました。

二葉亭が何故四十歳になってから外語教授の職をなげうって満洲へ行ったか、満洲に渡ってからどんな生活をしたか、ということは彼の伝記のなかのもっともわかりにくい部分ですが、この書物はその背景になった時代の空気を実によく描きだしています。

石光氏自身は、彼の経営するハルビンの写真館にときどき遊びにきた二葉亭にあまり好意を持たなかったからですが、もし彼等がうちとけて話しあう機会があったら、互いの環境や性格に多くの共通点を見出したでしょう。

二葉亭の語学校時代からの親友に小牧重五郎という人がいます。彼は幕臣の出で、学校を卒業後、熊本の太田黒惟信の養子になりましたが、この養父が神風連の乱のとき「洋酔家」として暴徒に襲われて危く命拾いをしたことがあります。

このときのことを『城下の人』はかなり詳く、わざわざ惟信の名をあげて書いています。この惟信という人はなかなか偉かったらしく真清も子供心に非常な尊敬の念をこめて彼の行動を述していますが、婿の重五郎も彼に心服していたと回想記に書いています。たぶん彼は舅の逸話を二葉亭に話していたに違いないので、二葉亭と石光氏がもしハルピンでこんなことを話しあって、世間の狭さを実感したら、彼等がもっと親しみあるきっかけができたのではないかと思います。

それはともかくこの二巻の書物には二葉亭をはなれても、我が国で稀れに見る自伝文学といえます。ことに第一巻の『城下の人』は明治初年の日本人の生活の記録として、類のない面白味をもっています。なかでも神風連の乱から西南戦争あたりの熊本を描いた部分がすぐれていて、たんに一地方都市に起った異常な事件ではなく、あのころの日本がそこに象徴されているという印象をあたえられます。子供たちに握飯を分けてやりながら、「握り飯を食ってもいいが、大砲の弾を食うな」と注意する薩軍の兵士、鉄道馬車が珍しくて何度も京橋―新橋間を往復する陸軍の高官、などいかにも明治時代らしい闊達なユーモアにあふれています。

父に仕えて従順なしっかり者であった母がやがて一家の者に平気で犠牲を強いるような頑固な姑に変貌して行く様子も、筆者が何等の批判を加えずに描いているだけに、かえって明治時代の「家」の観念につながる女性の生活をあざやかに浮びださせ、いろいろな感想をさそいます。

東京にでてきてからの後述は、陸軍という狭い生活の枠のなかに生きているせいか、熊本時代のような生彩はありませんが、それでも新旧の書物が雑然と流合した文明開化の世相のなかを、勤勉に平凡に生きた一人の知識階級の姿がよくでています。日清戦争後の台湾遠征ではじめて味った実戦の経験も正直に書けています。

『曠野の花』はこういう経歴の著者が自ら志願して軍籍からぬけ、義和団事件で混乱するシベリアと満洲を東奔西走するあいだに出会ったさまざまな事件を綴ったもので、書かれた個々の事実のなかには多少信じがたい部分もありますが、全体の雰囲気は、帝政ロシアの手が露骨にのびかけた時代の北方の大陸の様子を生き生き伝えています。

日本が国家として、まったくあの辺に勢力を持たなかった時代に、食いつめ者や娼婦たちから成る日本人の移住者たちが、どういう暮しをしていたかを、この書物は巧まずによく描きだしています。

むろんなかには著者のように特殊任務をおびた者もいたわけですが、大部分は国家の後楯もなく、教育もろくにない人たちであり、ロシアや清国は、必ずしも国家としては日本と親善の関係にあったわけではないのですが、そのロシア人や清国人の間にまじって、当時の日本人は、日露戦争後このあたりで主人顔するようになったときより、ずっと彼等に好意を持たれ、その勤勉と勇気で尊敬されてさえいたようです。

義和団事件の余波として起ったブラゴヴェヒチェンスクの清国人虐待事件のときなども、在留の日本人の使用人をかくまったのだそうで、こういう弱い者同志の庇いあいの意識から出ているなら、日本がアジアのなかでの「強者」になって得たものよりむしろ失ったものの方が多いのではないかと思います。

日露戦争後の日本は、いろいろな意味で、悪くなる一方であったと思いますが、ここにもそのひとつの例証があります。

この書物は石光真清氏が書きのこした手記をもとにして、息子の真人氏が一貫した記録にまとめたもので、事実上の著者は真人氏であり、父親の名を書物に冠したのは真人氏の謙遜からでしょう。現代人の手で書き改められた点に、この書物を我々に親しみ易いものにした長所が生れると同時に、書かれた事実にたいして何か間接な感じがして実感がうすれるのは止むを得ぬ半面です。この感はとくに『曠野の人』が冒険譚のような趣きをおびてくるだけに強くなります。

欲を言えば、この書物のあとで、もとになった記録がそのまま出版されたら、と思います。

それをもとにして、もし文才のある作家が、トルストイが「戦争と平和」を書いたように、彼等の過去を再現してくれたら、真清の生涯のおそらく彼自身意識しなかった悲劇的性格がはっきりでてくるでしょう。

しかし、このままの形でも、明治時代の日本の、生きた一側面をつたえる貴重な資料であり第三巻の出版がまたれます。（『声』〔一九五八年創刊、六一年終刊、大岡昇平・中村光夫・福田恒存・三島由紀夫・吉川逸治・吉田健一を同人とする季刊誌。なお原文は旧仮名遣い〕）

なかむら・みつお／一九一一～八八。作家、文芸評論家。日本ペンクラブ会長、文化功労者、日本芸術院会員。『二葉亭四迷伝』等で三度の読売文学賞、『贋の偶像』で野間文芸賞受賞。

明治の激動期に生きて

木下順二

こういう種類の本を何と呼んだらいいか。やはりヒューマン・ドキュメントと呼ぶべきだろう。明治元年熊本城下の士族の家に生まれ、日清戦争に職業軍人として出征した亡真清氏の文章を、私は決してうまいと思わないが、実感の記憶をこまかに綴ったその筆致には、最初から最後まで、一種の真率の気がみなぎっている。初めに出てくる点景的な人物が、あとの方でまたちゃんと姿を（しかも必然的に落ハクまたは成巧して）現わすというような照応がいくつかあるが、それらは筆者の作為を感じさせず、また事実作為などではなく、逆に歴史というものの、ことに変転はげしかった明治初中期の歴史の流れをまざまざと読者に実感させてくれる。そういう意味できわめて得がたい本だと思う。

筆者があとに遺して行った手記は、非常に多量なものだったらしい。それを編んでまず三冊がつくられた。少年の日に神風連の乱と西南の役を体験した筆者は軍人を志願して東京に出、大津事件、台湾事変に関与し、明治三十二年、宿願のロシア研究のため休職を願って彼の地に渡る。（以上『城下の人』）

そして当時のいわゆる志士として、日露戦争の日までシベリアの広野を駆けめぐる困苦の生活が続くが（以上『曠野の花』）「戦おわるや一介の浪人として放り出され、それに続いて満洲での事業はことごとく失敗をかさね、ついに海賊とともに流浪するまでになった時、官憲に追われて無一文のまま東京に残した妻子のところに帰ってき」て、「郊外の三等郵便局長として家族愛の幸福の中に沈潜し、そして……偉大な明治の終えんを迎える」のである。（以上『望郷の歌』引用は嗣子真人氏の文章から）

波らん万丈、明治のロマンティシズムをそのままに生きたと思われる筆者は、しかし晩年、そのぼう大な手記を、みずから焼き捨てようとしたのだそうだ。

明治という時代にみなぎっていた解放的エネルギーのさわやかな充実感と、同時にそれが本質的に持たざるを得なかった空《むな》しさの一面とをここにも私は感じとらないわけには行かぬ。（東京新聞）

きのした・じゅんじ／一九一四〜二〇〇六。劇作家。四九年に『夕鶴』で毎日演劇賞。主著に『赤い陣羽織』『オットーと呼ばれる日本人』『子午線の祀り』等。八六年、朝日賞受賞。

この原稿の内容——わが世代は不滅なり

石光真人

第一巻「城下の人々」と云うサブタイトルをつけてあります。これは昭和十八年に出版したことがありますが、出版社も消滅し絶版になっています。私の父が明治元年の八月に生れた頃の熊本城下の有様を書いてあります。細川藩の産物方頭取《さんぶつがたとうどり》と云う地位にあった祖父は封建社会から近代への展開を職掌柄、身につけていたので、神風連などの旧勢力と実学派の連中の中にあって、静かに時世の移り変りを見ていました。私の父は髷を結って帯刀し、兄はザン切り頭で洋学校に通っていました。このような家庭にあって、神風連の騒動、十年の役、熊本城と城下の炎上、新時代の建設などを自分で見たまま述べてあります。

この第一巻以降、総ての各巻とも、登場する人物は悉く実在の人であり、フィクションは一頁もありません。

第二巻「日本の青春」と云うサブタイトルをつけてあります。明治十八年から三十三年に至る部分です。少々、よけいな私事を述べ過ぎたように思いますが、これは専門家に整理していただいて結構です。幼年学校、士官学校、連隊生活、侍従武官生活のうちに湖南事件（大津事件）に遭い、宮中の驚愕、連隊の非常ラッパの情景が相当詳しく書かれ、明治天皇、昭憲皇后の動静が人間的に親しく書かれています。現代の人々に忘れられた日本の大事件ですから、相当詳しく書いてもよいと思って頁を割きました。朝鮮の動乱、日清戦争、台湾征討については、今日までの戦記物とは全く違った角度から書きました。三国干渉の衝撃から日露の危機感に捕われた青年将校たち、後の軍神や将星の若い姿に混って、父はロシア渡航を策して許されるまでの経路を、日本の生成過程に添えて書いてみました。

第三巻「諜報日誌」と云うサブタイトルをつけて、昭和十九年に出版した「諜報記」を全面的に書き換えました。あの、飛んでもない記録に、さらに当時の生き残りの人々から私が聴取した事件を書き加え、現代風の文章に改めました。戦時中の出版物であったために当時のものは多分に「意識過剰」でしたが、今回のものは、出来るだけ淡々とした書き方に改めてみました。時代は明治三十三年から三十七年までです。

第四巻「戦争と平和」と云うサブタイトルをつけて、第二軍司令部副官に召集された父が、第一線の裏面にあって見た大戦争を、従来の戦記とは異った面から書きました。雨に悩み、弾薬不足に苦しみ、倒れゆく兵士たちに涙する将校たちの姿がよく出ていて、往時の軍の真相に触れています。勝ったのか負けたのか判らないまま固定した第一線が休戦の報を得てから帰還して、父は一介の浪人になって前途に迷い、田中義一の好意で満鉄に入ることになったが、日本の満洲経営に力量がなく定らぬうちに、生活に窮して、ついに海賊に参加する。日露戦争前から諜報任務に尽した人々が、平和に生きる道を知らず、次々に没落してゆく姿が書かれる。その為、あらゆる事業が企てられながら悉く失敗に終り、海賊も討伐され、父は身一つで日本に帰って来て、三等郵便局長として、隠棲の生活に入り、明治の終焉を迎える。この稿未完。

（附記）写真は資料として当時のものが沢山あります。大正年代は末期まで書いたものがありますが未完ですから、帰国してから書き続けます。

書　簡

石光真人

前略

第一巻に納めるべき諜報日誌の部分は初版〔一九四一年刊『諜報記』〕で云えば一八四頁のハルピンに辿り着いたところで切るのが良くはないでしょうか。もし、そうお願い出来れば……と思い、別紙のような、しまりのつく原稿に代えていただければ幸いです。

従って第二巻の初めも書きかえたいと思います。風邪で寝込んでしまいましたが、もう大丈夫ですから、少々スピードアップして仕事にかかります。

第一巻を右のようにした場合、第二巻は、先達のお話し通り一五〇枚で形がつくでしょうか。計算をしていただければ幸いです。もし足りなければ、日露戦後の海賊事業について、少し入れても良いものがあります。

右、お願いのみ。

四月八日　　石光真人拝

沢田様　侍史

追加の写真は追ってお送りします。

単行本『続諜報記　シベリヤ編』一九四五年　目黒書店
単行本『誰のために　石光真清の手記』一九五九年　龍星閣
文　庫『誰のために　石光真清の手記四』一九七九年　中公文庫

「附録」は、今回の新編刊行に際し、新たに収録したものです。

本文中、今日の歴史・人権意識に照らして不適切な語句や表現がありますが、テーマや著者が物故していることに鑑み、原文のままとしました。

中公文庫

誰《だれ》のために
——新編《しんぺん》・石光真清《いしみつまきよ》の手記《しゅき》（四《し》）ロシア革命《かくめい》

1979年12月10日　初版発行
2018年2月25日　改版発行

著　者　石《いし》光《みつ》真《ま》清《きよ》

編　者　石《いし》光《みつ》真《ま》人《ひと》

発行者　大橋 善光

発行所　中央公論新社
〒100-8152　東京都千代田区大手町1-7-1
電話　販売 03-5299-1730　編集 03-5299-1890
URL http://www.chuko.co.jp/

DTP　ハンズ・ミケ
印　刷　三晃印刷
製　本　小泉製本

Published by CHUOKORON-SHINSHA, INC.
Printed in Japan　ISBN978-4-12-206542-0 C1195

中公文庫既刊より

各書目の下段の数字はISBNコードです。978-4-12が省略してあります。

い-16-5
城下の人 新編・石光真清の手記㈠ 西南戦争・日清戦争
石光真清 石光真人編
明治元年に生まれ、日清・日露戦争に従軍し、満州やシベリアで諜報活動に従事した陸軍将校の手記四部作。新発見史料と共に新たな装いで復活。
206481-2

い-16-6
曠野の花 新編・石光真清の手記㈡ 義和団事件
石光真清 石光真人編
明治三十二年、ロシアの進出著しい満洲に、諜報活動に従事すべく入った石光陸軍大尉。そこで出会った中国人馬賊やその日本人妻との交流を綴る。
206500-0

い-16-7
望郷の歌 新編・石光真清の手記㈢ 日露戦争
石光真清 石光真人編
日露開戦。石光陸軍少佐は第二軍司令部付副官として出征。終戦後も大陸への夢醒めず、幾度かの事業失敗を経てついに海賊稼業へ。そして明治の終焉。
206527-7

よ-56-1
憲政の本義 吉野作造デモクラシー論集
吉野作造
憲法、民主主義、ポピュリズム……大正デモクラシーを唱道し、百年前から私たちの抱える課題を見通した吉野の代表論文6篇を収録。〈解説〉苅部直
206252-8

S-24-4
日本の近代4 「国際化」の中の帝国日本 1905~1924
有馬学
「日露戦後」の時代。偉大な明治が去り、関東大震災がおき、帝国日本は模索しながらどこへむかおうとしたのか。大正デモクラシーの出発点をさぐる。
205776-0

S-22-26
世界の歴史26 世界大戦と現代文化の開幕
木村靖二 柴宜弘 長沼秀世
世界恐慌の発信地アメリカ、ヒットラーが政権を握ったドイツ、スターリン率いるソ連を中心に、第二次世界大戦前の混迷する世界を描く。
205194-2

S-25-1
シリーズ日本の近代 逆説の軍隊
戸部良一
近代国家においてもっとも合理的・機能的な組織であるはずの軍隊が、日本ではなぜ〈反近代の権化〉となったのか。その変容過程を解明する。
205672-5